法破乾坤 Ⅱ

迷失幻境

永恒Y 著

河北人民出版社

图书在版编目（CIP）数据

法破乾坤.2，迷失幻境 / 永恒Y著.—石家庄 ：
河北人民出版社，2014.6
ISBN 978-7-202-08850-0

Ⅰ.①法… Ⅱ.①永… Ⅲ.①长篇小说－中国－当代
Ⅳ.①I247.5

中国版本图书馆CIP数据核字（2014）第115546号

书　　名 **法破乾坤Ⅱ迷失幻境**
著　　者 永恒Y

责任编辑　甄　洁
视觉监制　611
文案编辑　歌　书
美术编辑　吴书平
封面设计　齐大胜　兜　兜
责任校对　张三铁
文字校对　落　语
插画制作　索·比昂卡创作组（九　明）

出版发行　河北人民出版社（石家庄市友谊北大街330号）
印　　刷　长沙超峰印刷有限公司
开　　本　710毫米×1000毫米　1/16
印　　张　20
字　　数　433 000
版　　次　2014年8月第1版　2014年8月第1次印刷
书　　号　ISBN 978-7-202-08850-0/I·1024
定　　价　25.00元

目　录

目　录

前情提要：

一场突如其来的决战，让郭临陨落，灵魂穿越到五千年前。为了悲剧不再重演，郭临开始重新修炼，并立志寻找剩余的几件神器，获得最强的力量。在蓬莱宗报了师仇，并夺得了蓬莱宗宗主之位后，郭临前往更加强大的菩提门进行进一步试练。然而，就在进入菩提门，准备以修复菩提门镇派大阵为代价换取菩提门至宝的时候，他遭到了菩提门长老甚至是宗主的暗算。面对一众强敌的暗算和不公的待遇，郭临决定用自己手中的剑来讨回个公道！

第21章
名扬大陆

敌方有三位地魂强者，数十位玄王强者，而己方却只有四位重伤的玄王，这几乎是必死的局面。

听闻慕容达的话，郭临却大笑了起来。

“死到临头，你笑什么？”慕容达道。

此时，他感觉到菩提门众有些异常，虽然摆出阵势，将郭临围在中央，可是神色间都是忌惮。

“听闻慕容门主是一个开明且明辨是非之人。今日一见，却言过其实。”郭临提高音量，说道，“我笑堂堂菩提门门主也不过是阿谀奉承、溜须拍马之辈，对自己的门派不负责任。总有一天，菩提门会毁在你手里。”

“阿谀奉承，不负责任，何以见得？”慕容达淡淡地说道。在他眼中，眼前的几人已是瓮中之鳖，随时可以杀死。但菩提门落得今日这般，他要重新树立威望，不能叫圣门的人看不起。

郭临微微一顿，道：“如果我是你，我绝不会久久闭关不出，让大权旁落他人，却不立门规约束，叫某些人狐假虎威，以为他就是菩提门的天。这是其一。”

“陈晋阴险狡诈，居心叵测，怀有不臣之心，如果我是你，我绝不会立他为副门主，叫他拿着菩提门的尊严，来换取自己个人利益。这是其二。”

闻言，陈晋怒道：“胡言乱语，郭临你住口。”

郭临懒得去看他，继续道：“如果我是你，我绝不会允许菩提门做圣门的附属，将先祖的基业，拱手相送，愧对创派祖师。这是其三。”

“竖子，好大的胆子。”

风嬷嬷怒斥道，这个小子，竟然在圣女面前如此放肆。

郭临冷眼一扫，继续说道："慕容达，如果我是你，我绝不会允许任何歹人混入菩提门多年，并伺机抢夺镇门之宝。祸害西南的许狂魔，来到菩提门便能成为苍云峰首席长老，可笑至极。这是其四。"

"妖言惑众，许墨怎么是狂魔？"陈晋斥责道。

他不明白为什么慕容达还要给郭临说话的机会，如果换成他，为免夜长梦多，他绝对会立即下令击杀郭临。因为，郭临还有一个实力深不可测的女龙卫。

"如果我是你，我绝不会不辨是非，听信谗言，妄做定论，助纣为虐，欺压本门弟子。这是其五。"

"而你，不但做了，还变本加厉。堂堂地魂强者，一派之主，却甘心做圣门附属。我，郭临，代表升龙峰的弟子，鄙视你。"

慕容达道："助纣为虐，欺压弟子？此话从何说起？"

"门主可有耐心，听我将始末再说一遍？我保证与陈晋所言完全不同。"

"且说。"

同一件事情，从不同的立场说出来，完全就是两个版本。在郭临的版本之中，陈晋就是一个卑鄙无耻的小人，而门主慕容达就是一个不负责任的纵容者。

郭临陈述得缓慢，又极为详细。

等说到此番取菩提果之事，已经是半个时辰之后的事情了。

"都说完了吗？如果说完了，你便可以死了。"

慕容达淡淡地道。本质上，他与陈晋是同一类人，他本想听听郭临还有什么陈晋没有提到的事情，不过最后却叫他大失所望。

"差不多了，不过还有一点。"郭临一笑道。

"说。"

慕容达失去了耐心。

"其六，如果我是你，绝不会在这种时候，给敌人时间，因为迟则生变。"郭临缓缓收敛了笑，喝道，"初雪，动手。"

"叮"的一声响，郭临身边的龙元珠变成了初雪的模样。

初雪出手，石破天惊。引龙剑向着慕容达点刺出，积蓄的力量如同泄闸的洪水一般瞬间爆发。

"门主小心。"

众长老大惊失色，谁也没想到郭临会突然发难。

“小心？”

慕容达觉得可笑，一个靠着丹药勉强达到玄王境界的人的龙卫能有多了不起。对方既然要以卵击石，他也绝不介意凭借自己地魂境界的实力直接将对方的龙卫轰杀。

慕容达出手，一掌拍出，掌心之中蕴含着叫玄王境的人绝望的能量。他要将这尊龙卫拍成粉末。

可是下一秒钟，他的瞳孔却陡然一缩。因为他感觉到，郭临的龙卫，气息竟然异常凌厉。

他要收掌，但来不及了。电光石火之间，那如同闪电的剑尖，以摧枯拉朽之势，击溃慕容达的掌风，“噗”一声刺入了他的掌心。

在众人惊骇的目光中，引龙剑爆发出强烈的光芒，剑气激荡。“砰”，慕容达的手掌，炸成了肉渣。

同一时间，两道电光从慕容达的身边冲了过去，一个是郭临，一个是童天。

难以置信地望着顷刻间就被废掉的手掌，慕容达又惊又怒。他左手指间白光一闪，多了一把长剑，对着初雪斩去。与此同时，两位地魂境界的圣门女人的攻击也落了下来。

可是，攻击接连落空。因为这一击后，初雪耗尽了能量，回到了郭临的灵魂空间里。

郭临和童天已经到了菩提树下。

“阻止他们。”

不等郭临动手摘取菩提果，数十位玄王同时出手。

慕容达单手被废，但依旧以最快的速度冲向菩提树。因为，他知道菩提果是不可能一下子就被摘下来的。慕容达心生滔天怨恨，他怎么会想到，在自己出关的第一天就阴沟翻船。而这一切的始作俑者——郭临必须要死。

强大的法力攻击接踵而至，郭临人如蟠龙，借着菩提树的枝干，身手矫健地接连躲开了攻击。手一伸，将菩提果牢牢握在手心，猛地一扯，他却发现怎么用力都无法将圣果摘下来。

郭临一惊，他想取剑来斩，可是已经来不及了。菩提门众人飞速接近，完全不给他机会。

三位地魂境界的强者更是首当其冲，双目怒凸地瞪着郭临。

“三哥，让我来。”

是童天的声音，只见他指尖幻化出蓝色的光芒，触及之处，菩提树的枝干应声而断。他扯了一段菩提树的枝干，收进了他的星空戒指，便飞速朝郭临这边飞来。

郭临暗中点头，这童天果真不寻常。那奇特的蓝光，再次叫他感到熟悉。目光一转，望着越来越近的三大强者，他的神情变得前所未有的凛然。

为了初雪，他本不想用灭神破天斧，但这种时候，再不用，可能以后都没有机会再用了！他感觉到真王丹的时效就快到了，而且师父秦天机和苍仪还在对方手里。

郭临抬起头，看到三人森然的神色，那清秀的脸上，浮起一抹笑，残忍的笑。穿越至今，他从未这般疯狂过。

“地魂境又如何？”

感受到郭临的心境，在灵魂空间的中央，一轮金光从初雪的体内缓缓升起。金光化斧，刹那间，点亮了整处识海。金色的神辉照亮了灵魂空间的每一个角落。整片纯白的灵魂空间，变成了熠熠生辉的金色空间。

郭临眼睛猛然一睁，一段晦涩而熟悉的法诀自脑海中流淌而过。那是灭神破天斧专属的法诀，久违的法诀。

流淌着的法诀，在郭临的脑海中呈现出四个金光大字——诛天之怒。

郭临一喝，舌尖爆出惊雷一般的声响，他神色冷酷，伸手一张，灵魂空间内的金斧猛然一颤，出现在了手心之中。

一尺长的金斧在郭临手心上方凌空静立，其上盘旋着奥秘无穷的符文，随着它的旋转，呲呲的电流如同龙盘蛟扎。

金斧一现，风云突变。浓云从四面八方汇聚，笼罩着天空。云层中，密布着一层电网。滚滚奔雷，从天而降。天边变成了万马奔腾的战场。

声如惊涛拍岸，石破天惊！一场惊世浩劫，就要降临人间。

骤然间，狼藉的菩提园狂风四起，风卷云涌一般将园内破碎的灵草、灵木抛向了空中。就连整株菩提树，都要被连根拔起。

菩提园的众人感受到了前所未有的压力，那是一股来自灵魂深处的威压，仿佛天神降临，神威压得人喘不过气。

慕容达震惊了，菩提门众震惊了。发生了什么事？郭临手中的金斧是什么？

狂风吹乱了所有人的头发和衣袂，甚至，连脸上的肌肉都要变形。一些前来救火的真灵境实力的菩提门弟子，更是被压得跪伏在了地上。他们吃力地抬起头，惊恐地望着展现出神迹的郭临。

弟子们气血翻腾，仅凭这股威压，就几乎将他们的经脉震断。真灵境界在这一刻，弱小得如同蝼蚁。

而玄王长老们虽然没那么不堪，但在这股磅礴的威压下，也是寸步难行。

整个菩提峰都在剧烈抖动，隆隆之声不绝于耳。菩提园地面裂开，缝隙扩散，形成深不见底的深渊，无数碎石滚入了深渊当中。

灭神破天斧，九大神器中排行第一的天神器，在这一刻，终于要展现无比的威力。这注定是天武大陆历史性的一刻。

极具威胁的感觉，笼罩了被郭临锁定的三位地魂级强者的心头。他们有种感觉，如果不阻止郭临，必将遭受极其严重的创伤。

“拦住他。”

三人爆吼，纷纷祭出龙卫，妄图将郭临斩杀。可是，龙卫虽现，但在强大的神威之下却寸步难移。

郭临面色凛然，手中的金斧陡然消失。与此同时，灵魂空间内，初雪突然睁开眼睛。接着她如同跨越空间一般消失了，再次出现时，已处于雷云上端。

高空中，初雪神色冷漠，美眸锁定眼前与她一起出现在雷云上端的金斧。

长发飞舞，衣袂飘飘，初雪玉手轻探，握住了金斧，这一刻，灭神破天斧骤然暴增到了三尺之长。同时，覆盖着整片天空的电网在这一刻收缩，汇聚到金斧之中。

奔雷之声从天而降。以金斧为中心，一道撕扯着空间，亮得让人不敢逼视的擎天光柱，贯穿天地。

“轰”的一声巨响，如同神罚一击，天地破碎。三位地魂，被擎天光柱吞没。

擎天光柱贯穿地面，继而向周围翻涌开的时候，早已是废墟的菩提园，终于承受不住这股逆天的力量，彻底夷为平地。

不论敌友，所有见证了此神威的人都呆住了。这惊世一击，超越了一切，连强如地魂境的强者都无法躲闪。

强光散去，三位地魂强者口吐鲜血，精神萎靡地躺在地上。三人浑身焦黑，体无完肤，显然受了极其严重的创伤。在他们身旁，是三堆烂玉——这是三尊龙卫的尸体。

原来三人自知无法躲过这惊世一击，在祭起圣王盾的同时，不约而同地命令龙卫挡在了面前。

但最后的结果是龙卫身亡，圣王盾破碎，身体重伤。

三人虽然保住了性命，却因此失去了三尊玄王九重境界的龙卫。

天武大陆，龙卫对修士的意义非凡。龙卫死亡，修士的魂魄将受到极为严重的损伤，从而导致境界永止不前。可以说，他们虽然还活着，但这辈子基本是毁了。

郭临重重地喘着粗气，使出诛天之怒，令真王丹的时效提前耗尽，境界瞬间跌落至真灵七重。同时，他体内的法力，也消耗到了极点。

望了一眼躺在地上呻吟的三人，郭临冷漠异常，强提法力，拉着已经将菩提果摘下来的童天，一口气飞向了秦天机和苍仪所在的方向。

只要带走师父和苍仪，今天就是完胜。

慕容达受了重创，但毕竟是地魂强者，生命异常顽强。他颤巍巍地取出一枚丹药，吃了下去。

“杀了他。”

慕容达使出全身力气怒吼，突破地魂境界后，短短不到一个时辰时间，他经历了从极喜到极悲的过程。

而另外两位来自圣门的地魂女人，血淋淋的脸上满是恐惧，天底下竟然有这么可怕的法术？

秦天机和苍仪被诛天之怒的余波掀飞到了老远，本来就被慕容达击伤的他们，伤上加伤，但却因此挣脱了敌人。末世来临之时，谁还管得了他们？

见郭临飞掠而来，二人心生喜色。

几人汇聚一处，都从彼此的眼中看到了胜利的喜悦。这场胜利，太不容易了，而郭临所展现的神威，也深深震撼了二人。

“走吧，师父。”

郭临环视全场，催动体内的不死神石，将手按在二人的背上。此刻他境界低落至了真灵七重，可是眼下，没有一人敢上前。

因为，谁也不能确定，郭临是否还能使出那样的一击。

连地魂强者都要在这一击下失去龙卫。那么玄王级别的人，恐怕连渣都不会剩下了。

“留下吧。郭临，把圣果留下。”

叹息声由远而近，是一个男子的声音。

几人转头，看到一位羽扇纶巾的男子，正是名扬峰的首席长老欧阳庶。他的身边，郭临看到了几个熟悉的人影。

孟超、傅瑶以及小师弟葛林。

三人脸上血色全无，浑身被捆得结结实实，脖子上无一不架着明晃晃的剑。

见状，秦天机身体一震，脸上露出了无边怒意。郭临原本开启到一半的空间卷轴，也停了下来。

“卑鄙！”

郭临众人咬牙切齿，异口同声道。

欧阳庶将升龙峰三人押到了缓慢站起身的慕容达身边，而其他的长老也缓缓站了起来。

这一次，他们不敢将郭临围住，只是远远地与他对峙。

慕容达身边，陈晋虽然忌惮郭临，神色却极为阴险：“这一步棋，还是用到了。郭临，你若这么走了，你的师兄弟们都要死。”

“堂堂西南第一门派，也要做这种不耻之事吗？把刀架在自己弟子的脖子上。陈晋、慕容达，身为掌舵者的你们，不觉得羞耻吗？”

“羞耻，羞耻值几个钱。”

慕容达流血的面孔无比狰狞。原以为这次突破后，就有资格争霸东人域，可却落到了龙卫惨死的下场。从今以后，他再无问鼎巅峰的可能，这对他的打击巨大。他再不顾什么形象，怒骂。

此刻，就算将郭临挫骨扬灰，也发泄不了心中的恨。

“你想怎样？”

郭临克制住心中的怒意，声音冷漠地道。

来到这个世界，他认识的人不多。升龙峰师兄弟们的关怀，给他一种家一般的温馨之感。

他对菩提门虽然没有丝毫感情，却对升龙峰有归属感。此刻，堂堂菩提门掌门，竟然拿这些人做人质。小师弟葛林求助、惶恐的眼神，如同一枚针深深地扎在他的心里。

“怎样？”

慕容达接过一把剑，架在孟超脖子上，狞笑道：“你击杀我龙卫的时候，是那么狠辣。现在轮到我了。”

“慕容达，堂堂门主拿弟子做人质威胁后辈，你还有羞耻心吗？”

秦天机浑身颤抖，升龙峰的任何一名弟子，他都像亲生孩子一般对待。而作为他第一个弟子的孟超，更是倾注了无数心血。

慕容达怒道：“秦天机，你这个叛徒，没有资格和我说话。叫你的徒弟把菩提果交出来，并且自我了断。若不然，我将你的这三个爱徒，一个个杀了。”

此时，苍仪还算冷静，他道：“郭临，别听他的。你若将菩提果交给他，他也不会放人的。”

“哼哼，郭临。你若不把菩提果交出来，我立即就杀了他。用你一条命，换三条命，很值得了。”

说着，慕容达手臂开始用力。

“慢着。”

郭临开口了。

慕容达狞笑道：“那就把菩提果拿出来。”

“我若将菩提果交给你，你放我们走。”郭临说道。

叫他自刎，这是不可能的事情。但他也不会轻易将菩提果交出去，因为这是凌雨的命。

陈晋立即道：“自然。门主说话算数。”

郭临嗤之以鼻，慕容达可没说要放自己走。如果菩提门说话算数，事情就不会发展到这一步了。但他还是说道："菩提果，我可以给你们。但你们要先放了他们。"

"郭临。"

"三哥。"

苍仪和童天同时阻止道。如果将菩提果让出去，那么今晚的付出都变得毫无价值，就连几个囚徒也白死了。

"小天。把菩提果交给我。"郭临神色阴沉道。他的拳头握得很紧，此刻他比谁都更希望慕容达死。

童天犹豫片刻，却还是将菩提果交给了郭临。

"放了他们，我把菩提果给你。"

郭临握着菩提果，站在原地道。

"笑话，你以为我会中计吗？别啰唆。郭临，再拖时间，我将他们一个个杀死。"

郭临道："你若敢这么做，我立即将此果毁去。"

这种时候，郭临肯定不能退让。

听到郭临要将菩提果毁去，菩提门众以及圣门的人，立即紧张不已。

双方僵持，谁也不愿妥协，因为妥协的结果，很有可能就是万劫不复。

此刻，孟超额头冒汗。说他不怕死，那是假的。可是，他的心里更多的是心寒和不甘。心寒的是，自己门派的门主，竟是这样一个无耻之徒；不甘的是，自己的实力太弱，不但帮不上忙，还给师弟和师父拖后腿。望着脸上都是惶恐之色的傅瑶，孟超心痛至极，他咬咬牙，说道："门主大人，我有一个建议。"

"哦？"

慕容达很有兴趣，不知道这升龙峰的大弟子要说什么。

孟超道："既然大家都不可能妥协，不如你先放了两个人。"

"放两个？你是在开玩笑吗？"

"门主大人，我升龙峰师兄弟们亲如手足，只要我们有一个还在你手里，我师弟就不会袖手旁观。你能够先放两个人，我师弟也会相信你有交易的诚心。"

慕容达望着孟超，眼里尽是鄙夷，心中冷笑："我以为升龙峰的弟子个个都不怕死。没想到这大弟子却是个贪生怕死的孬种。他这个建议，是想保住自己吧。哼哼，可是我偏不叫他如愿，不过这个想法倒是不错，可以利用。"

他对身边的长老使了个眼色，后者会意，将架在傅瑶和葛林脖子上的剑放开了。

慕容达说："郭临，为表诚意。我先放了你的师姐和师弟，要救你大师兄，就把菩提圣果交出来。"

当傅瑶和葛林走到秦天机这边时，郭临暗中舒了一口气，只要先救了两个，就有办法把剩下的一个也救了。

“怎么，郭临，人已经放了。若想叫你大师兄活命，快把菩提果交出来。”

见到傅瑶和葛林已经安全，还未等郭临说话，孟超先笑了。

“门主大人，你一定认为我是贪生怕死之辈，才把我扣在这里吧？呵呵，你中计了。”

傅瑶娇躯一怔。当爱融到深处，心有灵犀的二人，彼此的一个举动、一句话，就能够知道对方在想什么，要做什么。傅瑶的神色变得更加惶恐，她拼命地摇着头，眼中涌出泪水。

“师兄，不要。”

孟超望向傅瑶，眼中充满了前所未有的柔情：“师妹，师兄无用，没能照顾好你。这辈子，师兄也无法再照顾你了。不要难过，如果有来世，我一定会再找到你，与你再续前缘。下辈子，师兄一定会做一个能够守护你一辈子的盖世英雄。”

慕容达一震，心中浮出不妙的情绪：“你什么意思？”

孟超傲然道：“我孟超虽然平庸，也怕死，但却有几分傲骨。像我这么骄傲的人，怎能甘心被你拿来做威胁我师弟、师父的工具？像我这么骄傲的人，怎能允许自己成为师弟、师父的累赘？慕容达，你死心好了。”

“师弟，帮师兄照顾你师姐。”说着，他猛地用力，脖子从剑刃上滑了过去。

“想寻死？没那么容易。算计本座，本座先断了你手脚，再将你一片片凌迟。”

在他手上，不到真灵境界的孟超连反抗的余地都没有。

“砰”的一声，孟超整个人都被踩在了地上，接着长剑刺了下去。

“超哥。”

傅瑶疯了，她不顾一切地冲了过去。

孟超努力抬起头，喝道：“别过来。”

“真是郎情妾意啊。”慕容达狞笑，“既然如此，我就先杀了你的心上人。”刺向孟超的剑一止，转而砍向了跑来的傅瑶。

眼看着冲过去的傅瑶就要在慕容达的剑下香消玉殒，郭临动了。

虽然身体的机能已经到了极限，但他依旧如离弦之箭般冲了出去，他眼中充满了前所未有的疯狂，孟超的那番话触动了他。只见他指着自己的胸膛：“慕容匹夫，爷在这里，菩提果在这里，朝我来啊。”

秦天机等人也冲了上去。

“来得正好，都拿下。”

慕容达下令道，手中的长剑朝着郭临的胸口刺去。

实力退回到了真灵境界的郭临，又怎么是慕容达的对手，即使后者受了极为严重的伤。

“扑哧。”

长剑贯入郭临的胸膛，接着“砰”的一声，他的身体如炮弹一般飞了出去。

“郭临！”

一剑贯入胸膛，这是必死之伤。秦天机睚眦欲裂，法力暴涌，他发疯一般地冲向慕容达。可是面对三个地魂强者，哪怕后者受了重伤，他也不是对手。更何况，还有其他数十位玄王。他连同苍仪、童天一起全部都被制住。

不要说菩提门众，就连慕容达也吃了一惊，他怎么也没想到刚刚还展现了神威的郭临，是这么不堪一击，一剑就几乎秒杀。

望着脚下受了不可挽回的重伤、奄奄一息的郭临，皇甫婉怜悯地摇摇头。

多么愚蠢的一个人啊，竟然为了不相干的人，赔上自己的性命。换成是她，肯定不顾一切，带着菩提果走了，断然不会做出这可笑至极的事情。

皇甫婉伸出手去，唯一叫她庆幸的是，晶莹剔透的菩提果并未沾染一丝血迹。玉手触碰到握在郭临手中的菩提果，可是叫她奇怪的是，明明郭临已经奄奄一息，可是握住圣果的手却这么大力。都这样了，还不放弃吗？

陈晋押着悲愤至极的秦天机道：“门主，这些人如何处置？”

慕容达望着这些极度不甘心的叛徒，杀气凛然地道：“毁我菩提者，罪无可恕。先废除经脉，明日午时，枭首示众。”

这一次，不但被杀了龙卫，还被废了一只手，他要将这股怨恨，倾泻在这些人身上。而那已经活不成的郭临，他要将他挫骨扬灰，做菩提园的肥料。

就在这时，一阵女人的惊叫声吸引了他们。这个声音的主人是皇甫婉。她的脖子上架着一把明晃晃的长剑。

众人大惊失色，这才看到圣女身后，是面无血色的郭临。

“慕容匹夫，如果我说，我是故意冲过来让你刺一剑的，你信吗？”

郭临带血的脸上挂着笑，笑得残忍，笑得菩提门众头皮发麻。

就在所有菩提门众都认为这场“叛乱”以郭临之死收场时，后者却奇迹般地起死回生，并且制住了圣女皇甫婉。

望着嘴角还噙着血的郭临，慕容达先是惊愕，结合郭临的话，再仔细回想刚才的交锋，慕容达心中爆发出滔天的怒火，同时后颈升起了寒意。

因为他发现，郭临的确是故意来挨自己一剑的，要不然不会这般巧合，正好落到了圣女的身边。郭临强大的信念，搏命的行为，叫慕容达感到了恐慌。难道郭临就不怕被自己一剑砍断脖子吗？

可就算不是砍断脖子，一剑被刺穿胸膛，又受了地魂强者的重重一击，也几乎是必死之伤。

他是怎么活过来的？难道他身上有起死回生的灵药？

但对菩提门众以及圣门的使者来说，这些并不是眼下急需考虑的问题，因为圣女脖子上架着剑，随时都会丧命。

危急关头，郭临急中生智，以性命相搏并且抓住了转瞬即逝的生机。这番举动非常危险，稍有差池，便是万劫不复。

可以想象，如果郭临死在慕容达的剑下，或者被慕容达一击，打到完全偏离皇甫婉所在的方向，那么今天郭临一行人必定要全部栽在菩提门。

在必输的局面下，扭转乾坤，他做到了，再次将主动权掌握在手中。如此疯狂的举动，也惊住了所有人。

慕容达率先反应过来，怒斥道："放肆！郭临，你知道你在做什么吗？放开圣女！"

郭临凛然，他毫不怜香惜玉地将清风剑逼近皇甫婉白皙的脖子："放开她？你这是和我开玩笑吗？"

皇甫婉被吓傻了，她向来是高高在上，颐指气使，俯视他人的存在。作为圣主唯一的女儿，从小到大都是被呵护着的，从未受过任何挫折和委屈。而现在，却被人掳在怀里，剑刃贴着脖子，性命受到威胁，她一下子变得和平凡女子一般，惶恐至极。

"郭临，你想怎样？"

慕容达又道。

圣女的身份摆在这里，不论什么原因，如果今天圣女死在了菩提门，整个菩提门都要遭殃。圣主之怒，又岂是一个菩提门承受得起的？

两位圣门使者也是投鼠忌器，她们想救圣女，却担心逼急了郭临，玉石俱焚。

而本来保护着圣女的十位玄王强者，全部懵了。就在他们眼皮底下，竟发生这样诡异的事。明明已经死掉的人，竟然会好端端地站起来，如果圣女有个三长两短，他们以死谢罪，都不足以平息圣主的怒火。

郭临眼睛扫过同样被剑抵住脖子的秦天机等人道："慕容达，我想怎样你最清楚。放开他们。"

"门主，不能放。"陈晋厉色道。

他对郭临、对秦天机等人恨之入骨，怎么可能甘心放他们离去？况且，双方的仇怨已经到了难以化解的地步，他坚信，如果就此放走郭临，等后者羽翼丰满，一定会回来报仇的，从此他也会寝食难安。他靠近慕容达，在其身边耳语几句。

听了陈晋的话，慕容达的神色也冷静了许多。那被诛天之怒毁得面目全非的脸，哼哼狞笑："郭临，圣女若伤了半根毫毛，老夫便将蓬莱宗夷为平地。"

郭临一怔，眼底浓烈的杀机一闪而逝："你威胁我？"

慕容达以为郭临就范了，便用高高在上的语气道："威胁你又如何？只要你将圣女放了，并且留下菩提果，老夫可以既往不咎，并保蓬莱宗一世太平。"

"似乎是个不错的交易啊。"郭临脸上现出一抹笑意，让人不知道他在想什么。

慕容达眼睛盯着郭临手中的剑，只要郭临稍有犹豫，剑稍微拿开一丝缝隙，他便有很大的把握瞬间击杀郭临。慕容达笑眯眯地点头道："不错。郭临，能屈能伸才是大丈夫，你将圣女放了吧。"

他虽然是笑着的，只是，那被毁容了的脸，无论怎么看，都丑陋无比。

其他长老也纷纷松了一口气，只要这郭临还是人，就会有弱点。

秦天机等人愤恨地瞪着慕容达，堂堂一门门主，竟然以这等手段威胁弟子，卑鄙无耻。

可就在大家以为郭临要妥协的时候，后者的笑，陡然变得森冷起来。

"伤她半根毫毛？这样算吗？"

"嗤。"

在一道道惊骇的目光中，皇甫婉身上飙射出一道触目惊心的血箭，溅射在郭临清秀的脸上。那森然的笑，因为染血，刹那间变得恐怖。

同样一番威胁的话，对性格懦弱者会有效，会让其感受如蛇被掐住七寸一般的痛苦，不敢反抗。但对郭临来说，慕容达的话，只会激起他无限的愤恨和杀机。

在郭临心中，蓬莱宗无疑是不可侵犯的圣地，而对方竟放言要将它夷为平地。如果慕容达知晓这番话的效果适得其反，一定会后悔，但覆水难收。

皇甫婉瞪大了眼睛，难以置信地望着自己手臂上被划出来的伤痕。疼痛传入大脑，以为自己要死了，皇甫婉放声哀号，下一秒钟，两眼一翻，昏死过去。

突如其来的一幕，叫菩提门众发懵。

鲜血从脸上滑落，郭临嘴角噙笑，目光滑落到吓得昏死过去的女人身上，眼底里流露出深深的鄙视。

这么懦弱的人也配称圣女？

对于这个始作俑者的女人，郭临对其只有厌恶，一刀划下去，心中无半点怜悯之情。

若不是她空降菩提，圣果早就是自己的囊中之物，而凌雨也不会受那么多的苦。

鲜血从圣女的手臂淌出，滴落在地上，汇成不大不小的一摊血迹。陈晋、慕容达等人脑袋也嗡嗡作响，显然他们都被不按常规出牌的郭临弄得不知所措。

秦天机等人咽了口吐沫。

这可是圣女啊！

郭林实在是太狠了……

圣门的两位地魂使者，心中冒出无边怒火，她们差点要失去理智，对郭临动手。

郭临冷笑道："如果想让她死，就尽管来。"

望着那如同地狱里爬出来的恶魔的笑，众人情不自禁地打了个寒战，不寒而栗。

慕容达怒发冲冠，恨不得将郭临一掌拍死。但是他却不敢，只说了几句话，郭临就激动地用剑刺伤了圣女，他怎么还敢再去挑衅郭临？

慕容达身体颤抖，心中的仇恨已经到了无以复加的地步，哪怕倾尽四海之水都难以洗净，如果有机会，他一定要将郭临碎尸万段。

事情到了这一步了，没有回旋的余地。

郭临道："慕容达，你没有资格威胁我。我数到三，如果不放开我师父等人，这个女人就人头落地。一、二……"

迟则生变，他完全不给对方思考的时间。

郭临咄咄相逼，简单的两个数字，在慕容达心中，重若千钧。

"慢！我放人。"

眼看着郭临的嘴角缓缓开启，就要吐出"三"字，慕容达立即出声。

此刻他心中憋屈至极！

他担心的不是圣女的生死，却担心圣女死后，自己也会因保护不周而丧命！

本来他还觉得郭临不敢杀圣女，那样一来，郭临势必会遭整个圣门通缉。但是现在看来，眼前的人简直就是疯子。

一个疯子会计后果吗？答案是否定的。

用圣女的命，去赌一个疯子是否就范，这比疯子还要疯子。

傅瑶慌张地扶起了求死不得的孟超，而秦天机等人也被放开，回到了郭临身边。

"郭临，人已放。你该放了圣女了。"

慕容达说道，心中打定主意，只要圣女安全了，立即灭了蓬莱宗。

但就算灭了蓬莱宗，都难以发泄他心中的愤恨。他要将蓬莱宗的人一个个抓起来，在郭临面前凌迟。

只要圣女安全了，借助圣门的力量，他有的是机会再将郭临捉拿归案。慕容达打定主意，到时候，一定要用最残忍的手段，折磨郭临。

此时同伴们都已回到身边，郭临一手搂住软瘫在他手臂上的圣女，一边望着那满肚子坏水的慕容达，冷冷道："匹夫慕容达，今日的种种，我郭临铭记于心。一年之后，我会再回菩提。"

"什么意思？"

郭临冷笑。

他以为就这样了结了吗？

郭临抬剑，指向慕容达，眼睛里闪过一抹坚定的光芒，这个扬言要灭蓬莱宗的门主，激起了他无边的杀意，既然他想要灭蓬莱宗，那么在此之前，就先叫菩提门毁灭吧。

郭临声音沉沉，让每一个字都清晰地进入周围人的耳里。

"今日你堂堂菩提门主，联合两位地魂，带领百位玄王，围攻我这真灵弟子。你以为我会就此罢休？我郭临不是你的刀下鱼肉！这个仇我一定会报。"

挺拔的身躯，宛若标枪，狂风吹过，长发飘拂，那清秀的面孔神情冷冽。如同刀尖一般锐利的目光，扫过菩提一众。他长剑一弹，道："慕容达、陈晋，今天我郭临对天起誓，一年后的今天，我还会回来，届时便是菩提门灭亡之日！"

"一年内灭我菩提，真是天大的笑话。"陈晋喝道。可是在郭临强大的气势面前，这句话竟显得毫无底气。

门主慕容达宛如毒蛇一般的眼睛死死地盯着郭临，这个扬言要灭菩提门的年轻人，比天还狂。

堂堂一门的精锐都在此处，此时却因为圣女被挟持而无法动弹。

"至于这个女人，留在我身边，更加放心。一年之后，如果蓬莱宗还在，我会放她离去。呵呵呵，慕容门主，多看看菩提山的美丽景色吧，因为一年后你再也看不到了。"

郭临仰天一笑，留下一群滔天怒火的菩提门众，化作一道白光消失了。

慕容达胸口起伏，只觉得一口气憋在胸中无法释放。看着满目疮痍的菩提园，他双目凸出，激动得面孔扭曲，仰天长啸："郭临，老夫与你势不两立！"

带着怒气的一掌拍在地上，那本来就摇摇欲坠的菩提树，轰然倒下。

……

五月十五，天朗气清，阳光明媚。这本是菩提门百年一度的夺灵大会，也是立派千年的盛大庆典。

这个本该热闹非凡的日子，菩提门却异常的冷清萧条。

一大早，来自人域各地早早守候在山头，准备进山参加夺灵大会的各大门派，却被临时告知，菩提门封山、夺灵大会取消、千年庆典推迟的消息。

圣果被抢，圣女被掳走。这种事情若传扬出去，菩提门的威望将毁于一旦。此时菩提门众人，光安抚惊怒交加的圣门使者都来不及，哪里还有心思办什么千年庆典？

只是，天下没有不透风的墙，就在菩提门宣布闭门封山不久，一则劲爆的消息迅速传播开来。

升龙峰弟子郭临，以命抵押，立下军令状，用修复龙凰双星阵的条件来换取门内圣果。但是在其修复大阵之后，副门主陈晋不但不兑现承诺，还用本将归郭临所有的圣果拿来讨好西域来的圣女。为了以绝后患，甚至要杀人灭口。

此事掀起轩然大波，堂堂门主，竟然做出这等卑劣之事。在大家同情这位叫郭临的弟子时，紧接着又传出一则大快人心的消息。

这位叫郭临的弟子，在得知此事后，单枪匹马冲入菩提峰，不但毁去了菩提园，夺得圣果，并且击杀了数十位玄王强者。

门主慕容达出关，联手圣门使者，不仅没有阻止这个叫郭临的弟子，还被废去龙卫。

也不知道这个消息是怎么传出来的。其中的真实度达到了百分之八十以上，仿佛是有人亲眼见证了那夜的争斗一般。

这简直是西南人域数百年内最大的八卦。

菩提园被毁，圣果被抢，整个西南修行界震动了。

天下竟然有如此离谱的事情，如果是真的，这个叫郭临的人，简直是胆大包天。

菩提门向来是西南修行门派的翘楚，如今却落得这样的下场。它的威望，在消息传开的时候，彻底跌入谷底。

紧接着菩提门方面出来辟谣，发出公告说，郭临狼子野心，一开始混入菩提，就是为了抢夺圣果。以修复龙凰双星阵，换取圣果之事，都是子虚乌有，是别有用心者杜撰的谎言。

毕竟是官方的言论，就在大家要信以为真的时候，又一个消息传遍人域西南。这个消息，与第一个不谋而合，并充满了浪漫的传奇色彩。

传闻郭临不惜以命相抵，是为了救心爱的女人。他单枪匹马杀入菩提，也是为了这个女人。冲冠一怒为红颜，以区区真灵境实力，却搅得菩提门天翻地覆。

整个西南人域沸腾了。

一时间，郭临简直成了情圣的化身，虽然大家都未见过他本尊，但是在女孩儿的心中，他貌若潘安，他英勇伟岸，他才高八斗，他法力无边，他举世无双。

纸包不住火，当所有的一切被挖掘出来后，真相一点一点地在世人面前显露。还原出来的真相，表明菩提门在说谎。

在此次事件中，菩提门无疑是最憋屈的存在。因为从表象上看，它才是真正的受害者，却落下了欺压弟子的骂名。

鲜有人同情菩提门的遭遇，在大家看来，这是活该。谁叫它背信弃义？

以为年轻人好欺负？这是要付出代价的。

只是一年内灭了有圣门做靠山的菩提门，这也是无法想象的事情。要知道，听说这郭临的实力只有真灵级别。

一年之内，想达到能够覆灭菩提门的实力，除非出现奇迹。

但有更多的人，选择期待奇迹。大家不约而同地把目光放到了一年之后。一年之后，将有一个叫郭临的年轻人，走上菩提门，实现诺言。

第22章 北冥幻域

北冥幻域位于天武大陆的北方，是大陆七大魔域之一。

这里穷山恶水，魔物横行，却挡不住人类探险的步伐。

多少年以来，人类在魔域之中，建立了一个又一个城池。这些在魔域中讨生活的人类，也有了专业的称呼——猎魔者。

五千年前的这个时代，某些方面虽然落后，但是交通却并不落后。各大城市之间，都有远距离传送阵。而在各大魔域中，还有远古留下来的洲际传送阵。

以这些洲际传送阵为中心，人们在魔域中建立了根据地一般的城池。位于天武大陆北方，七大魔域之一的北冥幻域中的冥城正是其中的一个城池。

自然，远距离传送所需要的费用，是非常昂贵的。寻常的猎魔者绝对用不起。

在人域西南的人们还在激烈地讨论郭临所订的一年之约时，与秦天机众人分别之后的郭临便带着暂时解除了身体隐患的凌雨，马不停蹄地赶往北冥幻城，辗转到了冥城。

此时，他还不知道，自己已是西南人域家喻户晓的人物。他更加不知道，西南人域还流传着有关于他与凌雨的浪漫传说。

他的一年之约，并不是无中生有，灭菩提门的话，也绝非随口一说，恐吓菩提门众人而已。当夜，被慕容达的言行激怒是一个原因，另一个原因，则是他感受到初雪无比虚弱，她的气息正在不断减弱。

在一次又一次力量透支之后，再强行配合郭临使出诛天之怒，初雪受了极大伤害。一个月过去了，灵魂空间内的初雪，都未有任何动静。无论怎么呼唤，都无法唤醒她，郭临心情极为沉重。

想到这里，郭临握紧了拳头。他一定会想到办法唤醒初雪，但在这之前，他必须安顿好凌雨。以凌雨目前的身体状况来看，实在不适宜继续跟自己奔波。这也是郭临来到冥城的目的。

冥城虽在魔域，但地理位置已比较接近人域了。如果魔族暴动，对人域发动侵略，这里是人类在魔域中的最后一道堡垒。

但大多数时候，这座汇聚了天武大陆各处猎魔者、人口高达百万的城池，有着不输于大陆任何国家的帝都的繁华。

这种性质的城市，在北冥幻域之中，不下百座。但大部分规模不及冥城。

川流不息的街道上，来来往往的都是猎魔者。每一天，都有猎魔者从魔域深处归来，将斩获的战利品、妖魔内丹、骨骼、矿石，以及用于修炼、炼器、炼丹用的天材地宝等带到冥城贩卖。

猎魔者是天武大陆从业人数最多的职业。能够深入魔域深处的，都是猎魔者中的佼佼者。更多实力较低的猎魔者，只敢在魔域边缘处杀些小魔物，或在被前人踩踏了无数遍的贫瘠矿区，挖取一些低廉的矿石。

哪里有利益，哪里就有争斗。低级的猎魔者尽管每天只能获得一些蝇头小利，但依旧会争得头破血流，环境非常残酷。

猎魔者们将战利品，以较低廉的价格卖给收购商，然后又马不停蹄地钻入魔域，继续猎魔。

同样的物品，与人域中的城池相比，冥城这里的价格，要低三成左右。

正因如此，冥城成了天武大陆几大超级批发市场之一。

望着周围每一天都在努力奋斗着的人们，郭临有一种恍如隔世的感觉，仿佛一下子回到了前世。

魔域中的天空有些昏暗，残阳如血，挂在天边。但在郭临心中，却有一种别样的亲切之感。

郭临吸了一口略显浑浊的空气，一种熟悉感包围了他，对曾经炼化魔魂为己用的他来说，魔域，就是天堂。

“郭临，你也到魔域了。该放我走了吧。”

一个女人的声音打断了郭临的思绪，是圣女皇甫婉。

原本郭临没想要带她一起来的，但这个女人现在是他手中的人质，只要人质在手，菩提圣门就有所忌惮。万一这个女人趁自己不在蓬莱宗偷跑了，蓬莱宗将遭遇大劫。郭临觉得，还是将人质放在眼皮子底下比较安全。

郭临转头，望着那悲愤的美丽面孔，笑道：“瞪那么大眼睛做什么？皇甫婉，我说过了，你若有本事从我手中逃掉，就尽管逃好了。”

“你！”

皇甫婉气急，这些日子她不是没试着逃走过，但最后都被郭临无情地抓了回来。对于皇甫婉，郭临并未因为其拥有一张美艳的面容而产生一点好感。对他来说，这是一个敌人。敌人是没有男女之分的。而对待敌人，郭临向来不会心慈手软。

郭临不理皇甫婉，牵着凌雨的小手继续向前走。一个穴道被制住，无法使用法力和真气的女人，他不需要太过分心去注意她。

走马观花般从拥挤的人群中走过，郭临的目的是冥城中央的冥心广场。在冥心广场，有一场来自圣域烈光学院的招生大会。

烈光学院，虽然是学院，但在圣域中，其地位，就好像青海门在东人域中一样，是人们心中的神圣之地。皇甫婉所在的圣门菩提若与之相比，都是小巫见大巫。

不要说烈光学院的院长，就是烈光学院的一位普通的长老，都是圣门菩提不敢招惹的对象。

当郭临从苍仪口中听到这一切后，就打定了主意要送凌雨进入烈光学院。圣体的隐患暂时控制住了，几年内凌雨不会有事。但是接下来会发生什么很难预料。

圣域拥有天武大陆最优质的修炼资源，可惜的是，其排外性非常强。除非你拥有高超的能力，让圣域中的门派垂涎并且拉拢。否则，谁也无法进入其中。

想入圣域，难比登天。不要说猎魔者们了，哪怕是在人域拥有庞大势力的人，想要进入圣域，都无比艰难。

如果有人偷偷地进入圣域修炼，不论其有多强大的实力，一旦被发现，必死无疑。

也有些东人域的一流门派，做过冲入圣域的美梦，但只是美梦而已。自古以来，很少有在东人域发展的门派能进入圣域，并最终扎下根来的。

圣域大多数门派很排外。但圣域中的四大学院，每年都会面向整个天武大陆招收学生。

自然大部分招生名额是给圣域中的各大门派的，但也会有很少的一部分，分给天赋异常突出的圣域之外的人。

所以进入烈光学院，便是鱼跃龙门，从此前途不可限量。

不过对大多数猎魔者来说，这样的机会基本等于零。今年，烈光学院准备在北冥幻域中招收一百名猎魔者身份的学生。

北冥幻域足有上百个城池，平均下来，冥城的名额只有一人。可是冥城有着百万人之多，而适龄的人也有好几十万。

虽然机会渺茫，但还是有很多人愿意去一试。

郭临也希望这个底蕴深厚的学院，能够给凌雨一些实质性的帮助。当然，第一步是要进入烈光学院。对于这一点，郭临有绝对的把握。

眼前就是拥挤不堪的冥心广场，一眼望去，人头攒动。

“郭临，我不想去。我怕去了圣域以后，就再也见不到你了。”

凌雨拉着郭临的手，不舍地说道。她真的不想去，她只想这样天天看到郭临就好了。

郭临笑着摸摸她的脑袋，道：“小雨乖。分开只是短暂的。过不了多久，我就会去烈光学院找你的。”

“可是，郭临，我会很想你的。”

凌雨大着胆说道，因羞涩而通红的小脸，令人怦然心动。

“两个乡巴佬儿，以为烈光学院是随便进出的农场吗？我菩提圣门，一年都难得有一个名额。你们想进？真是可笑。”

后面传来皇甫婉鄙夷的声音。

郭临扫了一眼皇甫婉，仿若能洞穿他人心底的目光，使得皇甫婉浑身不自在。他冷冷道：“伤好了吗？”

一句话立即秒杀皇甫婉。

因为郭临的潜台词就是，若好了，就再划一刀。

皇甫婉目光悲愤，这个毫不留情的男人叫她感到害怕。她缩了缩脖子，不敢再多言。她知道，如果惹怒了对方，他什么事都做得出来。

等待接受测试的总共排成了五十条人龙。每一条人龙的前方，两位来自烈光学院的招生导师的身边，都摆放着一个晶莹剔透的玉球，那是测试天赋的领悟石。

只要将手按上去，领悟石会根据测试者的天赋，散发出强弱不一的光亮，并且显示一串代表潜力的数字，非常神奇。

皇甫婉在前，郭临和凌雨在后，三人也排进了人龙。

皇甫婉想过趁机逃走，却不敢造次，因为这无疑是要冒着流血的代价的。这些日子，她被郭临吓怕了。

人龙缓慢前进，一个个淘汰者垂头丧气地离开。郭临百无聊赖地看着这一切，心中却在想着初雪的事情。一个月时间，初雪隔绝与自己的一切交流，任凭自己怎么呼唤都叫不醒她。他怎么能够不担心呢。

现在回想起在菩提门的那一战，恐怕早在菩提园外，与两个地魂境的女人交手时，初雪就开始透支自己的力量。百余位玄王级长老和两位地魂强者的联手攻击同时落在她身上，哪怕是地魂七、八重的超强者都要受到重创。可是她不但云淡风轻地挡住了，还重创了对手。

这消耗的能量，只能用恐怖来形容。

明白了这一点，郭临的心情更加沉重。在严重透支力量之后，初雪还接连两次出手，惊退许狂魔，绞碎慕容达的手。最后，又在郭临的召唤下使出诛天之怒，那连神灵都要颤抖的一击导致她沉睡不醒。

灵魂空间内，郭临看着初雪无瑕的容颜，希望她能尽快醒过来。只是，这无疑是他的一厢情愿罢了。否则一个月前她就该醒了。

现在郭临迫不及待地想要知道，她的状况是安还是危。

一无所获，郭临的神识准备退出灵魂空间，就在这时候，整个空间发出轻微的震荡。纤尘不染的空间中，一缕金辉自初雪的身体中缓缓升起。

金辉化斧，是灭神破天斧。

与它一起升起的，还有一缕透明的魂魄。

看到那透明魂魄的模样，郭临吃了一惊。那分明就是初雪。她的魂魄正在离开龙卫的躯体。

"郭临。"

随着一阵美妙的天籁之音响起，灵魂空间仿佛微风吹拂湖面，轻轻震荡，那声音虚弱，是初雪。

郭临精神一震，道："初雪，怎么了，你为什么会变成这样？"

"时间不多，别插话，容我说完。"

灵魂空间内，有两个"初雪"，一个是凝实的龙卫，一个是飘浮在龙卫头顶的魂魄。虽然二者都闭着眼睛，没有开口。但郭临却能觉察到，那透明的魂魄才是与自己交流的初雪。

虚幻的身躯沐浴在金色的神辉之中，神圣不可侵犯。

"我压制不住它了。再待在龙卫身体里，我很快会被同化。只有离开，我才有可能存活。"

龙卫身体里有两个灵魂，初雪一直拥有绝对的压制优势。本来如果按部就班下去，等初雪的神魂彻底恢复，那被压制的灵魂必将消失，被初雪同化。

只是现在力量强行透支后，初雪的神魂又受了伤，已经无法再压制它了。

"它为什么能够吞噬你，它不是七蛟之魂凝成的吗？"郭临问道。

七蛟之魂不过是凡间之物，初雪是天界天人，灵魂层面不是一个档次的。就算初雪受了重创，它也不可能压制住她。

"不错，七蛟之魂是无法压制我的。但它不是。至于它是什么，郭临，等你恢复了这部分记忆就会知道。短时间内，它对你没有危险。我魂魄离体，需寄身在灭神破天斧上。切记，在为我重新塑造真身之前，万不可再用它了。现在我告诉你救我的办法。仔细听着。"

“嗯。”

郭临只记得前世自己在凝练龙卫的时候昏迷过去了，醒来之后，发现了一尊女龙卫。郭临一直以为，与初雪争夺身体控制权的是自己炼化失败的七蛟之魂，可是从初雪的描述来看，显然不是。

既然龙卫里的另一个魂魄不是七蛟之魂，那又是什么？而初雪说的，短时间内它对自己没有危险，又是什么意思？龙卫是遵从主人命令的，怎么可能会令自己有危险？

郭临隐隐感到，自己曾经知晓。可是现在却怎么都想不起来，只感到大脑里有一段是空白的。那是缺失的记忆。他不再说话，一段信息如流水一般，在大脑中流淌而过。

“迷失域，坠六道，苦海金莲，塑真身；地狱门，超轮回，冰魂锁魄，复神魂……”

“什么意思？”

郭临皱眉，感到有些深奥。

可是灵魂空间内，再无初雪的声音。郭临看到她那虚幻的身影渐渐缩小，最后化作一道光进入了灭神破天斧之中，不曾为郭临心中的挽留而慢上一步。

郭临对这段古文一般的话一知半解。他有些恨自己念的书少了。

这到底是什么意思？初雪已经告诉了自己，重塑真身的补天玉髓在迷失域，可是为何又留了这么一段晦涩的话。

她提到了冰魂锁魄。

郭临知道“冰魂锁魄琴”与春回浩渺石齐名，是九大天神器中排行第七的神器。他记得在菩提峰上初雪曾说过，如果活下来，就告诉他复原神魂的办法。那么，郭临的理解就是，冰魂锁魄琴，能够治愈初雪和自己缺失的神魂。

九大天神器中的冰魂锁魄琴，代表着巅峰的冰系法术。而其本身，对神魂也有特殊的蕴养作用，令持有者拥有永固的神魂。

想到了这里，郭临基本肯定了这种猜想。只是，“地狱门，超轮回”又是什么意思？

结合前面半句话，塑真身，要去迷失域，那么复神魂，则要去地狱门。也就是说，九大神器中排名第七的冰魂锁魄琴应该在“地狱门”中。

郭临也被自己的推测吓了一跳，因为他觉得这个可能性很大。

但地狱门又在哪里？

郭临头大如斗，他不认为初雪会对自己惜字如金，也许这是她用某种秘法捕获的天机吧。

补天玉髓和冰魂锁魄琴都是救治初雪的神物。郭临发誓，不论前途有多危险，一定要得到它们。

广阔的灵魂空间内，灭神破天斧静静地旋转，洒下漫天金色神辉。其下，那个凝实的双目紧闭的龙卫，露出一抹得逞的笑意。笑容有些鬼魅，有些阴邪。她缓缓睁开了眼睛，打量四周，旋即仿佛发现了什么，神情变了变，漠然地目视前方。依旧是初雪的模样，可气质截然不同。

“初雪？”郭临问道。

即使离了初雪的魂魄，这尊龙卫似乎依旧不凡。

“嗯。主人。”

龙卫轻声回应，声音清脆。

郭临眼里闪过失望的神情，这已不是初雪了。

“以后你就叫小雪吧。”

“好的。主人。”

人龙滚动，郭临三人已经走到了前排。排在郭临前面的皇甫婉把手按到领悟石上面去。

回过神，郭临微微一愣。他让她排在自己的前面，只是觉得看起来方便一些。没想到，她也测试天赋去了。想到皇甫婉的某种心思，郭临笑了笑，并未阻止她。

皇甫婉神情有些紧张地望着领悟石，她的天赋不算好。就算从小填鸭式地吃了许多洗髓伐脉的灵药，天赋也只比普通人高上一等。二十岁的年纪，达到真灵三重境界，这是她的极限了。

这种程度，和门派中几位长老拥簇的二十岁就达到玄王境界的天才们相比，只算平庸。若不是她是圣主皇甫玄的亲生女儿，根本没有资格成为圣主之位的争夺者之一。

但是要知道，圣域之中，因为血脉的关系，大多数人的天赋都不低。比圣域的普通人高上一等的天赋，与圣域之外的人比起来，也算是天才。

受到触摸后的领悟石，散发出闪亮的光芒。其上，能量状态的数字跳动着，从零开始，跳到一百，跳到两百，最后停顿，数字显示，两百五十。

站在领悟石边的一位身着白袍的女子，微微动容。两百五十，这是今天到目前为止的最好成绩。接受测试的人之中，大部分只有两位数的潜力。能够突破一百的，只占了受测试人中的百分之十。

至于突破两百，一早上下来，一只手都数得过来。而现在出了个两百五，的确是最好的一位了。只不过距离烈光学院的门槛，还有不小的差距。

女人摇了摇头道：“下一个。”

虽然结果在意料之中，但皇甫婉还是有些黯然。要是能够进入烈光学院，也就能逃离郭临的魔掌了。只是，天不遂人愿。她是圣域之人，对烈光学院有所了解。烈光学院的天赋测试，潜力值五百才是及格。

而且“两百五”这个特殊的数字，让她觉得自己脸上火辣辣的。她转过头去看郭临，认为后者一定会趁机落井下石，笑话她。只不过，很明显，她自作多情了。

郭临压根就没想过取笑她。此时，他也将手伸到了领悟石上。

前世的时候，他没有测试过天赋，对领悟石很好奇。

在手掌接触到领悟石的刹那，一道耀眼的强光猛地自领悟石上蹿起。刹那间，周围传出一片惊呼声。

因为这道光的强度，超过了今天所有的测试点。附近的人纷纷转过头来，看到郭临面前的领悟石上“噌噌”往上攀登的数字，心也跟着飞快跳动。

数字超过了一百、超过了二百，又很快超过了三百。之后，速度依旧不减。当窜上六百时，两位来自烈光学院负责考核的导师，也流露出诧异而惊喜的目光。

以往，冥城每年都有数十万人参加考核，但最后鲜有人能够超过五百。而这个人，直接跳到了六百。

随着光芒越来越亮，越来越多的人被吸引过来。

在临近考点监督考核的几位烈光学院的导师，也纷纷走了过来，想要见证这一奇迹的出现。五百的天赋是烈光学院的及格线。六百虽然高，却距离学院中的中等学生还有一些差距。但眼前的人这么快就突破六百，说明冲劲十足。估计能到八九百也说不定。

八九百的潜力值，就算在烈光学院，也是值得大力培养的。至于一千以上，他们根本没想过。因为潜力值能够过一千的人，每个都是来自圣域各大门派，妖孽一般的人物。

几位导师在期待，期待那领悟石上的数字不要停下来。

郭临也在期待，不论是谁，都希望自己拥有更好的修炼天赋，那不断上涨的数字，让他有一种满足感。

旁边的人都瞪大了眼睛，就连皇甫婉都在用一种看怪物的眼光看着郭临。因为此时数值已经到了九百。

到了九百之后，数字的增长逐渐变慢。

九百五十、九百八十、九百九十……

所有人都屏住了呼吸。

九百九十九……

眼看就要突破一千，情况骤变。那让人口干舌燥的数字，如同泄气了的皮球，猛然下降，刹那间跌落。

领悟石光芒依旧，但数字却停留在了三百。

这情况让所有人都大吃一惊。

郭临也是一愣，怎么回事？按理说，突破一千毫无压力啊。

女招生导师微微叹气，她望向郭临，神情中流露着几分复杂之色。郭临看出那是惋惜之情。

三百的天赋绝对不低，今天参加考核的五十条人龙高达上万人，能够达到三百的，屈指可数。可是因为之前郭临几乎突破一千，再跌落下来，大家未免觉得可惜。

毕竟大部分人天赋不足，是无法进入烈光学院的。看到结果与入院门槛相差甚远，大家也就不觉得可惜了。

但是自己进不了，如果能够看着别人达到，甚至远远超过入门线，那也是很不错的。饱饱眼福，也能满足下猎奇心。

本来大家都认为，这个容貌清秀、手指修长的男子，进入烈光学院是铁板钉钉的事了，没想到关键时刻掉了链子。

大多数人脸上都溢出失望之色，不过也有个别幸灾乐祸的。

而郭临身边的皇甫婉，则是轻轻呼了一口气。作为圣门圣女的她本来就有一种优越感，她看不起郭临，也看不起圣域之外的任何人。如果郭临的天赋达到一千，她会吐血的。但就算只有三百的潜力值，在她看来还是有些刺眼。

郭临并不觉得有什么压力，三百就三百吧，他觉得一个人最后的成就和天赋有关，但天赋不是决定一个人成就高低的最终因素，努力更为重要。

有个词，叫天道酬勤。成功是用坚持不懈的勤奋换来的。

郭临站到了一边，等待着凌雨测试，希望这个丫头能够带来惊喜。

见到郭临这副放松的模样，几位导师相顾无言。他们已经看出了郭临的确拥有破千的潜力值，只是身体出了问题。如果这个问题能够解决，他们会乐意指导郭临。毕竟潜力有望破千的人，可不是田园里的大白菜，随手可摘。这样的苗子，圣域里的任何门派，都是抢着要的。

只是这个年轻人的情况，是无解的。

导师们失望的神色一闪而过，眼前的男子对他们来说不过是个陌生人。既然他与烈光学院无缘，没必要给自己徒增烦恼。就在这时，一道闪亮的强光，爆射而出。

那是凌雨所在的地方。

强光刺眼，许多人都把眼睛眯了起来。这道光比郭临之前的还恐怖，光芒辐射整个广场。

强光中，领悟石上的数字不断变化，几乎是瞬间就达到了三位数，下一秒就成了四位数。

众人发出惊呼，四位数，潜力破千了？

连负责考核的导师的眼眸也变得闪亮，仿佛发现了稀世奇珍。这样的苗子出自自己之手，这是多大的一个功劳？导师心如鹿撞，激动不已。

但潜力破千只是个开始，只见四位数的首位，从一开始，节奏般地跳跃着，从一到九不过几秒钟时间。

“九千多的潜力？”见证了这个奇迹的人都懵了。前面有人潜力值快到一千了，立马掉了下来。现在则有人达到九千多的潜力。是领悟石坏掉了吧？

郭临也很惊讶。这潜力太恐怖了。九千多？这世上还有比她更有天赋的人吗？

想到这里，郭临皱眉，他发现这不是什么好事。如果是他，他绝对不会这么张扬地展示自己的天赋的。因为这只会给自己带来麻烦。

他想过凌雨拥有不俗的天赋，只是没想过这般变态。绝世纯阴体，金乌圣体，又吃了一枚据说能够让人脱胎换骨、悟道成圣的菩提果。这样的人，恐怕放在天界也是独一无二了。

周围的惊呼声越来越响，因为领悟石上的数字还在变化。

还未等大家发出惊异的叫声，领悟石猛然爆发出一阵令整个天地都为之发亮的光芒，接着“砰”的一声，光芒瞬间黯淡——领悟石炸了。

……

从凌雨伸手测试天赋，到领悟石炸裂，仅仅数秒的时间。所有人都没有反应过来。就连来自烈光学院的招生导师们，也是一副错愕的表情。

领悟石炸裂，这种事情前所未有，他们甚至不知道该做出什么反应。所有人都呆呆地望着散落在地上的领悟石的碎片，大脑空白一片。

凌雨心里忐忑，她压根就没想过会把领悟石弄坏。这可怎么办呀？

凌雨可怜兮兮地心想，这领悟石看上去好贵的样子，不知道要赔多少钱。前来冥城的路上，已经花费了很大一笔天武灵石了，如果赔不起的话……她偷偷地望向郭临，那就一起跑吧。

望着凌雨递来的眼神，郭临表示无语。

傻丫头，还想着跑，你撞大运了！

忽然天空划过一道残影，一个窈窕的身姿从天而降。这是一个美丽的女子，五官精致，身材婀娜，身着一袭高贵的红色百褶连衣裙，肌肤赛雪如玉。神情淡漠，整个人给人一种上位者之感。

她凭空静立在空中，衣袂飘舞，用不容置疑的语气宣布道：“烈光学院考核到此结束。”

此话一出，全场一片哗然之声。

“什么情况，不给考核了？”

“老子大老远跑来的，都还没测试天赋。”

“开什么玩笑？”

抱怨之声此起彼伏。

凌雨测试的时间很短，广场上数万人，大多数人都还不知道是怎么回事。就在大家要大声质问时，下一秒钟，大家发现，那个女人凭空消失了。

郭临心中一紧，因为凌雨也被带走了。以他的阅历自然看出了凌雨超优异的天赋，引起了这个似乎是烈光学院重要人物的重视。可是，就这样丢下一句话，就将凌雨带走，未免太过分了吧。有没有征询过她的意见？

虽然有所准备，但凌雨所展现出来的天赋，叫郭临也大吃了一惊。烈光学院的人开始收拾考核用的道具了。

许多来凑热闹的猎魔者们也纷纷散去。虽然觉得烈光学院的做法有些过分，但人家就是牛，有什么办法？就当白来了吧。

人群散去，各奔东西。对猎魔者来说时间很宝贵，浪费时间，就是浪费生命。

而郭临并未离开，他叫住一位负责招生的女人道："抱歉。这位导师，能否告知在下，刚才的姑娘被带到哪里去了？"

"她是你什么人？"

那女人瞧了一眼郭临，话语之中露出几分柔和。眼前的人，要不出意外，也是一个百年难得一遇的天才。可惜了。

"她是我妹妹。"郭临说道，"我想见她。"

听到郭临的身份，女人笑了，道："你跟我一起来吧。或许能见到。"

命运河，河水滔滔。

这是北冥幻域之中最大的河流。河宽数里，发源地位于魔域深处的冰封高原，流经大半个北冥幻域。冥城外三里处所在的清河，正是命运河的一条支流。因为河水清澈，成了冥城附近最大的水源。

夕阳下，清澈的河水，闪烁着粼粼波光，微风拂过，河岸边的杨柳轻轻摆动，飘落绵绵柳絮。

柳树下，一张精致的小脸，梨花带雨。

"小雨，哭什么呢？别人八辈子都进不了烈光学院。你要高兴才对。这也是为了你的身体着想，你必须尽快提高实力才行。"

郭临宠爱地摸了摸凌雨的头，擦掉凌雨脸上的泪水。在去迷失域之前，能将凌雨安顿下来，总算了却了一桩心事。在烈光学院，凌雨也能得到更好的照顾。

远处，站着烈光学院的导师，以及那位出现在广场上空，将凌雨带走的女人。她们时不时地回头望向这边，已经很晚了，她们要出发回圣域。

哭了许久，凌雨哽咽不止。她从来都没有想过，有一天会离开郭临，去遥远的地方。以后天各一方，她怕再也见不到他了。在她心中，他是自己生命的一部分。离开了他，她很难过，连呼吸都会痛。就像在天鹰岛，焦急地等待郭临的那些日子，她每一天都是煎熬。“郭临，你保证一定来烈光学院找我好吗？你不来，我就不去了。”

泪眼模糊了视线，凌雨努力睁着眼睛，她要将他的形象装进心里。每一天，都要想几遍。他是她的精神支柱，他是世界的中心。

郭临微笑地道：“当然。我肯定会来的。”

“真的吗？”

凌雨满脸期盼地抬起头。副院长南宫琦说，她的情郎这辈子都与圣域无缘，还叫她斩断情丝。为此，她与她大吵。她宁愿不去烈光学院，也不要离开郭临。小丫头难得露出倔强的一面。

凌雨是万年难得一遇的好苗子，烈光学院的女人将凌雨当成宝一样。最终，后者妥协。只要郭临来年在潜力测试中能够达到四百，就让他作为特招生，进入烈光学院。

郭临伸手捏了捏凌雨吹弹可破的小脸，又刮了下她挺翘的鼻子，打趣地道：“我什么时候骗过你。”

“嗯，没有。”凌雨破涕为笑，终于止住了哭泣。她上前搂紧郭临，贪婪地将自己的小脸，贴在他的胸口上，感受他的味道。

这是她最后一次，这么亲密地搂着他了。

柔软的娇躯贴在身上，郭临能够感受到那凹凸有致的美妙，闻着少女特有的芬芳，他手掌拍拍凌雨的背，心里只有怜惜。

“该走了，凌雨。”

太阳渐渐落山，远方传来女人的呼唤声。

凌雨娇躯微微一颤，极为不舍地松开了环住郭临腰的手。她勇敢地抬起头，直视郭临，轻咬红唇。四目相对，空气中都是不舍的情意。

“郭临，我走了，记得你答应过我，一定要来找我。”

羞涩的容颜，娇艳欲滴，明眸之中闪烁着无限期盼。郭临只感到心中最柔软处，被婴儿的小手，轻轻捏了一下。

轻柔地擦去少女脸上的泪珠，道：“好的，一言为定。小雨。去了烈光学院，你要好好修炼。到时候见面，如果你实力还在我之下的话，可要打屁股的。”

“嗯。”听到郭临的威胁，凌雨红着脸，点了点头……

第23章
迷失三重天

与凌雨分别后，郭临带着皇甫婉，在冥城里租用了一头迅闪雷鹰，然后休息了一夜，便飞向北方。

迅闪雷鹰是一种被人类驯化的真灵级别的灵兽，常用来做代步的工具。雷鹰展翅，翅膀宽度可达五丈。飞行速度达到每小时一百千米。

雷鹰的价格极为昂贵。即使是租用，每天的花费，也需要一百天武灵石，绝不是普通的猎魔者使用得起的。

与凌雨的约定，郭临一定会做到。研究了一个晚上，他知道了测试时潜力值骤降的原因。那是由神魂缺失，再加上附体重生时，灵魂与肉体并未完美的融合所导致的。

这种症状，短时间内，看不出对修为会有什么影响。

不过，一旦修炼到地魂境界，问题就会逐渐显露，甚至会集中爆发。在达到地魂境后，如果还未治愈，随时都有走火入魔的危险。因此，对这个时代的人来说，是绝症。

在烈光学院来说，这样的人，即使潜力再优秀，也和废物差不多。地魂境界，可以在东人域叱咤风云。但对圣域某个层次以上的人来说，什么都不是。

所以烈光学院的导师才会觉得可惜。

不过如此绝症，这个时代的人没有办法，但郭临却有办法治愈。只要得到九大神器中的冰魂锁魄琴，便可以修复缺失的神魂，而附体时出现的那一丝肉体与灵魂未完全的融合，也可以通过冰魂锁魄琴弥补。

只是冰魂锁魄琴所在地的地狱门在哪里？

高空中，狂风呼啸。想着即将到达的目的地，郭临前所未有地严肃。

迷失域，传闻人进去之后，十死无生的地方。至少在郭临的印象之中从来没有听说过，谁进入迷失域之后，还能活着出来。

那是一个令无数强者闻之色变的险地。虽然听说那里有着难以计数的奇珍异宝，有数之不尽的财富。但是在一批批超强者进入其中并杳无音讯之后，就再也没有人敢涉足一步。它就像个大魔窟，吞噬一切生灵。

因为需要一种珍稀的灵药，前世的郭临曾专门了解过迷失域。而它的位置，也是他在一本叫魔迹宝典的书籍中看到的。只不过，他还没有来得及去，就穿越了。

“你到底要去哪里？”

旁边传来皇甫婉的声音，此时的她脸色有些发白。越往魔域深处，她越发害怕。因为在魔域深处，魔兽的实力都是非常强的。

以她真灵级别的实力，自保都是问题。她看到郭临神情很是严肃，知道要去的地方该极为不凡。

郭临笑了笑道：“你听说过迷失域吗？”

闻言，皇甫婉有些发白的脸瞬间大变，她睁大眼睛，难以置信地望着说笑着的郭临：“你要去那里？开玩笑吧？”

很显然，她听说过迷失域。

“怎么，你很害怕？”

郭临嘴角微微一翘，这圣女也不过就是普通人而已啊。

皇甫婉觉察到郭临眼中的鄙视，心中甚感屈辱。只是，对她来说，与性命比起来，面子和尊严什么的都是次要的。

“别开玩笑了，郭临，你不是去迷失域的对吗？你知道那是什么地方吗？不要说你和我，就连我父亲，也不敢去迷失域。”

“我像是在开玩笑吗？”郭临头也不回地说道，“你是不是不想去？”

“是。”皇甫婉咽了口吐沫，用力点头。虽然不晓得那险地有多恐怖，但无数强者尸骨无存的下场，是最好的警钟。

那是谜一样的地方，充满了人类难以想象的凶险。

“哦，也成。你若不想去，就走吧。”

郭临解开了皇甫婉的穴道。

“你愿意放了我？你什么时候变得这么好了？”

皇甫婉惊诧，这个人怎么突然变好了？

郭临笑了笑道：“我一直是个好人。”

如果他是好人，那么自己就是观音再世了。皇甫婉腹诽。

“那你送我回冥城。”

这里已经是魔域的深处了，随时都会遭到魔物的袭击。皇甫婉觉得，要是自己一个人落在这魔域里，肯定会被魔兽吃掉。

“我为什么要送你回去？你要走，就跳下去吧。我不会拦着你。”

皇甫婉看了看下面的云海，这要是跳下去，倒是摔不死，因为刚出云层，就会有飞行系的魔物吃掉自己了。她怒道：“你耍我？”

“没，我认真的。你要是跳下去。能帮我引开一些魔物。”

时间一天一天过去，皇甫婉变得越加焦虑。在她心里，早就将郭临与恶魔画上了等号，不只是恶魔，就是疯子。去迷失域还要拉自己陪葬。

可是，若从高空中掉下去，也是必死无疑。

皇甫婉束手无策，看着在迅闪雷鹰背上打坐的郭临，许多次，她都想从背后下手杀了他。

可是，她不敢。因为她发现，郭临好像长了无数双眼睛一般，无论她在背后做什么，他都知道。

叫皇甫婉奇怪的是，明明越来越深入魔域，可是却从来没有遭到来自魔物的袭击。这叫她感到不可思议。

如果刚开始，因为较低级的魔物无法飞到高空，那么如今，向北飞行都一个月了。恐怕地魂级别的魔物都不少。可是，竟一头也没有碰到。

自然，皇甫婉是无法想到，只有真灵境界的郭临，却拥有超越地魂境界的强大的神识，可窥视方圆数十里的一切，这是他独有的预警的能力。也是凭借着这项能力，他们二人才能够一次次提前避开魔物，畅通无阻。

提心吊胆了一个月，皇甫婉看到打坐许久的郭临，身上忽然卷起一道璀璨的金光，顿时不可思议地瞪大了眼睛。他竟然是在修炼。

“真灵八重了吗？有些慢啊。”

郭临摇着头站起身，若不是心系初雪，他便不会彻夜赶路。在他印象中，迷失域很危险。本打算在进入迷失域之前，将实力提升到玄王境，修炼了炼魔神诀再进迷失域。可惜天不遂人愿。

目前初雪的灵魂寄生在破天斧中，谁知道会不会有副作用，他赌不起。

郭临张开神识，朝着云海之下扫视一番，嘴角顿时露出了笑意。

“下方竟然一头魔物都没有。看来不只是人类，连魔物都对迷失域充满了畏惧。”

他掐着指诀，试着召唤朱雀羽翼，但却失败了。

“传说迷失域外是禁法区，果然如此。”

筋疲力尽的雷鹰，从高空中滑翔而落。钻出云层，郭临和皇甫婉同时看到了宛如空间裂缝的无穷无尽的连接天际的沟壑，从西到东，差一点就贯穿了整个北冥幻域，仿佛是天神用神剑将大陆劈成了两半，壮观的景象，震人心神。

魔迹宝典中记载，在那空间裂缝一般的漆黑又深不见底的沟壑下，就是迷失域。

沟壑外面荡漾着诡异的气息，他们刚落下，二人同时感到一阵头晕目眩。脚下是荒凉的黄土高坡，惨白的尸骨随处可见。有些是人类留下的，有些从巨大的体形来看，是高级魔物。

这里没有草，没有树木，没有动物，也没有魔兽，没有一丝生命的迹象。处处坑坑洼洼，仿佛是被一个个天外陨石砸出的大坑，星罗棋布。

“轰。”

远处的天空飞落三枚拖着长长尾翼的流星，一枚砸在离郭临千米远的地方，发出地动山摇的声响。另外两枚则落进了沟壑，无声无息，没有波澜，仿佛彻底被吞没，进入了另一处空间。

郭临吃惊：这沟壑下到底有多深？

此刻他都有些怀疑，来这传说中的险地是不是太冒险了。但是，他不能回头，初雪为自己付出了那么多，自己怎么能够胆怯。

皇甫婉胸口不停地起伏，她的脸憋得通红，感到自己快要死了。她拼命地呼吸，却依旧感到窒息。

望着皇甫婉变得越来越恐惧的神色，郭临快速走了过去，将她提起来，道：“走吧。已经没有退路了，继续待在这里，会死。”

皇甫婉没有了力气，她求助地望着郭临，双脚更加不听使唤了。

郭临皱了皱眉，虽然讨厌这个女人，但他不会将她丢在这里。他说过，一年之后放了她，他就不会食言。只是，如果连他自己都死了，那就没办法了。

他如同拎小鸡一般将她拎起来，夹在腰间，然后快步跑向了远处的悬崖。

迷失域是天武大陆最神奇的地方。

前世，仿佛天武大陆百科全书一般的魔迹宝典，对其也只有简单的描述，进入迷失域的方式，是从断天涯上跳下去。

其实，这个方式写不写一个样。如果这个沟壑就是迷失域，或者沟壑下面是迷失域，那么想要进入，不跳下去，难道飞上去吗？

郭临走到了悬崖边，不远处的石碑上，“断天涯”三字清晰可见。这就是断天涯了。

悬崖下漆黑一片，仿若黑洞。他感到一种强烈的引力撕扯着自己的身体，想要将自己拽下去，就仿佛磁铁吸引着铁石。

皇甫婉已经昏了过去，郭临也感到呼吸越来越困难了。此时想要再离开，已经不可能了。如果回头，在死之前，绝不可能走出这令人窒息的黄土高坡。这里是禁法区，就连空间卷轴都是失效的。

“初雪，祝福我吧。”

郭临闭上眼睛，张开手臂，接着纵身一跃。

风吹过，坡上卷起黄沙，遮盖了脚印，连接天际的亘古沟壑，枯寂依旧，仿佛从来没有人来过一般。

郭临是闭着眼睛往下跳的，只觉得撞到了一个重物，然后是长久的宛如一个世纪之长的失重感，在昏过去之前，他听到一个声音在夸张地大喊："不要啊，老子好不容易爬上来的啊！"

郭临感到头有些痛，幸运的是，失重感终于消失了，死了吗？还活着吗？恢复意识的第一时间，他掐了下大腿，痛，说明还活着。

他睁开眼睛，映入眼帘的是个山谷。峰青谷翠，鸟语花香，鲜花遍地。远方还有一条蜿蜒的溪流。

美丽得让人意外的景色叫郭临迷茫，这是迷失域吗？

皇甫婉呢？郭临皱了皱眉，并未看到她，转过头看到一位少年。

少年黑发，黑眼睛，十六七岁的模样，身着奇怪的白色短袖衣服，留着板寸头，鼻梁上架着形状奇怪、镶嵌着两块凹面镜的金属架子，此时正怒气冲冲地瞪着自己。

是个似乎受了很大委屈的少年，怨念极重。

"你是谁？"

郭临戒备地道。在一个陌生的地方，看到一个打扮极为怪异的人，谁都会心生警惕，何况这个人还一脸敌意，不只是敌意，那表情很激动，好像要杀人。

"我是谁？你问我是谁？我好不容易就要爬出断天涯，是你把我撞下来，还问我是谁？断天涯那么宽，你偏朝我撞，你说你是不是故意的？我是谁？你告诉我，我是谁啊！"少年手指着自己的脸，显然是受了极大刺激。

望着眼前满脸无辜的郭临，少年神色更加抓狂，他飞起一脚踢了过去。只是，他刚提起脚，脚踝就被捏住了。

"有病。"

郭临眉头微皱，自己问他是谁，他不说也就罢了，还让自己告诉他他是谁，而且还对自己动手，不是有病是什么。郭临打量起这个山谷，在南边的位置，找到了一条似是出口的小路。

如果不能从这个少年口中探听到什么信息，就找找这里还有没有其他人吧。

"你才有病，放开我。"

少年倒吸一口气，这一脚踢得太过用力，脚抬高了。柔韧性不怎么好的他，感到大腿都要撕裂了。

郭临很快得出了结论，这是一个手无缚鸡之力，脑袋又有些问题的少年。

看来从他身上得不到什么有用的东西了。

郭临摇了摇头，放开他。前方就是谷口，他现在需要确认，这到底是哪里。既然自己还活着，那么就想办法找到补天玉髓。希望这附近有正常一些的人。

山谷外头是弯弯曲曲的山路，山间茫茫一片迷雾。能见度不高，虽不说伸手不见五指，但十米之外，就再也看不到什么了。

郭临神识散发开去，想看清周围的地貌，只是神识刚刚达到视线的尽头，就被反弹了回来。

郭临大感意外，在这里，神识竟然无法穿透迷雾。

迷雾中飘荡着奇怪的声音，似是灵兽，似是野兽，又似妖魅。

郭临掏出了引龙剑。神念一动，“叮”的一声，他的身边绽放出一道耀眼的白光。一袭白衣，手持利剑的女龙卫凭空而现。

郭临观察了一下，初雪的魂魄离体后的龙卫，容貌未变，气息比自己还要强悍一些，达到了真灵九重。不过她虽拥有举世无双的容颜，却面无表情。

“小雪，注意周围。”郭临淡淡地说道。虽然无法用神识感应周围，可是他本能地觉察到了危机。不知道这迷雾之中，有怎样的存在。

“好的，主人。”

龙卫扫了扫周围，一双眼眸也变得警戒起来。

沿着弯曲的山路前进，左侧是光滑的石壁，郭临推测，这里是一处峡谷，却不知道这峡谷有多高。

忽然之间，耳边传来一声令人头皮发麻的咆哮声，郭临心中一紧，撤退两步，看到前方闪出一对碧绿的眼睛，眼睛闪烁着如同鬼火一般的光芒。

是什么？

还未等郭临反应，迷雾中钻出一头灰色的狼形怪兽。它长着獠牙，配上那鬼火一般的眼睛，十分恐怖。

狼形怪兽扑向郭临，速度飞快，只是在瞬息之间，它的利爪就到了郭临胸前。

但这种程度的速度，还无法对郭临构成威胁，他挥剑去挡，可是忽然间，狼眼的绿芒大盛，几乎是同时，郭临心神微微一凛，失神的刹那，尖锐的疼痛传入大脑。

郭临一惊，精神从失神的状态中挣脱出来。映入眼帘的是一个狰狞凶悍的狼头，它张着口，只差一点就要将自己的脑袋咬下来。

说时迟那时快，郭临体内真气喷涌，身法行云如风，加持到极致，风驰电掣一般，躲过了致命一击，接着引龙剑划过一道剑罡能量，落在狼头上。

“轰。”

狼行怪兽倒退，钻入了迷雾。

这一切叙述起来很久，实则却在电光石火之间发生。郭临胸膛流着血，那狼形怪兽的一爪，竟然轻易地破开了内甲。

穿在郭临身上的内甲不是玄品宝衣纤云护心，因为那件宝衣早在菩提峰，被慕容达一剑毁去了。现在他所穿的是一件黄品六阶的白虹内甲。

黄品六阶的白虹内甲虽然比不了纤云护心，但也绝非凡品，抵挡真灵强者的全力一击，不在话下，可现在竟被轻易撕开了。

而且，那绿光又是什么？竟然有摄魂作用。

郭临感到这怪兽不平凡。来不及多想，随着一阵狼啸，绿光如电，疾驰而来，须臾之间，就进了郭临的视野之中。

“小雪，杀。”

郭临不去看它的眼睛，直接对身边的龙卫下了命令。

狼形怪兽近在眼前，可是一串炽热的火球更快。

“轰隆！”

狼形怪兽飞起的身躯在空中戛然而止，它的身体熊熊燃烧，眨眼之间，就化成了一堆灰烬。

除了能够迷惑敌人的眼睛外，它的实力并不强。郭临很快地得出了结论。

刚才的一串火球是他的龙卫所发。这是一种叫一线熔火的法术，是只属于龙卫的法术。

郭临走了过去，在灰烬前蹲下，然后运起了炼魔心经的功法。手心中闪出淡淡的紫色光辉，只见一道透明的魂魄从灰烬中升腾而出，魂魄接触到郭临的手心，“嗤”的一声，化作纯净的能量，被他吸收了。

灰烬堆里，一枚闪闪发光的晶石吸引了郭临注意。似乎是这头怪兽的晶核，郭临微微一笑，毫不客气地收入囊中。

“小雪，注意警戒。继续走。”

郭临淡淡地说道，迷雾笼罩，神识无法窥探的地方，叫他有一种束手束脚之感，完全施展不开实力。

迷雾中还有没有更厉害的怪物？他不知道。现在只能硬着头皮向前走，所幸这里不是禁法区，可以使用法术，要不然，情况会更糟糕。

一路上，郭临碰到了许多魔物，它们的眼睛都闪烁着拥有蛊惑作用的绿光，一旦目光与它们接触，就会情不自禁地失神。

吃一堑长一智，知道了这些魔物拥有摄魂之能，郭临提起了精神。神识强大的他，只要有准备，还是能够免疫这些绿光的。

每一头实力不一的怪物，他都有惊无险地干掉了。路虽然没找到，但击杀魔物后，缴获的晶石可不少。

可是茫茫迷雾，仿佛没有尽头。无论他怎么走，都走不出迷雾的范围。

一个时辰后，郭临停下了脚步，前方有一堆烈火烧干净的枯骨。

“怎么回事，我好像又回到了原来的地方。”郭临皱眉，他走到枯骨面前，感觉这堆枯骨像是自己杀掉的第一头魔物，但是又不很确定。

因为一路走来，他杀掉的魔物不少。

他从星空戒指中取出引龙剑，在枯骨周围画了个圈，作为标记，然后才继续往前走。

郭临的方向感很好，他万分确定自己是向前走的，并没有绕什么圈子。

一个时辰后……

望着视野中的枯骨，郭临一愣。那堆黑色枯骨的周围，有着明显的一个圈。那是自己留下的记号。

也就是说，自己走了两个时辰，一直都在原地打转？

这个打击不小，但郭临不死心，继续向前走。直到一个时辰后，再次看到自己留下的记号。

郭临陷入了迷茫。这是迷宫吗？那也不可能，他自信一直是笔直向前走的。就算是迷宫，他也不可能回到原地。

难道是幻阵？郭临沉思，这个可能性最大。但如果是幻阵，又是什么阵法？

他试着倒走了一段路，只几分钟，周围的景象便豁然开朗。

郭临一喜，以为是误打误撞，走出了幻阵。抬头望去，只一秒，他的心就又沉了下去。

鸟语花香的山谷，遍地的鲜花和绿草，山谷的小溪中流水潺潺，发出叮咚的声音。这不就是自己跳崖后醒来的地方吗？

“这条路走不通，找找山谷中还有没有其他的路吧。”郭临自言自语地说道。他不信自己就这么被困在这里了。还有皇甫婉不知道去哪里了，他要找到她。

毕竟他说过一年后会放她走，可不能让她死在这里。

他目光一扫，将这个山谷打量了一番，他看到一棵樟树下，有一大摊殷红的血迹。郭临微愣，这个山谷他醒来后就观察过了，除了那个脑袋有点问题的少年，就再没有其他人了。那么说，这摊血是他留下的？

刚刚想到这里，他就发现有个身影仰面倒在地上。那人呻吟着，因为失血过多，声音很轻，样子极为痛苦。而那副奇怪的金属架子，被丢在了一边。

看到少年还有一丝生机，郭临一个箭步，来到少年身前。丹田之中，春回浩渺石转动，他的手掌顿时闪出无限的生机。

少年的伤口愈合了，力量也在慢慢回归因流血过多而十分虚弱的身体。

一分钟后……

“你怎么在这里？”

少年睁开眼睛，见到郭临，露出异常惊讶的表情。

郭临非常奇怪：“我为什么不能在这里？我看路走不通，就又回来了。”

“你救了我？”

少年又道。

“嗯。我救了你。”郭临笑道，他以为少年会感激他，可是事实情况却是，少年的面孔变得愤怒，神色抓狂。

只见少年猛然起身，红着脸怒喝："你为什么要救我，你有什么资格救我。"

"你以为我死一次容易吗我？我好不容易鼓起勇气自杀，你竟然救了我。该死，你，你竟然救我。"

这什么情况？这人果然有病，还是病入膏肓的那种。少年已经冲过来。郭临抬手，砰地一拳，少年弹了回去，眼睛变成了熊猫眼。

少年又惊又怒，但打又打不过，实在难以发泄心中的怒火。他"啊"地大叫一声，转头冲了出去。

接着"咚"的一声，树木剧烈摇摆。

少年面色扭曲，哀号着。

"这是什么情况，撞树了？"

郭临倒吸一口气，地上是一大摊血，少年的脑袋上还在不断地冒出血水，如果任其这么下去，肯定会失血而亡。这撞得太狠了。

郭临皱眉，这个少年虽然对自己有敌意，面相却不坏。而且现在自己走不出去，如果这里找不到其他人，他可能是唯一能够和自己说话的人了。虽然他脑子有病，动辄撞树，但也许能从他口中得到一些想要的信息。郭临决定救他。

手中神辉闪现，一分钟后……

"就算想不开，也不要自寻短见。"

郭临蹲在少年的身边劝导道。

"你怎么了？"

少年一言不发，失魂落魄。他架在鼻子上的奇怪的架子，已经彻底歪了。

"失恋了？"

郭临都奇怪，自己怎么突然有耐心，和一个神经病说话。

少年依旧一言不发。

"下次走路小心点，走路撞树，还撞得头破血流的，我是第一次看到。"

见少年一脸呆滞，郭临正想安慰他，忽然后者转过头，面无表情地道："你有剑吗，借我用一下。"

"剑？"

"嗯。"

郭临觉得奇怪，不知道他要做什么，但还是把清风剑给了他。

只是下一秒钟，听得"嗤"一声，一道血箭从少年身上喷射而出。郭临一惊，这一剑直接贯穿了少年的左胸，少年反手握剑，脸上挂着得逞的笑："这一下，你救不活我了吧。咳，咳……太好了。"

说着这话，嘴里吐出一口鲜血。

“噗。”

长剑拔出，胸膛飙射出更触目惊心的血箭，少年满脸笑容地倒了下去，这一下终于可以死了。

但下一秒钟，少年的笑却凝固了。他感到一个手掌按在自己的身上，几乎同一时间自己的身体忽然被一股温润的绿辉笼罩，接着胸口的创伤，以肉眼可见的速度迅速愈合。生命回归，力气也随之回归。

一分钟后……

“不管你受了多大委屈，自寻短见都是不对的。想想你的父母，他们养育你多么不容易，你竟然要自杀。”

郭临看着神色又变得呆滞的少年，拍了拍他的肩膀道。在郭临看来，这个家伙一定是受了极大刺激，才会导致神志不清。多么可怜的一个少年。

“啊！呜……”

郭临的话似乎起了作用，少年痛哭，泪流满面。

少年对郭临彻底绝望了，三番五次地寻死，他都能救活。有他在，自己又怎么离开这该死的地方？哭了许久，他终于开口：“你信我说的吗？”

郭临笑道：“这里除了你以外，再没有别人了。我不信也得信。你先告诉我这里是哪里？”

少年看了眼郭临，叹了一口气，道：“这里是迷失三重天。”

迷失三重天？莫非真的是迷失域？郭临暗道。心中有了数，他又问道：“你是这里的人吗？”

“我不是这里的人，我是……”少年摇头，万分失落地道，“算了，说了你也不会信。”

“你不说怎么知道我信不信。”

见郭临含笑的模样，少年的心理防线渐渐放开，说：“我叫王云，我，我是地球人。”

“地球？”

郭临一愣，忽然他想起了前世认识的一个朋友——寐影，那家伙也说过自己来自遥远的地球。若不是听他说过是穿越而来，心里有了这个概念，一年前郭临也不会在第一时间，反应过来自己穿越了，还是魂穿。

只是，那地球到底是什么地方，那里的人怎么都喜欢穿来穿去的？

“你知道地球？你也是地球人？”

见到郭临的反应，王云惊喜，自己在这个迷失三重天的地方受尽了苦难，现在老天终于开眼了，送了个老乡来。

郭临奇怪地道：“地球是什么？能吃吗？”

王云不死心，认为郭临是在开玩笑：“你不是地球人？”

“不是。”

郭临一本正经地摇了摇头。

“呜，我怎么这么命苦……”

王云又哭了，心理防线一旦溃败，心中积压了十几年的委屈，便如泄闸的洪水倾泻而出。随后他开始滔滔不绝地讲述起了过往的事情。

一段血泪的辛酸史，缓缓呈现。

王云无疑是史上最悲催的穿越者，作为宅男的他，有两大爱好，其一是玩游戏，其二就是看穿越小说。

通常，他喜欢将这两大爱好同时进行。

宽屏的电脑屏幕上，一边是电子阅读器，另一边是游戏画面，而在游戏自动挂机的时候，他就会把注意力集中到电子阅读器上享受阅读的快乐。

可是他从来没有想过，有一天自己会乐极生悲。连续三天三夜奋战游戏，即将成为游戏中最高等级玩家的他，会“砰”的一声，在电脑爆炸中穿越。

穿越了也就算了，看多了穿越小说的宅男，接受力是很强的。在短暂的惊吓之后，他就开始幻想未来神奇而精彩的穿越生活。

作为一个宅男，还是一个沉浸在游戏和幻想世界的宅男，穿越简直是他的梦想。

毕竟“按照常理”，穿越小说的男主角都有一身异能，然后王霸之气一放，各种功法奇招天材地宝便纷至沓来，然后硬生生地成为一个盖世强者，缔造一个不朽神话。

可是梦想是美好的，现实是残酷的，王云并没有等来异能，也没有等来天材地宝和奇功绝学，他等来的是恶魔，当死亡逼近，王云忽然发现自己错了，错得离谱。原来穿越小说都是骗人的。

不过命运终究还是眷顾了一次王云，虽然没有得到异能，但王云却机缘巧合之下得到了一本叫《天道浮屠》的奇书，一本他能够看懂，用汉字撰写的书。

通过这本书，他了解了这个世界，知晓了这是一片叫迷失域三重天的空间，性质类似依附于某个位面的异次元空间。

书中说，一旦外人落入这处虚幻的世界里，容貌不会变老，寿命却会变短，只有二十年。如果不在有限的时间内，走出这个世界，人就会“死去”。

“死”不是真正意义上的死。确切地讲，一旦在这个世界待了二十年之后，将彻底沦为这个世界的土著，在这个世界生老病死，再无出去的可能。

十八年如一日，按照获得的奇书的指示，王云历尽艰险，找到了奇书中所指的“轮回圣地”。然后一次次地自杀，通过触动轮回大阵的方法，从一重天到二重天，然后找到另一个轮回圣地，再到三重天。

到了三重天后的王云，跋山涉水，终于找到了书中所指，连接真实世界的断天涯，可是眼看着就要攀上悬崖，脱离苦海，却碰到有人跳崖殉情。

王云想喊，想阻止他。可是爬崖爬得连一点力气都不剩的王云，连张口都吃力了。

可是下一刻，他惊恐地发现，那要殉情的人，竟是朝自己的方向跳的。王云大叫，可是已经来不及了。

然后二人撞在一起，摔落到了断天涯下，天旋地转之后，竟然又回到了迷失域的一重天……

醒来后的王云当然是非常愤怒，你要殉情就殉情吧，可是跳之前，也要看看下面有没有人啊。那句话怎么说来着，城门失火殃及池鱼。王云觉得自己就是那一条悲惨的鱼。

不过周围的景象还是叫王云有些庆幸的。他认得这个山谷，这就是一重天的轮回圣地。只要在这里自杀，就会触动轮回大阵，有一定的几率进入二重天。

说实话，用自杀的方式离开一重天到二重天，他很排斥。但是别无选择，他已经用掉了十八年时间，再过两年，就再也出不去了。

不过离开迷失域的方法，他是不会告诉陌生人的，因此等郭临离开了山谷后，他又等了许久，确认后者不会回来了，才自杀的。

王云知道自己这一次肯定会失血过多而亡，至于最终是原地满血复活，还是到二重天重生，就要看天意了。

这是王云十几年时间总结出的经验。作为穿越者，这是他唯一觉得自豪的地方了。

可是等他睁开眼睛，看到的竟然是郭临，这叫他如何不吃惊！而且从身体的状况来看，绝不是触动了轮回大阵，原地满血复活的那一种。

历经了多次死亡的王云，害怕死亡来临时的枯寂，灵魂飘飘欲出，仿佛只要离体，就再也无法复生的感受。这是非常恐惧的。

每一次自杀，他都备受煎熬，每一次在死去的瞬间，他都难以忍受。

所以，被人救活，白白忍受了这些痛苦的他，不但没有惊喜，反而非常暴怒。然后，他就被郭临当成神经病，打成了熊猫眼。

……

“这么说来，你不是寻死，而是你知道，这是离开迷失域的方法？”

一些有关地球的事情，郭临听不太懂，但他仍听得很认真。前世他的朋友寐影，只提起过有一个叫地球的位面，却没有说那是怎样的一个位面。他还以为那里的文明和天武大陆差不多，看来是天差地别。

郭临觉得是一个神奇的地方。

而后来王云讲述的内容，郭临更加感兴趣，因为他说的是穿越后的事情，也就是在这迷失域发生的事情。

从王云的描述来看，迷失域一共分三层，称为迷失三重天。而现在二人所在的地方，称为迷失一重天，这里有土著人，更多的是拥有魅惑之能的幻族。郭临在山谷外碰到的狼形兽，就是幻兽。

任何人进入迷失域之后，就只有二十年的生命。如果二十年内，无法离开这个世界。这人就会“死掉”，成为迷失域中的土著之一。

王云点了点头。他在迷失域中可整整待了十八年啊。十八年后的今天，眼看就要登上悬崖，走出这个令人绝望的世界，可是，却被人一头撞了下来。十几年时间的努力，付诸东流。

“所以你一心想死，就是想要回到三重天，再爬上断天涯？”

郭临心道。王云口中的断天涯，就是自己在迷失域外见到的那绵延万里的沟壑了。

王云再次点头，对能够认真听完自己故事的郭临，产生了不错的好感。他也不知道，为什么会把这些本该是秘密的事，一股脑地都说出来。也许是压抑太久的缘故，再不说出来，他就要憋死了。

郭临笑了笑道：“你知道断天涯上是什么情况吗？”

王云道：“不知道，我只知道上了断天涯，我又能继续活了。”

“错。上了断天涯，你就死定了。”

“为啥？”

“断天涯上，常人是无法呼吸的。我也是因为坚持不住，才跳下来的。”

郭临说道。

闻言，王云浑身冰凉。呆在迷失域，还有两年能活，一旦走出迷失域，马上就会死。这么说来，自己是必死无疑了。

见到失了魂魄般的少年，郭临道：“不过也不一定会死。只要我实力再强一些，我就可以带你出去的。”

“真的吗？那我们快走吧。”

王云捡起地上的剑，又要自杀，却被郭临拦住了。

望着迫不及待地要抹脖子的少年，郭临哭笑不得，道：“别急，来这里我要找几样东西，没找到我是不会离开的。你对这个世界了解多少？”

郭临不急，王云急啊。他在迷失域待了十八年，再过两年，他就会化作迷失域土著之类的存在，再也出不去了。他道：“你要找什么，告诉我，或许我知道。”

郭临想了想，说道：“补天玉髓、苦海、金莲。这些你知道多少？对了，还有地狱门。”

王云想了想道：“补天玉髓我听过，好像一重天的迷云国，传国玉玺就是用补天玉髓做的。苦海我没听说过，但二重天有一个很大的海洋。不知道是不是你说的苦海。金莲是地涌金莲吧，也在二重天，你说的地狱门……”

王云将变形的眼镜抓在手里，想了想，又道：“我也不知道那是不是。我听说，断天涯的北方，冰封万里处，有一个很诡异的地方，那里漆黑一片，连接着未知之地。”

冰封万里？

郭临心中微凛，冰魂锁魄神琴在地狱门。而眼前的少年又说，在冰封万里的地方有个未知的世界。难道地狱门就在那里？

他本来只是说说罢了，因为地狱门到底在不在迷失域，也是他的猜想。这么说来，那所谓的冰封万里之地，必须要去看一看了。

郭临又问道：“王云，断天涯上就是外界你是怎么知道的？其他人知不知道？”

王云得意地掏出一本书道：“这里面有记载，不过里面的文字只有我能看懂。我所知道的迷失域的信息，都是从这里看来的。其他人知不知道我就不清楚了。不过就算他们知道，也上不去。”

郭临诧异，他瞧了一眼王云手中那本纸质的书，上面有着方方正正的图文，似是文字。

“为什么别人知道了也上不去？”郭临问道。

王云更加得意了：“因为在断天涯上有机关，只有懂得这些文字的人，才能打开。”

郭临好奇地道：“这是什么文字？”

王云摇了摇手，将刚刚献宝似的拿出的书塞进了怀里：“汉字。你不懂，这是我家乡的文字。这是我来到这个世界，得到的第一样宝贝。断天涯上，就是外面的世界，也是我从这本书里研究出来的。一定有来自我家乡的祖先，来过这里。”

说着，他又要拿剑抹脖子。

郭临抓住他的手腕，道：“别急，你不是说，补天玉髓在一重天吗？”

“我忘记了。那我们走吧。”

敢情这家伙自杀成瘾了。

“走？你走得出去？”

郭临说道，要是能够走出去，他就不会回到这里了。

王云神秘一笑道：“跟我来吧。这里有一条通往外界的地道。当年我费了很大力气才挖进来的。”

这少年了不起！

郭临想过这里是个阵法，而外面的迷雾峡谷，也印证了郭临的猜想。之所以走不出去，是因为这个阵法还带着幻阵的作用。可是没想过，这是一个能够通往二重天的阵法。

只是，这个叫王云的家伙简直逆天了，竟然想得出从地下挖进来。

“大哥别这样看我。”

王云显然有些不好意思，想起初见时，自己要死要活的失态模样，顿觉无地自容。宅男王云，脸皮很薄的。

地道很深，深得叫郭临吃惊。

“王云，你挖了多久？”

“三年吧。一开始用手挖，后来我发现用手挖，挖二十年都挖不到这里，于是到处找，最后捡到一把魔铲才挖通。在二重天，我挖了五年。”

“你真有毅力。”

郭临夸赞道。

“那是，为了活命，我容易吗？大哥，你叫什么？”

得知了郭临是从迷失域外而来，并且有办法带他出去，王云顿时觉得兴奋起来，开始和郭临套起了近乎。他觉得郭临就是上天派来接引他的。哪里还想过，就在几个时辰之前，被郭临撞下悬崖的他，恨不得把郭临撕了才好。

“我叫郭临，你就叫我三哥好了。”

之后王云就开始絮絮叨叨地讲起了地球上的事情。郭临想起皇甫婉，又问了王云有没有看到一个女子跟自己一起掉下来，王云却说只看见自己。

郭临没办法，也只有走一步算一步了，说不定皇甫婉掉在了别的地方。只要是在这三重天里，总会遇到的。

不知过了多久，地道终于到了尽头。地道的尽头，是一个空旷的地窖，王云小心翼翼地将耳朵靠在墙壁上，做倾听之状，然后才对郭临说道：“三哥，咱上去。没人。”

地窖上面是一个简陋的房间，因为经年失修，看上去有些破旧，还有些霉味。王云一边走，一边感叹道：“没想到我努力了十几年，又回到了原点。三哥，这是我在一重天的住所。外面就是迷雾城。为了挖这个地道，我在这里住了三年。”

郭临点了点头，推开房门。阳光洒下，一股清新之气扑鼻而来，随之而来的，还有喧嚣的声音。

感受着温暖的阳光，郭临微愣，眼前人来人往，仿佛一个极为普通的城镇。他差点误以为，这是天武大陆上的某个城池了。

“这些就是迷失域的土著吗？很普通啊！”

望着前方往来奔走劳作的人们，郭临问道。

“一点儿都不普通，三哥，你仔细看看他们脚下。”

王云提醒道：“一开始我也以为他们和我一样，后来我才发现我错了，这些人都不正常。”

郭临低头看去，一时间，也没看出王云所说的不寻常的地方。他正要回问王云，忽然想起了什么，猛然抬头看了看天空中耀眼的太阳，又看了看这些人的身后，神情顿时变得不可思议起来。

青天白日之下，这些人竟然都没有影子。阳光透过他们的身体，仿佛直射在了地上。这个发现，非同小可。

望着满满一大街的人，郭临心中升起了一缕寒意。接着，他猛然回头，去看自己的背后，他想看看，自己是不是也和这些人一样，没有影子。

结果还好，郭临舒了一口气，自己是有影子的。

郭临觉得心里有些不自在。

不论是谁，青天白日之下，看见一群没有影子的人，都会感到不淡定。

他忍不住伸出手去拍从身前走过的一位穿着布衫的大爷的肩膀，他想知道，这些人是没有影子，还是因为本身就是幻影。可是他实实在在地拍到了肩膀，很壮实的肩膀。

“小子，你干什么？”

挑着扁担的大爷，横眉怒视，显然对郭临不礼貌的行为非常气恼。

周围的人也转过头，郭临顿时感到尴尬无比，连声道歉，这才打发走了大爷。

虽然尴尬，但却证实了自己的想法，值得。

后面的王云竖起了大拇指：“三哥，你真勇敢。我第一次发现他们没影子的样子，我都吓尿了。以为全是鬼啊。”

郭临道：“迷失域都是这样的人吗？”

王云点了点头道：“三哥，你小心点。这里的人很排外的。别叫他们看到你有影子，要不然，会引起公愤的。当年我差点被打死。等天阴了，我们去帝都立云城吧。”

“嗯？为什么？”

“也许是他们看不得我们有影子吧。有影子的人，说明来到这个世界还不到二十年，还有出去的希望，他们不想让我们出去。”

“是吗？”郭临想了想，这时他看到有路人望向了这边，他立马关上了门。

这还真是一个神奇的地方。

房屋内，郭临躺在陈旧的床上，双脚搭在床尾，问王云道：“我们怎么离开这里？”

桌子上摆放着两块镜片，王云修着被他折腾得变形的镜框，头也不回地道：“晚上没太阳了，我们就可以走。不过我们要去皇城，最好选一个阴天。要不然会很麻烦。”

郭临点了点头，有王云这迷失域的半个土著在身边，减少了许多不必要的麻烦。就在这时，郭临听到一声清脆的断裂声。

“啪。”

郭临转过头去，看到王云呆呆地望着抓在手中的折断的眼镜框。

“怎么可以这样子，我可是五百度近视啊。呜……”

在屋内待了大半天，晚上，二人从迷雾城的北门出发，直奔王云所说的补天玉髓所在的迷云国的帝都——立云城。

“补天玉髓是迷云国的象征，要不然也不会用它来做传国玉玺。三哥，你真要抢补天玉髓啊。这是跟整个迷云国作对。”王云劝道。

镜框断了，他将两块镜片粘在了眼眶上，模样有些搞笑。

与王云相处了大半天，郭临已经基本了解了一重天的格局了。一重天，有三大国家，分别是盛世天朝、迷云国、呼延国。

三个国家互不相邻，远远分散在一重天。

而郭临所在的迷雾城，就是迷云国其中一个城市。

听起来有三个国家，好似一重天有很多人似的。实际上，三个国家的人口数加起来只有一千多万。

在一重天的世界里，这是一股非常弱小的势力，勉强自保。在三国之外，才是迷失域真正的土著——幻族。

幻族分幻魔族、幻兽族。对数目无穷无尽的幻族来说，生存在一重天的人，不过是它们圈养的食物。

与幻魔相比，幻兽的实力要弱一些，不过它们中的一部分，拥有摄魂之能。

生活在迷失域的人，无法抵挡这种摄魂之能。通常只要被幻族用发光的眼睛看一眼，立马会失去行动能力。昨日，郭临一不小心，就差点中招。

二人一边赶路，王云一边给郭临讲一重天的格局，一直到第二天，天蒙蒙亮，才看到暗绿色的城墙。

城门开着，一眼望去，在城门下面，走着稀稀疏疏的人。

跑了一夜，郭临倒没觉得怎么样，王云却筋疲力尽：“不行了，三哥，我得休息休息。累死我了。”

“嗯。”

郭临点了点头，跟着王云来到城外偏僻的树林。白天就要到了，如果现在进城，很容易被发现自己的与众不同，倒不如在外面待上一天，顺便琢磨琢磨，怎么得到补天玉髓。

补天玉髓，是为初雪塑造真身的必备之物，郭临志在必得。

既然迷云城的传国玉玺是补天玉髓所制，那么迷云城的王室，会不会知道补天玉髓的下落呢？或者说，一重天有盛产补天玉髓的矿脉？

只要有选择，郭临还是愿意用正当的渠道来获得自己所需的东西。像在菩提门那样，夺了圣果，毁去菩提园，完全是被陈晋逼出来的。

太阳渐渐地升起，柔和的阳光射入林间，照在郭临身上，投射出一道清晰的影子。他看了看地面，看到了王云的影子，只是这个影子，似乎颜色与自己不一样。

自己的影子是完全的黑色。而他的影子，淡淡的，是白灰色。

见到郭临诧异的目光，王云露出哀伤的神色：“三哥，等我的这道影子彻底消失，不要说到断天涯，就连离开一重天都不可能了。我身家性命都交给你了。你可一定要说话算话啊。两年内一定要带我离开迷失域。要不然，我就死定了。”

郭临拍了拍他的肩膀，道：“如果没有你的指引，估计我要在这里摸索好一阵子。你放心，我一定会带你出去的。”

闻言，王云呵呵地笑了。

他是个单纯的人。在最绝望之时，天降贵人，所以他不遗余力地给郭临提供所需要的信息，只希望他快点找到所需的东西，然后就可以离开这个该死的地方，开启自己的美好生活了。

迷失域虽然有女人，也有漂亮的女人，可是，对于那些没有影子的人，王云把他们都当成鬼。纵然有些姿色不错，让他眼前一亮的美人，但王云一想起“鬼”这个词，心中只有害怕，哪里还有半点的非分之想。

此时，王云已经不奢求萝莉啊，御姐啊，冰山美人们的投怀送抱了。他只想走出这里，找一个正常一点的妹子。

虽然穿越的那天他只有十六岁，但这么多年过去了，实际上，他已经是三十几岁的大叔了。不过，他的容貌和心理年龄，依旧停留在穿越时的那一刻。

“傍晚我们就可以进城了。”

王云舒服地靠在树上，跷着二郎腿。他本就是一个乐观的人，此时有了希望，他心情很好。

望着悠闲的王云，郭临笑了笑道：“我去找些东西吃。”

王云立马爬了起来道：“我和你一起去。”

“哦？”郭临讶异，这小子也不懒。

“我一个人害怕。”

一句话流露出无数心酸。这十八年来，王云被人打过，被幻兽追过，很落魄地混成这副状况，王云都不好意思和别人说自己是穿越来的。

“城附近有幻兽。三哥，小心，不要看它们的眼睛，它们很厉害的。”

“幻兽？你指的是它吗？”

远处一头野猪正在啃着草，一对长长的獠牙，在地上拱啊拱的。似乎是注意到郭临打量的目光，野猪抬起头，大叫一声，眼睛变成了浅绿色。蹄子在地上猛然一蹬，就冲了过来。

“快跑。是五级的绿眼猪。”

王云脸色大变，五级的幻兽可是仅次于幻魔的存在，哪怕是迷云国强大的勇士，如果没有特殊的武器，碰到它都要绕着走。现在怎么会跑到立云城外来。

他一溜烟地拔腿就跑。

只是，他刚跑出几步，就听到悲惨的猪叫。猛然回头，他看到郭临正一脸笑意地将剑从绿眼猪的胸腔中拔出来。

“今天就吃烤猪肉吧。”

郭临笑了笑，开始肢解野猪的尸体。

“死了？”

王云脑筋有些转不过来，这人太变态了吧。

挑了几块猪排骨，二人来到护城河边，烧了一把火，简单地支起烤架，就开始兴致勃勃地烤了起来。

郭临烧烤的水平很不赖。没过多久，烤架上的猪肉变得金灿灿，独有的香味飘出。

二人大快朵颐，吃得尽兴。

而王云滔滔不绝的讲述，又让郭临进一步地了解了这个世界。

二人本打算天黑才进城的，不过下午天空转阴，遮盖了二人的影子。洗漱了一下，郭临打个饱嗝，就走向了城里。

立云城不愧是帝都。这里聚集了迷云国五分之一的人口，让规模不大的城池显得有些拥挤。

郭临跟着王云走马观花地从主道上走过，一边走，一边听王云讲述迷云国的风情。

立云城的中央，就是皇城。

郭临正考虑如何混入皇城时，一位身着奇怪盔甲的骑士，从皇城内奔了出来。

他动作迅捷地来到皇城前方，专门用来贴告示的牌坊前，然后取出黄色的皇榜，贴了上去。

贴了皇榜，骑士又翻身上马，快马加鞭，奔向城东。

见状，皇城附近的人纷纷围了上去。

郭临和王云也被人流挤了过去。

皇榜上的字弯弯扭扭。郭临看不懂。他看到附近好多人，都露出极度愤慨的表情，口中还念念有词地骂着什么。

“怎么又被抓了？”

王云小声地自言自语，神色怪异。

“怎么了？”

郭临转头问王云道。

“三哥，皇榜上说，迷云国的逍梦公主被幻魔所掳。幻魔王要求迷云国用三十万人的血肉，来换取公主的平安。现在皇帝正征召勇士，准备前往幻魔城营救公主。只要救出公主，就可以加官晋爵，还有封赏。”

“哦？”郭临眼睛一亮，心道天助我也，他正愁找不到机会接近皇族。没想到，一来就遇到了这么好的机会。

这两日，郭临已经从王云口中了解了许多关于迷云城的事，也知道，这逍梦公主是迷云国唯一的公主。迷云国没有王子。因此，她也是迷云国的储君。

一旦公主发生了什么意外，迷云国将会遭受巨变。

此时，围在一起的人已经在谴责幻魔的恶行了，有人大骂，骂幻魔卑鄙无耻，用公主的性命来威胁迷云国。如果皇帝答应幻魔提的要求，不是有许多人要葬送魔口？

迷失域的人，都是外界来的人的后人。为了求生存，人们自发地形成了势力，三个国家，就是在这种情况下发展起来的。

郭临伸手去揭皇榜。只是一只健壮的手更快。

几乎是郭临触碰到皇榜的瞬间，仿佛一阵风吹过，皇榜已落入他人之手。

第24章
皇城勇士

郭临一愣，抬头望去，那是一个光头男子，身高两米，虎背熊腰，身着华丽的铠甲，在人群中，如鹤立鸡群，不同凡响。

“啊，是侯强。”

见到男子，人群中纷纷发出惊呼之声，哪怕是在阴天，那一袭艳丽的铠甲，也闪闪发光。

周围的人脸上都是崇拜之情。

“立云城第一勇士侯强？真的是他！”

“第一勇士？”

郭临微微一愣，他看出来了，眼前的男子，论实力顶多和神变期强者相当，这样的人，是第一勇士？没搞错吧。

见得郭临发愣，传来了众人鄙夷之声：“乡巴佬儿，连第一勇士的名号都没听说。前不久侯勇士与一头三级的幻兽大战三天三夜，并将幻兽杀死。他来了，公主就有救了。”

“三级幻兽？”

闻言，周围的人倒吸冷气。

“三级幻兽，一支百人的军队碰到，都要绕着道走。他竟然能够杀死它。太厉害了。”

“咱们立云城第一勇士，果然厉害。”

“大家低调。”

听到周围人的夸赞，光头男侯强满意地挺了挺胸膛，他骄傲地笑了笑，目光瞥过发愣的郭临，眼睛中流露着轻视。

人群让开，侯强迈着四方步，大步流星地走向了皇城。

三级幻兽？很强吗？

郭临哭笑不得，似乎他今天才将一头五级幻兽抓来做成烤乳猪吃了吧？

“狗眼看人低。”

王云撇了撇嘴，想大声说自己的三哥今天一剑就杀了一头五级的碧眼猪，却被郭临制止。

杀死一头猪，这不值得炫耀。

“王云，你找个地方休息。我去皇城了。回头我再来找你。”

王云道：“三哥，你也去救公主吗？”

他犹豫着要不要将以前，他第一次到迷失域时，迷云国的公主也被幻魔抓过的事情告诉郭临。

郭临点头，他看了看王云。以他的神识，能看出王云资质不错，可是他奇怪，为什么这样一个人没有武力，也没有法力。

同样是来自地球，前世自己遇到的那位朋友，实力可是很逆天的啊。

安顿好了王云，郭临就走向了皇城。

皇城门口，他被武士拦住了。两名武士将身着黑袍、身材修长的郭临打量一番，道：“这里是皇城，闲杂人等不得入内。”

那轻视的眼神，郭临尽收眼底，郭临摇了摇头，道：“我是来应征皇城勇士的。”

“皇城勇士？就你。哈哈哈……”

不只是声音，就连肢体语言，也带着极度的轻视。

郭临无奈，总不能自己在脸上写上“我很强”吧。他不想在这里浪费时间，在两名皇城侍卫极度惊愕的目光中，原地留下一个残影，就闪进了皇城。

“他是怎么进去的？”

“我没眼花吧？”

两名皇城侍卫极度震惊。作为皇城侍卫的他们，守卫着皇城的安危，他们每一个都是军队中的佼佼者。可是现在，他们连对方的影子都没有捕捉到。

回想起流传在一重天的某种传说，二名皇城侍卫，望向郭临远去的背影，眼底流露出敬畏之情。

“张侍卫，这似乎是天外来的强者，快去禀告陛下。”

郭临感应到了，这一重天的世界，武力水平极其低下，连一位神变期实力的人，都能称得上第一勇士。相比之下，他真灵八重的实力，算是非常恐怖了。

只是，郭临隐隐觉得似有些不妥。

按道理说，他绝不是第一个进入迷失域的人，那么之前来了迷失域的那些人去了哪里？

迷失域既然是令大陆超强者都闻之色变的绝地，那么肯定有超强能力者来过此处。难道他们就没有在人前展现过吗？那种排山倒海的能力，一旦施展出来，这人口不足千万的国度，恐怕会在顷刻间灰飞烟灭……

摇摇头，不去多想，他神识一扫，找到了皇城的中心所在，微微一笑，就快步而去。

金銮大殿。

黄袍老者坐于龙椅之上，头发花白，迟暮脸，堆叠着深深的如同老树皮一般的皱纹。这就是迷云国国王——道广。

他是迷云国的皇帝，据说是一个活了千年的老怪物。若不是在一场与幻魔的搏斗中被吸去了精气，一夜苍老，到现在，他依旧是一个精壮的汉子。所以，对迷云国的子民来说，这位皇帝，是神话一般的人物。

大殿的中央，站着八个人，其中七人都是迷云国出色的勇士。另一人正是郭临。

老皇帝倚靠在龙椅上，苍老的身体，仿佛随时都会随风而去。他的目光扫过站在大殿中央的八个男子，最后落在容貌清秀的郭临身上。他看了看郭临的身后，眼底闪过一抹深意。

老皇帝开口说话，声音沙哑，痛心疾首地道："诸位勇士，卑鄙的幻魔劫走了我宝贵的公主道梦。你们都是迷云国忠诚的勇士。不知道大家有何主意？"

一位手持重剑、浓眉的甲士说道："陛下，幻魔城危机重重。此次营救公主，需智取为上。"

"智取最好了。"老皇帝道，"幻魔城中的每一尊幻魔的实力都深不可测。诸位勇士需要小心。既然这里有八位勇士，我便派给大家每人一队皇城侍卫，分八路进军幻魔城。"

一位背着一张弓、身体魁梧的男子道："陛下，幻魔城中幻魔阴险狡诈，幻兽厉害无比。实力一般的幻兽，虽然容易杀，但许许多多的幻魔实力都非常恐怖。在下不是小看皇城侍卫，依我看来，此次前往幻魔城营救公主，人越多，反而会越加困难。一旦他们心生戒备，再多的侍卫，也无济于事。"

"刘晋勇士，不知道你有何建议？"

刘晋抱拳道："单枪匹马深入幻魔城，虽然危险重重，但眼下也只有这个方法可行。我等千万不可打草惊蛇。不知道陛下为我等准备了多少魂符？"

"年前，我国刚刚抵挡了一群幻魔的袭击，消耗了大量魂符。而唯一能够制作魂符的大法师，也在年前的守卫战中受了重伤。"老皇帝摇头叹气，实力微弱的人族，之所以能够在幻族林立的一重天生存下去，都是靠着这些威力强大的魂符。

魂符对人无效，却是幻魔的克星。

"国库里，还有两百张魂符，八位壮士平分吧。这一次，务必将公主救出来。"

"八个人平分，每人只能分到二十五张魂符。陛下，二十五张魂符，连幻魔城的城墙都闯不过去。”郭临身边的光头男大声道。

老皇帝也是一阵头痛。幻魔城到底有多少幻魔，他不知晓，但是他知晓，这两百张魂符，哪怕交给一个人都不一定够用，何况还要分开。

“侯勇士，你以为如何？”

这侯勇士正是在皇城外面，抢了郭临皇榜的人。他双手抱胸，轻蔑地扫了遍身边的几人，旋即说道：“陛下，如此关键时刻，这魂符一定要用在刀刃上。有些浑水摸鱼的无能者，就算拿了魂符过去，也是浪费。不如集中将魂符给实力最强者。”

他指了指自己道：“陛下，侯某承诺，只要陛下将两百张魂符都交给我，我有一半的把握救出公主。”

这番话狂妄至极，完全不把其他人放在眼里。

幻魔城危机重重，此次营救任务，不要说五成，哪怕有一成的把握，老皇帝道广就谢天谢地了。最坏的打算，就是按照幻魔王的要求，以三十万人作为代价，换取公主的平安。

听得侯强说有一半的把握，此时一颗心，也燃起了希望。

只是，此刻，大殿中的其他人，都不悦了。

“大家都是陛下册封的勇士，侯勇士，你太目中无人了。我萧月倒要看看，你有没有资格，抢走我等手中的魂符。”

幻族厉害无比。仅三级的幻兽就能够独挡百人的军队。而三级的幻兽，在幻族之中，是比较低等的存在。大量三级之上的幻兽，以及实力深不可测的幻魔，都可以轻易秒杀人类勇士。

如果没有魂符，谁也不敢靠近幻魔城，更不要说进入幻魔城救公主了。这些人都是迷云国响当当的人物，借着魂符，在抵御幻魔的战斗中，立下过汗马功劳。若要说谁最强，没有个比试，谁也不会服谁的。

“哈哈，萧月，就凭你，也配向我挑战？也好，今天我就叫你心服口服。”

老皇帝不置可否，用这样的方式，选出最强的人，也是一种办法。毕竟，总共两百张的魂符一旦分散使用，威力大减。

营救公主，迫在眉睫。

老皇帝下令，让八人就在皇城内的擂台比试。

皇城中的演武场是很大的。为了节省时间，一切花哨的仪式都取消了。老皇帝亲自做了裁判。八人抽签分四组，同时进行。

谁也没有反对。

郭临走上了擂台。

演武场上，皇城侍卫将四周都围了起来。老皇帝坐于高台上喝着茶。

郭临都有些佩服这个皇帝了，当断不断，女儿都被幻魔抓走了，他还有心喝茶，并弄出一个比赛来。

如果换成是他，断不会浪费一点时间，也不会在他人三言两语之间，就动摇了决心。不过，魂符是什么？郭临倒有些好奇。

从这些人的描述来看，那似乎是一件很了不起的法宝。要不然光头男侯强也不会想将两百张魂符都据为己有。他决定得到这些魂符。

郭临的对手是佩有重剑的甲士。

甲士拧着眉头，不知为何，眼前容貌清秀的年轻男子，给他一种高深莫测的感觉。作为迷云国武力排得上前十的佼佼者，他鲜少有这样的感觉。就那么随意地一站，却仿佛一座无法逾越的高山，叫人仰望。

他微微抱拳道："在下韦霸，南曲城第一勇士，阁下很面生，是新晋的勇士吗？"

郭临笑道："在下郭三，不是勇士，只是过路的。"

"呵呵，既然阁下不愿意透露身份，在下也不过问了，请赐教。"

说完，韦霸双手握剑，摆出一副进攻的架势。他准备先出手，占得先机，可是他猛然发现，不知道如何出手才好。

眼前一袭黑袍的男子，他就静静地站在前方不足五米的地方，不做攻击，也不做防御的姿势，浑身破绽。

好似只要自己一个冲锋，就能给予致命一击，将其一刀两断。可是，真到了他要出手的时候，他才发现，郭临看似随意地站立，实则却封住了他所有的进攻路线。

以静制动，这是巧合吗？

韦霸额头流下了汗，他听闻一重天之外，有一种超强者的存在，他们领悟天道，拥有法力，飞天遁地，无所不能，对武道的领悟，更是已臻化境。

他不知道那是怎样的一种境界，却明白，如果这不是巧合，眼前男子的实力比自己高出不止一个境界，要不然也不会给自己带来如此的压力。

只是，传说毕竟只是传说。一重天外的世界，对土生土长的他来说是虚无缥缈的。他决定试探郭临。

韦霸率先跨出一步，打算打破这种僵局。只是，下一秒钟，他猛然发现，黑袍男子也动了。视野中的黑袍男子，双手负背，神色轻松，然后简简单单地向左前方跨出小小一步。

就是这一小步，叫韦霸再次流下了汗。因为只是这小小的一步，再次封死了他全部可能演化的攻击路线。

其他三组人，打得热火朝天，武器撞击声乒乒乓乓一片，非常热闹。而韦霸的心里只有苦涩，仿佛腊月的风，在心里吹过。

他握着剑的手更加紧了，不管三七二十一，哪怕注定失败，韦霸也想出这一剑。如果连出剑的勇气都没有，作为迷云国十大强者之一的他，显然打击是巨大的，甚至会在心里留下不可磨灭的烙印。这对他的武道之路，是一种扼杀。

仿佛感受到了韦霸的心境，郭临轻轻叹气，收回跨出的一步道："你来吧。"

韦霸神色感激。他大吼一声，一剑刺出。

这一剑带着极大的气势，利剑划破空气，发出阵阵嗡鸣之声。

只是，结果是显而易见的。他的人刚冲出去，视野中的黑袍突然消失了。接着，韦霸感受到一截冰凉的剑，架在了自己的脖子上。

韦霸一惊道："我认输。"

"承让。"

郭临淡淡地道。

这场比赛，是最干净利落的一场比赛，虽然比其他三场都开始得晚，但却是最早结束的。

在韦霸认输时，老皇帝也望了过来。不过老皇帝神色中并未有太多的惊奇，仿佛这是在他意料之中的。

另外三场比赛陆续结束，淘汰了四人后，还剩四人。

光头男侯强见到过关了的郭临微微一愣，旋即转头望向被郭临击败的韦霸，神色中充满了鄙视。似乎在说，连区区一个毛头小子都打不过。

对此，韦霸只能报以苦笑，他虽然败了，却收益良多。他自信，通过这场比赛的感悟，一定能够更进一步。甚至他觉得，有可能达到击败侯强的程度。

郭临第二场比赛的对手是迷云国的神箭手刘晋。这位箭手拥有强大的精准度和力量。百步穿杨，对他来说是家常便饭。与韦霸一样，他也是迷云国十大勇士之一。不过名次比韦霸靠前，位居三甲。

郭临仔细看了看这个男子，从他粗壮的手臂来看，拥有极强的开弓能力。只是，到底有多少能耐，就难说了。

刘晋很自信，在他眼里，这八人之中，唯一的威胁就是立云城第一勇士——侯强。其他人对他来说都是浮云，可以轻松碾压。

"我劝你自动放弃，我的箭是最无情的。"

刘晋握着弓，冷酷地道。

郭临笑了笑，这个世界，自大的人还是蛮多的，他缓缓退开，退出数十米，给足对方发箭的距离，道："那便来吧。"

“不知死活。”

刘晋冷冷一笑，在他眼里，郭临这番做法无疑是轻视之举。作为迷云国第一箭神，他的心是骄傲的。他容不得他人半点的轻视。

拉弓，瞄准，射箭。利箭带动气流旋转。演武场地面的石板在气流的牵引下，也翻飞出来。

刘晋一支接一支，连射三支箭。速度飞快，宛如流星。三支利箭呈品字形射向郭临。这种全方位压制的箭术是刘晋最拿手的。没有人能够躲开这种攻击。

而周围旁观的皇城侍卫们，都露出了惊异的目光，迷云国第一神箭手，曾经射杀幻兽无数。实力在迷云国十大勇士中，排行第三，战力排行第二，今日一见，果然名不虚传。

连老皇帝也暗赞刘晋箭术高明。

三支利箭只飞出一半距离，刘晋手抽风似的，再次连射三箭。接着嘴角露出一抹胜利的笑容，这个世界，还没有人能够在自己射出六箭之后活下来。

只是下一秒钟，他脸上得意的笑容，凝固了。

预料之中的惨叫没有出现，而飞射出去的利箭，在某一刻陡然消失了。消失的不只是利箭，还有郭临的人影。

刘晋以为自己眼花了，他使劲揉了揉眼睛，再次睁开，却看到一张笑容温和的面孔，正是郭临。此时，他射出去的箭，一支不差地握在郭临手中。

郭临将箭尖抵在了刘晋的脖子上，后者一惊，如梦初醒，立马认输。

如果说第一场大家都没看清郭临是怎么赢的，那么这一场却看得清清楚楚。当然看清的不是郭临的身影，而是赢得比赛的方式。

他拥有速度，绝对的速度。许许多多眼力好的皇城侍卫，只看到了一抹残影。那种速度叫他们仰望。

老皇帝点了点头，他手抚胡子，眼里闪现出难得的精光。他看着郭临，越看越欢喜。

另外一场比赛，身高达两米的光头侯强，经过激烈的角逐，击败了对手。他擦了擦嘴角的一丝血迹，双拳捶打胸膛，斗志昂扬。

作为立云城当之无愧的第一勇士，今天，他再次为自己正名。

虽然受了些伤，不过他望向擂台上的神色，充满了斗志。此次救出公主，他已经想好了所要的奖励。他要向迷云国最美丽的女人，也就是公主求婚。

他是迷云国最强大的男人，只有最强的男人，才配得上迷云国最美丽、最温柔可人的逍梦公主。从此以后，他就是这个国家的王。

霸气地扫过全场，侯强的目光落在了决战台上。对他来说，冠军已是囊中之物。他是冠军侯强，他势不可挡。

只是，当他看到早已等在决战台上的男子，不是神箭刘晋，而是被自己轻视的陌生男子时，顿时一愣。

旋即他望向擂台下脸色不太好的刘晋，耻笑道："刘晋，你也会阴沟里翻船。竟然被这小子干掉。刘箭神，名不副实啊。"

白痴。

刘晋冷冷地扫了他一眼，刚才的比赛是不是阴沟里翻船，他心里清楚，他输得心服口服。天底下竟有这么快的速度。

他刘晋就算再将实力提升两倍也无济于事。面对侯强的耻笑，他很阴险地故意露出一副奉承的神色道："侯大哥，要为小弟报仇哇。"

看到平日里与自己较劲的刘晋服软，侯强更加飘飘然了："放心，刘老弟，我一定会将他揍得满地找牙。冠军是我的。"

"冠军侯"自我感觉非常良好，殊不知，在他意气风发地登台时，无数人已经在心底暗骂，白痴。

连刘晋这样迷云国数一数二的强者都被"秒杀"。他，只不过比刘晋强一点，就放出这样的大话。

"真没想到，你小子还有两下子。不过就算你侥幸进了决赛，也没有用的。因为站在你面前的是迷云国最强的男人。"

已经将自己当成冠军的侯强，握着指关节，发出嘎巴嘎巴的一阵脆响。他狞笑着走向郭临，仿佛后者跟他有深仇大恨似的。

一个被自己鄙视的人，摇身一变，成了能够与自己同场竞技的人，侯强的心里，有不小落差。

不过没有关系，只要痛痛快快地将对方扁一顿，侯强相信，自己的心情一定会随之好起来。

冠军已是囊中之物，这种时候，他不介意再张扬一些，让所有人都知道，他侯强才是无敌的。"冠军侯"，信心无匹。

他走上擂台，却不理郭临，对看台上的皇帝，得意忘形地道："陛下，您可否许诺将公主许配给我？只要陛下答应将公主许配给我，我一定全力以赴，救公主于水火。"

皇帝声音沙哑地咳嗽几声，面带黑线。如果让王云来形容此刻皇帝的心情，那就是"心中一群羊驼在狂奔"。不过，这种时候，皇帝显然不会去打击侯强，万一他真赢了呢。如果他真的救出了公主，的确有资格娶公主为妻。

老皇帝道："侯勇士，朕答应你。愿你别令朕失望。"

"是，父皇大人。"

"脓包。"

侯强的耳朵还蛮灵敏的，一下就听到了郭临的肺腑之言。

"你说什么，你骂我脓包？你再骂我一次试试？"

侯强横眉怒视郭临，他的注意力终于集中到了正确的人身上。

郭临嘴角微翘，清秀的脸上露出笑意，道："脓包。"

立云城第一勇士侯强，从来都是受人瞩目、万人敬仰的。他的眼里揉不得半点沙子，他自认为自己是最完美的男人，拥有强健的体魄，武力超群。不要说被人当面骂脓包，就连逆耳的忠告，他都会感到无比愤怒。

此时，听得"脓包"二字，心中升腾起无边怒火。

侯强取出一把弯月大刀，张扬的脸上，浮出冷冽的杀机："小子，今天就把你舌头割下来。"

弯月大刀，长达五尺，漆黑的刀身，给人一种厚重之感。

侯强虎目一瞪，精光迸射，一脚踏出，脚下的石板，顿时化为粉末，庞大的气势散发出来，如同一头凶悍的猛兽。整个擂台都在这一脚下轻轻抖动。

皇城侍卫们纷纷侧目，虽然对侯强刚刚的表现很反感——一个头脑简单的家伙，竟然对自己心中的女神存有非分之想，但是，对他的实力，无人不认可。

立云城第一勇士，谁也不敢撼其锋芒，就算有人不满，也只会在心中偷偷地骂。而现在，在皇城广场上，竟然有人当面骂第一勇士脓包。

这需要多大的勇气。

第一勇士，出手如电。他高高跃起，大刀划过长空，身体如流星一般，向着郭临砸去。

这一刀霸绝天下。

这是侯强的全力一击。

那年轻人能够躲开吗？

"轰隆。"

一刀落下，卷起沙尘。在沙尘遮挡视野的最后一秒，大家看到那年轻人并未躲开。

众人的心咯噔一沉，旋即脸上纷纷流露出失望之色。

这个年轻的男子，拥有无比的速度，大家都以为他一定能够躲开侯强这一刀的。侯强霸占立云城第一勇士的位置多年，为人骄横傲慢，从不把他人放在眼里，许多皇城侍卫都是敢怒不敢言的。如果有人能够击败他，这是大快人心的事。

原以为这个年轻人能够击败侯强，可是这么看来，却是笑话。

侯强的刀连幻兽都挡不住，更何况是人。这一刀下去，这人被劈成两半了吧？

大家情不自禁地将目光落在了烟尘之外的地面上，那里一定会有血流出来。也许还能够看到被刀劈成几段的残肢。

可是，意料中的景象并未出现。尘烟散去，擂台上挺立着两个人。

只见侯强手握大刀向前劈出，脸色涨红，源源不断地往刀中输送着真气。似乎很吃力，他将吃奶的劲都使出来了，可是手中的刀，却无法向前移动半寸。

反观年轻的黑袍男子，他神色冷漠，单手捏着的，分明就是明晃晃的刀刃。

这一刀，被挡下来了。

这一刀，年轻男子徒手挡下来了。只用五指的力量，就接下了侯强的夺命一刀。

风吹过，卷起沙尘。年轻而清秀的脸，冷酷依旧。望着面露极其夸张恐惧表情的侯强，郭临淡淡地道："太弱了。"

话音刚落。

"铿……"

一声脆响，那捏在手中的刀刃，四分五裂。

"哗……"

一招震撼全场。

第25章 弥天大谎

幻族领地，死亡沼泽。

荒凉的腐地，一望无际。发臭的沼泽中，立着一丛丛枯萎的芦苇。天地之间，弥漫着薄薄氤氲，寂寥而荒凉。

佝偻着腰背，如狼似虎的幻兽在腐地中行走，或者聚在一起，吞食不小心走进此地的人类的尸体。沼泽中，死气沉沉。

五天之前，郭临离开迷云国，一路向东，终于来到了幻魔城所在的死亡沼泽。要进入幻魔城，首先要通过这处埋葬了无数生灵的沼泽地。

郭临摸了摸指间的星空戒指，脑海里想着老皇帝的话。

“幻魔城在死亡沼泽的深处。此去幻魔城，务必小心谨慎。越往沼泽深处走，就会碰到越厉害的幻兽。如果碰到幻魔，切勿恋战，能避则避，实在躲不开，用魂符灭之。只要你救出公主，朕封你为我迷云国第一勇士，并将公主许配给你。”

郭临嘴角浮起一抹笑，娶公主什么的，对他一点诱惑也没有。因为他不是这个世界的人。他只要补天玉髓。而老皇帝也答应了他，救出公主就将国库中的补天玉髓给他。

不过，既然这位逍梦公主号称一重天第一美人，郭临也对她产生了几分好奇。第一美人，到底美到什么程度？

“希望她在幻魔城别受了刺激才好。”

“啊嗦！”

附近传来了幻兽恐怖的吼声。郭临目光一扫，发现有不少幻兽朝着自己靠拢过来。他使出风系法术，淡淡的蓝光笼罩全身，脚步向前一点，顿时身如轻燕掠向前方。

脚尖落在沼泽上，不等周围的幻兽靠近，再次飞掠而起。一掠三丈，再掠三十丈。

这个对迷云国人来说九死一生都难以闯过去的死亡沼泽，对郭临来说，却如履平地。

没过多久，他便在一块凸起的顽石上停了下来。前方的沼泽，腐臭的水面翻滚着。不知道在沼泽之下，是什么样的存在。

眼眸微闭，将老皇帝所给的地图在脑海中过了一遍，确认自己走的是通往幻魔城的最快捷径。他从星空戒指中取出了灼热之弓，又把灼热之箭别在了背后。旋即，手掐指诀，嘴角微微蠕动。随着一阵尖锐的凤鸣，手心之中，赤红的火焰法术，朱雀羽翼幻化而出。

“去。”

郭临轻轻一喝，火鸟贴着沼泽的水面滑翔。所过之处，发出“砰砰”的沼气炸裂声。火苗蹿起，点燃了沼泽地中的芦苇。

只瞬息之间，郭临前方的一块沼泽，变成火海。

“嗷。”

一头带着火焰的鱼头蛟身幻兽从沼泽地中飞蹿出来，直扑郭临。

“区区幻兽，也敢放肆。”

郭临冷笑，灼热之箭毫不客气地射出。

“轰隆”一声，十米长的幻兽被炸出了火海。郭临纵身一跃，连射三箭。鱼头蛟身的幻兽化为了粉末。漆黑的粉末上，一条透明的魔魂飘起，眼看就要逃离。

郭临身影一闪，来到了魔魂前，运起炼魔心经，手掌触碰到魔魂，后者顿时化作能量，被郭临吸收。

感受到经脉中壮大的一丝能量，郭临脸上露出了笑意。幻兽的魂魄，炼化后所得到的能量，比迷失域外面实力相当的魔兽精纯数倍。这个意外发现叫他欣喜。

在进入迷失域之前，他初入真灵八重，此时不过几日时间，已牢牢稳固在真灵八重的中层。

郭临仿佛吃了美味一般的满足。

“幻魔城外面的幻兽，就有如此精纯的魂力。不知道幻魔城里，幻魔的魂魄有多大的能量。这次营救公主，说不定还能让我顺便晋级。”

再次确认方向，郭临脚尖一点，继续飞掠。

一路上，郭临击杀幻兽无数，实力也稳步增长着。第十日，郭临依旧按照准确的路线行进，沿路腐臭的土地湿气越来越少，脚下的泥浆地渐渐变成了松软的土地。

“轰！”

能量殛爆照亮四周，郭临干掉一头三头巨蛇，并且炼化了它的魂魄。站起身，一座高大的祭坛近在眼前。

这是死亡沼泽的封魔阵，而幻魔城便在封魔阵之下。这个封魔阵不知道是哪个时代留下来的。

郭临没有靠近封魔阵，因为在封魔阵的周围，他看到有满满一堆幻兽挤在那里，仿佛在守护着封魔阵之下的幻魔城。

而在这群幻兽之中，郭临看到了两个手握着火焰藤鞭，浑身缠绕着火焰，如同巨塔一般的存在。

郭临脑海里浮现出有关于这高达十米一般存在的信息——赤焱幻魔。赤焱幻魔，是幻魔城实力最低的幻魔。但是，它真实的等级达到了六级的程度。

幻族中，六级以下，都是没有智商的幻兽；六级之上，才算是幻魔。

郭临神识一扫，道："相当于真灵六重的实力，怪不得老皇帝说，如果见到最好避开。若来的不是自己而是迷云国那些勇士，碰到真灵六重实力的幻魔，只能靠魂符了。但魂符到底多厉害，不如这会儿试试。"

郭临微微一笑，从星空戒指中取出一张魂符。他驾驭风系法术，顿时身轻如燕，脚下用力一蹬，身体便飞了起来。郭临默念口诀，神识锁定赤焱幻魔，手中巴掌大小的魂符，闪出一道诡异的太极符文。

符文化作一道流光，流光如梭，须臾间就到了幻魔头顶，接着化作一道光网，罩住了毫无警觉的赤焱幻魔。

"人类！"

赤焱幻魔惨叫，瞬息间，它如同碎裂的石人一样瓦解了。

郭临一愣，这幻魔也太不经打了吧。不过想到魂符是一重天的人对付幻族的唯一利器，就释然了。

不知道这魂符还能够秒杀多厉害的幻魔。

他再次念动口诀，这一次他使出的是朱雀金炎，因为在他用魂符击杀赤焱幻魔时，另外一个幻魔也惊醒了。

只见它大吼一声，缠绕着火焰的藤鞭，对着空中的郭临一阵猛抽。同时，一群幻兽也在它的命令下对郭临发动了全方位的围攻。

六级幻魔的实力差不多和真灵六重的人相当，如今已是真灵八重的郭临，自然不惧。但猛虎架不住群狼，一群幻兽一拥而上，郭临可不打算与它们硬拼。

他以退为进，玄品七阶的朱雀金炎接二连三地化为一只只金色的火鸟，铺天盖地。刹那间，幻兽发出痛苦的惨叫。

腐臭的烟雾化作毒气，四面八方地飘荡。

可是很显然，郭临低估了幻族，对幻魔城的情况了解得也不够深。一波幻兽烧成灰烬后，封魔阵轻轻震荡，又立马出现一群幻兽以及数头幻魔。而分散在死亡沼泽的幻兽，仿佛受到召唤，潮涌一般地朝封魔阵汇聚。

一波接一波出现的幻兽不断靠近。郭临微微皱眉，这样下去可不行，自己肯定要被围攻致死。但是他很快就有了对策，既然朱雀金炎效果不佳，那么地品的朱雀碧炎会如何？

嘴角微微蠕动，一阵更加响亮的凤鸣，响彻天际。

……

夜晚，死亡沼泽的天空，升起一轮猩红色的月。点点繁星，仿佛恶魔的眼睛，闪烁着诡异的光亮。

郭临筋疲力尽地坐在祭坛一边，回想起白日自己的所作所为，顿感无比疯狂。

连续奋战数个时辰，郭临都不知道自己烧死了多少幻兽，碧绿的火焰，映照了整个死亡沼泽的天空，甚至因为时间过长，那从祭坛中出来的低级幻魔，也被烧得一干二净。

周围一片死寂，灰烬堆积如山，一丝魔魂都感应不到。郭临都数不清多少幻兽死在了烈火之下，更数不清自己炼化了多少魂魄。

也许数千，也许上万，也许更多。法力一次次枯竭，多次无以为继，幸好他身上带了充足的灵阙丹。

好处是显而易见的。通过炼化这些幻兽的魂魄，郭临的实力从真灵八重，达到了真灵九重。

他用不到五分之一的魔魂，从真灵八重晋升到真灵九重，原以为这一次能够一举冲破真灵境，达到玄王境界，可是等所有魔魂都炼化完，郭临发现，自己的实力只是勉强达到真灵九重的中级阶段。还是那种极不稳定，随时会跌落到初级的情况。

“果然达到了真灵九重，这些不到玄王境界的魔魂对我来说太弱小了。”郭临自言自语说道。

周围的幻兽一个不留，郭临找了个隐蔽的地方调息，将境界稳固在真灵九重的中级，他才回到封魔祭坛。

他还没有来得及研究进入幻魔城的办法，就见封魔阵上光芒一闪，郭临感到一阵空间法术才有的震动和撕扯的感觉，接着周围的气氛骤变，一股强烈的危机感刹那间笼罩心头。

郭临还未睁开眼睛，凭借着直觉就地一滚。几乎是同一时间，一把把火焰长矛，插在了郭临原本所待的位置。

如果不是他机警，他的身体定要被这些火炎长矛贯穿了。

他睁开眼睛，昏暗的视野中，四周是黑黢黢的顽石。断墙残垣，寸草不生。而前方破败的城墙下，一队骑着火焰兽的骑士，正虎视眈眈地望着他。

刚刚几乎要洞穿郭临身体的长矛，就是他们所掷。

“嘿嘿，卑鄙的人类，幻魔王大人命我等在此迎接三十万的血肉，怎么只来了你一个。”

声音阴阳怪气，透出丝丝魔气。

骑士的眼睛跳跃着诡异的火焰，他身着火色的铠甲，铠甲上是一个魔王的图纹。

郭临脑海中蹦出一个词，幻魔兽骑将。

这是七级的幻魔，实力堪比玄王期的修士，而且数目不少，整整六尊。

郭临挺了挺身子，神识散发开去。这里已是幻魔城之内，与他们火拼是很不理智的行为，倒不是郭临怕它们。六尊幻魔兽骑将虽然厉害，但郭临还没有将其放在眼里。如果惊动了整座幻魔城中的幻魔，他今天营救公主的计划必将落空。

既然如此，便速战速决吧。

郭临心中一动，根本不理幻魔的话。指间星空戒指轻轻一闪，六道魂符飞射而出。太极图隐现，阴阳鱼飞速旋转，六道魂符组成一张密不透风的大网，化作一道闪电，急速罩向幻魔。

“是魂符！散开。”

中间的兽骑将怪叫一声，对郭临发动了攻击。

萦绕着火焰的长矛划破空气，发出哔哔剥剥的声响。见首领发动了攻击，其他五尊兽骑将，也一边躲避笼罩而来的魂符，一边对着郭临射出一支支火枪。

郭临冷笑，指间光芒再闪。刹那间，又出现了六道魂符。

六尊兽骑将显然没想过郭临如此“败家子”，前面打出的魂符只是逼它们动手。

前后各六张魂符，将兽骑将如同饺子一般包围。

“嗤嗤……”

奥秘无穷的符文闪现，六尊兽骑将全部倒下。

连七级的幻魔都能这样击杀，郭临不得不对这魂符高看了几分。他打算以后有时间研究一下这魂符的制作方法。这对自己来说，也许是一个不错的助力。

“乒乒乓乓。”

火红的铠甲散落一地，郭临走过去，炼化了它们的魔魂，又将兽骑将身上的铠甲全部扒了下来。这可是迷失域幻族用的铠甲，拿到外面去，说不定能卖大价钱。

忽然郭临感应到一队数目众多的兽骑将跑了过来。收起东西，他立即驾驭风系法术，快速冲向幻魔城的角落。

过了一会儿，他听到了远处传来幻魔们的怒吼声：“人类闯我幻魔城，还带了魂符，一定要抓住他。”

这队幻魔，数目竟有上百。

郭临眉头微拧，这时候他才发现，孤身一人深入幻魔城似乎有些危险了。两百张魂符看起来很多，但是要仅凭着这些魂符杀到救出公主为止，根本不可能。

蹲在低矮的断墙边，郭临掏出了地图，这是幻魔城的地图。首先，他要确定自己所在的地方是哪个位置。

整座幻魔城面积两千平方千米，分东南西北四个城门。而封魔阵所在的位置，是在幻魔城的西门外。

郭临仔细看了看地图，确认了自己的位置，继续向下看去。

在幻魔城的中央，有一座大型宫殿，那是幻魔王所在的魔宫。想来，公主所在的地方，就是在那里了。

不过幻魔王实力如何？能不能用魂符杀死？郭临不得而知。

郭临神识蔓延开去，一边寻找着潜入魔宫的路，一边想着撤退的路。现在自己身上的魂符还算宽裕，如果被幻魔堵截，可以靠这些魂符威慑压制。

不过一旦魂符用光，身边又多了一个手无缚鸡之力的女人，要逃脱幻魔城可就危险多了。所以必须提前想好退路。

郭临心中一动："不知道这幻魔城中，空间法术能不能用？如果可以，我制作一些空间卷轴，遇到危险也好随时跑路。"

他取出引龙剑，在地上画了个圈，然后又在圈内刻刻画画。等他收手，地面上赫然呈现出一个传送阵法的阵图。

这是最简单的传送阵法，也是郭临最拿手的本领。

只是，在这幻魔城中，这传送阵法有效吗？在他印象中，许多险地这种简单的传送阵法都是无效的。

而这里又是迷失域中的幻魔城里。

郭临暗自摇头，虽然觉得可能性不大，但他还是掏出了一张羊皮纸，在其中绘制了传送咒符，制成了空间卷轴。

制作完空间卷轴后，郭临又用法术将它和地上的传送阵法关联起来。然后借着断墙的遮挡，小心翼翼地走向远处。走了大概五十米的距离后，他停了下来。

郭临吸了口气，这要是成功了，今天营救公主的难度将大大地减少。空间卷轴打开了，"咻"，一阵白光闪过。

郭临失望地看了看周围没有任何变化的景象，无奈地摇了摇头。不出所料，这里禁锢空间。郭临暗想，也许是那封魔法阵的原因。

既然如此，只好凭真本事了。

他抬头望向前方较高的城墙，心道，这如果翻过去，恐怕动静不小吧。事情似乎有些麻烦。想起当日光头侯强信誓旦旦地说，只要给他魂符，就有一半的把握救出公主，郭临顿时感到无比鄙视。

就在这时，一阵森冷的阴笑声音，在郭临后方响起："人类。"

这一尊幻魔宛如死亡骑士，手持长枪，骑着高大的骏马。不论马，还是马上的骑士，都披着一层魔气森森的铠甲。

魔气如同浓烟从它的身上不断地冒出，在漆黑的空间中，他就像一道影子，双腿微微一蹬，包裹着铁甲的骏马，对着郭临缓步走来。

"咔嚓，咔嚓……"

每走一步，便踩碎地上的石板，每走一步，便带给郭临无边的压力。

“幽灵骑士。”

郭临的神色变得郑重，两张魂符捏在手中，做着随时都要丢出去的准备。幽灵骑士是九级的幻魔，它是幻魔王麾下的四大魔将之一，他镇守幻魔城西门，实力深不可测。

传闻它是在速度上最接近幻魔王的存在。比起六级的赤焱幻魔，不知道要厉害多少倍。今天郭临能够碰上，也算十分倒霉。

郭临先动，六箭齐发。

“轰！”

灼热之箭六箭之威，叫幽灵骑士稍稍后退，但也只是后退半步而已。灼热之箭燃烧着的狂热的火焰，一会儿便在缭绕的魔气中消散无影。

“嘿嘿，人类，你是打不到我的。”

森冷的笑声令人毛骨悚然。他笑着，魔甲发出金属撞击一般的声音。骑士头盔完全包裹了它的头部，不知道里面是怎样一副面孔。

抵挡住郭临的灼热之箭，他再次缓步走来。他似乎不急着杀死郭临，或者说，想要在杀死郭临之前，体验些乐趣。

“能够进幻魔城的人，太少太少了。”

郭临招回射出去的灼热之箭，人向后退，再次搭在了弓弦之上。这一次，七箭齐发。

“轰。”

能量飚爆，吞噬了幽灵骑士，可是郭临的神识却感应到在烈火一般的能量中，一道影子正不慢不快地前进。

七箭齐发，无效。

心里吃惊，但郭临面色冷静，没有半点惧怕的模样，他退后两步，手心中出现了两张魂符。

“嘿嘿，人类，不要做垂死挣扎了。死。”

声音一凝，马蹄狂奔，黑影如同乌色的电光撕开夜幕，跨越空间。黑影凝聚，幽灵骑士一动不动停在了原先郭临所站的位置。

而后者如同炮弹一般，倒飞出去，砸在了铜锤铁铸般的城墙之上。城墙颤抖，人影从墙上滑落，露出一个深深凹陷的坑洞。

这一击，郭临竟然无法躲开。

“卑微的人类。”

不屑的声音回荡着。幽灵骑士骑着战马，居高临下地走向郭临。魂符是幻魔的克星，但也只针对于一般的幻魔而言，对他这种幻魔城中的高级将领来说，毫无威胁。

这个世界，没有一个人类能够跟上他的速度。在人类使出魂符之前，他可以用千百种方法杀死对方。若不是封魔阵太过强大，禁锢了九级以上的一切幻魔，他早就带着幻魔一族荡平人类的领地，拿着人类首领的头颅，献给敬爱的幻魔王陛下了。

郭临抬头，又丢出两道魂符。

“咻，咻。”

魂符擦肩而过，幽灵骑士头盔下的面孔，露出了嘲弄的表情。

“亲爱的幻魔王陛下，这具弱小的身体，又怎么配得上你高贵的灵魂呢。就让我来毁灭它吧。”

幽灵骑士发出失望的叹息，马蹄翻滚，枪出如龙，枪尖未到，寒芒先至。

躲无可躲。

“轰。”郭临背部被魔枪扫中，飞了出去。

“好强大的幻魔！”

郭临吃惊，额头冒出了汗。在他看来，九级的幻魔顶多和人类的玄王五、六重的强者相当。这样的存在，他就算不敌，也能凭借着奇妙的身法自保。

可是，玄品初阶的身法行云如风，在这尊幻魔的眼里，简直如同儿戏。任凭他怎么努力将速度催发到极致，都躲不过这一枪。

连续两击，结实地打在身上，浑身的骨头粉碎了两次，又在春回浩渺神石治愈下，恢复了两次。

望着缓步走近的幽灵骑士，郭临神色终于变得认真了。既然灼热之箭的七箭齐发对其构不成什么伤害，相比它的防御，已达到了恐怖的地步。

用九箭齐发？那只会让自己的力量过快透支，完全陷入被动之地。

用朱雀碧炎？一只朱雀碧炎的威力，与七箭齐发相当。但要凝聚出更多的火鸟，需要太多的时间。

当机立断，郭临手中再次显出两道魂符。他躺在地上，将魂符藏在衣袖中，半闭着眼睛，目光与神识同时锁定缓步而来的幽灵骑士。

实力差距太大，除了诛天之怒这样的神技，其他武技和法术，对幽灵骑士构不成太大的伤害。只能用魂符取胜。

包裹着铁甲的战马走到郭临身边，马背上，骑士头盔中射出森冷的寒光。

长枪一出，对着眼前弱小的人类扫了过去。这一次，他要将他的身体洞穿。

就在这时，异变突起，幽灵骑士眼中，原本奄奄一息的人类，猛然弹射而起，紧接着两道禁锢魔魂的光芒，从他的手心中激射而出。

魂符散开，如同天女散花，现出虚幻的太极图纹，旋即急速聚拢，击中幽灵骑士的头盔。

殛爆！

“轰。”

幽灵骑士一动不动，他的头盔却哗啦啦地碎裂。

就在郭临以为一招得逞的时候，那碎裂的头盔下，露出一张青色的脸，脸上布满符文，妖异恐怖。

这张脸上的眼睛没有瞳孔，只有一片血红。他面无表情，收起长枪，摸了摸自己的脸。毫无血色的青色嘴唇，开合间吐出一阵令人头皮发麻的声音。

“弄脏了我的脸。死！”

一枪扫过，将郭临的肩膀钉在了地上。

郭临如遭雷击，春回浩渺能够治愈身体，可是痛却真实存在。刺入身体的魔枪，带来钻心的痛。

“小雪，帮忙。”

郭临双手握住刺穿自己肩胛骨的魔枪，让它不再前进分毫。魔枪的枪头是长长的圆锥形，每刺入身体一分，他的身体就要多受一分伤害。

如果被触及到心脏，一枪搅烂，他纵有不死神石也是白搭。

灵魂空间轻轻一颤。

“叮。”

英姿飒爽的龙卫手握引龙剑，抬手便发射出一串炽热的火球，五火球连发。一线熔火，是可进化的龙之法术，随着火球数量的提升，威力也会大幅度提高。五火球连发，它的威力已经达到了玄品巅峰。

“轰轰轰……”

威力不亚于郭临的七箭齐发。

“蹬蹬蹬。”

幽灵骑士连同战马连退三步。郭临趁机将刺入身体的魔枪拔了出来。

这真是一尊强大的幻魔，龙卫的一线熔火，依旧没有对他造成多大的伤害。

只不过，那面无表情的脸在郭临唤出龙卫的瞬间，流露出一丝惊奇的表情。

“你不是这个世界的人。”幽灵骑士说道。森冷毫无感情的声音，仿佛来自地狱一般。

“自然。”

郭临盯着幽灵骑士，他看到在幽灵骑士说出这句话时，眼睛中流出一丝诡异的兴奋。怎么回事？

“外来的人类，你来的那个世界，叫天武大陆吧。如此你就勉强及格了。我不杀你，你跟我来吧。将你的身躯献给幻魔王大人，你将获得永生。”

“我为什么要跟你走？”

郭临听不懂这幽灵骑士在说什么，但他知道，真跟他走了，绝没有好下场。在他的命令下，龙卫小雪一刻不停地发射着一线熔火，靠着连绵不断的火球的掩护，郭临速度飞快地靠近了。

“不自量力。”

又是一道电光闪过。

“轰。”

郭临再次倒飞出去。

虽然不知道郭临为何如同打不死的小强一般如此坚强，可是幽灵骑士丝毫不在意。一枪挥出，那张诡异的脸渐渐舒展，狞笑起来。

可是它的笑只舒展到一半。在郭临飞出去的刹那，他的胸口处，传来一阵痛楚。

惊愕地低下头，却看到胸口处的一块战甲剥落了。他被魂符击中了。

幽灵骑士恼怒，前方传来一阵冷冷的笑声。

“似乎，也没什么了不起的啊。”郭临嘴角带血，清秀的脸上挂着疯狂的笑，“敢下马与我一战否？”

“下马一战？你不配。”

幽灵骑士能够感觉到眼前的人类实力不强。若不然，也不会连自己的一击都挡不住。可是，他一次次重伤后都能站起来继续战斗，又是怎么一回事？这种能力，叫身为仅次于幻魔王存在的他都感到了不解。似乎这人拥有不亚于幻魔的体魄。

幽灵骑士再次发动攻击。在他的绝对速度面前，任何人都不是对手。

“轰。”

毫不例外，郭临再次被击飞出去。幽灵骑士嘴角浮出嘲笑，可是下一秒，他却笑不出来了。

胸口传来疼痛，又一块魔甲在魂符的攻击下剥落。魂符上蕴含着专门克制幻魔的能量，叫他再一次吃了大亏。

幽灵骑士停止了攻击，在明白对方是如何将魂符打在自己身上前，他不想盲目出击。如果速度被破，那么这魂符又将成为致命的克星。

郭临捂着肋下。

幽灵骑士的速度太快了，前所未有。似乎与法力化翼的地魂境强者有得一拼。这样快的速度，郭临全力去躲，也躲不开去。

如此差距，宛如鸿沟。

但正因为躲不开，郭临选择了一种近乎拼命的做法。他只用一大半的精力来躲开要害。剩下的精力，用来催动魂符。

有春回浩渺神石，只要躲开要害就不会死。而这一丝分开来的精力，却能够慢慢地扭转局势。

如今幽灵骑士的魔甲连同魔盔，有三处脱落。

如果下一刻，将魂符打在他毫无防御的身体上，效果会如何？

郭临满身是血，脸上却带着疯狂的笑："九级幻魔很强吗？你来啊。"

"原来如此。但如果你以为这样能够赢我，那你就错了。"

幽灵骑士也想到了其中关键，发青的脸上笑容狰狞。他丢弃笨重的魔枪，翻身下马，从腰间拔出了一把赤红的四尺长剑。

他人影一闪。

郭临躲开要害，想用魂符。

"轰。"

手指刚刚捏住魂符，人再次飞了出去。

郭临一惊，原以为幽灵骑士的速度是仗着他的坐骑，可是在下马之后，他的速度更快。

幽灵骑士连出十剑，每一剑都击中郭临要害。刹那间，郭临遍体鳞伤，身体上都是触目惊心的剑伤，黑袍被戳了一个接一个的洞。

呼吸之间，他就成了一个体无完肤的血人。

幽灵骑士一剑将气若游丝的郭临钉在墙上，道："你不是很强吗？"

这样的伤，幽灵骑士觉得哪怕是强大如自己都要死了。

虽然就这样杀了这个人类有些可惜，但魔将的尊严，是容不得挑衅的。

他松开了剑，走近被钉在墙上，似乎失去了生气的郭临。

他在欣赏自己的杰作。

因为无法离开幻魔城，他好久都没有这么虐杀过人类了。那流淌而下的殷红的血，以及人类缓缓流逝的生命，让他兴奋。

"曾几何时，我仇寒也有这般美妙的血液。"

看着眼前生机越来越渺茫，鲜血仿佛就要流干了的人类。幽灵骑士舔了舔嘴唇，伸出手指，插入郭临的伤口，沾了沾鲜血，放到嘴边轻轻一吸，眼睛的猩红之色又浓了几分。

幽灵骑士贪婪道："若不是幻魔王大人需要这具身体，真想独享美味。"

他再次伸出手指，去沾郭临的血，突然间热浪传来，一道比之前更为磅礴的火焰能量自身后袭来，是龙卫的一线熔火。

幽灵骑士微微一愣："人死了，龙卫也会立即死去。但他的龙卫还活着，难道……"回想起尘封了不知多少岁月的记忆，幽灵骑士勃然变色。

"你也知道龙卫吗？"

那是一阵比恶魔更加森然，令人心悸的声音。声音透着令人窒息的寒意，仿佛从地底十八层传来。

不知为何，在幽灵骑士听到这声音的瞬间，灵魂猛然一颤，身体无法动弹。虽然时间很短暂，却足以致命。

郭临出手如闪电，酝酿已久的魂符，狠狠地贴在了幽灵骑士的胸口。

"啊！"

幽灵骑士惨叫的瞬间，一线熔火击中了他的背。

郭临毫不留情，再次贴出一张魂符。

"咔，咔，咔……"

铠甲破碎，连同那一张脸也扭曲碎裂开来。乘你病，要你命，幻化出无影手的郭临，连续丢出一大把魂符，全部贴向幽灵骑士。

"啊！"

一声惨叫，幽灵骑士整个身体炸裂成无数的碎片，远处黑色的战马也在顷刻间如同碎石一般，分崩离析。

"真够难缠的。"

郭临自言自语，拔出身上的剑，身体几乎瘫软。

丹田中，春回浩渺神石飞速旋转，碧绿的神辉浸入身体受损的每一处。如果没有这颗神石，郭临都不知道死多少次了。

郭临无力地靠在城墙上。神识感应的范围中，有大量的幻魔正朝这边靠近，他需要在此之前，恢复身体。

"初雪，谢了。又让你消耗……"

郭临歉然地说道。神识扫过灵魂空间。在那里金色的神辉照亮每一寸地方。一柄金斧凌空旋转，其中隐隐浮现出初雪一袭白衣的身影。

刚刚若不是沉睡中的初雪感应到郭临的危机，及时醒来，并且用强大的神识帮他干扰了幽灵骑士，郭临恐怕连一点翻盘的机会都没有。

"实力的差距啊。"郭临感叹道。如果他拥有更强大的实力，何须初雪一次次地以透支为代价来帮助自己。

"嗯？这是什么？"

在幽灵骑士碎裂开的地方，郭临捕捉到了一枚白色的玉，拇指般大，很小巧。接着他的神色变得惊异起来。

"这竟是一枚玉简。"

迷失域一重天的低武世界，是不可能有人创造出玉简的。郭临心中一动，这玉简从何而来？

也许这枚玉简来自迷失二重天，也许来自迷失域外？郭临没去过迷失二重天，对那里不了解，却了解天武大陆。

如果是后一种情况的话，那么就是有像自己一样来自天武大陆的人，到过这一重天世界，而这玉简就是他留下来的。

但这玉简又怎么会在幻魔手中？莫非是那人被这尊幽灵骑士杀了。

郭临点了点头，如此解释最合理。

他摸了摸玉简，不知道里面记载的是什么，想用神识窥探，可是却没有时间。因为跑得最快的幻魔，距离他已不足百米了。

郭临收起玉简，然后一把扯过飘浮在地上的幽灵骑士的魔魂，用在冥城购买的镇魔瓶装了起来，丢进星空戒指中，拔腿就冲向了城中。

整座幻魔城飘荡着一股令人窒息的魔气。带着腐蚀气息的烟雾，宛如瘟疫，不断侵蚀着郭临的身体。受到魔气的影响，郭临奔走在幻魔城巷子里的身影，也慢了不少。而身上肌肤竟然以一种肉眼可见的速度，在魔气不断的浸润下渐渐改变。

“嗡……”

体内神石旋转，带着无限生机的神力，将这些魔气全部抵挡在皮肤之外，不让它侵入身体分毫。

感到神识覆盖的范围内没有幻魔再朝着自己追来，郭临就近打开一间破旧的房子，确认里面没有魔物，闪身躲了进去。然后又在房子里布置了一层隐匿气息的结界。

如此，他才安心地坐了下来，开始研究从幽灵骑士那里得来的玉简。

星空戒指光芒一闪，拇指一般大小的玉简闪烁着柔和的光芒，表明了它的不凡。

幽灵骑士在死之前说出的那一段话，表明他认得龙卫，并且对龙卫了解颇深。就连人死了龙卫也不得活这样的事情，他都知道。这叫郭临怎么不好奇？

要知道，他只不过是一个被封印在幻魔城中的幻魔。这样一个幻魔，怎么会了解这么多。

直觉告诉他，答案就在这玉简之中。

手掌摊开，神识扫入玉简之中，随即一段信息从玉简中流水一般地流淌而出，进入郭临的大脑当中。

读到玉简中的信息，郭临精神一振，脸上浮现出不可思议的神色。

他猜对了，这的确是人留下的玉简，而他的主人，则来自天武大陆。他叫仇寒，是玄王巅峰强者。

“仇寒。”郭临默念这个名字，他若没记错的话，之前在与那幽灵骑士战斗的时候，他也曾提到过这个名字，说他就是仇寒。

郭临一段一段地读取这段信息，越到后来，脸上的表情越来越骇然，而骇然之后，他的第一感觉，便是自己掉入了一个极为阴险的阴谋之中。

回想起迷云国的老皇帝不动声色地将自己骗入幻魔城，郭临眼中不可抑制地流露出一抹森冷的杀意。

从来没有什么公主被幻魔王劫持，这一切都是假的，是杜撰的。他的目的，就是将拥有实力的人类骗入幻魔城。

玉简里记载，仇寒是在千年前误入迷失域的，阴差阳错，他来到了一重天的迷云国。当时仇寒的感觉就极为震惊，这一迷失域之中，居然还有人类的世界。

这叫他燃起了一丝希望，为了找到回天武大陆的方法，他努力向人打听，最后结交了迷云国的权贵，并且接触到了皇帝逍广。

道明来意后，逍广立即表示，他有办法帮助仇寒回去，但需要他做一件事情。他的女儿被幻魔王所俘，希望仇寒帮他救回女儿。

作为实力强大的玄王巅峰强者，仇寒欣然应允，和郭临一样，他也看出来了，迷失域中，人类的武力水平最好也不过神变巅峰。

他暗叹自己来得真是巧合，如果不是他，这公主恐怕就再也没人救得出来了。

于是，他来到了幻魔城。

实力强大的仇寒来到幻魔城之后，以摧枯拉朽之势破开城墙，杀入城中。接着他便感受到浑身肌肉正在受到侵蚀。

仿佛毒药一般的幻魔城中的魔气，对他产生了强烈的影响，体内的真气运转得越来越慢，就连法力也在几息之间受到了禁锢。这样下去，不要说救出公主，就算能够勉强支撑到城中央的魔宫，都极为困难。

当机立断，他选择了退。救不出公主，他大不了再找其他方法。只要有时间，就有可能找其他方法离开迷失域。要是死在这里就亏了。

就在这时，一个人，不，一个叫蚩帝的幻魔拦住了他，轻易制服了仇寒，并且告诉他，这一切都是阴谋。

从来就没有公主被劫，而迷云国的皇帝逍广也是幻魔培养的傀儡。逍广的任务，就是将从外面而来的人，骗进幻魔城。

然后，幻魔城中的幻魔会将这些被骗进入城的强者同化，变成新的幻魔。

第26章 全面围剿

来到这里的人，要么被抽取灵魂，身体成为强大幻魔一族的寄体。要么在魔气中彻底魔化，自坠魔道。

前者魂飞魄散，后者虽然还保存自我，但是在入魔之后，就会彻底丧失人性。极为不甘的仇寒选择了后者，但是在入魔之前，他将这段往事以意念的方式，刻入了随身携带的玉简，以警示后人。

“当你看到这里，说明我已经死了。死对我来说是最好的解脱。玉简内有一卷法术，灵游随风术，乃我仇家祖传法术。我仇家代代单传，没想到我这一代却要断子绝孙。如果你能够走出幻魔城，请帮我杀掉逍广，这个阴险的皇帝，挫骨扬灰也难消我心头之恨。”

“我好恨，恨看不透他的虚假面目。”

“我好恨，恨不得食其肉，饮其血！”

最后一句话，化成一个个杀伐气息浓重的大字，每一个大字仿佛都带着嗜血的猩红，给郭临一种沉甸甸的压迫之力。

“前辈，既然知道了真相，我不会叫你死不瞑目。”

郭临握紧手掌，下了决心。他怎么也没有想到这竟然是一个骗局。如果不是这位仇寒，自己恐怕会直奔魔宫，那样一来，纵有不死神石，最后也难逃和他一样的下场。

一段晦涩的法诀如同湍急的流水汇入大脑。郭临闭上眼睛，将法诀一字不差地刻在脑海之中，再睁开眼睛，神色有些怪异，这灵游随风术竟然是玄品六阶的法术。

天武大陆，身法类的法术很稀少，而级别达到玄品六阶的身法类法术更是凤毛麟角。

郭临的行云如风身法是玄品一阶，与之相差五阶。

“这么说来，刚刚幽灵骑士用的诡异身法，就是这灵游随风术了。以他玄王巅峰的实力，再加上这么强大的身法，怪不得我怎么躲都躲不开，只是，化魔后竟然会变得如此恐怖……”

回想起幽灵骑士那一张碧绿的面孔，郭临头皮发麻，他绝不会让自己变成那副模样。

“趁着幻魔们还没有发现我，我先将这卷法术学会，磨刀不误砍柴工。有了这卷法术，我一定能够活着离开这里。逍广，欺骗我的这笔账等我回来，一定要好好算一算。”

一个时辰后，结界打开。

深邃的幻魔城小道中，一道带着幻影的黑色人影，如同幽灵一般急速飞出。这人影，正是修炼了灵游随风术的郭临。

两旁的景象急速倒退，给他一种飞一般的感觉。

“灵游随风术不愧为玄品六阶的法术，我感到我的速度提高了不止三倍。”

幻魔城很大，他需要尽快地跑出去，回到封魔法阵中。

只不过，在他踏入幻魔城的那一刻起，注定是难再登天。

幻魔城的天空盘旋着巨大的黑色气旋。阴沉沉的气旋中央，封魔阵隐隐闪烁着两极阴阳。在封魔阵的正下方，便是一座笼罩在滔天煞气中的巍峨魔宫。

万魔朝珠，十余万之多的幻魔，虔诚地跪拜在魔宫前方。

手持方天魔戟的幻魔王坐于漆黑的蛟首巨椅上。铁面遮住了他的容貌，却遮不住一对猩红至极带着无边戾气的眼睛。

前方近在咫尺处，空间扭曲成宛如被风吹皱的湖面，粼粼波光，漆黑诡异。

“波光”流转，里面赫然呈现出魔宫外面的景象。镜子中，一位背着火色长弓的年轻男子，正在以极快的速度，向幻魔城西门疾驰。

幻魔王猩红的眼睛，闪出一抹异样的精光，面具也随着脸上肌肉的变化，轻轻抽动。

“既然来了，又怎么能够逃得出去。呵呵呵，如此神奇的肉身，得之，吾便可冲出封印。魔将们，去吧。将他带回来。我要活的。”

“是，陛下。”

众幻魔齐齐叩首，化作一阵烟雾，飞向西面。

……

此时郭临还不知道，幻魔城的一切，都在幻魔王的注视之中。

随着速度加快，空气的阻力也随之而来。虽然这不会影响灵游随风术的速度，可是那迎面而来打在身上的魔气，叫郭临感到了极大的不适应。为了抵挡魔气的侵蚀，体内神石旋转的速度更快了。

冲出巷口，两道黑影从天而降。

郭临抬头，看到两尊手握长枪，通体红色，背生两翼的夜叉。夜叉容貌丑陋，凶神恶煞般瞪着郭临。

夜叉通红的眼睛一亮，不由分说地出手，手中通体红色的长枪直刺而来。

郭临可没时间和这些幻魔纠缠，两张魂符同时出手，“嗖嗖”两声打在夜叉身上。两头气息不下于玄王境界的幻魔，在魂符之下毫无抵抗之力，一命呜呼摔落下来。

郭临纵身一跃，跳过拦在眼前的夜叉尸体，凌空翻了个跟头，闪电般取出镇魔瓶，将两缕魔魂收了进去。

幻魔的魂力比同级别魔物高出数倍，对能够炼化魔魂为己用的郭临来说，这些都是比灵药还要好的极品。

前方的城门依稀可见，越过城门就安全了。只是，这一路极为不好走。数十米之内，十余个幻魔虎视眈眈地望着郭临。这些幻魔有长成巨人模样，也有许多的体形和人类差不多。幻魔群实力也参差不齐，从六级到八级都有。

似乎要大开杀戒了。

郭临嘴角浮起冷笑，取出一叠魂符，全力施展灵游随风术，身如离弦之箭，对着拦住他的十余个幻魔冲了过去。所过之处，魂符如天女散花一般，漫天飞舞。

虽然对魂符有天生的恐惧，但是幻魔们却也在第一时间对郭临发动了攻击。

一时间，能量殛爆充斥了不大的空间。

“嗖嗖嗖……”

很明显，这些幻魔的实力与郭临之前碰到的幽灵骑士有很大的差距，魂符弹无虚发，所过之处，十余个幻魔应声而倒。

抽魂入瓶，郭临继续向前奔跑，一路消灭了十余波幻魔，他终于来到了城门处。

此时，在城门前已堵上了茫茫一群魔物，数量过百。

“幻魔王大人有令，抓住人类，奖赏千斤血肉。”

城墙之上，一尊气息丝毫不输于幽灵骑士的幻魔声音沙哑地道。他面目狰狞，赤裸着上身，缠绕在胸口的铁链闪出奇异的光芒。

九级幻魔，千年幻尸。

幽灵骑士是速度上最接近幻魔王的存在，这尊千年幻尸则是在身体强度上，最接近幻魔王。

他拥有一身钢筋铁骨，几乎可以说，同级别的任何攻击，对他都是无效的。

郭临出手，仅存的百张魂符漫天飞舞。而他的身体，却如星丸一般跳跃着，越过一个又一个幻魔。

魂符仿佛长了眼睛一般，准确地打在幻魔身上。

随着一个个虚幻的太极图纹闪现，幻魔一个接一个地倒了下去。

虽然有魂符威慑，可是群魔堵截之下，郭临依旧被逼得节节后退。上百的魔物中，其中有一半的实力，都和人类玄王境的高手相当。

眼看着城墙下的幻魔就要消灭干净，忽然道道魔气从天而降，堵在前方的幻魔越来越多。郭临皱了皱眉，这样下去，在魂符用完之前，肯定无法冲出去。

当机立断，他选择了暂时撤退，钻入小巷。

“哪里走。”

千年幻尸纵身一跃，拦住了郭临。他拥有一身铁骨一般的身躯，浑身仿佛被油浸泡过一般，闪闪发亮。

它身高与郭临等齐，惨白的脸像粉刷过一样。

郭临还未丢出魂符，他破空的一拳就到了郭临面前。

郭临赶紧飞身后退，在灵游随风术加持下，他的脚步也变得虚幻起来，在千年幻尸的拳头砸爆脑袋之前，闪了开去。

望着那满面灰白，死气沉沉的脸，郭临眉头大皱。他知道眼前的存在是幻魔，可是他却感觉到对方是一个死人，毫无生气的死人。

郭临出手，整整十张魂符。面对与幽灵骑士同级别的幻魔，他一开始就用了全力。

十张魂符同时打出去，化成一张太极图拼成的大网，刹那间，朝着千年幻尸砸去。

千年幻尸也不敢小觑十张魂符织成的大网。他随手一抓，身边的两个幻魔便被他丢了出去。

“轰轰……”

太极大网震颤，光芒黯淡了一些。

见状千年幻尸又面无表情地抓住两个幻魔，丢沙包一样丢了出去。

“扑哧。”实力弱的幻魔在大网之下，瞬间死亡。

但大网所蕴含的灭魔威能，也再次下降。

魂符凝成的网很快就到了千年幻尸的身前，而在此之前，千年幻尸也再次抓了两个幻魔丢向大网。然后在魂符幻化成的能量大网变得虚幻，能量只有一半之时，他用力一跳，整个人结实地撞在了太极网上。

“轰！”

能量炸开，太极网消失，而千年幻尸则毫发无损。

郭临一惊，这尊幻魔未免也太过变态了。就算太极网只有一半威力，但对幻魔的杀伤力也是很大的。若是同级别的幽灵骑士，绝对不敢以身破网。

千年幻尸油光的身体上泛出诡异的图案。能量散去，那诡异的图案也随之消隐。想必他拥有如此强悍的防御能力，与这符文有很大的关系。

就在郭临严阵以待，想办法脱离包围圈的时候，一阵淡漠的声音从天而降。

“老二，婆婆妈妈地做什么呢，魔王大人等许久了。”

话音刚落，天空中银雕飞过，散发出漫天的魔力。

“唰。”

银雕停落，光芒闪现，幻化成一位白发披肩的男子。头发虽白，但脸却十分年轻。男子眼睛锐利如鹰隼。他的背后是一对漆黑的羽翼。

见状，郭临一怔。这男子背后的漆黑羽翼，让他想起了人类的地魂境强者。实力达到地魂境界之后，法力可以凝练出宛如实质性的羽翼，也就是法力化翼。

从他的模样来看，也是从人类魔化而来的。郭临猜想，在魔化之前，这男子的实力应该已经是地魂境界。想到这，郭临神色凝重了几分。

“咯咯，大哥，你不能这么说。二哥就喜给人瞧一瞧他的强大。”

紧随其后是一阵银铃般的笑声，人未至，声先至。动听的笑声中，带着几分蛊惑之力，让人情不自禁地去想，这声音的主人一定是个绝代佳人。

果不其然，群魔纷纷让开。一个紫发女子款款而来。

这是一个生就一双丹凤眼的紫发魔女，妩媚至极。她身着暴露的皮甲，似乎是为了极力节省材料，身体上只有两片小小的皮甲遮挡，诱人的娇躯大多暴露在充斥着魔气的空气中。哪怕是周围的幻魔，见了都狠狠地咽了口吐沫。

在其肚脐上，挂着一个小巧的金铃，随着走动，发出“丁零零”的声响。

魔女走近郭临，眼睛里充满热切的光芒。她舔了舔性感的红唇，瞳孔中，闪出魅惑的光芒：“小帅哥，干吗这么气势汹汹的呢，真是吓坏人家了。”

这是一具极其诱惑的胴体，凹凸有致，身体曲线优美，每一寸光洁的肌肤都透着无限魅惑之感。

在魔女走过来时，郭临感受到了魅惑之术。这是一种魔族才有的高超的媚术，一般的男人绝对抵挡不了。

但神识强大的郭临抵挡住了媚术攻击。郭临冷眼以对。

“小帅哥，我美吗？”

魔女轻轻地翘了翘嘴角，精致妖娆的脸上露出了一个极具魅惑性的笑容。此女名叫魔莲，在幻魔城四大魔将中排行第四，拥有幻魔一族最出色的容貌。

“如果你还是人类，我会对你有一丝兴趣。不过可惜，你却是魔。人魔不两立！”

郭临眼睛锐利，拉开灼热之弓。

只是弓拉开的刹那，一阵头晕目眩之感席卷而来。郭临眼皮沉重，仿佛就要昏睡过去。郭临一惊，视野中群魔与空间一起扭曲着。

“你对我做了什么？”

郭临神色大变，体内的力量被莫名地吞噬，连脚都要站不住，手掌乏力，灼热之弓掉落在地。

“咯咯，真是一个有趣的人类。姐姐可不只会法术哦。”

“毒吗？”郭临惨笑，是自己低估了这些魔。模糊的视野中，郭临看到魔女掩嘴轻笑，笑得花枝招展，众魔也弯腰，放肆大笑。身体内的最后一丝力量被抽走，旋即眼前一黑，昏了过去。

“四妹。你真了不起。”

大魔将竖起大拇指说道。

“雕虫小技呢。大哥。区区人类，又怎么抵挡得了我的麝毒。三天之内，他休想睁开眼睛。而三天之后，就是幻魔王大人的重要日子了。这么一副好皮囊，小妹迫不及待地希望幻魔王大人夺取他。”

后面的千年幻尸道：“只怕他太弱，承受不住太多魔气。”

大魔将道：“二弟，此事幻魔王大人自有办法。走，将此人带到魔宫，我等又是大功一件。”

三天后，郭临昏昏沉沉地睁开眼睛。入目漆黑一片。

“我死了吗？”

郭临摸了摸“地面”，触手冰凉。

有感觉，那么就是没死。这是哪里？

应该是幻魔城中的某处牢狱吧。郭临心想，当初猝不及防之下竟然中了毒。真不该小看这些魔，得想办法离开这里。

他仔细打量着四周，伸手不见五指的空间里，所幸他的神识还够用。

这是一个葫芦状的密闭空间。在密闭的空间内，四周的墙壁不知道用什么材质堆砌而成，他的神识竟然无法释放到外面去。

而在密闭空间的中央，郭临“看到”一个六角形，似乎是阵法的存在。

郭临眉头一皱，这个阵法，叫他想起了炉鼎中的离火阵。

“我该不会就是在炉鼎里面吧？”

回想起幽灵骑士的玉简中的信息，郭临心中升起不妙之感。这是要被炼制成魔躯吗？

“铿。”

头顶传来一阵金属般的摩擦声，空间内射入一道光束。光束落在郭临的脚边，他本能地一滚，远离这道光束。

他趴在地上，继续做昏迷状，神识却向上，从打开的圆口蔓延出去。

这是个占地数十亩的广场，广场中央耸立着一尊手持巨剑，指向苍穹的雕像。在雕像之下，站着一个头戴铁面，身着魔甲的魔头。魔气缠绕，红色的披风猎猎飘舞。

郭临有一种直觉，他就是幻魔王，因为单凭气息，他比自己遇到的幽灵骑士不知道强大了多少倍。

而从他身上散发的气息来看，这幻魔王，拥有恐怖的实力。

在魔头身后站着大魔将银雕、二魔将千年幻尸以及四魔将魔莲。

在魔头身前，有个祭司模样打扮，身着灰色长袍的幻魔跪在地上，恭敬地说道："幻魔王大人，确认无误。他还昏迷着。魔炼仪式可以开始了。"

幻魔王手向前一指，道："那便开始吧。只要吾重获魔躯，就将恢复无上魔力。从此一重天世界唯吾独尊！"

"陛下威武。"

广场周围，万魔齐齐跪拜。

此时在广场的东边，安放着一个葫芦状的魔鼎，魔鼎高达十丈，周身密布着奥秘无穷的符文。以魔鼎为中心，近万名实力强劲的幻魔围成一个扇形的弧，嘴里还不停吟唱着。

在魔鼎上方，背生双翼的飞天幻魔，正将一些灵材灵药倒入打开的魔鼎之中。

魔音浩渺，一场盛大的仪式，就要开始。

这真的是要炼什么东西。明白了这一点，郭临拔地而起，想要冲出去，只是，他身体刚刚腾高到三丈，就又掉了下来。伴随着来袭的虚脱感，郭临眼睁睁地看到那打开的盖子，再次被盖上了。

"魔焰起。"

幻魔祭祀神色虔诚，他挥舞着魔杖，一道漆黑的魔焰，划过空气落在了魔鼎之上。

"嗡。"

伴随着一阵颤鸣，魔焰四散分开，包围了整个魔鼎。而围在魔鼎周围的上万幻魔，五心向天。漆黑的魔气从他们身上蒸腾而起，然后在魔鼎上方汇聚。在魔焰燃烧起来后，如同黑压压雨云的魔气，一股脑进入了魔鼎之中。

见状，高大的雕像下，幻魔王的眼睛亮了起来。这一天，他等了太久了。

"陛下，我的王。您征服一重天的日子，不远了。"

……

鼎内，郭临正在检查着身体。他发现体内经脉是畅通的，真气可以运行。可是法力却被莫名的手段给禁锢住了。这也是他腾空到了一半掉下来的原因。

现在被关在鼎里，得想办法出去。

忽然间，"地面"热了起来，空气渐渐灼热，没过多久，他的身体传来一阵灼痛之感。

郭临一阵翻滚，坐起身，就在这时候，中央的阵法，陡然蹿起了一缕缕漆黑的火苗，与此同时，他感受到了磅礴的魔气不断地进入魔鼎，向他涌来。

郭临一惊。

“轰。”

火苗燃烧，骤然间达到了数人之高。火焰徐徐扩散，几个呼吸之间，整个大鼎内的空间都是魔焰。

魔焰与魔气相互缠绕，吞噬了郭临。他的每一寸肌肤，在魔焰的灼烧下破损，又在魔气中变成另一种漆黑的物质。

“啊！”

郭临仰天长啸，声音使得整个空间都嗡嗡震动。

魔焰焚身，很痛，即使有不死神石治愈，这种一刻不停的灼热带来的痛也丝毫不减。

可是这些痛楚与当初的天火焚身相比，还要逊色一些。郭临咬着牙齿，一步一步地走向中央。那是魔焰燃烧的地方。他要毁去阵法。

阵法中央堆叠着的天材地宝，正散发着奇异的芬芳，哪怕是忍受煎熬中的郭临，都闻到了一股沁人心脾的香味。

终于在踏入离火阵的刹那，郭临再也坚持不住，倒了下去。郭临咬了咬牙，喝道：“春回浩渺。现！”

“嗡。”

魔气弥漫的空间中，一缕碧绿的神辉自郭临的体内射出。

郭临一把握住不死神石，真气加持下，以神石为中心，飘荡出无穷无尽的生机。召唤出不死神石，情况好了不少。可是他依旧能够感受到，魔焰焚身后那烧灼得几乎液化的魔气，正在改造自己的身体。

这次要是不出意外，真的要被炼成什么魔躯了。

郭临不甘心，如果被炼成魔躯，那就彻底完了。身边琼浆玉液，缓缓流淌。郭临目光落在还未完全融化的天材地宝上，眼睛微微一亮，“这个莫非是传说中吃了能增长法力的蟠龙草？”

“这个是开拓经脉的银羽乳？”

“这个是解除一切禁咒的血海玉。”

“增加百年寿命的翔龙冥棕？”

“反正都要死，决不能便宜了恶魔。”他俯下身，将滚烫的灵液大口大口地吸入腹中。灵药入体，带来磅礴的能量。

“要是这些灵药能助我达到地魂境，我一定能够有办法出去。但这是不可能的。”

时间流逝，融化的药液全部被郭临吸取。

而吞入了天材地宝后，郭临身体改造的速度更快了。郭临双眸闪出妖异的蓝芒，此刻他正缓缓入魔。

这些灵药不能够增加实力，却使得他的身体强度达到了极为恐怖的地步。

幻魔王为了得到一具崭新的魔躯，可下了血本。

“不行，我不能放弃。我还要去菩提门实现诺言，我还要去烈光学院找小雨的。我不可以死。”

郭临怒吼道：“我要为初雪重塑真身，我还要回到五千年后，那里有我的家人在等着我回去，我怎么能死在这里！”

“炼魔神诀，如果修炼了炼化一切妖魔之气的炼魔神诀，我又怎么会惧怕这些魔气。如果我修炼了炼魔神诀，就可以炼化这些魔气。可是现在，我只有真灵九重，无法修炼炼魔神诀。”

不论郭临怎样不甘，魔鼎中的魔气不减反增。他用强大的意志保着最后一丝理智，不受到魔气的侵染。

“只要到玄王境界，就可以修炼炼魔神诀，玄王境界，只差一线。我要怎么做？”郭临一遍一遍地问着自己，时间不多，再想不到办法他就会沦为魔。然后，他的躯体会被幻魔王夺取。

失去身躯的他，从此死无葬身之地。

就在这时候，忽然一道电光划过脑海。

“炼魔心经”四个大字，赫然呈现。

郭临一怔，炼魔心经只能炼化魔魂，对这些魔气是无效的。

“不对，魔魂。我有。”郭临的目光落在手指上的星空戒指上，如同抓住了最后一根救命稻草。

魔焰充斥了魔鼎的每一个角落，郭临手指划过星空戒指，随后上百道被他装进镇魔瓶中还未来得及炼化的幻魔之魂，冲出星空戒指。

整个漆黑的空间中，顿时传出一阵疯狂的魔啸之声。

只是，在熊熊燃烧的魔焰之下，一些实力低的魔魂，刹那间被烧成了魔气。

上百道魔魂，眨眼之间只剩下一半。只要再有几息时间，就会彻底消失。

“啊！”

郭临大喝，生死关头，求生的欲望激发了无穷的潜力。浑身灼痛不堪，可是他依旧用顽强的意志，运起了炼魔心经。

郭临的掌心散发出紫色的光芒，那飘散在魔鼎中的魔魂，受到牵引，江河入海一般地汇聚到郭临掌心。魔魂触及到郭临的手，刹那间化作极纯净的能量，进入了郭临的体内。

“太慢了！”

郭临大喝一声，更加疯狂地运起了功法。魔焰中的魔魂发出凄厉的惨叫，而郭临的气息也在飞速攀登。

一秒。

二秒。

三秒。

……

潜力激发下，原本至少需要一刻钟时间才能炼化的魔魂，仅呼吸间就全部进入了郭临的身体当中。

此刻郭临周身魔气滔天，这是郭临由内而发的魔气，再过不了多久，他就要完成真正的魔化。

就在这时，以郭临为中心，迸射出一股磅礴无匹的能量，一道璀璨的蓝光，从郭临身上翻涌而出。

郭临仰天长啸，整个魔鼎都颤抖起来。

魔宫的广场上，此时魔音浩渺。一段段魔咒飘荡在天空之中，所有的幻魔都神色虔诚。突如其来的抖动叫群魔神色微变，以为仪式出现了什么状况。

“大祭司，这是怎么回事？”

幻魔王问道。

大祭司神色欣喜，丑陋且布满褶皱的老脸笑得如同一朵盛开的菊花。

“恭喜陛下，此子在绝境中晋级了。如此一来，魔躯的品质能够再提升一个层次。”

幻魔王面具下的眼睛，猩红一闪：“原来如此。那便加大魔气灌输。”

成功晋级至玄王境，郭临却一点都不放松，此刻他牙齿咬得咯咯作响，显然几乎到了忍耐的极限。

郭临心中发誓，如果还活着，如果能成功出去，他一定要亲手毁灭这座幻魔城。

此时，他盘腿而坐，手中捧着一卷金光闪闪的布帛。

“炼魔创世灭神诀”几个大字，正闪着耀眼的神辉。郭临目不转睛地盯着炼魔篇章的功法部分。随着他的嘴唇嚅动，布帛上，一个个能量块般的金色字体离开布帛，进入郭临的大脑当中。

炼魔神诀晦涩无比。在达到玄王境界之前，郭临也不是没有研究过，也试着按照神诀中的记载，运行体内的真气。只是，在达到玄王境界之前，一切都是徒劳的。

每次真气运行到百会穴，立马倒流，身体也会随之受创，次数多了，郭临也不敢胡乱修炼了。

现在，实力冲破玄王境界，郭临感受到自己的思路比之前清晰数倍，他知道这是大脑再次开发的结果。

再看炼魔神诀，原先觉得晦涩难懂的文字，此时，也渐渐明朗起来。只是，要完全理解还需要些时间。但现在他根本没有时间。

囫囵吞枣。不成功，便成仁。

郭临催动真气，按照神诀记载的方式运行起真气。真气从头顶百会穴开始，沿着经脉，如同树叶纹路一般向下散开。

神庭、太阳、人中，旋即到胸口的膻中穴。那原先郭临怎么催动真气都无法打通的穴道，在炼魔神诀催动之下，发出“砰砰砰……”的声响。

胸口有一股炙热的能量，郭临大喝一声，周围的魔气如同抽水机牵引下的水流，从四面八方汇聚到郭临的头顶处。

“心生，种种魔生；心灭，种种魔灭。魔由心生，炼魔，灭魔！”

随着一阵惊喝，郭临的头顶缓缓浮现出一尊魔神般的影像。魔像的眼睛，猩红一凝，周围的魔气疯狂地朝着郭临涌了过来，包围着郭临。

浸入体内，几乎将躯体完全同化的魔气，在接触到体内真气的瞬间，发出“嗤嗤”的声响。

声响过后便被炼化成纯净的能量。身上的痛苦渐渐消失，郭临的神色也变得平静，变得如古井无波。

伴随着春回浩渺神石的催动，他的肤色渐渐恢复到了黄色。而被炼化的魔气，也随之成了提升郭临实力的灵气。他的气息在飞速地提升，很快地到达了玄王二重。

当身体完全恢复到正常人的状态，一道金光再次迸射而出。玄王三重！

鼎内魔气滔天，而整个魔鼎仿佛有生命般地战栗起来。

魔宫的广场，以魔鼎为中心，发出一阵剧烈抖动。向魔鼎不停地注入魔气的群魔纷纷惊愕，情不自禁地停了下来。

“怎么回事？”

幻魔王问道。这次抖动，比之前更加剧烈了。

幻魔祭祀折腰作揖，兴奋道：“恭喜陛下，贺喜陛下。此子又在逆境中晋级。您的魔躯将变得更加强大。小的建议，将殿中的灵果灵药都倒进魔鼎中。也许，今日就能为陛下铸造一具无上魔躯。”

“无上魔躯？”

闻言，幻魔王声音也响亮了几分：“一重天的世界，有三尊无上真魔，若今日本座能成就无上魔躯，就有望成为第四尊无上真魔。假以时日，这一重天的世界就是我的了。”声音中，竟然有着一丝兴奋。

“准，就这么办。魔莲，你去后殿将药库中的灵药都取来。银雕，你去将幻魔城中的幻魔都招进魔宫。从今天起，本座将是无上真魔。”

“是，陛下。”

银雕和魔莲纷纷领命，二人眼里也尽是兴奋之色，今天，幻魔城必将载入一重天的魔史当中。

郭临炼化魔气的速度可以用恐怖来形容，他就像一个黑洞，鲸吞了一切，不论是魔气还是魔力，全部炼化。

魔鼎中的魔气渐渐稀薄起来，某一刻，居然出现了无以为继的情况。

就在郭临失望，准备破鼎而出时，魔鼎上方打开了一个很小的口子，然后一堆灵果灵药落雨一般地掉了下来。

“这是怎么回事？”

丢进来的灵药灵果，堆得跟小山一般高，立即将浮在空中的郭临淹没了。

郭临奇怪，按理说，他制造的动静不小。当魔鼎打开时，还以为幻魔王看出了魔鼎中的不寻常。

看着平日里珍稀万分的稀有灵药，此刻如同白菜、萝卜一般地堆在下面，郭临懵了。

魔焰燃烧，堆起的灵药很快融化，化成灵液。灵液溺满，液面直达到半个魔鼎。

下一秒钟，魔鼎内稀薄的魔气以一种恐怖的速度，疯涨起来。

郭临眼睛一亮，这简直是穿越以来最幸福的一天。

他一头扎进了灵液之中，一边吞食灵液，一边炼化海啸一般汹涌而来的魔气。

“嗡嗡嗡……”

魔宫的广场上，大地一次次地震动，每震动一次，魔鼎就会迸射出一道金光。幻魔祭司笑得合不拢嘴。一人得道，鸡犬升天。幻魔王大人一旦成就无上真魔，他将是幻魔城第二受尊敬的人。

因为是他成就了幻魔王大人。

在魔鼎的周围，万尊幻魔正以透支的代价，将体内的魔气注入鼎中。

广场的左边，横七竖八地躺着已筋疲力尽的幻魔。这群幻魔都已经将体内的魔气毫无保留地贡献给了魔鼎。这已经是第八批筋疲力尽的幻魔了。

前面七批，已经被送出了魔宫。

广场右边站着一群精神饱满的幻魔，这是召集起来的最后一批。

“嗡……”

又是一阵颤鸣。

只见以魔鼎为中心，一圈黑色的冲击波翻涌开来。

万名憔悴的幻魔受到冲击，同时吐出一口蓝色的血。

“快快快，你们接上。”

幻魔祭司兴奋地指挥着最后一批幻魔道。而此时，幻魔王身后，魔莲的眉头先皱了起来。

“事情似乎不太对。”魔莲说道，深感心中不妙。

九万幻魔的魔气全部灌注到一个人身上，她不知道会发生什么事情。但是，如果就眼前的魔鼎来说，恐怕早就承受不住这股能量炸了。

大魔将银雕和二魔将千年幻尸也颇有同感地点点头。他们也发现了异样，只是没敢说出来。

二人望向幻魔王，后者不以为然地道：“诸位将军多虑了。本座觉得此事合情合理，无上魔躯，又岂是随随便便炼得出来的？”

从其期盼的语气中，可以想象面具下是怎样一副眼睛火热的模样。

三魔将相顾无言，幻魔王大人都这么说了，他们也不好说什么，只是，三人不约而同地站成一线，神色戒备起来。

银雕面色郑重，道：“四妹，这是魔鼎第几次震动了？”

魔莲说道：“第九次了。”说完，心中的不安更加强烈了。魔鼎震动了九次，说明里面的人晋级了九次吗？

自然，对方的实力越强，对即将夺得魔躯的幻魔王大人越有利。可是，如果对方的实力强大到幻魔王大人都压不住的地步后，会怎样？

可是强大到幻魔王大人都压不住，可能吗？

望着前方身躯伟岸，在她印象中无敌般化身的幻魔王大人，魔莲忽然一笑，暗道自己怎么会有这么愚蠢的想法？这是完全不可能的事。

最后一批幻魔没有支持多久便力竭到将要透支的地步了，也就在这个时候，魔鼎忽然安静下来。

在场的众魔微微一愣，视野中，缠绕在魔鼎周身的魔焰，也缓缓消退。

这是完成了吗？

幻魔祭司身体颤抖，他手舞足蹈，嘴里发出一阵难懂的咒语，旋即对着幻魔王叩拜下来。

“恭喜陛下，魔躯得以告成。从此陛下魔力无边。一重天亿万里疆土，都将在陛下的脚下颤抖。”

“哈哈哈。”

幻魔王仰天大笑，笑声中，广场剧烈抖动。

他大步走向了魔鼎，接下来的最后一步，便是夺得魔躯。当人类的躯体被魔化后，有一段较长时间的适应期，这段时间，是无比虚弱的。

所以无论对方有多强，他都可以轻松夺得。

幻魔王所过之处，跪伏的群魔自动退让，他们目光虔诚地等待着那历史性的一刻。十万尊幻魔的魔气以及无数灵药的淬炼，就算那具人类的身体没有成为无上魔躯，也无限接近了。

这一次夺取之后，幻魔王的实力必将发生翻天覆地的变化。

魔鼎蒸腾着热气，在幻魔王眼中，如同心爱的宝贝。他的身体缓缓飘浮起来，他要亲自打开魔鼎的盖子。

就在这时，异象突生。

那平静的魔鼎再次抖动，紧接着一道叫天地都黯然失色的强光，透过魔鼎迸射而出。

在众魔惊骇的目光中，巨大的魔鼎龟裂。

裂缝如同蛛丝细纹般迅速蔓延至整个大鼎。

“轰。”

这是如同火山喷发一般的轰鸣，震耳欲聋。高达十丈的魔鼎猛然炸裂。

能量殛爆宛如核弹爆炸，升腾起一朵蘑菇云。而跪伏在魔鼎下的群魔，全部被翻涌开的能量冲击波掀飞出去。

这声炸响惊天动地，整座幻魔城都剧烈摇晃。魔宫广场几乎是瞬间就被夷为平地。

“发生了什么事情？为什么会突然爆炸？这么强烈的动静，无上魔躯，真的铸成了吗？”

群魔目光敬畏地望着在这爆炸中，身体只微微后退就闪躲开的幻魔王，接着期待地望向浓烟。

在那里，将有一尊无上魔躯诞生。十万幻魔的魔气淬炼的魔躯啊，这是多么令众魔激动的一刻。

群魔怀着炙热的心，仿佛有耀眼的曙光从心中升起。在众魔瞩目中，浓烟缓缓散去……

映入眼帘的是一个黑袍裹身的人影。

人影定立空中，背后一对漆黑的宛如鲲鹏之翅的能量羽翼，全力展开。轻轻扇动，便洒下一股磅礴的暗黑之力。

法力化翼，这是地魂境界的象征！

就在所有幻魔都激动地认为这是一具属于幻魔王大人的无上魔躯时，那道人影却开口说话了。

“幻魔王，感谢你。让我提前到了这一境界。接下来，就让我好好回报你吧。”

话音刚落，郭临周身迸射出无匹的气势。他的头顶，一尊虚幻的魔神之像缓缓呈现，魔神睁眼，一道死亡之芒，带着无尽的威压，君临天下。

第27章
魔神降临

尽管只是虚幻的魔神像，魔宫内的幻魔都感受到了来自灵魂深处的震慑。身为魔，魔神是心中的信仰，此刻魔神亲临，众魔战栗地跪伏在地。

望着魔神像下的郭临，众魔心中有一股比对幻魔王还要更甚的来自内心深处的敬畏。

幻魔王也感到了压力，当魔神像呈现的刹那，有那么一瞬间，幻魔王认为自己的无上魔躯成功了。

但现实是残酷的。魔躯未成，相反出现了个强大的敌人。不用猜也知道，自己的计划失败了，而这个人类还获得了难以言表的好处。

不过，他是不会轻易对所谓的“魔神”认输的。对他来说，这仅是个幻象。

幻魔王身后披风一摇，早有准备的三个魔将齐齐飞出，扑向郭临。他们是除了幻魔王之外，受到影响最小的魔。

高空中，郭临冷冷地望着三条魔影，头顶上，虚幻的魔神像缓缓凝实。在众魔骇然的目光中，魔神像降落，与郭临融为一体。

强光迸射，当黑色的光亮散去之后，天地间，出现一个魔甲裹身的人。

炼魔神诀的绝技之一，炼魔凝甲。以无尽的黑暗之力，凝成不破魔甲。

身着英武的魔甲，郭临整个人的气质发生了天翻地覆的变化。黑发飘舞，整个人除了一张脸，都包裹在黑色之中。

他仿佛是统治黑暗世界的皇。

森冷的杀气，弥漫天地。

神情冷冽地望着三道疾驰而来的魔影，郭临那深邃的眼眸，星芒闪烁，嘴角微微扬起，露出一抹讥笑，仿佛他面对的不是三尊实力强大的魔，而是三只蝼蚁。

目光锁定魔女与千年幻尸，郭临手中闪出一把赤红的剑，幽灵骑士的魔剑。此时，只有这把剑，才配得上他身上展现出的魔性。

郭临手持魔剑，背后能量羽翼猛烈一展，身如电光，刹那间，从射来的三魔间穿过。

剑光割裂空间。

三尊魔将的身躯便在空中四分五裂，血雨漫天。

秒杀！

三个实力强大的魔将，都没来得及叫一声，就化作了肉泥，连魔魂都在这一剑下被绞碎。

“充满力量的感觉，真好。”郭临望向幻魔王，温和地笑道。杀死三个魔将，仿佛只是微不足道的事：“接下来该你了。”

他眼底的深处，一缕妖异的蓝芒缓缓扩散，黑得发亮的眸子，似乎正改变着它的颜色。虽然是笑着的，但仔细看去，却能发现，他的眉宇间有一缕复杂的神色。

只是，受到震慑的幻魔王没有发现这细微的变化，哪怕郭临近在咫尺地站在眼前。

幻魔城中没有太阳，昏暗的天空，不知何时被染成了嗜血的红色。血雨飘落，此刻，一身魔甲的郭临，就是这天地间的主宰。他笑着，笑得温和。他的周围弥漫着纯净的黑暗能量，全身上下展现着一股魔性。

一股让幻魔王感到战栗的魔性。

似乎他已不是人，他所展现的气息，比魔还魔。

面具后，幻魔王丑陋的面孔上渗出了细密的汗珠。望着这魔甲附身的人类，他内心竟然有一种要跪伏下来，顶礼膜拜的冲动。他竭力克制，才让自己保持魔王该有的尊严。

“哼！人类，毁了我的祭典，今天便是你的死期。”

幻魔王大喝一声，仿佛只有这样，才能遮掩心头上不该出现的卑微。

魔力爆涌，滔天的魔气，划破苍穹，带着磅礴的能量，以摧枯拉朽之势，涌向郭临。一掌拍出，气势惊天，掌风所过，连空间都褶皱起来。

幻魔王以为郭临会躲，他的掌风千变万化，他想好了一切可能的后招，无论这人类怎么躲，都无法躲开。他要将这个人类拍成齑粉。

但是郭临没有躲。

“啪。”

毫无技巧的惊天一掌，狠狠地拍在了郭临的胸甲上。

幻魔王一愣，显然没有想过这么轻易就击中了郭临。但更加叫他吃惊的是，承受了这掌后的郭临，身体晃都没有晃动一丝。而那魔神像幻化的黑甲，在承受一掌之后，一丝痕迹都不曾留下。

唯有郭临清秀的脸上，嘴角边的笑，更加邪了。

“你可以再用力一些。”

戏谑至极的声音，充满了蔑视。

一个人类，对一位魔王赤裸裸的鄙视。

“什么？”

幻魔王勃然变色，他知道自己有多大的力量。这一掌下去，不要说一个人类，就连魔王级别的躯体，在承受了这一掌后，也休想毫发无损。轻伤的概率是微乎其微的，最大的可能是受到致命的伤害。如果对手再弱一点，绝对一掌毙命。

可是眼前的人类，在受了这一掌后，不但没有受伤，还出言挑衅。

作为魔王，他绝对无法接受这样的事实。他也不会给郭临喘息的机会。一掌破不了防，十掌、百掌会怎样？

他续起魔力，掌风如同狂风骤雨一般，更加猛烈地落在了郭临身上。

“轰轰轰……”

天空不断地发出轰鸣声，魔王之怒，天地在这一刻变了颜色。魔宫广场上，众幻魔心惊胆战地仰望天际，在那里有一轮轮能量殛爆。任何一点能量都足以毁灭它们。

这是魔王与“魔神”之间的战斗，他们只有仰望的份儿。

猛攻，幻魔王每一掌都用了全力。

不知过了多久，他停歇下来，重重喘气。周围是浓浓烟雾，恐怖的能量殛爆，使得周围的空间混乱不堪。

不要说一个人类，幻魔王觉得，就算是体魄无比强大的自己，要是承受了如此多的攻击，也变成了肉泥。

能量烟雾渐渐散去，虽然幻魔王隐隐觉得郭临不是那么容易被打败的，可是他还是怀着一丝希望，希望他被自己杀了。就算不死，在这一轮猛攻下，也该受了重伤了，然后自己再大施拳脚干掉他。

浓雾散去，一个人影清晰地映入眼帘。这一次幻魔王看清了，那清秀的脸上，眼睛中闪着蓝芒，妖异的蓝。

郭临毫发无损，稳如泰山。

“你这是在挠痒痒吗？”

依旧是不屑的语气，声音一字一顿，此刻他的笑容更加邪魅，仿佛说话的不是郭临，而是另一个未知的存在。

“什么？”

幻魔王万分吃惊，这一连串攻击，他可是将劲儿都使出来了。不要说一个地魂境的人类，哪怕是更高层次的天魄境界，都要在他的攻击下重伤。

但这个声音，风轻云淡，一点也不像伪装。

郭临脸上的微笑以及眼中毫不掩饰的轻视，深深刺痛了幻魔王。

幻魔王心中仿佛被千万银针穿透，刺痛感叫他暴怒。同时他感觉尊严也受到了极大的打击。

他出手如电，一把捏住郭临的脖子，双手如同铁钳一般，他想要将这个叫他感到憋屈的人类活活掐死。

但郭临的皮肤感觉比金刚钻还坚硬。任凭他怎么用力，都无法撼动。

幻魔王浑身一震。他的力量足以毁灭一座大山，可是现在他死死掐住郭临脖子的手，却无法收拢，哪怕一丝一毫都做不到。

望着眼前近在咫尺的人类脸上越来越浓的笑，幻魔王的心，终于恐惧起来。

以往的信念，在这一瞬间支离破碎。

“这不是真的。”幻魔王怒吼。

他才是无敌的，他怎么可能输给一个人类。

捏住郭临脖子的“铁钳”，“嗤”的一声燃烧起来。这是魔焰，属于魔王的真实魔焰。它的威力，远胜于人类的真火。

魔焰蔓延，吞噬了郭临。他要将这个比魔还要魔，比魔还要可怕的人烧成灰烬。

魔焰燃烧，整个魔宫都在魔焰的炙烤之中。受到波及的幻魔都惨叫着倒了下去，魔宫的广场，变成了火海。幻魔身上蒸腾的魔气，仿佛燃料一般，更加助长了魔焰。

可是幻魔王还担心郭临能够翻盘。因为，此刻郭临所展现的实力，完全超乎了他的认知。他更加猛烈地催动体内的魔力。

什么无上魔躯，他已经不想了，这么可怕的存在，他宁愿毁灭他。

只是，想用这一切杀死不知道进入何种状态的郭临来说，是徒劳的。

熊熊烈火中，幻魔王忽然听到一阵冷漠的声音。

“够了吗？”

听闻这个声音，幻魔王如遭雷击，浑身都不能自已地战栗起来。哪怕是存在了千年的魔王，也在这种违背常理的情况下，乱了心神。

“你说什么？”

郭临眼睛中闪出一抹精光，声音不带一丝感情：“如果你的能耐仅限于此。那就受死吧。”

他缓慢地抬起手，放于幻魔王的头顶。后者仿佛被禁锢住了一般，无论怎么挣扎，都无法逃离郭临的手。

但见郭临五指微微用力，“咔嚓”一声，幻魔王的天灵盖像瓷器一般碎裂开来。

“啪。”脑浆四溢。

直到死，幻魔王都没有明白，这个人类为何在短时间内摇身一变，就成了一个能够秒杀他的存在。法力化翼，哪怕对方到了地魂境界，也不可能发生这样的事情。真正的情况，应该反过来才对。

这个问题，幻魔王没有机会去想了。因为下一秒钟，他的魂魄在郭临的手中消散无影。

魔焰消退，魔宫成了狼藉的废墟。上万的幻魔，在魔王使出滔天魔焰时化成了灰烬。一身魔甲的郭临，含笑看着这一切。

不知过了多久，也许是一个时辰，也许更久，含笑的脸，笑容收敛，浮出一抹复杂的神色。

属于郭临的理智，在这一刻回归。

望着残破的宫殿，郭临目光落在了魔甲包裹下的漆黑的手掌上，这一瞬间，他差点都以为自己真成了一尊魔神。

“拥有力量的感觉真好。可惜，它并不是属于我。”

他摇摇头，眼底的蓝芒缓缓消退，瞳孔变回了黑亮之色。

魔甲隐匿，散于无形，郭临的气息也随之跌落，背后，法力幻化的宛如鲲鹏之翅的漆黑能量羽翼，也收了起来。

随即他汗流满面，一屁股坐在了地上，重重喘息，回想起刚刚的场景。

他清楚地知道，在魔甲附体后展现的强大，并不是自身的力量。相反，在魔甲附身后，他发现脑海中多了一个蛊惑的声音，蛊惑着他，让他不要脱掉魔甲。

他遵从这个声音，是因为他需要力量。但是，随后，他惊骇地发现，魔甲中出现了一股强大的意志，抢夺身体的控制权。

郭临坚守本心，经过一番角逐后，压制住了这个意志，并且支配了魔甲的力量。

说起来，魔甲附身后的郭临完胜了幻魔王，可其中的危险，只有他才清楚。他差点就迷失了自己，不想将魔甲脱下来。

郭临不晓得如果接受那个蛊惑后会如何。但理智告诉他，不能听信这个声音。只是，无敌的力量，真的让人留恋。心如磐石的郭临，也差点没有挡住这种诱惑。

这一切是怎么造成的？

郭临神色严肃，这一定和炼魔神诀有关。

但炼魔神诀是神灵都要嫉妒的功法，按理说本不该发生这样的事的。他想起了炉鼎中的情景。

当初情况万分危急，稍有差池，便彻底坠入魔道，然后躯体被夺取，魂魄毁灭。当时，破釜沉舟，用炼魔心经修炼到玄王境界后，他心中只有一个念头，就是立即修炼炼魔神诀，炼化炉鼎中的魔气。

但炼魔神诀奥秘无穷，岂是一朝一夕能够炼成的？

郭临猜测，出现这种极度不寻常的情况与他囫囵吞枣地修炼魔诀有关。

情况过于危急，以至于修炼神诀时，他一碰到晦涩的地方，就直接跳过去。明知这样做不对，但郭临没有办法，不成功便成仁。

到最后，郭临惊喜地发现自己在没有走火入魔的情况下，将神诀练完了。

神诀大成了？郭临不敢相信。

炼魔神诀修炼至大成，能够使出神诀自带的绝技，炼魔凝甲正是其中之一。

郭临觉得刚刚自己所展现的绝技很像炼魔凝甲。至于为什么说很像，是因为，一旦真的将炼魔神诀修至大成，是不可能出现类似于刚才的副作用的。

附体的魔甲中，竟然出现了另一个意志。再回想起来，郭临都觉得头皮发麻。

“我该不会真召唤了魔神出来吧？不会的。魔神那等存在，怎么能说召唤就召唤的。”

郭临自我安慰道。他不敢想下去，以后打死他都不乱练法诀了。他决定找个时间，好好研究炼魔神诀，看看是哪里出了问题，能不能补救。

“好好的一门神诀，叫我炼出了岔子。老子也算是天才。”

郭临自嘲一笑。实际上，他心里还有些庆幸。

炼魔神诀的修炼出了些问题，但今天因祸得福，晋级到了地魂境界，这是事实。

从真灵九重到地魂一重，中间横跨玄王境界。竟然在不到一个时辰的时间内完成了。这简直开创了天武大陆的一大奇迹。自然，这个奇迹的大部分功劳，要归于幻魔王以及十万幻魔。

是他们大公无私的“奉献”，才成就了郭临。

感受自身比几日前强大了十几倍的力量，休息了片刻，郭临连走路都有力了许多。突破至地魂境界后的强者，拥有十万烈马之力，一拳打过去，足以毁灭一座山头。

四大魔将与幻魔王齐齐陨落，幻魔城内，已没有什么能够威胁自己的存在了。在来之前，他怎么也不敢想象自己把幻魔王都给灭了。

炼魔神诀毫无疑问是练出了问题，至于会有什么隐患，郭临暂时不去想。因为现在人还在幻魔城中。

他大步走向魔宫，魔宫大部分被毁，但是幻魔王收集的宝物应该不少。

“幻魔王既然已死，那么他的一切，都是我的了。”

幻魔王好歹也是幻魔一族的一方枭雄，他的财富，岂是普通人能够比的？一路走来，就算是见过了大世面的郭临，也忍不住赞叹。

后殿仓库大开，锻造利器的稀有金属玄天金、汨罗银、彤云钢、紫云铁，闪闪发光，看得郭临两眼发光。这些东西每一样拿到天武大陆去，都能换来数之不尽的财富。如果用来锻造武器，绝对能造一把神兵。

“万年冰蚕丝、无想云、银雨心、七星鳞……”这些都是锻造宝衣宝甲的极品材料。

各种颜色的魔晶魔核，如同不要钱的石子一般，随处可见。

奢侈至极。

这里唯一缺少的就是灵药灵草，让郭临遗憾不少。可是一想起今日，自己吞了半个大鼎的灵液就释然了，恐怕仓库中的灵药都进入到了自己的肚子中。

郭临毫不客气地将仓库都搬空，星空戒指的空间，第一次告急。

最后，郭临在一个架子上看到一个精致的锦盒。打开盖子，里面是一卷精致的竹简。郭临心中一动，这该不是什么功法秘籍吧？

他看了看手中精致的锦盒，感到这卷竹简不寻常。

打开竹简，郭临眼睛一扫。下一秒钟，神色变得异常惊喜。

这卷竹简中记载的是一种特殊的武技，名叫雷霆咆哮，这是一种在天武大陆被称作组合战技的存在。它需要龙卫与本体同时修炼，才可以使用。品级达到了惊人的地品二阶。

而它的效果，则是叫被击中的敌人肉体短时间内麻痹，无法动弹。

可以想象，在两个实力相当的人生死肉搏中，一旦其中一人被雷霆咆哮击中，在短暂的数秒中，必死无疑。

数秒钟的时间，哪怕是真灵之人，都可以杀死对方无数次。

要是在更高级别的人的较量中，拥有雷霆咆哮的人就能稳稳地抓住主动权。雷霆咆哮的威力，可见一斑。

而基本上所有的组合战技都拥有俯视同级武技的破坏力。

在五千年后的那个时代，拥有龙卫的人，不一定是一位强者，但拥有组合战技的人，都是人人羡慕的存在，是各大势力拉拢的香饽饽。

一些武技是从远古传承而来的，但大部分都是后人推敲创造的。很显然五千年前的这个时代，武技、法术这些东西，相较于五千年后，要稀少太多。

物以稀为贵，所以这本“雷霆咆哮”，是无价之宝。任何拥有龙卫的人，得到它，战力都将跨越一大层次。

郭临可以想象，这样的东西，一旦出现在人域，会引起怎样的腥风血雨。

可是叫郭临想不通的是，它竟然出现在迷失域，一个幻魔王的仓库之中。

这趟幻魔城之行，虽然是被骗来的，但得到这么多好处，郭临也不再有遗憾了。

打劫完毕，郭临准备回立云城。他要找老皇帝算账。

就在这时，耳边传来凄凄切切的哭诉之声，还有微弱的呼救声。

是一个女子的声音。

郭临微微一愣，停下了脚步。

“救命。救我。”

声音更加清晰，郭临神识散发出去，在一间倒塌的房间里，一个女人满身是血地倒在地上。她的双腿被石块压着，任凭她怎么努力，都无法将腿从石块下抽出来。

郭临以为是魔宫中的魔女，可是当他神识正准备收回时，惊奇地发现，她的身上没有半点魔气。这是个人类。

明白了这一点，郭临快速地跑了过去。举手之劳，就能挽救一个鲜活的生命，郭临还是乐意为之的。

“救我。救我。”

听到了脚步声，女人的呼救声更加急切了。

郭临破门而入。

视野中的女子，虽满脸血迹，却依旧遮不住她清纯可人的容貌，血与泪，布满了女子的脸。但依旧能够看清大致的模样，这是一位年轻貌美的女子。

郭临微微一愣，心中莫名地浮出一抹熟悉之感。

但他百分百地确定，没见过此女。

“救我。”

女子哭喊道。

郭临搬开了石头，女子挣扎着爬了起来，她如同受到惊吓的小鹿，神色惶恐。她差点以为要死在这里了。

女子的腿血流不止，不过这难不倒郭临，手掌在其腿上轻轻拂过，伤口立即结痂了。

“谢谢。”

痛楚感消失了，女子感激地说道，只是望向郭临的神色，却是害怕。这是魔宫，魔族的圣地，在这样的地方，她自是将郭临当成了魔，而不是人。

郭临猜出了她的想法，说道：“不用怕，我是人类。你叫什么，为什么会在这里？”

面临死亡，女子心神失守，听了郭临的话，良久她才缓过来，抱歉道：“对不起，我叫柏月，是被魔莲抓回来的。你能带我离开这里吗？”

郭临皱了皱眉，他没有听过这个名字。心中的熟悉感从何而来？

“柏月……”

郭临念着这名字，再看着女子被血迹弄脏的脸，熟悉之感，越发强烈……

玉台山脉层峦叠嶂，峰青古翠。山林中，色彩斑斓的鸟儿，停在枝头展喉，发出清脆的鸟鸣，却给山林增添了几分幽静之感。

在林间，圆圆的小湖边，一道黑色的人影背对着湖水，盘膝而坐。

这人，正是刚刚走出死亡沼泽后不久的郭临。

“麻烦真的不小。”

郭临摇摇头说道。刚刚突破到地魂境界没多久，他魂力缺失的隐性问题，开始显露出来了。

神魂缺失以及附体之时，灵魂与肉体不完美的契合，终于让郭临第一次尝到了苦头。在击杀了幻魔王之后没什么感觉，但在离开幻魔城后，他的脑袋疼痛欲裂，仿佛有银针狠狠地扎在脑袋中，叫他额头冒汗，不得已中途停下来，检查身体。

修者从神变期到真灵境界，是第一次大脑开发，从真灵境到玄王境是第二次大脑开发，让修者拥有更大的法力容量。而从玄王境界到地魂境界开始，是质的飞跃，开发的是灵魂。

灵魂的完美程度，对地魂境界的人非常重要。如同天赋一般，这直接决定了修者能否在天道一途走得更远。

对一般人来说，境界提升得越快越好，但对郭临来说，在解除身体的隐患前，提前达到地魂境，是灾难。

此时，郭临感到来自灵魂的痛楚，那是一种灵魂撕裂的痛。这种痛，连春回浩渺神石都无可奈何。

“现在还只是地魂一重，虽然痛，我还能忍受。要是继续修炼下去，随着实力的提升，不知道我的灵魂会不会碎掉？”

郭临嘴角泛出一丝苦笑。祸福相依，强行将实力提升至地魂境界的后遗症，显露无遗。

在蓬莱宗时，他明明检查过灵魂空间，那纤尘不染的空间内，一点都没有受损的迹象。怎么会这样？当初他甚至对初雪的话持有一定的怀疑，但现在却不得不信了。

“看来在找到冰魂锁魄琴，治愈缺失的神魂前，我必须压制实力了。只要不使出地魂级别的实力，应该无碍。至于那件魔甲，又是什么？”

灵魂缺失的状态下，晋级了地魂境界，这个问题很严重，但对郭临来说，并不是最严重的问题。

他都不知道从什么时候开始，灵魂空间内多了一样东西，一件叫心态非比寻常的郭临，都感到无比凝重的东西。

神识扫过灵魂空间。

入眼的不再是纯净的世界。这里黑气蒙蒙，仿佛一片未知的魔域。

透过层层黑气，郭临的神识落在了灵魂空间内，一件不停地冒出黑暗气息的魔甲上。这件魔甲正是当日郭临破鼎后，他头顶虚幻的“魔神”幻化而成。

空间内的黑气，都来自于它。

如果只是一件魔甲倒也罢了，因为郭临的灵魂空间内，连天神器灭神破天斧都有，放一件魔甲，没什么问题。

关键是这套魔甲的样子，叫郭临无法淡定。

魔甲上龙盘蛟扎，交错盘旋着九条恶龙，给人一种凶煞之感。它像被人穿在身上，如同一位王者，端坐在漆黑的长背椅上，睥睨天地。

“他”戴着头盔，两只黑甲裹着的手掌放在扶手上。

魔甲的浑身上下都笼罩着一层诡异的气息，即使是在自己的灵魂空间内，郭临都无法用神识窥探魔甲中的景象。

虽然从外观来看，魔甲中是空的，但郭临依旧会忍不住去猜，这魔甲中，是否有什么恐怖的存在。或者是有什么意志，支持着它保持着端坐的姿势。原来以为只是炼错了神诀而已，没想到，又多了这么一个存在。

郭临深思。

炼魔神诀的炼魔篇章大成后，总共有四种与之配对的绝技。

分别是炼魔凝甲、炼魔凝兵、群魔乱舞、召唤神兽。

郭临所使的炼魔凝甲，正是其中之一。当日破鼎而出，郭临只觉得周身充满力量，刚刚修炼了神诀的他，几乎是想也不想地就用了这一招。

在魔甲附体的那一刻，郭临心中还激动了一会儿，以为误打误撞之下，神诀被自己修炼大成了。事实证明，自己天真了。

炼魔创世灭神诀，连神灵都嫉妒的功法，就算是前三分之一的部分，也不是能够如此轻松就修炼成功的。

郭临对召唤神兽很感兴趣，这也是他曾经想要修炼此套功法的动力。不过，现在，郭临不敢乱试了。在炼魔神诀练错的情况下，谁知道召唤出来的神兽听不听话，会不会一口吃了自己？当然也有可能是什么也召唤不出来。

“再看看吧，等我把这套魔甲研究清楚了再说。一些功法修炼上的错误，也要纠正过来。灵魂空间内的黑气好像是比魔力更纯净的黑暗之力，如果不是我灵魂出了些问题，吸收魔甲散发的黑暗之力来修炼，一定事半功倍。”

郭临总结道：“也许，将魔甲散发出来的黑暗之力都吸收完毕，这件魔甲就可以为我所用了。但在此之前，还是不要碰它为妙。先找到冰魂锁魄琴，只有找到了它，我才可以继续提升实力，不然都不知道会怎么死。但愿它真的在迷失域。”

理清楚了头绪，郭临唯一担心的就是灵魂空间内这么多的黑暗之力，会不会对沉睡中的初雪产生不良影响。

但所幸，这些黑暗之力，虽然充斥了灵魂空间的每一寸角落，却唯独无法接近灭神破天斧十丈之内。

在灵魂空间的中央，金色的神辉，牢牢守护着自己的一亩三分地。

“哗啦。”

出水的声音打断了郭临的思绪。

没过多久，背后传来一阵好听而羞涩的声音：“公子，我好了。谢谢你守着我。”是被他救来的柏月。

郭临转过头。出浴的美人，映入眼帘。

亭亭玉立的佳人，美得祸国殃民。她身材婀娜，青丝如墨，湿漉漉地披在肩上。肌肤赛雪，尖尖的瓜子脸，五官精致。

洗去污垢的面容纯真，却又显出几分与之矛盾的妩媚与妖娆。眼波流转间，送出无限动人的风情。

媚眼含羞，倾国倾城。

目不转睛地望着柏月，郭临只觉得大脑发出一阵轰鸣，刹那间呆掉了。

他错愕地愣在原地，脸上的神色变得复杂起来。

不是柏月那不逊于初雪的美貌征服了郭临，而是在见到柏月真容后的郭临，脑海中的记忆碎片，在这一刻再次重组。

莫名的熟悉感，越来越清晰。

“轰隆”。

记忆的泉水，冲破了禁锢的闸门，滚滚而来，水花飞溅，汇聚成一位风姿绰约的绝代佳人的模样。

“小冰。”

郭临喉咙干涩地道，身体情不自禁地颤抖起来。飘浮在脑海中，星辰似的记忆碎片，在这一刻，大片大片地撞击在一起。

现在他终于明白，为什么自己缺失了那么多的记忆，没有她，自己的世界，又怎么可能完整？

她叫白冰，一个容貌比肩初雪的女人，也是前世郭临深爱的女人。她陪伴着他冒险，陪伴着他修炼，陪伴着他一起成长，走遍五千年后的天武大陆。

原以为穿越之后，就再也见不到她了，而此刻，“她”就在眼前。

郭临一个箭步，握住她的手，望着眼前那熟悉的容颜，郭临的心脏，不能自已地加速跳动。

“公子。”

柏月羞涩地缩了缩手，对这个救命恩人，她有不错的好感，但只是几天的相处，二人的关系也没有发展到牵手的地步。

“白冰，你是白冰！”

“公子，你说什么啊？”

柏月只觉得手痛，她第一次被男人抓着手。

生离死别后的重逢，叫郭临狂喜。郭临不知道“白冰”是怎么出现在这里的，但这并不重要。

在回想起这部分记忆前，郭临一直以为不死神石是自己找到的。可事实并非如此。

前世，在自己还不知道九大神器的消息时，是白冰在突如其来的大决战之前找过来，将不死神石交给自己。也是在那一刻他才明白，原来自己珍爱的女人，拥有怎样的通天之能。

郭临不会用常理去度量她，自己能穿越五千年而不死，她为什么就不可能穿越五千年来找自己？

“又想装不认识我？”

他逼近“白冰”，捏了捏她因为吃痛，而显得可怜兮兮的脸，笑道：“还挺逼真的。”

记忆中她以前也经常这样，生自己气的时候就故意装不认识。这调皮的性子一点都没有变。

“我没……”

郭临的脸已经凑了过去，柏月话只说到一半，她的身体就被郭临紧紧地抱住，无法动弹。

“太好了，我又找到你了。太好了，你还在我身边。一定是老天把你送回了我身边。”

抱着久违的爱人，郭临的心情也变得越来越激动，同时双臂也变得越来越用力起来。

两世为人，失而复得，郭临心中积蓄的感情终于在此刻爆发了。他情不自禁地低头吻上了“白冰”的唇。

柏月感受到嘴唇上的温热，顿时满脸通红，羞愤的情绪涌上心头，几乎是本能地扬起手，一巴掌打在了郭临的脸上。

“啪！”

这一击声音清脆入耳，将疯狂中的郭临拉回了现实。

“怎么了，小冰？”

郭临疑惑地抬头，却看到眼前的人捂着嘴唇，满脸通红，悲愤地望着自己。

“我不是你口中的白冰，也不是什么小冰。你认错人了！”

柏月羞愤地大叫，胸口剧烈起伏。哪怕是在幻魔城中，因为魔女魔莲要将她的身体炼成魔躯的关系，其他幻魔虽然对她有非分之想，也不敢染指半分。

“你不是？”

看到女子眼中熊熊燃烧的怒焰，郭临一怔，眼中的兴奋如潮水一般地退去，脸上露出极为失落的神色。难道自己真认错人了？

想到这里，郭临的神色顿时黯淡了下来。

不知为何，男人脸上的那种失落，包含着痛苦的眼神，叫柏月看得心痛。到底经历了怎样的事，才会有如此令人心痛的眼神。

她努力将自己的手环在胸口，轻咬红唇道：“是的，你认错人了。”

“抱歉。”

郭临颓然地道。原以为失而复得，没想到是自己的一厢情愿。可是眼前的女子，为何与她这般相似？

“对不起。”

柏月也不知道自己为什么会道歉，明明是对方轻薄了自己，而自己竟然道歉。可是每当触及到男子的眼神，她的心会莫名地痛一下，想要关怀他。

郭临深深吸了一口气，让自己从往事中挣脱出来。他闭上眼睛，许久再睁开来后，眼睛中的颓然消失了。

这些日子，郭临一直没有问柏月的身份。一来，是因为他身体出了很多问题，自顾不暇。二来，是因为他认为她是迷失域的人。两个注定没有交集的人，多一分了解，便多一分牵挂。

救她出来，仁至义尽。

可是现在，她竟然拥有和白冰相似的容貌。

调整心情后的郭临又恢复了往日的神采，深邃的眼眸中闪烁着自信的光芒。看着几分钟前被自己轻薄的女子，郭临觉得有些不好意思。

光天化日之下，欺凌一个手无缚鸡之力的女子，郭临心中有愧。而柏月却感恩于郭临的救命之恩，回想起那令局外人的她都感到心痛的眼神，她不忍苛责他。相反，她对他很好奇。好奇他的过往，好奇他口中的“白冰”。

二人席地而坐，面朝清澈的湖水。嫩绿的叶子飘落下来，撒落在二人的身边。柏月整理好了衣衫，心有余悸地呼出一口气，气氛有些尴尬。

“抱歉，你真的和她很像。”

郭临首先打破了尴尬的气氛，缓缓地说道。他目视前方阴霾的天空，脑海里想着那仿佛上天赐予自己的女人，想着与她过往的点点滴滴。

随着思绪散开，有关于前世的其他记忆，也逐渐清晰。

“你说的白冰吗？她是你的什么人？”

柏月开口问道。

“嗯。她是我爱的人。”

郭临点了点头说道。

原来如此，柏月暗叹，心中因对郭临的冒犯生出的不满，又消散了几分。

望着满脸深沉的少年，那一刹那，不知为何柏月的心痛了一下，她咬了咬红唇又道：“能说说你们的过去吗？”

旋即，她有些后悔，二人萍水相逢，这番话有些冒昧。她认为对方一定会毫不客气地拒绝。

她看到身边的男子缓缓转过头来，眼眸深情地望了自己一眼。她知道，他眼中的深情，不是对自己。可是柔软的心在那一瞬间，却停跳了半拍。

叫她惊讶的是，他开口了。

“我与她是在腐蚀魔域中相识的。那时的我很弱，是个不到真灵境界的猎魔者。”

面对容貌几乎与白冰一样的女人，郭临第一次诉说起过去。她是迷失域的人，等回到了立云城，二人就会分道扬镳，再也无法见面。他并没有什么心理上的压力，就当是一种倾诉。倾诉之后，他还是自信满满的自己，不可一世的郭临。

在心底，郭临还是有一丝渴望，渴望眼前的女子就是自己的白冰。哪怕这个可能只有万分之一，他也希望通过诉说这些事情，将她唤醒。

“腐蚀魔域？”

看到女子惊讶的表情，郭临微笑着解释道：“在这个迷失域外，是一个叫天武大陆的世界。而腐蚀魔域是天武大陆的七大魔域之一，位于大陆的东部。我在一条溪边遇见了她，她被石头压伤了脚，我救了她。哦，当年的她还是一只小白狐，我不知道它最后会变成人。”

这一次，郭临没有顾忌女子更加惊讶的表情，眼中浮出温馨，前世与白冰朝夕相处的日子仿佛历历在目：“小白狐很可爱，治好了它的伤后，它就跟在了我的身边。后来我发现它拥有寻宝的能力，能够轻易发现深埋在地下的宝物。每一天，我们都早出晚归，寻找遗落在魔域角落中的宝物。”

“它为我寻找宝贝，我将宝贝卖掉，一部分换取灵药，为它炼制它喜爱吃的丹药；一部分换取我修炼所需的资源。我们一起努力，成了形影不离的伙伴。小家伙喜欢蹭我的床睡，还喜欢抓女孩子的……”

说到这里，郭临的目光下意识地从柏月的胸口上瞥过，嘴角却浮起一抹幸福的笑：“呵，那几年，这个小淘气，给我添了不少麻烦。”

柏月一愣，等郭临的目光从她的胸口移开才理解郭临的话，顿时脸上一红。

“一个冬天的早上，我从外面回来。发现小白狐不见了。我想它一定又钻进了我的被窝。可是，等我掀开被子，里面却是一个没穿衣服的少女。当时我懵了，小白狐怎么变成了人。”

想起当日的场景，郭临的嘴角露出了温馨的笑：“她哭了，哭得很伤心。我问她为什么，她说被看了身子就会怀孕。我解释了很久，她才相信看了几眼是不会怀孕的。”

柏月咋舌，多么可爱单纯的少女。

“小白狐变成人后，还和我挤一张床睡，而且喜欢不穿衣服睡。我觉得这样不行，就买了一些书给她看，那一段时间，我依旧出门寻宝。她就在家汲取知识。她很好学，看了很多很多的书，也学会了很多道理。”

“我们之间的感情，没有太多的波折。在最落魄的时候，她陪在我身边，和我一起寻宝。在我变强以后，不再靠着寻宝来换取修炼资源后，她也陪在我的身边。”

“我们走遍了大陆的许多角落。从人域的东部，到人域西南的蓬莱湖。从腐蚀魔域的七星河，到北冥幻域的命运河。邪恶深渊的古月城，赤血魔域的赤幻魔城，妖域的封魔银湖，炼心魔域的九曲迷涧，都留下过我们的足迹。”

“我一直以为她只是拥有寻宝能力的灵兽，就算变成了人，也没有一点法力。打不过腐蚀魔域最低级的恶魔。每一天我都小心翼翼守护着她，可是后来有一天，我发现我错了，原来我的小冰是最厉害的。”

说到这里，郭临又回想起了穿越前的那惊世一战。如果不是白冰及时找来神石，并且以神术帮自己提升修为，就算自己拥有九大天神器中排行第一的灭神破天斧，也无法与拥有七件神器，来自天界的敌人对抗。

现在自己“死”了，她一定伤心坏了。

“后来呢？”

柏月说道。

“一场灾难过后，我和她便永远分离了。”郭临不想说起自己是来自五千年后的事情，无论对谁来说，这都是天方夜谭。

“她死了？”

柏月面露悲色，郭临话说得很平淡，可是就是这样的平淡，叫她感受到了他的深情与爱恋。这份情触动了她。

郭临没有说话，从某种意义上讲，如果不能回到五千年后，是自己死了，而不是她。可是，有些时候，活着的人，反而更加痛苦，不是吗？

“抱歉。公子，我不该问那么多。”

柏月歉然地道。

郭临笑了笑，收回了落在柏月身上的几分眷念的目光。

他多希望她是她，可惜不是。郭临心道，如果这个女人和自己一样，来自于迷失域外就好了。可转念一想，即使她不是迷失域的人又如何。白冰是白冰，谁也无法替代，哪怕对方拥有和她一样的容貌。

他想问女子的一些情况，可最终放弃，终究要分离，没必要平添一丝牵挂。

他道：“时间不早了，我们走吧。你住哪里，我送你回去。”郭临本打算是将柏月送到立云城，然后让她自己回去。可是现在，他打算送她到家。

就在这时，阴霾的天空，太阳破开云层，洒下一片金光。和煦温暖的阳光，拂过树梢，照在柏月的身上，在她的身后，竟然倒映出一条清晰的影子。

第28章 外界之人

郭临一愣，迷失域的人不可能有影子的，这说明，她来自外界？

“你不是迷失域的人？”

郭临脸色微变，情况出乎他的意料。如果知晓她是外界的人，他一定不会对她说这么多话。

觉察到郭临语气的变化，柏月说道：“公子，你说的话我一定会保密的。”

四目相对，郭临从女子漂亮的眼眸中读到了真诚。几天的相处，他感受到眼前的女子心地善良。

他释然地点了点头，她虽然不是白冰，却因为容貌与白冰酷似的关系，叫他想起了许许多多前世的事情。

从这个方面来讲，他应该感谢她。

这些记忆对郭临来说，无比珍贵。他终于完完整整地记起了穿越前的惊世一战的情况。白冰虽然带给了自己不死神石，但她限于身份的关系，无法直接参加战斗。不过她却帮助自己将实力提升到能够与敌人一战的水平。

“柏月，你是哪里人？怎么会来到迷失域？”

郭临问道。

“公子，我是霓霞门的人。半年前，为了找寻一味灵药，才来到了迷失域。”

“你来找什么灵药？”

郭临好奇地问道，这柏月未免太过大胆了。自己为了救初雪才不得已来到迷失域，而她竟然只为一种灵药就下来了。

“地涌金莲。我翻遍了门内的藏经阁，只有迷失域里才有。”

郭临点了点头，前世的他也找寻过这种药，最后得到的消息是，它的生长地的确就在迷失域里。这种药神奇无比，它不但是塑造真身时最重要的一种辅助材料，还具有某些非常奇特的功能。

比如龙卫死了后，若要重新救活，这地涌金莲是关键之物。就是不晓得，柏月要这地涌金莲何用。

不过那是人家的事情，郭临没打算多问，他道："这么说来，你不是不会法力的普通人了。"

"嗯。我被魔莲封住了经脉。我一直无法冲破。"

"封住经脉吗？不介意的话，给我看看。说不定我能解开。"

郭临说道。

"嗯。"柏月脸颊微红，将柔荑一般的手，递给了郭临。

女子的手柔若无骨，触手冰凉，肌肤滑腻的触觉，仿佛上等的绸缎。

郭临将手搭在了柏月雪白的手腕上，牵引一丝法力进入脉门，果然感受到一股禁锢之力。

"公子，这是幻魔的禁锢术。"

柏月轻声说道，她对郭临并没有抱太大的希望。

幻魔的禁锢术，和人类用的不同。首先，支持禁锢术的能量源泉，就是魔力，而不是人类的法力或者真气。要不然，以她的能耐，也不会这么长时间对此束手无策，过着如普通人一般的生活了。

只是，下一刻，她惊讶地发现自己洁白的手腕处，升腾起了丝丝黑色的能量。随着丝丝黑色能量离开身体，她清楚地感受到，自己体内的禁锢之力正在减弱。

柏月欣喜，她不知道郭临是怎么做到的。看着他专注的侧脸，心中涌起一丝异样之感。

随着最后一丝黑气消散在空中，柏月体内的禁锢之力彻底消除了。

"公子，你怎么做到的？太神奇了。"

郭临笑了笑，并未回答，他不过用炼魔神诀将柏月体内的魔力炼化了而已。

郭临在柏月心中的形象，更加高深莫测起来。

禁锢消除之后，郭临感受到柏月的气息缓缓增强，一个手无缚鸡之力的女子，几息之间，已成了玄王境的强者，最后实力增长到玄王六重才止。

郭临惊讶，这个少女看起来年纪轻轻，竟然拥有玄王六重的实力。他问道："柏月，你怎么会在幻魔城，是去救逍梦公主的吗？"

"你怎么知道？"柏月吃惊地道，"迷云国的皇帝说，只要帮他救出逍梦公主，他就给我地涌金莲的消息。"

郭临摇了摇头，看来她也被骗了，接着将自己杀掉幽灵骑士后的事情说了一遍。

柏月柳眉微竖，脸上露出了怒容，显然不论是谁，差点被害致死，都会无比愤怒：“原来是这样。该死的皇帝。怪不得我去了以后就被魔莲碰到，抓了起来。她封住了我的经脉，又禁锢了我的法力，就是要将我炼成魔躯。”

郭临何尝不是差点被炼成了魔躯呢，想起魔莲那火爆的身材，他好奇地道：“据我所知，魔莲的身体非常优秀了，她为什么还要你的身体？”

柏月脸有些红：“我拥有最纯正的媚姬之体，最适合她的魔功。”

“媚姬之体？”郭临神色古怪，他若没记错的话，这种体质的人最适合修炼各种魅惑类的功法和法术。通常，这种体质只出现在女子身上。因为对魅惑、幻术类的法术和功法的天赋，它的珍贵程度，与绝世纯阴体相比毫不逊色。

想起当日魔莲对自己施展的媚术，郭临豁然开朗。心想如果她夺了这样一具身体，再施展起媚术来，自己就算神识强大，也难保不会出丑。

不过，对一个女子来说，拥有这样的体质，并不一定就是福气。

“嗯。是公子救了我。要不是你，我生不如死。”

说起自己的体质，柏月也很不好意思。幸好，自己所在的霓霞门在圣域中拥有强大势力。门内，能够给予自己足够的庇护。

郭临摸了摸鼻子，道：“举手之劳，不必客气。柏月，说说霓霞门是什么，我怎么从来没听过。”

柏月一阵错愕，她怀疑自己听错了。霓霞门在圣域是一个赫赫有名的门派，就连东人域中几大一流实力门派之一的青海门，都是霓霞门的附属门派。

不过对救命恩人，她还是不保留地道：“霓霞门在圣域，公子你没有去过吧。”

“圣域的门派？”郭临微愣，他怎么也没想到，自己随意救的一个女人，来自圣域。不过，旋即又释然了。如果霓霞门在东人域，他一定会听说过的。况且，如果她不是圣域之人，又怎么可能年纪轻轻，就有玄王六重的实力呢？看来圣域的修炼资源，果然了得。

“嗯。”柏月点了点头，“对了，公子，我还不知道你的名字呢。”

说到这里，柏月不好意思地吐了吐舌头。认识都已经几天了，她还一直没问过对方的名字。

“我叫郭临。”

“郭临？”

柏月一愣。

“怎么了？”郭临奇怪地问道。

“没什么？”柏月神色怪异，欲言又止。

“嗯。那我们回去吧。”

蝶心馆是立云城生意最好的首饰店，这里不仅有各种精美的饰品，还有一位心灵手巧、成熟丰腴的老板娘。首饰店内，一些美妙绝伦的饰品，以及一些稀奇古怪的东西，都是出自这位名叫韩幼娘的女人之手。

此时王云正站在店里，颇为感兴趣地上下打量着这位美丽的老板娘。

“王公子，看看可以了吗？”

半晌之后，老板娘结束了自己手中的活计，对着王云问道。

“可以了，可以了。”

王云嘿嘿一笑，浑然不知老板娘说的是什么。他早已经被老板娘那成熟美丽的外表给迷晕了。

老板娘一愣，刚刚还很斯文的少年，此时竟然露出了一副好色的模样。不过很快韩幼娘就微微一笑，她对自己的魅力是相当自信的。她号称蝶心西施，这个首饰店，也是她一手经营起来的。

而且作为一个隐匿在立云城中的幻魔，她比其他幻魔出色多了。无事的时候，她是立云城内，遵纪守法的子民。她的工作内容，也和其他幻魔差不多，那就是观察，看看是否有新鲜的人类，从迷失域外进来。如果这些人很强大，她会汇报给迷云国的皇帝；如果比较弱小，她会中饱私囊地将他们吃了。

她看到少年脚边淡淡的影子，心里顿时升起万千思绪。

“王公子，我漂亮吗？”

韩幼娘眨了眨眼，悄悄施展魅惑之术，美丽的脸上，流露出诱人的韵味。

王云呆了，他傻傻一笑道：“漂亮。嘿嘿。”

“你喜欢我吗？”女人掩嘴一笑，做出一副搔首弄姿的模样，“如果你喜欢我的话，就把店里的饰品都买下来吧。”

“好。我买。”

“那么多你买不起的呢。”

“是啊，那怎么办？”

王云还是王云，可不知为何，现在他的神志似乎有些不清醒了。

“能付多少，就付多少，全凭公子心意，剩下的，画押打欠条吧。公子跟我进后堂吧，我们一起去拿货。”

王云虽然被韩幼娘诱惑，但是多年生死所磨砺出来的脑子却并没有完全糊涂，当他听到韩幼娘要他跟着进入后堂之时，他的心中忽然浮现出了一种剧烈的危机感。

一瞬间，他清醒了许多。清醒之后，瞧了瞧周围，王云迷惑道：“我在这等你拿货不就行了吗，干吗要和你一起进去？”

“哦？不错嘛。竟然能挣脱我的魔魅术。咯咯……小家伙，你居然不是迷失域的人，你的肉一定很鲜美。让我吃了你吧。”

看到王云挣脱了自己的魅惑术，女子也不再遮掩自己的意图，咯咯一笑，美丽的容颜瞬间大变，一阵黑色的魔气之后，变成了皱纹满面的老妖婆。

“啊！”

王云大吃一惊。在迷失域待了十八年，他见识也算多。几乎第一时间他就明白了，眼前的老妖婆是幻魔，她用迷魂法将自己往里面引，是想吃掉自己。

老妖婆的脸变得狰狞起来，她张开口，露出锋利的牙齿，一口咬向了王云的脖子。

王云想跑，但是无法动弹，他满脸恐惧地望着那一张丑陋的脸越来越近。

“跑了那么多次，这一次真的要死了。”王云不甘心，心中后悔万分。

“啊！”

凄厉的惨叫声响了起来。只是惨叫的不是王云，而是变换了容貌的老妖婆。

王云一愣，心中浮出一个念头：“这不科学啊。明明是我要死了，她叫什么啊？我也叫。”

“啊！”

他张大嘴，大声呼喊。接着他惊奇地看到面前的老妖婆，神色不解地缓缓倒了下去。

一个男子，不知什么时候出现在老妖婆的身后。

“你傻了？”

王云摘下粘在眼眶上的镜片，使劲地揉了揉眼睛，然后又将镜片拿到眼前看了看，顿时，脸上浮出惊喜的笑容。

“哇，三哥，你来得太及时了。吓死我了……哦，不，三哥，我跟你讲，我其实早就看到你了，刚才我是在演戏，叫她放松警戒。你看，多亏了我，你才能一剑杀了她。”

王云拍着胸口，语无伦次地道，双腿还在颤抖。妈妈的，太吓人了，一个大美女，一下子变成了老妖婆。要不是哥哥心理素质好，早就吓死了。

来人自然是郭临。他笑道：“嗯，我懂的。王云，没想到你喜欢这种类型的啊。”

望着地上的尸体，王云一阵发抖，赶紧转移话题，“谁说的，是她用妖术迷惑我。三哥，我们走，离开这里。对了，你把公主救出来了啊？”

“没有公主，骗人的。我去找皇帝算账。”

郭临简单地将这些日子发生的事情说了一遍。

王云一愣，旋即道：“我就说嘛。上次看到皇榜我就奇怪，怎么迷云国的公主老是被幻魔抢去。上次铁血禁地，这次幻魔城的。不知道下次还有什么呢。”

郭临微微一愣，道：“你说过吗？”

“没有吗？”王云奇怪地道，他记得当时看到皇榜时，就想和郭临说的。

“有吗？”

见到郭临发问，王云一阵心虚，仔细想想，似乎真的没有。

“好像没有。呵呵，三哥我忘记了。早知道那么危险，我就该告诉你的。那啥，迷云国经常丢公主的。”

对这个脸皮厚到无以复加的马后炮，郭临无言以对。

王云挠挠头，感觉很不好意思，差一点就闹乌龙了。

“对了，三哥，你怎么会出现在这里？好及时啊。”

郭临没好气地道：“我要不及时，你早就死了。”

在修炼了炼魔神诀后，郭临对恶魔有特殊的感应。他能够感受到潜伏在立云城的幻魔。这次救王云，也是依靠着这项偶得的能力。

叫郭临吃惊的是迷云城幻魔的数量。这个人口几十万的城市中，竟然隐匿着数百的幻魔。他原以为老皇帝逍广是心术不正的人，可是感应了一下，郭临发现，他也不是人，而是魔。

一种善于伪装的，与这家首饰店老板娘一样的幻魔。

这个发现，叫郭临吃惊不已。原来迷云国早就落到了幻魔的手中。这么一来，生活在迷云城的人，真的是被恶魔圈养起来的羊。

而城中的数百幻魔，则是牧羊犬。

除了这项能力以外，郭临还多了一种叫魔魅的契约之术，它可以强行与制服的妖魔签订契约，收妖魔为己用。

听到郭临的分析，王云额头冒汗。

“公子，接下来我们怎么做呢？”

前方传来一阵女人美妙的声音，王云闻声望去，瞧见一道美妙的倩影亭亭玉立地站在那里。

顿时王云眼睛都直了。

他很快拿她和变形前的老板娘做了比较，然后他惊讶地发现，眼前的女子，美貌数倍于风骚的老板娘。

见到女子望向自己时投来的善意的笑，王云脚软了。

天底下竟然有这么漂亮的妹子。王云心“扑通扑通”地直跳。原以为经历了老板娘事件后，短时间内，对迷失域的女人，不会再有兴趣了，可是见到这位美丽的如同画中走出的仙女，如同祸国殃民的妲己时，他才发现，不是他不会再爱，是诱惑太小了。只是看了她一眼，王云都感觉自己的心都要融化了。

郭临微微一笑，说道：“介绍一下，这是柏月。我从幻魔城中救出来的。”

他转身又对柏月道，“这是王云，你可以将他当成我的弟弟。”他本想说，这是地球人。不过想想柏月可能听不懂。

“柏……柏月姐，你好。我叫王云。”

王云挠挠头，很可耻地露出一个人畜无害的表情。

夜晚，月光洒进立云城皇城的御书房。老皇帝满面愁容地翻看着奏折，摇头叹息，道：“制作魂符的引魂草大量减产，一定是幻魔从中作梗。如今大法师性命垂危，久治不愈，再做不出魂符来，等到年末的魔潮来袭，我迷云国纵有再多的侍卫，也要灭亡了啊。”

他站起身，走到窗前，抬头望月。不知底细的人，要是听到这话，一定会认为这是一位忧国忧民的好皇帝。

可是没过多久，苍老而堆满皱纹的脸上浮出一抹诡异的笑：“做了上千年人类的皇帝，真有些舍不得这荣华富贵的生活，灭亡就灭亡吧。看来，我的使命也完成得差不多了。该回幻魔城了，只是舍不得那逍梦公主……”

他苍老的脸缓缓变化，眉心处，钻出一个恶魔才有的角，头顶冒出两根触须，苍老的脸皮脱落，露出一张绿油油的淫笑的脸。要不是隐藏身份，他早就将这迷云国最美丽的女人享用了。

“来人。”

“参见陛下。”

两个侍卫应声而入，见到皇帝的样子，二人一点都未吃惊。因为，二人与他一样，都是幻魔。

“去将逍梦带上来吧。”

“是，陛下。”

想到迷云国公主绝妙的容颜，那一张绿油油的脸笑得更加夸张了。

“真是不错的兴致啊。”

两个侍卫走后，窗外传来一阵戏谑的声音。

“逍广”的笑容戛然而止。旋即，那丑陋的脸上，露出了几分怒意：“谁，谁在那里？”

“呵呵，陛下真是贵人多忘事，听不出我的声音来吗？”

郭临笑了笑，纵身一跃，进入了御书房。以他如今的实力，神不知鬼不觉地进出皇城如探囊取物。

“逍广”勃然变色。

“怎么可能是你，你不是去幻魔城了吗？怎么会出现在这里？”

看着身穿黄袍的绿脸魔，郭临笑道：“你是不是以为我死定了？”

绿脸魔额头冒汗，后退两步。

一个明明去了幻魔城的人，又出现在了立云城的皇宫，这让他大吃了一惊。幻魔城是幻魔王的领地，千年以来，从来没有人进去后还能活着出来的。而眼前的人，却完好无损地站在这里。

“逍广”的表情千变万化，心中尽是懊悔之色。要是早知道此人拥有逃出幻魔城的实力，他一定会在给他的一叠魂符上做手脚。

郭临戏谑地望着“逍广”，深邃的目光仿佛能够看穿“逍广”的心。

“我知道你在想什么，不过，很遗憾地告诉你，你想错了。我并不是从幻魔城中逃出来的。我杀了幻魔王，占了幻魔城，并且知晓了有关于你的一切阴谋。”郭临语气缓慢地说道。

当他说到杀死了幻魔王，“逍广”的心猛烈一颤，一对蓝色的魔眼露出了极度夸张的恐惧和不信。

“幻魔王死了？这怎么可能？”

“怎么？不信吗？见了一个人，你就该信了。”

郭临笑道。

“谁？”“逍广”喉咙干涩地道。他虽然是幻魔，却有自知之明，对一个能够从幻魔城中回来的人，他生不出半点反抗之力。

话音刚落，一道倩影从窗外飞了进来，是柏月。

“你还认识我吗？”望着那一张丑陋的绿脸，柏月淡淡地说道。当初，自己竟然没有看穿他是幻魔所化。

眼前绝美的女子他怎么会不记得。一个半年前被自己骗进幻魔城的人，现在却完好无损地出现在这里，“逍广”终于信了。

“两位勇士饶我一命。我只是一介小魔，身不由己啊。”

“逍广”绿色的脸皮与魔角缓缓褪去，又变成了老皇帝的模样。

“身不由己？想要对逍梦公主下手，也是身不由己吗？”

“逍广”听到一个冷酷的声音，接着他看到窗台处又闪过一道人影。

那道人影潇洒地高高跃起，可是未越进房间，脚就被绊住了。

“啪。”

一声重物落地的声音后，那人影脸竟比脚先落在了地上。

……

“逍广”的神色变得古怪起来，那是一种想笑却不敢笑的样子，因为此刻，他随时都可能性命不保。

郭临、柏月同时回头，见到王云悲惨的样子，相顾无语。

王云心中委屈至极，刚刚他铆足全力，只想在柏月面前展示一番，这下好了，装酷失败，还摔破了脸。亏大了。狼狈地爬起身，王云鼻青脸肿，好不容易修好的镜框，再次压弯了。

就在这时候，门前传来侍卫的声音：“陛下，逍梦带上来了。”

两个侍卫打扮的幻魔回来了，押着一位穿宫装的美丽女子。宫装女子鹅蛋脸，身材婀娜，肤若凝脂，拥有绝美的容貌。毫无疑问，这便是迷云国赫赫有名的逍梦公主了。

两个幻魔话刚说完，就看到御书房内的郭临三人。

见到二人，“逍广”立即冲了过去，一边大声道：“救我。”

二人一惊，似乎明白了些什么，身上的魔气爆涌。可是郭临的速度更快，那“逍广”刚刚跨出半步，就被郭临拎回来，丢到了柏月的面前。

接着，他闪电般地出手。那两个侍卫装扮的幻魔立即被他抓在了手心。

两个七级幻魔在郭临手中毫无反抗之力，在郭临运起炼魔神诀的刹那，两个幻魔原形毕露，显露出了魔族的特性。

“啪啪”两掌，两个幻魔顷刻间毙命。等本来还想将逍梦作为人质自保的“逍广”明白过来时，一切都已经晚了。

“啊！”逍梦尖叫。

突如其来的变化叫逍梦失声惊叫，明明是好端端的侍卫，怎么会突然变成恶魔的模样？她惊魂未定地望着一把扶住自己的郭临，再看看被制住的“父皇”，神色充满了不解。

“逍梦公主，似乎你一直被蒙在鼓里。我来告诉你答案吧。”

郭临来到了“逍广”身边，运起炼魔神诀，一掌拍在“逍广”的身上，顿时后者的容貌变化，现出了原形。

见陌生男子对父皇下手，逍梦先是惊叫，可是没多久，她的脸上浮现出恐惧之色。受了惊吓的她，双目瞪大如同鸽蛋，接着头一歪，昏了过去。

“事情似乎水落石出了。柏月、王云，你们留在这里照顾她吧。等她醒过来，告诉她真相，我带这幻魔去找补天玉髓。”

“嗯。公子小心。”柏月说道。

“三哥，去吧，这里有我在，没事的。”

王云拍着胸口，嘿嘿一笑，他巴不得留下来照顾美丽的道梦公主呢。

郭临对“逍广”施展了一个禁锢术，封住了它体内的魔力，然后如同拎小鸡一样拎着他走出御书房。

“告诉我补天玉髓在哪里？”

“咳咳……人类，你放了我，我就告诉你，怎么样？”

“你似乎还没有明白你现在的处境。”

郭临冷冷一笑，手中功法炼魔神诀一出，手中的幻魔顿时发出一阵惨叫。炼魔神诀本来就是一切邪恶存在的克星。郭临一运起功法，手中幻魔的灵魂，几乎是刹那间就要被炼化。

“啊！”

“逍广”惨叫，哪怕是魔，也忍受不了如此痛不欲生的折磨，它立即求饶道：“勇士，我说。补天玉髓国库里就有。”此时，虽然恨不得将郭临千刀万剐，他却不敢得罪郭临。因为，他的命只在郭临的一念之间。

郭临问道：“国库在哪里？”

“在皇城东面。”

郭临拎着“逍广”直奔国库所在的方向。为了避免引发不必要的恐慌，他叫手中的幻魔又变回了逍广的模样。靠着他的身份，顺利打开了国库的大门。

“这就是补天玉髓吗？”

国库之内，昂贵的金箔之物应有尽有。不过，这对刚刚洗劫了幻魔城的郭临来说，一点吸引力都没有。

按照“逍广”的指引，他径直来到了一座玉台前，在玉台的上方，摆放着两块精致绝伦的美玉。

美玉表面为羊脂色，质地通透，半透明的璞玉中，隐隐闪现出红润的光泽。哪怕是在这个封闭的阳光照不到的国库内，都显出几分朝霞映雪之感。

两块玉都很大，郭临目测，每一块至少有上百斤重。看来用来炼制初雪的躯体绰绰有余。

“你没有骗我吧，这就是补天玉髓吗？”虽然心中已经肯定了几分，郭临还是问“逍广”道。补天玉髓关系到初雪，一点都马虎不得。

“逍广”忙不迭地点头道：“是，是，我以性命担保，这就是补天玉髓。”

“传闻迷云国的传国玉玺也是补天玉髓所铸造，你拿出来，给我看看。”

“逍广”说道：“传国玉玺不在我身上，它在御书房。”

“也好。那我们回去。”

说完，郭临毫不客气地将国库内仅有的两块补天玉髓都收入了拥挤的星空戒指之中。

郭临和“逍广”再回到御书房时，逍梦公主已经醒了。

见到郭临进来，柏月和王云的眼神都十分怪异。

“怎么了，我脸上有花？”郭临指着自己的脸笑道。目光落在柏月怀中的女人身上，四目相对，郭临微微一愣。他从这逍梦公主的眼睛里，看出了别样的神采。

有感激，有羞涩，也有崇拜。

王云悲愤地道：“三哥，我好恨你呀。”

什么情况？莫名其妙。郭临直接无视王云，正要对逍梦说话，后者先从柏月的怀里出来了。

“恩人，谢谢你救了我。要不是你，我还不知道我父皇早已被幻魔害死了。我迷云国子民，也要全部死在幻魔手中。我代替我死去的父皇，以及千百万迷云国的子民，感谢恩公。”说着，她双腿屈膝，就要跪了下来。

逍梦公主容貌姣好，作为迷云国第一美女，拥有沉鱼落雁之姿。也许是因为虚弱，说话温声细语，惹人心怜。

看着她虚弱得仿佛风一吹就倒的模样，郭临心生怜悯，连忙扶住她道：“公主尊贵之躯，怎能下跪。此次出手，不过是举手之劳而已。公主，莫要放在心上了。”

“公主，你身体不适，要多注意休息。”

“我不碍事的。”逍梦气喘吁吁地说道。

刚刚被郭临扶起的刹那，她平静了千年的心，扑通扑通地狂跳，再看看郭临，那坚毅的脸，心中甚是欢喜，心道：“也只有这样的男子，才配得上自己啊……”

他就好像是自己的真命天子，在最危急的关头，踏月而来。

柏月含笑道：“看来公主有话要和公子讲，小云，我们出去吧。”

“哦。”

王云垂头丧气地跟了出去，走到郭临身边的时候，附在他耳边悄悄地说道：“三哥，你要坚守住啊，不能答应她。你可是要带我走出迷失域的人啊。不能重色亲友啊。”

柏月出门的时候，顺手抓过了绿脸魔“逍广”，又很体贴地将门从外面关上了。

对王云和柏月的举动，郭临无法理解。自然他也不可能想到他只是出了个门，取了补天玉髓的工夫，这迷云国第一美女就对他死心塌地，想要嫁给他了。

房间内只有逍梦和郭临二人。逍梦躺倒在床上，用一双似泣非泣的大眼望着郭临。从王云和柏月的口中，她得知了郭临是一个武力超群的勇者。

而现在，当她再亲眼见到他时，才发现，这位武力超群的英雄，竟然对自己这般关怀。这更加坚定了她心中的决心。

“恩公，逍梦冒昧相问，不知恩公可已娶妻？”逍梦问道。

郭临来御书房是来找传国玉玺的，想要看一看这传国玉玺的材质，是不是与自己刚刚得到的两块玉一致。那“逍广”说传国玉玺就在御书房，郭临以为就放在书案上，很容易找到，可是他一眼扫过去，根本没有传国玉玺的影子。

此时，放开了逍梦公主后，他正站在书柜前，一个格子一个格子地看过去。听到公主的话，他想也未想，随口便答：“在下并未娶妻。”

逍梦心中一喜，继续问道：“恩公，你觉得迷云国如何？”

御书房的书柜中，除了一些书籍之外，还摆放着一些精美的工艺品，玉兔、玛瑙狐、翡翠树……一看就是出自能工巧匠之手。

听到逍梦的话，郭临点了点头，道：“贵国多能人，民风淳朴，崇尚武道。公主若能除去隐匿在其中的幻魔，必定能够再延续千年。”

逍梦听了欢喜，精神也好了许多。她从床榻上坐起，羞涩而矜持地整理了下衣衫，又问道：“恩公，你觉得我如何？”

郭临转过头，正好瞧见逍梦动人的模样，那因为期盼而闪闪发亮的眼睛，煞是好看。他微笑道：“公主，你指的是什么？”

逍梦脸一红，嗔道：“自然是我的容貌。”

如果是平时，郭临肯定看出了逍梦想要表达的情谊。但此时他一心都在传国玉玺上，没有反应过来，他微微一愣，夸赞道：“公主清丽出尘，美若天仙。迷失一重天，如您这般美丽的女子，绝无仅有了。”

逍梦更加欢喜，她本来是坐在床上，背倚靠在床榻上，听了这番话，便开心地下了床，只是她高估了自己的身体，刚走两步，身体踉跄，又要倒下去。

见状，郭临一个箭步扶住了她。

感受到有力的臂膀，逍梦如痴如醉，声音轻柔，气喘微微地呢喃道：“郭郎，逍梦有个心愿。”

“什么心愿？”怀抱着柔软的娇躯，空气中传来女子醉人的芬芳。听到“郭郎”二字，郭临心中忽然闪过一丝荒诞的念头，因心系补天玉髓而迟钝的神经，终于反应过来。

“你可不可以……留下来……做迷云国的君王？逍梦愿意做你的妃子……”

第29章 王云之怒

御书房外，王云心不在焉地坐在台阶上。等待的时间总是令人备感煎熬的。一袭紫衣裹身的柏月，却静静地望着天上的明月。

王云说道："柏月姐。你说三哥不会同意留下来吧？"

柏月笑了笑："怎么，你觉得他会留下来吗？"

"我觉得可能性很大啊。"王云感叹道，"你看逍梦公主多漂亮的一个人，谁能拒绝啊。换成是我……"

"换成是你，你就留下来了，是吗？"

柏月似笑非笑地道。

王云一愣，迷云国第一美人，虽然是在迷失域中，可是据说，这迷云国公主吃过永生丹，拥有千年不老的容颜。如果留下了，娶这样一个美人为妻，并且成为一国君王，这简直就是王云的梦想。如果这样子，哪怕在迷失域待一辈子，他都愿意。

既然逍梦公主吃过永生丹，那么成了她的丈夫后，会不会也跟着永生呢。王云又开始沉浸在自己的幻想中了。

男人奋斗一生，不就是为了地位、财富、美人吗？

如果有这样的好事，他肯定毫不犹豫地答应呀，可是见到柏月那含笑的眼睛，王云立即做出一副义正词严的模样："柏月姐，不要乱讲，我像那种人吗？"

柏月微微一笑，道："像，很像。小云，我去和郭临说，叫他把你留下来好吗？也许用不了几年，你就和逍梦公主日久生情了。"

"算了吧，我有自知之明。逍梦公主是不会喜欢我的。我一个没武力的人，谁看得上……"

王云酸溜溜地叹气道，话刚说完，他赶紧捂住嘴巴，望着柏月那戏谑的眼神，刹那间就要泪流满面。太阴险了，太过分了，套人家的话。

王云觉得自己的面子受了极大的伤害，被人看穿，而且是被一个美女看穿不太光彩的一面，这叫他羞愤。

他立即转移话题道：“那个，柏月姐，你修炼的是什么？”

说起修炼，柏月认真了几分，她道：“我修炼的是音律。修炼时，讲究音律与道的结合。”

“哦，这样的啊。对了，你们门派有多大。女弟子多不多？出去以后，能不能介绍我入门啊？”

柏月轻轻笑道：“对不起，小云，我们霓霞门只收女弟子。”

“太可惜了。”闻言，王云大失所望，聊天的兴致也一下淡了不少。

……

做迷云国的王，并且娶那位美若天仙的公主为妻，这恐怕是千百万迷云国子民的愿望了。房间内，郭临对上了逍梦公主那期盼而热切的目光。

如果自己是个土生土长的迷云国人，听到逍梦公主的表白，一定会非常惊喜吧。而现在，惊是惊到了，喜却一点都没有。

他对这个公主并没有感情，而且还有很重要的事情要去办，迷失域这样的地方，如果留下来超过二十年，就意味着永远“死”了，虽然不是真死，但至少对外界的人来说是这样的，而且永无出去的可能。

自己要救初雪，要找齐九大神器，自己还要回到五千年后，在那里，有牵挂着自己的亲人。

拒绝是肯定的，他在考虑如何说得婉转一些，不伤了人家公主的心。

郭临道：“在下何德何能，怎配得上公主的千金之躯？”

逍梦似乎也看出了郭临的难色，脸上的神色暗了不少，但是她是不会轻易放弃的。这是她有生以来，第一次对男子动心，在逍梦的心中，也只有这样法力通天的男子，才能够让自己委身与他。

而如今的迷云国，也确实需要这么强大的人坐镇，她道：“父皇被幻魔所害，如今逍梦一人孤苦伶仃，无依无靠，又无如恩公一样的高强的武力，实在难以支撑起一个偌大的国家。恩公如果不留下来，迷云国的子民早晚会成为幻魔的食物，连逍梦都会不保。”

迷云国的情况郭临也了解一些，说实话，一个最高武力不到真灵的国度，能够在幻魔林立的世界中存在了这么久，真的是一个奇迹。

想到幻魔王的事情，郭临皱了皱眉道：“公主，在下心有疑惑，以公主的相貌，在下猜测，顶多不过十六。而在幻魔城中，我得到消息，千年之前，就有迷云国的皇帝欺骗外来人说逍梦公主被幻魔所劫。公主可否为在下解惑。”

逍梦说道：“千年前，逍梦的确被幻魔所劫，也是有外来的一位凌姓的勇士将我救了出来。自那以后，父皇就不允许我出宫一步。”似乎是看出了郭临的疑惑，逍梦又道，“当年逍梦机缘偶得之下，吃下过永生丹，才拥有了长生不死的寿命，和永驻的青春。”

“永生丹？”

郭临记得炼魔神诀中也有永生丹的记载，那是天品层次的丹药。恐怕如今的天武大陆，没有人知道如何炼制，但是迷失域中却有这样的丹药，太神奇了。

作为天品丹药，他的药力能够让普通人增加数千年的寿命。不论是谁，获得永生丹是莫大的机缘。因为数千年的时间，足够一个资质普通的人，按部就班地修炼到让无数人都要仰望的境界。

当然前提是，这样的人，不在中途夭折。

“不错。当年那位勇士救了我之后，留下了三枚永生丹，以及一卷魂符的制作书，就离开了一重天。”

郭临沉思道：“原来是这样子，看来这位勇士来历极为不凡。”

说起那位勇士，逍梦美丽的容颜上也露出了感激的神色，她望向郭临道，“当年，我与父亲各服用了一枚永生丹，还留下一枚。只要恩公肯留下来，逍梦愿将此永生丹相赠。从此以后，逍梦与恩公珠联璧合，一起守护我们的国家。”

永生，多少人求之而不得，在逍梦看来，即使郭临不情愿留下来，也会被这枚丹药打动的。

“抱歉，公主。”郭临歉然道，“恕在下直言，在下是不可能留下来的。”

逍梦神色黯然，楚楚可怜地道：“怎样都不行吗？如今迷云国内忧外患，没有恩公坐镇迷云国，逍梦早晚会死于幻魔之手，恩公你忍心吗？”

郭临皱了皱眉，逍梦说的是实话。可即使如此，他也不会因为同情，就放弃了自己的追求。初雪为自己付出了那么多，现在只能寄生于灭神破天斧中，自己怎么可以动摇？

望着逍梦楚楚可怜的神情，郭临叹了一口气，道：“在走之前，我助公主一臂之力。”

之后的一个月，郭临铲除了潜伏在迷云国中的数千幻魔，并且用不死神石治好了迷云国唯一能够制作魂符的病危的大法师。然后，他又拿出了从幻魔王那里缴获来的适合人类修炼的功法给逍梦。

这些功法虽入不得郭临的眼，但足以让修炼它的人，获得突破真灵境界的机会。让整个迷云国的人逐渐强大起来，拥有与幻魔对抗的实力。

这个月，郭临的所作所为，更加征服了逍梦。她对他的痴迷和爱恋到了无以复加的地步，在离开立云城时，逍梦公主甚至对郭临表白，希望能够为他生一个孩子，以后让他们的孩子，来做迷云国的接班人。

郭临当然不会同意，吓得立刻带着王云和柏月逃走了……

山清水秀，鲜花遍地，空气中飘荡着清脆的鸟鸣声。这是一个桃形的山谷，山谷中，清澈的溪流潺潺流淌。在山谷中央，直径数米的高耸入云的参天巨树下，空气中，隐隐流淌着奇异的能量结界。

“嗡……”

随着一阵能量低沉的波动声，三个人影同时显现而出。

中间的男子身着一袭黑袍，身材修长，容貌清秀，气质不凡。

左侧是一个奇装异服的平头少年，鼻梁上架着一副金丝框眼镜，脸上挂着得意而贱贱的笑。

右侧是一袭紫衣，亭亭玉立的女子，女子身材窈窕，黑发披肩，美眉入鬓，容貌清纯，却有与之矛盾的妩媚气质。不过此时女子脸色却有些惊慌。她的手，紧紧地与身边的男子握在一起。

正是郭临、王云、柏月三人。

王云抬起左手，用他的中指推了推金丝框眼镜，道：“看，我没骗你们吧，我们又活过来了，这里就是二重天世界了。”

“太不可思议了。”

柏月松了一口气，她真实地感受到自己还活着。想起自己“濒死”之前，手用力地抓着郭临，当下很不好意思地把手抽了出来。

这个细小的动作，正好被王云瞧见。在第一次见到柏月的刹那，王云惊为天人，这些天相处的日子里，已将她当成了神圣不可侵犯的女神了。

可是现在却看到如此心碎的一幕。

瞧瞧恍若未觉，仿佛理所当然的郭临，悲愤的情绪涌上心头：“三哥，我要找你决斗。”

郭临收回打量四周的目光，说实话，濒死的体验很不好受，多少次，他都要催动不死神石治愈，最后却忍耐下来了。

通过这段时间的相处，他了解了这位来自地球的少年，虽然他不正经，又好色，但一些重要的事情，却还是靠谱的。

穿越后的这个世界，郭临遇见过的人不少，但能够信任，成为朋友的人却屈指可数。王云便是其中之一。虽说只接触了一个月，就可以将自己的生死交给对方，这样的事情，说起来有些难以理解，但郭临相信自己的直觉。就像当初，在抢夺菩提果时，信任了童天一样。他的直觉从来没有错过。

只是“死”的感觉，真不是人能够忍受的。那种死寂、绝望和不甘，哪怕明明知道，死后能够重生，也会有一丝恐惧。

活着真好啊，郭临感叹，看着王云那略显抓狂的模样，笑道：“你打得过我吗？”

王云顿时如同霜打的茄子，蔫了，可是心中还是有些不愤：“等我实力超过了你，一定找你决斗。”

“小云，这里是二重天的哪里，我们怎么出去？”

柏月掩嘴轻笑，那一双妩媚的眼睛，流露出无限诱人的风情。

见柏月对自己说话，王云呵呵一笑，道：“柏月姐，这里有我挖的地道，跟我来吧。”

幽暗而潮湿的地道，很深，三人走了许久才走到尽头。

推开遮掩地道的石门，郭临首先听到了海鸥鸣叫的声音，紧接着，一幅广阔的海景印入眼帘。

碧海蓝天，白云飘飘，白色的海鸟在天空中滑翔。

眼前是金黄的扇形沙滩，湛蓝的海水此起彼伏，海浪涌动，白色的水花连成一线，翻滚着，发出哗啦啦的潮水声。

沙滩远离海的一边，生长着一株株高高的椰子树。叶子散开着，沐浴着阳光。

“好美。”

柏月忍不住感叹。

郭临也深深吸了一口气，广阔的海景，叫他感到好像自己的心也豁然了不少。

“东琉岛，我又回来了。”

见到眼前熟悉的景色，王云脸上露出了几分回忆之色。

郭临说道：“王云，给我们说说二重天的世界。这岛多大，有居民吗？”

王云推了推眼镜，说：“二重天是一望无际的海。这里没有大陆，只有数不清的岛。我们所在的地方是二重天东部海域的东琉岛。这是附近数百里海域中，最大的岛屿了。在东琉岛上有个城，不过里面的人大都不是本地居民，而是来自二重天各地的冒险家。”

郭临问道：“这东硫岛有什么险地吗？”

王云手向前一指道：“眼前的海就是险地。在东硫岛以东的海洋中，有数之不尽的财富。每一年都有许多冒险家，来到这里。但据我所知，他们中的大多人都没有活着回去。别看这片海域好看，里面可都是吃人的海兽啊。有一次我好奇，想跟着一支叫云帆的冒险队出海看看，不过临时有事没去成。几天后就传来消息，这支百人的云帆冒险队，他们的船被海兽打翻，船员全部被海兽吃了，一个也没有活下来。”

说到这里，王云一阵后怕。

“既然二重天的世界就是一片海域，那么苦海一定就在其中，不知道是哪个方向？”

王云耸了耸肩，表示一无所知：“我也不知道苦海在哪里。当年我一心只想着怎么走出这该死的地方。我们去城里问问吧，这里汇聚了不少二重天的冒险家，他们见多识广，也许听过。”至少有一个人知道，这句话，王云说在心里。

“有道理。我们走吧。去城里看看。”

三人沿着海岸一旁的石壁，一路向西，行了两个时辰，终于到了王云口中的城镇。

沿途上，三人遇见了不少人，这些人大都身材壮实，皮肤黝黑，赤裸着上身。他们在空地上晒了一张又一张大网，热火朝天地解剖着海兽的尸体。一路上，到处都是刺鼻而腥臭的味道，让柏月忍不住皱眉，屏住呼吸，又用手捂住嘴。

火热的太阳炙烤下，郭临看到这些人的背后都没有影子。毫无疑问，都是迷失域的土著人。

到了城门口，路边的行人渐渐多了起来。柏月出众的容貌很快吸引了路人注意。汇聚了冒险家的东硫岛，美女是稀缺的资源。

饥渴的男人们望向柏月的目光，毫不掩饰地流露出火热的欲望。

不过看归看，倒是没有人上来找三人麻烦。因为每一个能够来到东琉岛的人都不是平凡之辈。在确认对方没有强力的同伴之前，上前挑衅，那就要先掂量掂量自己有没有这个能耐。

东硫岛城镇规模不小，中央贯穿东西的街道上，大都是二层楼的古式建筑。

街道两旁，店铺林立。茶馆、酒馆、武器店、衣甲店应有尽有，就连赌场也正大光明地设立在主道上。

“上好的银锁甲，只要五十幻晶。”

“铁云盾，黄品盾牌，只要三十幻晶。”

路边的商贩叫卖着。

“黄品盾牌？”

郭临微愣，倒不是说这铁云盾引起了他的兴趣，而是“黄品”二字，叫郭临有一种奇特的感觉。郭临心道，天武大陆的宝物、丹药、武器、功法按照级别的高度分凡品、黄品、玄品、地品、天品，莫非这迷失域中也是这样分法的吗？

他走进了这家店铺，首先打量起店铺的伙计，这是皮肤黝黑的中年男子。接着，郭临发现，这店伙计竟然拥有真灵一重的修为。

郭临心中惊奇，一重天的世界，他遇到的实力最高的土著，不过是神变期巅峰的修为，而这里的一家店铺的伙计，居然都有真灵实力。

他扫过穿梭在街道上的人群，神识散发出去，很快地发现，不少人实力都在真灵之上。

他转过头，目光与柏月触碰在一起，看到后者也是一脸惊讶。她也发现了这个情况。

“似乎这二重天的世界，和一重天有很大的不同。”郭临微微一笑，向王云问道，“王云，幻晶是什么东西？”

“幻晶是幻兽和幻魔的晶核，在二重天，幻兽和幻魔就是海兽和海妖。海兽产出幻晶的概率很小，海妖则多一些。二重天的人，将它当成货币用。”说到这里，王云一拍脑门，一副懊悔的神色，“三哥，我该早点和你说的，在一重天的幻魔城，你该多带一些幻晶来的。有了幻晶，我们就可以在这里买好多东西。”

“你说的是这个吧。”

郭临指尖光芒一闪，现出了一枚白色的晶核。

“对。就是这个。”

王云眼睛一亮：“这是最低级的幻晶。”

“哦？最低级的。还有什么高级的幻晶吗？”

王云娓娓答道：“当然有。除了白色以外，按照价值从低到高，还有绿晶、蓝晶、紫晶。绿晶的价格是白晶的十倍，蓝晶的价格是绿晶的十倍，依次类推。”

“这么说来，紫色幻晶最值钱对吗？”

“在二重天是这样的。不过在三重天，还有更珍贵的，颜色更深的幻晶。三哥，你杀了幻魔王，有没有拿到它的幻晶？这种魔王类的幻晶，颜色大都很深的。如果是一枚紫幻晶，咱们发财了。”

郭临终于知道，当日幻魔城的魔宫仓库里那些一枚枚的晶核是什么东西了。他记得，从幻魔王身体中取出的晶核似乎是紫色的。他拿起盾牌，说道：“也就是说，这枚盾牌，只要五十枚白晶。对吗？”

“对，对。”王云小鸡啄米地点点头，“三哥，你到底有多少幻晶？咱好心里有底。出海咱自己购买一艘船的话，要好多好多幻晶才能买到。”

有多少郭临也不知道。当初在幻魔王仓库中发现的晶核虽然多，但大都是白色的。绿色占了比较少的一部分。而蓝色的更少，只有寥寥数枚。至于紫晶，只有一枚。那是郭临从幻魔王身上取出来的。

不过紫晶很值钱，按照王云说的，一枚紫晶，相当于一万白晶的。

郭临心中估了个数字，说道：“大概四五万，够不够买一艘船？”

王云算道：“一艘中等渔船要三万幻晶，雇佣经验丰富的船长二千幻晶，十个船员共三千幻晶。差不多够了。三哥，那我们去买船吧。买了船，再去雇人。”

郭临道：“别急，我们还不知道苦海在哪里，先找人问问。”

“嗯。”

王云犹豫片刻道：“城南有一位老船长，他年轻时候是一位优秀的船员，跑了不少地方。不知道这么多年过去了，他还在不在。或许他知道。”

“嗯。那我们过去找他。”

说完，郭临放下了手中的盾牌，离开了店铺。

只是，他们刚走出店铺，就被一群人围住了。

“少爷，我说的美人就是她。”

围住郭临三人的一群人中，一个小弟模样的男子，卑躬屈膝地说道。他的身边，一男子身着锦衣，手握着一把折扇，容貌却相当丑陋。此时，他正两眼放光地望着柏月。

被酒色掏空了的身体很瘦，仿佛风一吹就倒，唯一有神的，就是男子那色眯眯的眼睛。

“没想到这东硫岛还有这样的美人，本少真是好运气。”他哈哈一笑，对眉头微蹙的柏月道，“小娘子，在下刘正。家父刘庆是东硫岛最大的摩西冒险团团长。在下对小娘子一见倾心，可否随在下去府上一叙，在下想和小娘子谈谈人生。”

他身边总共十人，身上衣服材质都相当好，腰间都配着镶玉的宝剑。相比这个酒色过度的男子，那些人气质还是非常不错的。

只不过，这些人全部是刘正的属下。

摩西冒险团在东硫岛家喻户晓，东硫岛也是这摩西冒险团的大本营。

传闻这位魔西冒险团的团长刘庆，曾是一名赫赫有名的海盗，靠着打劫起家，最后自组了冒险团。摩西冒险团在这东硫岛方圆数百里海域之内，是地头蛇一般的存在。许多来到东硫岛的冒险者，见到摩西冒险团的人都远远避之，生怕得罪了他们。

此时，有路人看到了这边的情况。见到美人被堵，大家第一反应就是英雄救美。可是，在他们看到来人是摩西冒险团的少团长时，全部退缩了。

刘正虽然酒色无度，又不成气候，却是刘庆唯一的儿子。他成天无所事事，飞扬跋扈，在东硫岛无法无天，仗着摩西冒险团少团长的身份欺男霸女，那是家常便饭。

柏月是霓霞门的掌门弟子，就连圣域中的豪门子弟，见了面，都要彬彬有礼地尊称月仙子。眼前的男子在她眼中，就是地痞流氓。这么没礼貌的人，她不会给对方好脸色的。

柏月说道：“抱歉。我没兴趣。”

"小娘子，不要这样嘛。少爷今天心情好，想和你谈谈心。"

刘正带着淫邪的笑，握着折扇的手，伸向了柏月的脸。

只是，折扇只点到一半，就被打飞了。

刘正脸色一变，他这才注意到眼前有一个容貌清秀的男子。摩西冒险团的少团长，在东硫岛，那是皇太子一般的存在。自打欺负人开始，他从来都是无往不利，没有受过一点委屈，此时，见到自己的折扇被打飞，一瞬间，怒气涌上脑门。

只是他刚要出口呵斥，冷冷的声音，先打断了他。

"滚。"

刹那间，刘正心中受到了极大的侮辱："你说什么？你敢叫本少滚？你知不知道本少是谁？你是想死吗？"

话音刚落，他感受到一道锐利的目光。

冰冷的目光仿佛来自千年寒潭中一般，叫人不寒而栗。被目光锁定的刹那，刘正只觉得心中升起一股深入骨髓的寒意，呼吸也变得困难起来。

"要我再说一遍？"郭临冷冷地说道。

冰冷的声音，声声入耳。明明是简单得不能再简单的话，刘正却恐惧起来。他身体一震，后退几步，冰冷的身体竟然忍不住颤抖。

见到自家少爷的异样，身后的小厮立马叫骂道："狗东西，装腔作势。大家上，剁了他。"

十个带剑男子也发现了刘正的异样，他们拔出佩剑，毫不犹豫地朝着郭临的头顶劈来。利剑破开空气，发出尖锐的鸣叫之声。

剑影之中，郭临冷笑，脚踏行云如风。那十名手握佩剑的男子只觉眼前一花，眼前的人突然消失，接着胸口处传来极其难忍的剧痛。

"扑哧……"

毫无例外，十人全部口吐鲜血，飞了出去。

附近围观的人皆是一惊。这刘正身边的十人可不是普通的十人。他们都是能够单挑海妖的狠人，并且实力只差一步，就能跨入王级。在东硫岛，算得上有名的高手了。

要不然，刘庆也不会派他们来保护惹是生非的刘正了。

十人联手，哪怕是连七八级的海妖都能拿下，可是现在，却被人一招击败。

这人到底拥有怎样的实力？

"你要剁了我？"

郭临走近傻了一般的刘正，嘴角噙着玩味的笑。

"他说的，他说的。"

强大的气势，压得刘正连头都抬不起来，他指着小厮，慌忙道。

他很怀疑，眼前的人是第一次来东硫岛，要不然不可能在自己报出了摩西冒险团后，还这般嚣张。

此时他有些后悔，后悔没有带更强大的手下来。十剑士虽强，但在摩西冒险团的所有高手中，也不过勉强排进五十。

闻言，那小厮吓得浑身发抖。他和刘正一样，实力很弱，靠了一张嘴，才成了刘正的近身手下。见少爷将自己出卖给对方，他连连叩头求饶。

郭临不理那小厮，甚至连看都没看过他一眼。他还没自降身价，和一个趋炎附势的小厮过不去。

他走近刘正道："你说我找死？"

刘正身体一震，他是说过这样的话。可是现在，他哪敢承认，连忙摇头否认道："没有，没有。您听错了。"

郭临揪住他的衣领，一把提了起来，道："你还说，要和我的女人谈心？"

"啊！"

刘正被提到了空中，呼吸困难，他终于知道这一次自己踢到了铁板。

"好汉饶了我吧。放了我。我不敢了。我有眼不识泰山，我有眼无珠，好汉您大人大量，放我一马。我不是故意要冒犯您的。我开玩笑的，您别当真。"

"我当真了。"

"啪。"

一声脆响，刘正整个人飞了出去，摔出数米之远。刘正口吐鲜血，牙齿都断了好几颗，他艰难地爬起来，却看到容貌清秀的男子，缓步走了过来。

郭临一脚踩住刘正的胸口，踩得他吐血，道："还要我再说一遍吗？"

"我们这就滚，我们这就滚。"

摩西冒险团的十剑士勉强爬起来，抬起刘正，看也不敢看郭临，狼狈地转身就跑。而刘正，早就在郭临的那一脚下昏迷过去。

"他居然把刘正打成那样，摩西冒险团一定不会善罢甘休的。"

"年轻人啊，就是容易冲动。这下子，看他怎么在东硫岛待下去。"

"话不能这么说，刚才他揍刘正的时候，你们不解气吗？"

"解气，当然解气。老子来东硫岛这么久，从来没有这么爽过。恶有恶报，这下刘正该收敛一些了。"

好戏收场，围观的人散去。

“走吧。”

郭临说道。他也不知道怎么自己看到对方调戏柏月，会有这么大火气。也许，又一次把她当成她了。

柏月漂亮的美眸中闪烁着异色。不论怎样坚强的女人，都希望在自己遇到困难时，有人能够为自己出手。哪怕这个困难，自己也同样能够解决。

二人眼神交流之间，一种莫名的情愫流淌着。

王云抓狂了：“三哥，你刚才说什么，你说柏月姐是你的女人？”

“我有吗？你听错了。”郭临笑了笑，矢口否认。

“听错了？我怎么可能听错。柏月姐，你也听到了吧。他说你是他的女人。我的天啊。我发誓，我一定要和他决斗。”

“小云，你别乱说。我什么也没听到。”

柏月脸有些红，她想起了那个清澈的湖畔这个男人失控的吻，心如鹿撞。

今天他又当着那么多人的面说自己是他的女人，好不霸道……

虽然柏月知道他心中想的或许是另一个人，但柏月心里却还是浮现出一丝甜蜜。

刘正被赶跑之后，再也没有人来打扰三人。

在王云的带领下，三人一路向南，畅通无阻。又在城里的小巷内，拐了一些路，终于在一间破旧的民房前停了下来。

“当年，我初到二重天，被海妖袭击，一个叫落梓的小女孩儿救了我。她带我来到了这里，并且认识了她的爷爷，落船长。”

民房前，王云停下脚步，没有立即推门进去。

“落船长眼睛看不见东西，我曾一直以为，他本来如此。后来才知道，他的眼睛是被海妖毒瞎的。他眼睛瞎了以后，脾气很暴躁，多亏落梓照顾他，后来，他慢慢接受了这个事实。落船长和小梓人都很好，我在这里养伤养了几个月，他们给我讲了许多二重天的事情。离开的时候，落船长又将他的航海图给了我，那是他一辈子的心血。”

“要不是这张海图，我根本走不出二重天。记得我离开东硫岛之前的一段时间，他还靠卖一些消息为生。不知道这么多年过去了，落船长和小梓怎么样了。”

门就在眼前，触手可及，可是王云却没有一点敲门的打算。

有一个词叫近乡情怯。郭临心道，救了王云一命的落家爷孙在王云心中的分量不低。

“他叫什么？”

“他只告诉我姓落。”

王云深深吸了口气，终于伸手叩门。

“咚咚咚。”

腐朽的木门轻轻震荡，碎屑从门上剥落下来。门推开了一条缝隙，映入眼帘的首先是一摊黑色、发干、不知存在了多久的血迹。

王云一惊，手上的力道加重了不少。

“砰”。

门还未推开，就整个儿掉了下来，将门下王云还没来得及看清的东西给盖住了。

王云没看清，郭临和柏月却看清了，门下的是一具尸体，二人还闻到了一股腐味。

目光扫进屋子，小小的不足三十平方米的房子，总共三间房，家徒四壁。掉落在地上团着的被子已经腐烂，看不出原来的颜色，墙角结着一张张蜘蛛网。蛛网中间，有一只巴掌大小的蜘蛛。

二人相互对望一眼，皆从对方的眼中看到了不妙的情绪。

“啊！”

“谁干的？”

“落船长！”

郭临从未见过王云如此悲痛的模样，他就像一只受了伤的野兽，嘶吼着，咆哮着。

他趴在地上，指甲划过地面，手指破了，地上留下一道道清晰的血痕。门板压在尸体上，透过缝隙，他看到了门板下的景象。

王云颤抖的手，将门板缓缓移开。门下的尸体早已经腐烂，尸体身上破旧的衣服，早已分辨不清它本来的颜色……

郭临叹了口气，在来到这座小屋前，他就看出了不太寻常，腐朽的门，一看就是多年没人打理了，恐怕这位老船长死了多年。他拍了拍王云肩膀，又给柏月使了个眼色，二人悄悄退了出来。

一个时辰后，王云面无表情地从旧屋中走了出来。他眼睛通红，见到郭临和柏月，开口的第一句话就是：“我要杀人。”

声音平静，却很坚定。

“谁干的？”郭临问道。

王云漠然地从怀里掏出一张带着腐臭味的血书。上面的字迹是用血写成的，血字变成了黑色。因为在尸体下保存下来的缘故，上面沾满了血。

大部分字看不清了，但“摩西冒险团”五个字，却格外醒目。

王云面无表情地道：“落船长在东硫岛，曾是一位有名的船长，拥有比摩西冒险团更强大的势力。后来在一次海难中，他全军覆没，只有他活了下来。他的眼睛，也是在那次海难中瞎的。落船长金盆洗手。可还是有人不放过他。因为他是数十年来，唯一一位到达过深海海域而活着回来的人。那一段时间，许多冒险者都来找老船长买消息。可凡是涉及深海问题，老船长就只字不提。不论对方开多大的价码，他从不透露一点。”

“后来，摩西冒险团的团长刘庆亲自找上门来了。他们似乎认识，因为刘庆称呼老船长为落老大。可是最后，他依旧没有从老船长身上得到任何消息，闹得很不愉快。”

“我担心落船长和小梓，想带他们离开东硫岛。可是他笑着对我说，刘庆不敢对他怎么样的，让我伤好了就走。我真傻，他明明是不想连累我，才赶走我。”

王云手掌握紧，指甲嵌入肉中，血一滴一滴地落在地上。可是，他却仿佛感觉不到疼痛一般，将手掌握得更紧了，单薄的身体颤抖不停……

镇外的荒野中，多了一个孤坟，王云的情绪稳定了不少，他站在孤坟前，直到天黑。

“王云，有什么打算？”

篝火点起，身后三道深浅不一的黑影，随着火焰的跳跃而摆动。

王云沉默良久，才道：“三哥，我累了，我们休息吧。”

郭临深深地看着心事重重的王云，点头：“也好。”

时间一点一点地过去，背靠着背休息的郭临和柏月，呼吸渐渐平稳。而这时，王云睁开了眼睛。

“三哥，我王云很怕死。但有些事，必须要做，亲自去做。借你宝弓一用，我要亲手杀上刘府。”

“那帮畜生，连一个老人都不放过。我会让他们血债血偿的。还有小梓……”

王云脸上露出极大的痛苦和愤怒，落船长被害，落梓一个孤苦的女孩子，不知流落何方，不知道是否还活着，这一切，都是这些畜生害的。而以今天刘正的品性来看，一旦小梓落入他的手中，肯定凶多吉少。

“打不过刘庆，我也要杀了他儿子，叫摩西冒险团断子绝孙！”

他轻轻靠近郭临，明明不会一点武力的他，此刻指尖发出微弱的光芒。

光芒轻轻闪烁，郭临星空戒指中的灼热之箭和灼热之弓，出现在了王云的手中。王云一愣，不知道这是怎么了。看了看仍然沉睡的郭临，虽然搞不清楚发生了什么事，但他的神色变得前所未有的坚强。

“对不起，三哥，如果我活着回来，我会跟你道歉的。”

王云将十枚灼热之箭别在腰间，单薄的身影缓缓消失在了夜幕之中。原本沉睡的郭临在黑暗中慢慢睁开了眼睛。

东硫岛城镇的中心，刘府。这是一座气派的府邸，在东硫岛，刘府是宛如城主府一般的存在。

即使已到了深夜，府邸门前，灯火通明。四名气息不弱的男子，懒洋洋地靠在门口张牙舞爪的石狮上。东硫岛是刘家的东硫岛，他们丝毫不担心有人会在这么晚的时候闯入刘府。

挂在门前红色的灯笼，此刻在王云眼中，又变成了一摊鲜血。老船长那么好的人，这些畜生竟然下得了手。

“摩西狗，受死！”

慵懒的门卫抬起头来，怒喝道：“什么人，敢来刘府撒野，找死啊。”

“死吧。”

王云大吼，灼热之箭以几乎超越声音的速度，射出。

“轰！”

红光划破空气，所过之处，地面的青石板被强大的气流震碎，只见那说话的人的头颅，如同西瓜一般爆裂开来，脑浆遍地。

三名守卫见自己的同伴恐怖的死法，先是一惊，接着纷纷拔出利剑斩向王云。王云不躲反冲，这是他第一次不计后果地想要做一件事。

第30章 替天行道

“摩西狗。败类。”

王云躲也不躲，再射一箭。

“轰。”

又一颗头颅炸成了血浆。

“二叔，你回来得真及时。今日我被人欺负了。”

刘府中，刘正向摩西冒险团的二当家，也就是他的叔叔诉苦。

“什么人，敢欺负我刘家人？”

刘谦喝了口酒，这次出海，又是满载而归，他心情好极了。

“那小子应该是从外地来的。身手很厉害，身边跟着一个很漂亮的女人，还有一个鼻梁上架着奇怪的东西的小兔崽子。二叔，你一定要为我报仇啊。”

说到柏月，刘正不能自已地露出痴迷的神色，那么美丽的女人，在二重天绝无仅有。

“不论是谁，得罪了我刘家人，就是死。”

刘谦一掌拍在桌上，那桌子顿时留下了一个掌印。

“二当家，少团长。有人杀上府了。”

“什么？是谁？多少人？”刘谦喝道。

他怀疑自己听错了。在东硫岛，刘家就是土皇帝。杀上府，这是造反？

“一个人，一个十五六岁的小子。”

刘谦微微一愣，旋即收了掌，笑了：“居然是一个不知天高地厚的小子，兄弟们，跟老子去看看。”

摩西冒险团的人大部分出海去了。本来留在府中的人，最多超不过两百。可是今日，很凑巧，二当家刘谦回来了。加上与他一起的摩西冒险团的人，人数超过了五百。

王云单枪匹马杀入刘府，没过多久，就被一群人围在了中间。

众人你一剑，我一剑。

王云一边躲，一边射出灼热之箭。准地品的灼热之箭，此刻如同催命的生死符，所过之处，摩西冒险团的人的脑袋，立即炸开。

但敌人实在太多了，而且，大部分的人实力都在他之上，王云射箭的速度越来越慢。

“是谁在撒野？”刘谦声音如雷地喝道。

“二当家来了。”

众人让开一条道，数百人手举火把，院子里，灯火通明。

“是你？”

刘正一惊，他认出了这个少年正是下午的三人之一。当时，他只当这是个手无缚鸡之力的人，没想到竟然敢杀入刘府。

“不错，是我。”

王云杀气腾腾地道，此时他上身多处受伤，脸也被血染成了红色。

“你为何要杀上我府？”

自己与他有深仇大恨吗？打了脸还不够，竟然杀上府。

“人在做，天在看。摩西狗该死。”

王云咬牙切齿，灼热之弓拉成满弧，利箭对准刘正。他毫不废话，就算有了灼热之弓，他也知道自己的斤两。以自己的能力，杀光这些人是不可能的。今天多杀一个就赚一个，能够杀死刘正，就算死，也值。

“哦，啧啧啧……我想起来了。你不是当年那老家伙身边的小子吗？几年没见，还是这副小屁孩儿的模样。怎么，就凭你，也想为那老家伙报仇？”

说话的是刘谦，他认出了王云。只见他狂妄一笑，丝毫没有将如同困兽一般的王云放在眼里：“实话告诉你，那老家伙敬酒不吃吃罚酒，他是我亲手杀死的。”

“二叔，怎么回事？”

刘正问道。

“呵呵，侄儿，还记得五年前，二叔给你带来的那个叫落梓的丫头吗？这小子是为了她来报仇的。”

闻言，刘正恍然大悟，笑道：“原来是她啊。叔叔你别提了。那丫头又哭又闹，我看着心烦，就丢到海里喂海兽了。”

“什么？”

王云如遭雷击，想起那个可爱的小姑娘，睚眦欲裂，眼睛一片猩红，灼热之弓，拉成了满弧。感受到来自王云突然变强的气势，周围的人纷纷退后。

一箭射出，热浪破空，周围一切都好像要在这一箭中撕裂。受到热浪的压迫，前方围起来的人全部骇然地倒退。

刘谦眼中射出精光。

“实力弱得很，这把弓倒是厉害。既然你送上门来，我就笑纳了。”

一掌推开刘正，刘谦原地留下残影，空气中剑声颤鸣。刹那间，就到了王云面前。

“轰！”

王云身前炸开一团能量，血肉模糊地飞了出去，头一歪，便昏了过去。

王云射出的灼热之箭射进大堂，轰隆一声，整个大堂燃起了熊熊烈火。

见状，刘正吓出一身冷汗，心道，若不是二叔，自己就死了。他松了一口气。

“还以为他深藏不露，原来是个脓包。捆起来，少爷要将他削成人棍。”

忽然一阵萧瑟的箫声凭空响起，一道紫色的音波以王云为中心，四面八方地翻涌开来，将冲上来的人全部弹了出去。箫声中，两个人影从天而降。

男的容貌清秀，身材修长，一对眼眸深邃如宇宙。

女的紫衣裹身，身材婀娜，手搭着紫玉箫，纤细的指尖，晶莹如玉。

正是郭临和柏月。

郭临扶起了昏迷的王云，掌心内，散发出柔和的治愈之光，道：“你叫我一声三哥，就是我的兄弟了。想报仇，说一声就好，何必只身犯险？你的命比这些败类值钱多了。”

刘谦一愣，看出了这一男一女的不凡，他阻止了围上去的人，道：“二位是何人，不知来我刘府何意？”

郭临笑了笑，将昏迷不醒的王云交给柏月，指尖光芒一闪，四尺白锋，引龙剑吐出无边剑气，长剑轻轻一弹，发出宝剑才有的颤鸣，说道：“替天行道这种事情，我很少做。今天就破个例，总共五百零八人，都可以死了。”

轻描淡写，却杀气漫天。

刘谦一愣，旋即仿佛是听到了极为好笑的笑话，弯着腰，哈哈大笑：“他说什么？”

刘正最兴奋了，本来还想着怎么找到羞辱自己的郭临，没想到他主动送上门来了。他兴冲冲地道：“二叔，他说要杀光我们。”

刘府的小弟们本来都还很紧张的，可是见到少团长和二当家这般轻松，都附和着哈哈笑了起来。

一个人屠光刘府的五百零八人，在他们眼中，这的确是一个很好笑的笑话。五百多人中，灵级强者三百，王级强者数十人。如果刘府这么容易被屠光，怎么可能在这强者林立的东硫岛做土皇帝。

“上，一起上，把这个人给本少杀了。”

“这个声音最讨厌，死吧。”

郭临长剑一点，身随剑走，原地一道电光闪过。

刘正还想说什么。他整个人就被一股剑气劈成了两半。死得不能再透了，神仙也难以救活。

“你不信我能杀光刘府？且让你活着。看好了。这一天，在你杀落船长的那一刻，就注定了。”

杀死刘正，郭临仿佛做了一件微不足道的事情，对着刘谦丢下一句话，潇洒转身，炼魔神诀运转，体内黑暗属性的能量，疯狂涌出。

“唰。”

一对漆黑的鲲鹏羽翼展现而出。磅礴的气息，笼罩整个刘府。

先是毫无征兆下，身边的侄子被一剑劈成两半，然后又看到郭临背后，那代表着实力的能量羽翼，刘谦呆了，嘴巴哆嗦，吐不出一句完整的话来：“魂……魂级。”

在这个王级强者就能称王称霸的东硫岛，他知道一个魂级强者的出现代表着什么。

他想跑。可是跑得了吗？

起了杀心的郭临，绝不会放走一人。

郭临将王云当成兄弟，兄弟的仇就是自己的仇！

杀！一剑毙命。

一个接一个，单方面屠杀。毫无悬念。

两分钟后，刘府留下满地的尸体。

郭临长剑指向刚刚跨出大门，却被柏月逼回来的刘谦，道：“选一种死法吧。”

“大人饶命！我想活。”

刘谦吓得屁滚尿流，扑通一声跪在了地上。他拥有王级的实力，可是却生不出反抗之心。魂级强者，在这个二重天的世界就是传说。他无法与传说对抗。

“这个要求过分了。”

郭临摇摇头，引龙剑划过一道黑色的剑罡，刘谦身首异处。

日出东方，城外，孤坟处。王云睁开眼，骨碌一下爬起来，呆呆地望着周围。自己不是杀进刘府了吗？怎么还在这里？难道死了？

王云立即用手拧大腿，顿时发出一声惨叫。

他抬起头，孤坟下，看到了一颗鲜血淋漓的人头——这不就是杀了落船长的那个混账吗？

“当时，我好像被打晕了。后来发生了什么事？”王云呆住了，渐渐回想起了前一晚发生的事，一定是三哥赶来帮自己了。

“落船长，仇报了。你安息吧。”

王云面朝孤坟，神色虔诚，重重地磕了一个头。

海边，清风吹拂，柏月赤着脚，任由海水拂过她的纤足。郭临就站在她的不远处，目光深沉望向东边。温暖的阳光照在他们身上，拉长了两道斜影。

诛杀败类，很解气，可是对自身的影响却也不小。

昨晚，郭临本打算只用玄王巅峰的实力，可是似乎代入到了王云的心境中，他忍不住用了全力。那样的败类，千刀万剐，都是手软了。

虽然只有短短几分钟的时间，还是带来了不小的后遗症。他的头又开始痛了，来自灵魂的痛。

但，郭临不后悔。

“没想到你杀起人来，还挺狠的。”柏月说道。一剑一个，哪怕这里是迷失域，那也都是鲜活的生命。

“他们不是人，是恶魔，最丑陋的那种。”

“呵，那怎么可能。人再丑，都是有头有脸的。怎么比得上恶魔。”

“有时候，人心要比恶魔的脸丑陋多了。”

郭临看着远处的海面，高深的话语被海风吹散在空中。

两天后。

东硫岛港口，渔船鳞次栉比地排列着，伴随着一阵铁链的喧哗，在水手整齐的吆喝声中，一艘艘渔船缓缓驶离了东硫岛的西岸。

海风迎面吹来，衣袂飘舞。

海岸边，王云笔直站立，手扶着金丝框眼镜，看着一队船员们，将货物运上船只。

“三哥，对不起，我骗了你们。其实我是知道苦海的。落船长将他所到过的海域，都标在了这张海图上，他让我不要轻易给人看，也不要告诉别人，所以我才一直没告诉你。还有地涌金莲，就在苦海海域。那是落船长到达的最后一个地方，他的船队，就是在那里全军覆没的。”

远方一艘艘渔船，扬起船帆，乘风破浪，东硫岛的港口每一天都有大量的冒险者出海。

郭临接过了航海图，道：“王云，你真不和我们一起出海吗？”

“那么恐怖的地方，我还是不去了，一不小心就死了。你们也要当心。当年落船长的船队中，可是有许多王级强者，还有一位魂级强者。最后，除了船长，都死在了那里。”

“昨晚怎么没见你这么怕死？”郭临笑道。

王云一笑道：“情况不一样。三哥，谢谢你。我去西鹭岛等你，通往三重天的阵法就在那里，海图上就有西鹭岛的位置，你们可要活着回来。”

“嗯。王云，你也小心点。”

柏月轻笑着说道。

“那是当然，柏月姐，只要不是在海上，我不想死的话，很难死的好不好。”

说着，他又推了推眼镜，仇也报了，两天时间，他恢复了不少。在心里，王云还是很感激郭临的，不单单是昨晚的事情，还有他将自己撞回了一重天，要不然，落船长的仇，永远报不了。

“船主兄弟，风向正好，咱出发啦。”

不远处，身着水手服的大胡子船长吆喝道。

“三哥，柏月姐，你们保重。”

“嗯。”

相互道别，郭临与柏月一起上了船。

这是郭临第一次出海。

渔船向东，船头湛蓝的海水翻滚出白色的水花，发出哗哗的声响，海浪随风涌动，郭临的心也随之起伏。

“初雪，等着。过不了多久，就可以为你重塑真身了。”

一袭紫衣裹身的柏月倚靠着栏杆，迎风而立。

郭临注视着她。他对柏月的感觉很奇怪，也许是她长得像白冰，所以面对她时，心中情不自禁地会涌出一丝柔情。

他看着柏月道：“你不必和我一起去冒险的。你要地涌金莲，我顺手为你采一朵就好。”

“那怎么可以。万一只有一朵，被你占了，我不是竹篮打水一场空，白来迷失域了。”

郭临一愣，有这样的逻辑吗？自己可是为她好，旋即他看到柏月媚眼中的一缕狡黠。

“公子，我们要去的地方很危险。我印象中，圣域的一些强者都寻找过地涌金莲，后来他们全部都失踪了，想来，应该就是进了迷失域，就再也没有出去过。也许，他们中绝大部分都死在二重天了吧。我要找到地涌金莲，也想去看看那里有什么。”

郭临点了点头，来到迷失域一个多月，他对这个迷失域也有了一定的了解。迷失域一重天虽然有数不尽的幻魔，但要将所有进入迷失域的强者都留在那里，还是有些难度。

郭临相信，他们中肯定有一部分来到过二重天，但最后有没有走出二重天，就难说了。

因为从王云给的海图来看，这迷失二重天，到处都是诱惑和财富。各种在大陆绝迹的灵药都能在这二重天找到。当然，诱惑很大，危险也很大。迷失域，迷失域，或许他们就是这么迷失的。

迷失二重天不缺少禁地。从落船长的海图描述来看，郭临要去的苦海，是迷失二重天排行第一的险地。不知道有多少强者陨落在苦海，龙潭虎穴与之相比，就是小儿科。

但再危险，也无法阻止郭临的脚步。他要救初雪。

一个年轻的水手打断了郭临的思绪说道："报告船主，史船长说，方向调整完毕，是否全速前进。"

郭临淡淡一笑："嗯，全速前进。"

……

这两天，东硫岛上闹翻了天。摩西冒险团的大本营一夜之间被灭，以极快的速度，传遍了以东硫岛为中心的方圆数百里海域。

这是大快人心的好事。东硫岛除去一大毒瘤，茶余饭后，人们都无不谈论着灭了他们的神秘人。对那些受过摩西冒险团欺辱的人来说，灭团之人，是英雄。

可是随着摩西冒险团的精英，团长刘庆所带领的精锐部队的回归，东硫岛立即变得人心惶惶。

与儿子的酒色过度不同，刘庆是个光头，身材魁梧，长相凶狠。一道近二十厘米的刀疤，从右侧额头开始，经过眼睛、鼻子、嘴角，一直延伸到下巴左侧位置。就好像当年他差点被人一刀把头劈成了两半。他动起怒来，凶悍的面孔，一下子变得狰狞。

刘庆正杀气腾腾地站在刘府门口。从来都是他刘庆灭人全家，可是今天，眼前的景象告诉他，他摩西冒险团的大本营，被人一锅端了。

刘庆爆吼，如同巨兽发怒，脚下的石板碎成粉末，他怒气滔天地对身后的手下道："查！立刻！不管你们用什么方法，我要在天黑之前，知道事情的来龙去脉。不然，你们就提你们的人头来见我。"

"是，团长。"

身后一排精英诚惶诚恐地道。这一次团长是真的发怒了……

冒险团的千人部队，以刘府为中心，全城蔓延开去。同时，一个个消息，也如雪花一般飞了过来。

"团长，一个月前，少团长带人杀了五十个外来者。此事恐是对方的报复。"

"二十天前，少团长抓了初到东硫岛的三个女人。"

"十五天前，少团长烧毁了东街的酒楼。"

……

两个时辰的时间里，刘庆身边不断地响起声音。每一个都是有关于摩西冒险团的恶行。少团长刘正施恶，其他人助纣为虐。

刘庆脸色阴沉，一言不发。他了解自己的儿子是个怎样的人，但那又如何，有自己这个老爹在，杀几个人算什么。刘庆年轻时候就是一个狠角色，灭人全家，那是家常便饭。几年前，他更是将落船长的残余势力一网打尽，一举奠定了摩西冒险团在东硫岛海域的霸主地位。

“三天前，少团长在一家防具店遇见了一位漂亮的女子，调戏不成，还被她身边的男子毒打了一顿。晚上，刘府就被人灭了。”

两个时辰，刘府大院打扫干净，尸体全部运到了后院。刘庆坐在残破的大堂中间，摸着下颚，听到这里，微微一顿。他有一种直觉，刘府的血案，和这件事有关，沉吟片刻道：“这条线索，深入查！”

半个时辰后，又一个消息传来。

“团长，镇外林子里多了一个新坟，坟头边发现了二当家人头。”

刘庆眼睛一凝，他猛然抬头，凶悍的气势翻涌开来道：“带路！”

一个时辰后，刘庆再次回到了刘府。这一个时辰内，不断地有消息传到了他这里。身为东硫岛附近百里海域内，第一团团长，刘庆虽然恶贯满盈，做事却雷厉风行。从这些消息中，他很快地推断出，自己的直觉无误。一夜灭了摩西半个团的，正是这三人。

一名虎背熊腰的大汉，大步流星地走进满地血迹的大堂，道：“团长，有消息了。昨天此三人，在船坞花了大价钱雇佣了十名船员，一名船长。这是我从船坞取来的登记牌。他们去了深海。”

“深海？”

刘庆面露深思之色：“难道是去落虎老鬼去过的地方？那里果然有宝藏。哼哼。”

在镇外，他看到坟头上那个“落”字，就百分百肯定，这件事情和当年的那位落船长有关。

说起来，刘庆和这位落虎船长是老乡，从小刘庆就是听着落虎的名声长大的。

不过长大之后，刘庆并未选择船长这个职业，为了更快地获取利益，他选择了更直接的行径，当海盗。摩西冒险团的前身，就是海盗团，是他一手发展起来的。

后来刘庆听说，落船长与他的船队长居东硫岛时，闻到了宝藏味道的刘庆特意前来投奔落虎。

念在老乡的分上，落虎并未为难刘庆，但他要求刘庆弃暗投明。刘庆也很爽快地答应，再不干海盗的勾当。

受到了落虎庇护的刘庆，势力发展得越来越快。

对这位落虎船长，刘庆本是相当敬畏的。哪怕他的海盗团发展到了一定规模，表面上对这位落虎船长也还是十分尊敬，从不敢打他的主意。因为落虎船长以他的人格魅力，凝聚了一股叫他望而生畏的势力。直到有一天，落虎船长率领数千人组成的船队前往深海海域，最后全军覆没。

在落虎心灰意冷的几个月里，他的摩西冒险团趁机崛起，接收了落虎在东硫岛的一切产业，摩西冒险团也从此成为东硫岛第一势力。

人的欲望是无限膨胀的，在抢夺了落虎的所有资产后，接下来的几年，刘庆开始打起了落虎海图的主意。

作为一个航海老手，他明白，落虎身上最大的财富，就是他开拓了一生的海图。二重天的海域太大了，作为优秀的航海家，都会将自己的航海路线和经验记录下来。

只是，大部分人的海图是缺失的。因为他们到过的地方有限。但是落虎船长就不同了。他一生都在冒险中度过，去过的险地不计其数。随便从一个落虎到达过的险地找到一片“金矿”，他刘庆的财富，都将会无止境地增长。

说价值连城，简直是对这张海图的侮辱。

“当年他敬酒不吃吃罚酒，宁死也不肯把海图给我。原来是送给了当年那个装扮奇怪的小子。我刘庆好歹也是他老乡，竟还比不上一个外人，死了活该。如此也好。既然海图在他们手中，老子便自己夺回来。来人，备船，前往深海。”

身边的一位长衫男子道：“大哥，对方轻易杀死二当家，实力恐深不可测。小心驶得万年船，咱们不如请魂者随行。只要有魂级强者随行，此行定万无一失。”

刘庆沉吟片刻，点头道：“三弟说得有理。备幻晶二百万，魂级强者，本座亲自去请。”

……

黑夜茫茫，月色当空。向东的渔船，随着海浪起伏。

黑夜的海洋是十分危险的，入夜之后，飞行在天空中的幻兽明显多了起来，隐匿在海水中的海兽，也伺机而动，寻找散落在海洋中的猎物。渔船熄了灯火，收起了船帆。

船员们一半休息了，一半则负责守夜。

船头甲板，郭临盘膝而坐。神识以渔船为中心蔓延着，监控着周围。离开港口后半日，渔船时常受到海兽的袭击，所幸沿海的海兽不强，郭临和柏月对付过来了。

不过随着越发深入海域，谁也不知道会出现什么。

发生在东硫岛以东的海难，向来不少。

“咚咚咚……”

甲板上响起了轻微的脚步声。郭临睁开眼睛，看到大胡子船长含笑着走了过来。

“船主兄弟，来，喝口酒暖暖身。海上的夜晚可是有点凉啊。”

见郭临接过酒壶，大胡子船长笑呵呵地在郭临的身边坐下，道：“船主兄弟，现在可以说说咱们这一趟要去深海的何处了吗？我想知道，那到底是怎样的地方？要你付数倍的佣金。”

郭临微微一笑，当日在船坞时，为了避免不必要的麻烦，并未透露此行的目的地。只说了要去极为危险的地方，需要不怕死的船长和水手。

在其他人还犹豫不决时，史船长与他的船员第一时间站了出来。后来，那些犹豫不决的人都后悔了，因为郭临给了足够丰厚的酬金。

郭临取出了王云给的海图，然后在甲板上小心翼翼地铺开，手一指，道：“这个地方史船长去过吗？”

虽然是在黑夜，但是史船长是一位修炼之人，借着还算明亮的月光看清了海图。

这张海图一米见方，密密麻麻写满了字，还有纵横交错的航线，十分详细，几乎没有一处空白的地方。

史船长第一时间就被这张海图的详细程度震撼到了。在二重天世界，也有商会卖比较通用的海图。同样大小的海图，如果拿商会发行的海图与之相比，简直简略得和白纸没有差别。

史船长惊愕万分，有着三十年航海经验的他清楚地知道这张海图的价值。再看看郭临那平静的脸，他终于明白，为什么在船坞，他会直接说要一批不怕死的人。

拥有这等海图的人，他要去的，又岂是寻常地方。

深深吸了一口气，平复下被海图震撼的心，史船长首先在海图上找到了东硫岛，然后才顺着郭临所指的方向望去。

他也有等比例的海图，可是他的那份海图上，郭临所指位置的部分是空白的，只知道那是人类难以达到的奇险之地。

那里到底有什么？史船长很好奇。

只是，当他顺着航海线看去，看到用红色描述的小字时，顿时吓了一跳。

“万妖岛。”

“什么万妖岛？”

郭临看了看，那不过是一个通往苦海的必经岛屿，怎么将这史船长吓成这番模样。

史船长咽了口吐沫，看到眼前脸色平静的年轻人，顿时老脸一红。他为自己的失态而羞愧。

“我也是从前辈们口中听说过有这样一个地方。万妖岛是远海通往深海的分界线，那里不但有实力强大，轻易能够杀死王级强者的海妖，而且，万妖岛所在的海域号称是死亡地带的幕三角。我们，不要说我们了，就连二重天少有的魂级强者，去了那里也难以全身而退。船主大人，恕我冒昧问一句，你这张海图哪里来的？”

见到郭临手中的海图，史船长再不敢以平辈相称，他知道，自己与对方，不是一个层次的人。眼前的人，虽然年轻，但恐怕拥有极强的实力。

史船长也发现，这万妖岛不过是这条航海路线上一个毫不起眼的岛，在目的地前，他还看到了许许多多闻所未闻的名字——蛟龙湾、碎龙峡、化魔岛、抉择煌窟、血煞池水、埋骨之滨……从字面上来看，无一不是险恶之地。

史船长咽了口吐沫，他对冒险很感兴趣，但也要在保证生命安全的前提下，才叫冒险。不然，那叫送死。对他来说，在距离东硫岛，三千海里以内的远海海域冒险，就是极限。而远海海域以外的深海，是禁地。因为在深海中，随便一只海妖就能覆灭一支船队。

现在他有些后悔了。

郭临看出了他眼中的退缩，道：“史船长，你现在后悔还来得及。我可以让你们回去。”对这位船长，郭临印象不坏，如果他不愿意，郭临不会强迫他。毕竟，从这位史船长的描述来看，这些险地，超出他们的接受范围。

说到这里，郭临忽然一笑，还是王云比较明智。

史船长咬了咬牙道：“船主大人，你这是看不起我吗？既然接了这单生意，老史就不会退缩。”

郭临点了点头，又灌了一口酒，他虽是修炼之人，不怕寒冷，一口酒下去，身体上依旧感受到一股暖流。

来了二重天只有几日，他对这二重天力量体系不甚了解，听到史船长说起魂级强者，便说道：“史船长，和我说说这个世界吧。二重天有多少人？大家实力如何？”

史船长眼中闪过一缕异色，旋即目光落在郭临的背后。皎洁的月光之下，郭临的身后留下一道清晰的黑影。

见到郭临身后的黑影，史船长语气变了几分，还有几分敬畏：“船主大人，您是天外天之人。”

天外天，是迷失域的土著对外面的称呼，郭临见怪不怪了。而且这样的身份极为容易辨认，他微微点头，并没有掩饰。

老船长道：“怪不得您会这么问。不过大人小心，许多二重天的人，对天外天来的人，都没有好感的。他们贪婪，自私，唯利是图。不过小的看得出来，大人你不是坏人。”

郭临讶异，不知道史船长为什么这么评价外来的人，他没有问，史船长已经说起了关于二重天的事情了。

"咱二重天的人，大都靠猎杀海兽为生的。海兽的肉可以吃，海兽的皮可以制作软甲，利爪做成武器。运气好，如果取到幻晶的话，还能够供咱们修炼。"

"修炼？"郭临心中一动，心道，怪不得这幻晶能够用来充当货币。

"不错。"

"从海图上您也看到了咱迷失二重天总共分五大海域，分别是东海域、南海域、西海域、北海域以及中海域。东硫岛方圆万里，都属于东海域。要说具体有多少人，我也说不上来。但咱东海域，光四海为家的冒险者就有数亿人。"

"咱们二重天的人，吸收了幻晶的能量后就会变强。但得到幻晶的机会很少，平均十头海兽都出不了一枚绿色的幻晶。于是大家成群结伴去猎杀更高级的海妖。海妖拥有幻晶的概率比幻兽高多了。"

"一般来说，晋级到武灵级别，需要一万枚白色的幻晶。我就是一名武灵强者。要晋级到武王，则需要百万枚幻晶。但是要晋级到武魂……我还没听说过，有人依靠幻晶就晋级武魂的。更高的境界，对我们二重天的人来说是传说。不过据说也有逆天的强者，突破了武魂，达到了更高的境界。"

郭临仔细听着，这些信息对他很有用，可以让他快速地了解二重天世界。

"对普通人来说，没有足够的幻晶，根本无法突破到武灵境界。而对像我这样的人来说，虽然靠着营生能赚取一些幻晶，靠着吸收其中的能量到达武灵境界。可是要赚到百万幻晶，很难很难。也只有大一些的冒险团的高层人物，才有机会靠着海量的幻晶修炼到武王。至于到武魂级，需要的幻晶数目恐怕上亿。所以，二重天的武魂强者，少之又少。二重天的五大海域中，咱们所在的东海域的魂级强者，两只手就数得出来。"

很显然，二重天不单单是人口，就连武力，也远超一重天世界的人。

"武灵，武王？"郭临皱了皱眉，"你们不会法术吗？"

"法术？我们二重天的人不会法术。一些妖兽倒会些妖术。"

"不会法术的世界？"

郭临诧异，他以为二重天的人，除了没有影子以外，和天武大陆的人差不多。

史船长道："船主大人，这就是你们天外天来人的优势了。"

会法术，这的确是一个很大的优势。郭临感叹，特别是在这样漆黑的海域中，拥有武技的人，只能够被动防守，但拥有法力的人，却可以主动出击！

接下来的几天时间里，每到夜晚，郭临便让史船长给自己讲二重天的事。

对于这位实力强大的雇主，史船长知无不言言无不尽，有时候还会说一些他冒险的故事。几日工夫，郭临长了不少见识。

沿途虽然遇到了不少海兽，但是在郭临强悍的实力面前，渔船畅通无阻。

不知不觉，时间过去了一个星期。

这天傍晚，风平浪静，渔船沿着预定的路线前行。但受到海兽袭击的次数，明显比前两天多了，就连海兽的实力也涨了一大截。

郭临感受到了变化，渔船以一天一百五十海里的速度前进，现在所在的位置，差不多距离东硫岛上千海域了。用史船长的话来说，就要进入远海海域了。

入夜，渔船放慢了速度，史船长找到了郭临道："船主大人，马上就到远海海域了。从那里开始，就有海妖出没了。我们是不是在这里停留一夜，明天一早再前进？"

郭临看了下海图，找到标示着"远海"二字的位置，皱了皱眉。行了七天的路，竟然只走了不到十分之一，如果按照这种速度下去，到达目的地不知道要猴年马月。算上来回，他不知道要在这二重天花费多少时间。

"不停了，继续前进吧。"

"好，咱们继续前进。"

这些日子，史船长见识了这个年轻人的厉害——以前让自己如临大敌的六级海兽，他一箭就秒杀了。

璀璨的夜空星罗棋布，一条长长的银河自西向东，如同银色匹练，贯穿天际。

进入远海海域后，郭临明显感受到了不一样的气息，微微睁开眼睛，看到身边的柏月已经站在了船头。

柏月手握紫玉箫，夜风中，那飘逸出尘的背影，如同下凡的仙女。

"公子，听到了吗？什么声音？"柏月轻声道。

郭临竖耳倾听，那是若有若无的声响，似是女人的声音，在哭，哭得伤心。随着渔船的前行，声音越来越清晰。

甲板上响起了急促的脚步声，史船长慌慌张张地跑过来。

"船主大人，捂住耳朵，闭上眼睛，不要听，也不要看，是魅妖。"

几乎是瞬息之间，漆黑的视野景象大变，仿佛时空转换一般，来到了万紫千红的世外桃源。

明朗的天空，彩蝶纷飞，花香飘舞，芳草萋萋。

一群美丽妖娆的女子，在花草中嬉戏。这些女人容貌美丽，环肥燕瘦，千姿百态，一个个站起身，朝着郭临款款而来。

她们扭动着水蛇一般的纤腰，一边媚笑，一边用极具诱惑性的声音呼唤着郭临。

史船长脸色一变，立即跑回了船舱。郭临和柏月两人实力高强，抵抗力也相对强一些，但他的水手们，却难以抵挡这种诱惑。一旦被魅妖诱惑，灵魂都会被它们吞噬的。

“来呀，来吧……”

妖娆魅惑的女人近在眼前，仿佛手一伸就能触碰到。她们伸展着莲藕一般的玉臂，仰起美丽的面庞，性感的嘴唇一张一合，充满了无限的挑逗。

女人将美好的身躯展现在郭临面前，并一步步地向他靠近。蛊惑的声音，一遍一遍攻击着郭临的心理防线。

郭临固守本心，这点程度的幻术，他还不放在眼里。他神情冷冷地看着这些“女人”的表演，冷哼一声，面前那魅惑的容颜顿时烟消云散。

郭临能够无视这些魅惑妖术，不代表其他人也可以，船舱中的船员们纷纷露出痴迷的表情，甚至有一些恨不得扑到海里去。史船长急得满脸通红，不知该怎么办。

郭临出手了，拳头一握，一股气势翻涌开去。

那翩然而至的女人，如同镜中花，水中月，在这股气势下散去。不过散去之后，没多久，幻术再次出现。这一次，她们的姿色更出众，玲珑有致的身材，更加诱人。

第31章 初遇险境

“哼，雕虫小技。”就在这时，柏月发出不屑的冷哼声。

一袭紫衣裹身的柏月，玉臂轻抬，手中的紫玉箫轻轻一转，便放于温润的红唇边。圆润的箫声穿透黑夜。

箫声如泣如诉，如怨如慕，一曲箫声荡开，那淫靡的景象和声音，在刹那间支离破碎。袅袅的天堂一般的画面，消失了。时空再次回到了黑色的海上。

“嘿嘿……”

魅妖发出尖锐的笑声，一道道黑影从天而降，落在了甲板上。

柏月道：“公子，刚才是它们施展的妖法。让我来收拾它们吧。”

“知道了。”

连续两次击碎了幻象之后，郭临也发现了这一点。他看到柏月再次吹起了玉箫。那原本圆润的声音，此刻忽然变得短促尖锐起来。

一道道能量音波不断地从玉箫中飞出。附近的黑色妖魔顿时身体爆裂。几息之时，一曲箫声结束。甲板上留下了刺鼻的血腥味。

这是郭临第一次见到柏月出手。不知为何，这种音波攻击的法术叫他有种熟悉之感，同时脑海中隐隐浮现出一个轻歌曼舞的曼妙身影。她身着红妆，怀抱着精致的琵琶，脸上蒙着柔云似的轻纱。仔细一想，脑海中的景象却瞬间消散。

“柏月，真厉害。”

柏月浅浅一笑，享受着郭临的夸赞。

一场魅妖的袭击，被柏月轻松化解。

船舱里的船员们也恢复了正常之态。甲板上又响起了脚步声。史船长发现地上黑黢黢的尸体，神色微变。

刚刚他差点也中招，可是忽然间的一阵箫声，仿佛清泉一般，灌入身体，史船长只觉得自己的灵魂沐浴在灵泉中一般，侵染了大半生的污垢，在这一瞬间，洗得干干净净。

就像醍醐灌顶，灵魂得到了净化，将不该有的杂念，全部驱除干净。

其实不只是史船长，郭临也感受到这股轻灵之气。他虽然没有受到灵魂洗涤之感，却发现，前几日因为使用了魂级实力，灵魂那若有若无的撕裂感消失了。

这当真是万分神奇。

船员们走出船舱，清理甲板。

渔船继续前进，刚刚进入远海海域，就受到了来自魅妖的袭击，叫一行人不得不严阵以待。这一次是擅长幻术的魅妖，下一次又会是什么呢？

茫茫夜海，危机四伏，一艘渔船渺小得如同一粒沙尘。

魅妖过后，渔船平静地行驶了两个时辰，就在郭临以为这一夜将安稳地度过时，忽然心底深处升起一股强烈的警兆。心跳在这一瞬间停跳了半拍。

豁然转头，他看到柏月也吃惊地望了过来，四目相对，这一刻，二人都在对方眼里看到了一丝不安。仿佛有什么难以抗拒的灾难，就要来临。

海面风云突变，原本还算平静的海面，剧烈起伏起来。

渔船东摇西摆，狂风吹过，桅杆"啪"的一声断裂，被吹向了远方。

忽然，天空闪过一阵闷雷，那璀璨的夜空，几乎是刹那间阴云密布。豆大的雨点洒落下来。一场暴风雨，瞬息而至。

船头的二人，瞬间被淋成了落汤鸡。

"收帆，把帆收起来。"

史船长的声音穿透夜幕。只是，这样的时刻，船员们连身子都难以站稳。

苍茫夜海中，渔船脆弱得一如风雨中凋零的树叶，只能认命般地随波逐流。

帆勉强收了起来，狂风卷过渔船。一道猛烈的海浪过来，"啪"，郭临只听到一声巨响，一道人影从船中飞了出去。

"啊！救……"

夜雨中传出船员惊恐的惨叫声，他绝望的面孔，脸色煞白。这种情况被甩出渔船，必死无疑。

"柏月，我去救他，你稳住。"

"叮"的一声，郭临撑起了圣王盾，法力化出双翼，冲进了暴风雨之中。船员是自己雇佣来的，他决不能眼睁睁地看着他去死。

狂风席卷苍穹，视野之中，一道龙卷风暴，越来越近。风暴旋涡，接天连地，让人不难想象其中蕴含了怎样恐怖的能量。

而那位被抛出渔船的水手，正向着快速卷过来的龙卷风暴飞去。

一手探出，握手成爪，郭临手中黄光闪现，远处几乎被卷入狂风中的船员，身体在空中猛然停滞。郭临扶摇而上，鲲鹏之翅全力展开。

须臾之间，他抓住了船员的肩膀。只是，在抓住船员肩膀的刹那，他的身体感受到了一股强烈的拉扯之力。这个龙卷风暴，要将他一起拖入旋涡之中。

“走！”

郭临一喝，魂级的力量全力催发。背后的能量羽翼，闪现出一股叫天地都为之一黯的光芒。

“唰。”

在被甩出渔船的刹那，张淼脑海里回想起了许多温馨的画面，画面中有可爱的女儿、贤惠的妻子以及年迈的父母。可是从此，就要永别了。

在漆黑的夜晚，恐怖的龙卷风暴面前，人的力量无比渺小。他闭上眼睛，准备迎接最后的一刻。哪知突然肩膀被人拉住，再次睁开眼后，发现自己又回到了渔船之上。

“抓牢了。”

张淼耳边响起一个男子的声音，这是船主的声音，张淼猛地睁开眼睛，看着熟悉的环境，心中生出一股劫后余生之感。

救回一名船员，郭临神识一扫，确认船上的人，一个未少。他赶紧来到了驾驶室。此刻，大胡子史船长手握着轮盘，全力操控着船，满头大汗，黝黑的脸上，满是凝重的神色。

余光瞥到来人的模样，史船长道：“船主大人，暴风来得太过突然，现在船已经进入风暴的范围。最坏的情况是船毁人亡！经验丰富的航海家对风暴有预警的能力，一般风暴来临之前，我会有感觉。但是这一次毫无征兆，我怀疑是海妖搞的鬼！”

“海妖？”

闻言，郭临脸色也凝重了几分，刚刚救人的时候，他感受到这风暴的强大，没想到这竟然是海妖施展的妖术。

“不错，远海中有一种叫风舞的海妖，它们拥有驾驭风暴的能力。这种海妖数目稀少，没想到我们碰上了。船主大人，要阻止这场风暴，一定要杀了施展妖术的海妖。”

“知道了。史船长，你稳住。海妖我来对付。”

原来之前心底里升起的危机感，来自这种叫风舞的海妖。

郭临快速冲到了船头，此刻柏月牢牢地抓住栏杆。

“柏月，保护好船员。我去去就来。”

“嗯。”

郭临腾空而起，一对漆黑的能量羽翼再次展开。在狂风暴雨中，雨幕遮蔽了视野，但却无法挡住神识。

如雷达般的神识一扫，郭临果然看到在风暴的四周，有不少头背生着六翼，长着一对长长的漆黑耳朵的海妖。它们双手张开着，周围肆虐着黑色的能量旋涡。

每一个能量旋涡发出，这场海妖酝酿的风暴就更加猛烈。

郭临冷冷一哼，海妖的妖术的确叫他长了不少见识，如果不是自己拥有魂级实力，法力化翼之后，拥有强大的能力，还真难与这些海妖对抗。他看出了这些海妖实力并不强，就像眼前的叫风舞的海妖。若说真实实力，只不过堪堪进入王级而已。但是这召唤风暴的能力，却是杀人利器。对在黑夜中航行的人来讲，渔船一翻，就是死。因为在海水中，还有更多的海妖和海兽。就算实力再强，也会被折磨得筋疲力尽而亡。

手心中引龙剑化作一道剑罡，漆黑的夜空中，闪出一道半月形的剑光。

郭临自信，这一剑下去，这叫风舞的海妖，肯定一刀两断。剑光瞬息而至，撕裂空气，直斩这正施展着妖法的海妖。

只是海妖的身法更快。那背后的三对羽翼猛烈摆扇，身体侧着躲开了郭临的一剑。

郭临心中微动，速度却丝毫不减半分，区区堪比人类王级实力的海妖，哪怕拥有再快的速度，也无法和魂级实力的自己相比。郭临运起炼魔神诀，背后漆黑的能量羽翼变得更加耀眼。

“唰。”

几乎是以跨越空间的速度，他瞬息就出现在了海妖面前，吞吐剑气的引龙剑直刺而出。海妖要躲，可是一边翅膀还是中了一剑。黑暗属性的能量从引龙剑中爆涌而出，一截翅膀立即绞成了粉碎。

海妖口中发出一阵刺耳的尖叫，尖锐的如同野兽獠牙一般的利爪，刺向郭临胸口。

郭临躲开利爪，再出一剑。这一剑直刺海妖眉心。海妖想躲，可是大半个脑袋却被郭临削了下来。

干掉一只海妖后，郭临感受到风暴似乎减弱了一些。

但他丝毫没有停顿，他能够感受到，那贯穿天地的龙卷风暴，距离渔船越来越近。只要碰到，渔船被卷入其中，那么船上的人肯定凶多吉少。神识锁定东方的一只施展着妖法的海妖，身如流光，飞了过去。

不久后，郭临回到了渔船。此刻风浪已然平静。夜空中，浓云散去，繁星点点，月光投射出一片静谧的幽光。不过，渔船受到风暴袭击后，船身受到了极大的破伤，但能够保全，已是非常难得了。

甲板上，船员们横七竖八地躺着，享受着劫后余生的庆幸。

当风暴来临，当得知这是海妖施展的妖法，他们几乎绝望。因为像风舞这种拥有飞行能力速度又极快的海妖，他们就算看到也拿它们没有办法的。

一般的船队，早就在这场风暴中覆没了，但他们没有。因为他们拥有守护神一般的存在。

现在这些船员们也知道了郭临是一位魂级强者，在心情平复之后，大家望向他的目光越发敬畏起来。魂级强者，在二重天的海域，绝对是站在最巅峰的存在。

拥有魂级强者的冒险团，无疑是最强大的冒险团。

“柏月，没事吧。”

郭临看到柏月脸色苍白，坐在甲板上。

在郭临前往击杀海妖的时间里，她全力保护着船员们的安全。她拥有风系法术，但这些风系法术在风暴中显得有些弱小。人飞在空中，就好像细线拉起的风筝，随时都有可能线断人亡。

而一旦落入海中，她这个玄王级别的强者，想要活下来，也非常困难。

在这一刻钟的时间内，她总共救回了六个船员。

“我没事，就有点头晕，坐会儿就好。”柏月说道。

“嗯。”

郭临在她身边坐了下来。

击杀四头海妖，他消耗并不大，可是只要动用了魂级的力量，他的头就会痛。疼痛欲裂之感，再次袭入大脑之中，他的眉头也皱了起来。

“怎么了？”

柏月见到了郭临的异样，柳眉微微一皱，她以为他受伤了。

“没什么事，过一会儿就好。”

休息片刻，船员们纷纷起来警戒。进入远海海域，只遇到两次海妖，但就是这两次，他们几乎丧命。

下半夜的气氛在紧张中度过，直到天空泛起了鱼肚白，太阳从东方跳了出来，一抹红光拂过海面，波光粼粼。

“日出。”

打坐中的柏月睁开了眼睛，这些日子，她不是没有见过日出，但这一刻却感到暖人心脾。

郭临也睁开了眼睛，经过一个晚上的打坐，他头痛的不适感，消散了不少。

船员们松了口气，漫长的夜晚，终于过去，甲板上响起了史船长的声音：“小子们，天亮了，快吃点东西，抓紧时间休息。今天开始，我们将遇到更危险的海妖。”

“呼，太可怕了。风暴海妖，我这辈子还是第一次遇见，没想到竟然这么厉害。”

“昨晚我差点就死了，多亏月仙子救了我。”

“是啊，要不是月仙子，我早就掉入海里，被海兽吃掉了。”

看着船员们一一进入船舱，郭临神色古怪地望向柏月：“月仙子？”

柏月扶着栏杆，任由清凉的海风吹过发丝，听到郭临惊异的声音，她转身，轻轻一笑道：“怎么，不像吗？”

晨光沐浴着柏月窈窕的身姿，凝脂一般的肌肤朝霞映雪，回眸一笑，流露出千娇百媚的诱人风情。

郭临一愣，暗叹媚姬之体果然了得。那轻轻一笑，就让他的心跳加快了一拍。

他站了起来，走到了船栏，与她并肩而立。风吹来，带着柏月身上的清香。

“昨晚多亏了你呢。要不是你，我们都会死。”柏月心有余悸地说道。在海上，人比妖脆弱多了。若不是有郭临，她真怕自己坚持不住。

郭临道：“这些海妖的能力的确出乎我的意料。不过你放心，不管前方有怎样的危险，我都会保护你的。”

“保护我？”

柏月将一缕被风吹乱的秀发拨到脑后，她眨了眨眼：“为什么？”

媚姬之体的能力，她不论做什么，一个轻微的举动，一个不经意间的微笑，对男人来说，都有无法抗拒的吸引力。

压住心头的悸动，郭临微笑道：“因为我们是伙伴。”

郭临也不知道是媚姬之体的诱惑太大，还是关于白冰的记忆在影响自己，他每次面对柏月的时候都会不由自主地产生亲近感，而且这种感觉一日比一日强烈。

接下来的半个月，郭临一行人遇到了更多的海妖，一些强大的海兽也从海水中钻了出来。

不过与第一天进入远海海域相比，这些海妖和海兽，虽然数目更多，但对郭临一行人所造成的困扰却没有那般严重。

只要没有船毁人亡的后顾之忧，郭临便可以全力施为。这些实力与人类王级相当的海妖与郭临正面相抗，就是找死。

这些日子，通过猎杀海妖和海兽，从中挖出的绿色的晶核，叫船员们兴奋不已。

有郭临和柏月开路，渔船虽然受到了损伤，却保全了下来。

这天早上，史船长忧心忡忡地找到了郭临：“船主大人，前方就是蛟龙湾，过了蛟龙湾，就到了万妖岛所在的幕三角海域。我们是不是要绕着走？”虽然知道郭临不可能绕远路，但史船长还是过来征求郭临的意见，因为万妖岛的凶名太响亮了。

几乎所有的航海家都知道那里是不可去的禁区。万妖岛前方的一片叫蛟龙湾的海域，也是异常凶险，传闻有蛟龙出没。

郭临看了下海图，蛟龙湾的海域范围很大，直径超过近千海里。如果绕远路，并且绕过万妖岛，进入万妖岛以东的深海海域，至少要多花一个月时间。

而且那里虽然凶险，但从落船长留下来的海图上的标注来看，还不是最凶险的地方。从地理位置来看，万妖岛正好是远海海域与深海海域的分界，如果连万妖岛都要绕过去，那接下来的路也不用走了，不如打道回府。

"船长，按照原路线前进吧。"

史船长勉强笑道："那好。其实我也想去见识见识万妖岛了，有船主大人在，放心。"

郭临点了点头，万妖岛必定要闯过去的。他道："船长，和我说说这万妖岛的事情吧。记得你和我提起过，你知道这个地方，那里有多凶险？"

史船长在郭临身边坐了下来，他喝了一口酒，摇了摇头道："船主大人，若是没你，我肯定不敢去的。我和你说过，魂级强者，都不一定能够活着从那里出来。据说，万妖岛上，有妖王还有妖后，它们妖法无边。"

"妖王，妖后？有多厉害？"

史船长摇头："具体有多强我也不知道，这些消息我也是道听途说的。据说人类魂级强者也打不过他们。不知道这么多年过去了，岛上又诞生了多少妖王。"

郭临奇怪道："还有很多妖王吗？"

"是这样的。妖王和妖后的子嗣都拥有妖王的血统。它们长成之后，拥有不下于妖王妖后的实力。所以，当这些妖一拥而上，魂级的人也难逃一死。我们最好小心一些，不要被这些妖魔碰到了。还有万妖岛所在的幕三角海域，那里有许多黑旋流，船一旦被吸入其中，就完了。"

郭临点了点头，暗自记住史船长的话，若不是赶时间，实在不合适带着这些人去万妖岛冒险。

史船长的声音又响了起来："不过这些妖王妖后的实力也不是无敌的。我就听说很久很久以前，二重天曾经出现过一位英雄无比的强者，他握着一把斩妖剑，单枪匹马杀入万妖岛。那时候，万妖岛不只有妖王，还有实力比妖王更加恐怖的妖皇。但这位强者却杀死了妖皇，并且几乎将万妖岛斩尽杀绝。死在他剑下的妖王妖后不计其数。"

"哦？这位勇士叫什么名字？"

郭临心中好奇，按照史船长的说法，这位强者至少拥有比地魂境界更高的实力。郭临晓得，天武大陆的修士的境界，在地魂境之上，还有天魄境、明尊境、悟圣境……就是不知道这位勇士，是哪个层次的强者。

“名字不晓得。传说姓凌。”

“凌？”

郭临微微讶异，他记得一重天的迷云国道梦公主和自己说的，那位送她永生丹的奇人也姓凌，难道是同一个人吗？

郭临又问了一些关于万妖岛的事，可惜史船长了解的并不多。

吃了午饭，郭临又坐到了船头的甲板上。

进入这片蛟龙湾海域已有半日，可是却没有受到海妖和海兽的袭击，这不太正常。

柏月警戒地望着平静的海面。蛟龙湾是一片群岛，据说，蛟龙湾上曾经有一座很大的岛，后来却莫名地沉入了海底，只剩下零星的小岛。

不过一眼望去，还是能看到不少露出水面的礁石。

“公子，我听说这片蛟龙湾是海蛟的老巢，我们要小心。”

“嗯。”

郭临点了点头，海蛟是海兽，也是妖兽。它们不但拥有强健的躯体，有些异变的海蛟还会使用法术。一旦遇见，非常难缠。

郭临望向海面，白色的海鸟蜻蜓点水一般掠过海面，捕获猎物。

微风徐徐，一切看上去都是那么平静，时间已经过去了大半天，可是却依旧没有受到一次袭击。

这种诡异的平静，不但没有叫郭临等人放下心来，反而更加戒备。

二十几天的航海生活告诉他们，越向远海深入，所要受到的攻击就会越频繁，一天受到十波，甚至二十波的海妖海兽攻击，也十分寻常。

可是，今天已经过了大半日。

偏西的残阳挂在海平面上。夕阳西下，红光映照着海水。眼看黑夜就要降临。

海风迎面吹来，带来一阵奇怪的味道。

郭临鼻子微微一动，接着脸上的神色变化起来，腥味很重。

“怎么了，公子？”

二十多天形影不离的生活，使得二人非常默契。郭临脸上的一个表情变化，就引起了柏月的注意。

“你过来看。”

郭临走到栏杆处，指着下面的泛红的海水道。

“怎么了？”

海水在夕阳下，映衬着猩红的颜色。柏月抬头看了看西边的太阳，再看看郭临所指的海面，也发现了不同。

这猩红的颜色，不是被太阳照的，而是血！

这是猩红的血！

柏月一怔，怎么会有血，是什么东西的血？

明白了这一点，妩媚的美眸刹那间锐利起来。

随着渔船前进，那猩红的颜色越来越浓郁，那是随着洋流漂过来的。

忽然，柏月面露惊慌，声音有些颤抖：“公子，那个是？”

远处，漂浮着一座轮廓漆黑的“岛”。这些殷红的血的源头来自那里。

郭临目光一凝，紧接着他发现，那根本不是岛，而是一头漂浮在海上的巨大的海兽。

长得像鲸鱼一般的海兽，就这么浮在海面上，似乎是受了很重的伤。汩汩的血流，来自于它。

这么强大的海兽，怎么会受伤？

但这还不足以叫玄王实力的柏月惊慌。真正叫柏月失态的，来自海水之下。

在这头巨鲸一般的海兽下面，有一个漆黑的影子，这个影子很长，连绵数里，绝不是天空中的云影。

渔船与那头海兽相距不知道多远，却已经进入了那漆黑的影子之中。

黑影晃动，柏月情不自禁地抓住了郭临的手臂。

几乎是同一时间，海面剧烈晃动起来，明明是平静的海面，忽然掀起了一股巨浪。

在二人惊骇的目光中，伴随着一股高达数十米的海啸，一道身影破水而出。

天空中，响彻一阵似龙非龙的吼叫。

“嗷！”

一条形似龙的怪物从天而降，它张开口，露出锋利的牙。那巨鲸般的海兽一口被吞入肚中。

巨浪将渔船掀飞，船上的物品，东倒西歪。高达数十米的海啸迎面扑来，眼看就要将渔船吞没其中。

甲板上，郭临稳住身子，面对扑面而来的海啸，他神色不变，握在手中的引龙剑积蓄起一股磅礴的能量，一剑劈出，发出一道弧形的剑气。

“破！”

弯弯的弧形剑气，不过数尺之长，一剑斩在巨浪上，那一瞬间，巨浪竟然为之一滞。

高达数米的海浪，被剑气斩开一道口子，下一秒钟，巨浪落下，潮水涌动。渔船竟然奇迹般地保存下来。

船上的人东倒西歪，水手们，都被突如其来的海浪吓了一跳。

他们惊魂未定之时，海啸已经过去。

一剑劈开海啸，保全渔船，这他们想都不敢想的事情，而船主竟然做到了。

“慢慢前进，我来引开它。”

郭临丢下一句话，再次飞了起来。

这么大的蛟龙，他第一次遇见。

天武大陆上，那些用来凝练龙卫的蛟龙与之相比，就好像蚯蚓比之蟒蛇，完全不是一个层次。至于实力，还有待验证。

郭临手握着引龙剑，飞到了空中。在他看来，这头蛟龙，肯定不会放过他们这些不速之客的。一头巨鲸般的海兽，都被一口吞了。自己的小小渔船，给它塞牙缝还不够。

郭临的目光扫过荡漾的海面，那海兽所在的地方，猩红的血正逐渐漂散。他看到，水底一道黑影如梭一般地穿过去，而它的方向，正是自己的渔船。

“哼。畜生，本来想放你一马，既然如此，受死吧。”

郭临冷冷一哼，张开圣王盾，同时法力化翼，鲲鹏之翅猛烈一摇，射入海水之中。

郭临截断魔蛟的去路，那硕大的蛟龙之首，在他面前，宛如山岳，连绵数里的蛟身，让人有一种头皮发麻之感。

但郭临心中并无畏惧，前世的他，什么样的恶魔没有见过？别说是一头魔蛟，哪怕是一条恶龙，他也不会露出一丝胆怯。

蛟是有灵性的，见到拦住去路的人类，那一对邪恶的眼睛，闪出奇异的光芒。它张开那硕大的嘴，吸了口气，再次吐出时，射出一道猛烈的激流。

激流的威力丝毫不亚于高级的水系法术。如果被射中，必将粉身碎骨。

虽然是在海水之中，但郭临的速度却没有慢上多少。面对强大的激流，他没有躲，而是选择硬拼。

手中引龙剑缓缓举起，挽出一朵朵闪亮的剑花。

水中，郭临的剑影组成了一个三角形的能量图纹，身随剑行，如渊的剑气带着他的人影，与魔蛟的激流狠狠相撞。

海水中仿佛被投掷下了水雷，传出低沉的炸响，而在海面上，溅起的水花，再次变成了巨浪。

这一击交锋，二者平手。

魔蛟的眼睛闪出一缕红色的光芒，仿佛在因为发现有趣的猎物而兴奋。它一转身，蛟尾带着一股足以摧山崩岳的可怕力量，对着郭临狠狠拍来。

郭临躲开蛟龙摆尾，手持引龙剑，直击蛟龙的眼睛。这么大的躯体，就算找准了心脏，一剑刺下去，以引龙剑的长度，估计也只是堪堪刺破魔蛟的鳞片。

所以，他选择了魔蛟的眼睛。他要刺瞎它的眼睛。

可是眼看着那凶狠的大眼球越来越近，郭临却发现那蛟龙的眼部白芒一闪，接着射出一股彻骨的寒芒，寒芒所过之处，海水化成一片片冰晶。

郭临丝毫不怀疑这寒芒中蕴含能量的可怕性。他当机立断，身体急速旋转，飞到蛟龙的头部。

引龙剑，对着蛟龙的脑袋，狠狠刺入。

杀！

引龙剑是初雪炼制出来接引龙气的宝剑，对蛟龙有特殊的伤害能力。在魂级力量，也就是相当于十万烈马之力的加持下，一剑下去，哪怕是再坚硬的东西都要被洞穿。

“轰！”

一缕蓝色的鲜血从蛟龙的头部中溺出来。

“嗷……”

蛟龙发出一阵愤怒的吼叫，从来都是它吃了擅闯领地的猎物，却从来没有受到过伤害。

它又痛又怒地在海水中乱窜。但是在杀了郭临之前，首先要将他从头顶上甩下来。海底，魔蛟乱窜，栖息在这片领地中的海兽见状纷纷逃窜。

激流冲击着郭临，郭临感受到了一股强大阻力。但是，他没有放开手，单手握着引龙剑，另一只手运起炼魔神诀，狠狠地拍向蛟龙的头部。

“既然如此，我便将你炼化吧。”

一掌拍出，声势破天。魔蛟前冲的身体戛然而止。

炼魔神诀，炼化一切妖邪之力，是一切属于妖魔存在的克星。

郭临的这一掌，透过身体，直击灵魂。魔蛟发出一阵惨叫，忽然间，它的身体开始变化起来。

那连绵如同山岳一般的身躯迅速缩短，变小，而魔蛟的头部也逐渐变化，变成了一个鳞甲裹身的人。

“啊。”

这是一阵痛苦的女人的叫声。

郭临微愣，此刻魔蛟已然变成了女人的模样。女人身上裹着一件鳞甲，将曼妙的身躯遮掩住。

更叫郭临吃惊的是明明是一头黑鳞满身的蛟，在变成人后，她的肤色是麦黄色的。

“放开我！”那个女人凶狠地说。

“为什么要放开你？”面对化作人形的魔蛟，郭临心中毫无半点怜悯之心，他不会给对方反咬一口的机会。按在女人头上的手，更加疯狂地催动起炼魔神诀。

手心中蒸腾起一缕缕黑气，那是魔魂在被炼化的结果。

“人类，放开我，我臣服，我愿意臣服你，求你啊！”

灵魂撕裂的痛就难以忍耐了，又何况是灵魂被炼化，蛟魔女不知道这人类对自己做了什么，它只想摆脱一切痛苦，不惜代价。

“臣服我？”

郭临心中一动，手停了下来，可是却没有放开蛟魔女。若是能够收服这头魔躯连绵数里的魔蛟，他的航海之旅会容易很多。他可以让它开路，甚至可以叫史船长他们回去，不必继续跟着自己去冒险。

越靠近深海海域，他越发觉得带着一群普通人冒险束手束脚。

郭临心动，但他不会蠢到去相信恶魔的话。他冷冷地道：“你是真心的吗？”

真心？怎么可能，蛟魔女只想摆脱这个人类，然后发动致命一击。若是知晓这个人类拥有如此强大的力量，一开始，它就不会托大，用蛟身来战斗。现在这具身体，才是最适合战斗的。

“我真心的。主人。放了我吧。我愿意臣服你。”

郭临冷笑，这蛟魔女，回答得未免太快。

“既然如此，你就放弃抵挡吧。”蛟魔女犹豫，她不可能相信一个人类。

“怎么，怕我趁机杀了你？”

蛟魔女狠狠地咬了咬牙，散去了身上的气力。

“很好，变成蛟身，给我到海上去。”说完，郭临手指飞快地结出手印。

炼魔心经中有召唤恶魔的法术，通过召唤法术，能够将一些实力比自己低的恶魔变成只会听从命令的傀儡，以为己用。

而在炼魔神诀中，这种法术变得更加完善。它不会将恶魔变成傀儡，因为通过炼魔神诀收服的恶魔，依旧拥有独立的思考能力，也就是魔之契约。

很明显，契约术要比召唤法术更加高级。

结出的手印，组成一道道奥秘无穷的能量图纹。在蛟龙破水之际，郭临手掌狠狠一拍，将这道能量印记，打入了蛟龙的灵魂深处。

“嗷。”蛟龙出水，粼粼波光。

看到那山岳一般的蛟龙，船上惴惴不安的船员们吓傻了，脸色发白地立在了原地。

魔蛟的身躯太过庞大，没有看到郭临的他们认为，他被这头魔蛟吃了。望着蛟龙飞到高空，接着对着渔船撞来。包括史船长在内，所有人都面如土色。

柏月咬着红唇，紧握玉箫，眼睛死死地望着蛟龙。郭临怎么可能就这么死了。她不相信。

眼看着蛟龙就要砸翻渔船，那山岳一般大小的魔蛟却缓缓缩小，然后变化成一个身穿鳞甲的女人。

人影落在甲板上。

“公子。”

“船主大人。”

柏月和船员们的心情一刹那激动起来。他竟然没死。

望着裹着鳞甲，身材火辣的女人，众人目露惊诧之色。那山岳一般的魔蛟，怎么会变成了人，这太不可思议了。惊诧过后，众人眼中尽是恐惧之色。

毕竟魔蛟一口吞噬了巨轮大小的海兽的事实，摆在眼前。自己这么小的渔船，它半口就咬没了。

郭临冷冷地道：“起来吧。自我介绍一下。”

蛟魔女眼中闪着复杂之色，炼魔神诀的契约并未损它半点记忆。可是正是这种来自灵魂深处的契约，改变了她的人格。这是她始料未及的。

如果之前她骗取郭临同情，是为了想杀掉郭临，那么现在，她对郭临生不出一点反抗之心。

虽然不甘心，可是那束缚在灵魂上的法则枷锁，使得她不得不臣服，这便是命运，无法反抗。因为现在只要后者一个意念，她就会死。

“我叫黑麟，是这片海域的王，是蛟魔王。”

“蛟魔王？”

别说是这些海员，郭临也微微吃惊，没想到自己误打误撞之下，居然收服了一个魔蛟之王。

听得蛟魔王三字，史船长和船员们身体一抖，略微恭敬地道：“蛟魔王大人，我们和你无冤无仇。放过我们一马吧。”

黑麟神色复杂，换成以前，这些卑微的人类，她吹一口气就杀死了，可是现在却不行。

“我做不了主，我要问我的主人。”说着，她转头看向郭临，眼神中传递的分明是询问之色。

“他们是我的朋友，你觉得呢？”

郭临冷冷地扫过黑麟，在收服之前，这个魔女心术不正，给郭临留下了不好的印象。虽然靠着炼魔神诀收服之后，她不会反抗自己，但郭临不介意敲打她一下。

听了二人之间的对话，船员们惊呆了——他们看出了蛟魔王口中说的主人就是郭临。

刚刚这头魔蛟还要将船给打翻，现在，竟然叫郭临主人！这发生了什么事情？

“黑麟，我希望他们留在这里，你派你的手下负责他们的安全。”

经过考虑，郭临不打算带着史船长等人继续前进。有了黑麟，她载着自己和柏月，速度要比这艘渔船快数倍不止。但是让史船长等人原路返回也不现实，以他们的能力，还没往回走几个时辰，就被海兽和海妖吃了。

渔船停止了前进，既然黑麟是这片海域的王，那么她出面安顿这些船员，应该不是问题。等自己回来再接他们也不迟。这是郭临的打算。

当然，如果郭临心狠，就另当别论。不论是迷失域还是天武大陆，强者对待弱者，从来不会仁慈，他们根本不会把实力低弱的人当成人，更不会为了蝼蚁的死活而花心思。

“主人，这不是问题。黑麟主宰了这片海域一千多年，黑麟的命令，还是很管用的。”

对于主人交待的第一个任务，黑麟自然是全力应允。

她对郭临心有恐惧，毕竟从见面至今，后者对她都是一副冷漠的态度，她无法揣测这个主人的心思。

“如此甚好。给你一天时间，你让你信得过的手下把他们安顿下来，然后你和我走。如果我回来他们依旧完好，我会放了你，让你继续做这里的王。”

“谢谢主人。”黑麟感激地说道。作为蛟龙湾的魔王，她又怎么甘心一辈子做人类的奴仆？

将史船长一行人留在了蛟龙湾一座叫赤尾的岛上。郭临、柏月则骑着蛟魔王继续前进。对于郭临的这个决定，史船长一行人，自然是感激不尽。连日来遇到的危险，完全超出了他们的认知。如今天这样的情况，郭临为了拦住蛟魔王进入海中与其搏斗，如果再来一头魔蛟，一行人就凶多吉少了。而且，过了蛟龙湾就是万妖岛，虽然嘴上不说，船员们心里发憷得很。说什么不怕死，那也是建立在能与之一搏的前提之下。如果是送上门去做海妖的食物，那无论是谁也不会愿意的。

赤尾岛是蛟魔王作为领土的主岛，也是蛟龙湾最大的岛屿，奇珍异宝，不计其数，还有黑麟的属下保护，对这些船员来说，简直就是天堂。

……

一路向东，乘风破浪，魔蛟护行。

有蛟魔王身份的黑麟在，一路上风平浪静，从西到东，渡过一千海里的海域只花了不到两天时间，比渔船快了三倍。

“主人，前方就是万妖岛的海域。”

黑麟虽然是蛟身，却说着人言。

郭临目视前方，一种奇怪的错觉涌上心头，眼前海水的颜色，渐渐变化，变成了如墨一般的黑色，在周围，海水涌动时形成一个个旋涡：“黑麟，你对这片海域了解多少？这里海水为什么是黑色的？”

“主人，这里就是幕三角。用你们人类的话来说，这里是远海和深海的分界。幕三角有妖阵，有一股神奇的力量，禁锢妖术，让我无法变成人形。还有这些黑旋流，很危险，就算是我卷进去也凶多吉少。”

“嗯。”

郭临点了点头，黑麟是一头还未进化完全的蛟魔王。用人的标准来衡量，黑麟拥有玄王巅峰的实力，但是在她擅长的海域中，面对同样处于玄王巅峰实力的人类，定是百战百胜。若是连她都要忌惮的存在，郭临不会轻视。

郭临望着一个个黑旋流，忽然心中微震，黑麟刚刚说起这片海域禁锢一切法术，那不是自己的法术都用不了了吗？

“柏月，你试试催动法术。”说着，郭临也试着催动起了法术。

柏月手结莲花印，一点白光从手中浮现，可是还未化成法术，就化作了点点碎光。柏月心中不安：“公子，失败了。你呢？”

“我也无法使用法术，这里是禁法区。”郭临皱眉道。

无法使用法术，意味着无法用圣王盾，如果掉入海里，只能靠身体本身的强度来生存，而且……

郭临试着催动能量羽翼，也失败了。

连日来，他斩妖除魔，无往不利，法术是最大的倚仗，可是现在却无法用法术了。

黑麟停了下来，问道：“主人，我们继续前进吗？”

前进是肯定的，郭临不答反问：“黑麟，这片海域有多大？”

黑麟道：“两百海里。”

一千海里的蛟龙湾，不到两天时间就渡过了。郭临算了算，那么这片两百海里的幕三角，最多半日时间就能过去。

“黑麟，绕开旋流，全速前进。”

“是。主人。”

蛟龙破水，速度陡然加快，如同鱼雷一般疾驰。

郭临手握灼热之弓，警戒着。虽然还未到万妖岛，但这里却是万妖岛所在的海域。

黑色的海水阻隔了视野，却阻隔不了他的神识。他“看到”在水中，不少海兽和海妖蠢蠢欲动，还有一些跟得上蛟魔王速度的存在尾随着。

这些海兽海妖，若不是震慑于蛟魔王的实力，恐怕会立即发动攻击。

柏月也发现了这一点，她紧握紫玉箫，柳眉微竖，如临大敌。在无法使用法术的海域，二人的战力大打折扣。

就在这时候，海面上的旋涡激流动了，明明在两侧的黑旋流，仿佛被操控一般，忽然拦住了去路。

黑麟身躯一滞，一对魔眼散发着警戒的光芒，它身躯一摇，蛟尾猛烈一摆，改变方向。可是又一个黑旋流拦住了去路。

连续三次改变方向，最终都有黑色的旋涡挡住去路。

黑麟凝重地望着前方越来越多的旋涡。

“主人，妖王施法了。”

郭临也发现了周围越来越多的黑旋流，这些黑旋流仿佛有生命一般，誓要将自己等人围住，道：“这不是禁法区吗？”

“幕三角的黑旋流受万妖岛上的妖阵控制，他们一定发现我们了。主人，抓好了。在黑旋流包围之前，我冲出去。”

黑麟口中发出一阵奇异的蛟吟，音波所过，前方的海水自动破开。那连在一起的黑旋流，缓缓分了开来，海水卷向两旁。

“嗷！”

电光石火间，黑麟化作一道黑色的闪电，蛟首冲过旋流。

蛟龙背上的柏月，正要松一口气，前方凭空浮现出一堆黑旋流。再次被包围了。

黑麟止住身体，蛟龙的身躯不能控制地猛烈一摆。

郭临一惊，回头看去，蛟龙的尾部被黑旋流拖住了，一点一点地拖入旋流的中心。

黑麟发出一阵痛苦的惨叫，就在这时，一阵滔天怒浪海啸一般迎面打来。

几乎在同一时间，那围绕在黑麟身边的黑旋流急速扩大。蛟龙的身躯几乎在瞬间就被拖入了海底。

“啊！公子！”

柏月尖叫一声，首先被巨力甩飞出去，娇柔的身影如同随波逐流的花瓣，刹那间被卷入了旋涡之中。

失去了平衡的黑麟被甩向空中，见到情况危急的柏月，郭临双脚在蛟身上用力一蹬，身如炮弹一般，射入了旋涡中。

郭临大喝一声，地魂境界的实力全力催发，水中的旋流在这一刻竟然缓了半拍。他奋力一扑，抓住了柏月的手。

“抓紧我。”

郭临大喝，失去法力，他只能靠游泳的方式来挣脱旋涡。但是幕三角的黑旋流，又岂是那么容易挣脱的？

“公子。”

柏月惊魂未定地抬起头，却看到了郭临。他拽着自己的身体拼命地往前游。可是二人却依旧在往后退。

旋涡的中间一片漆黑。谁也不知道被卷入旋涡会发生怎样的事。强大的旋流中，哪怕是玄王境界的柏月，都难以控制住自己的身体。这样下去，二人都要被旋流吞没。

“公子，放开我吧。”

柏月看出来了，郭临是被自己拖累的，如果他放开自己，肯定能够逃出去。虽然不甘心就这样死去，但她更不想连累郭临。

郭临没有说话，现在每说一句话，就是在浪费力气。区区一个旋涡而已，他不信，凭着自己的力量，会救不了一个女人。

但是，一只手的力量，显然无法抵抗旋流的撕扯之力。二人一圈一圈地倒流着。

“公子，放开我。放开了我，你能活的。”

柏月焦急地道。

“闭嘴，抓住我的肩膀。我带你出去。”

郭临的身躯爆发出强大的力量，几乎是柏月的手抓住了他的肩膀的瞬间，他的双手飞快地动了起来。

双手齐用，郭临的身体向前。虽然速度不快，但至少不至于立即被旋涡吞没。

可是，忽然之间，旋涡的吸扯之力猛然变强。郭临向前的身体忽然一滞，一股无法抗拒的力量将他拖向后方。

突如其来的变化，叫二人脸色都为之一变。

天空黑压压一片，那是遮天蔽日的海啸。

“轰隆！”

震耳欲聋的潮水声中，黑旋流被打得粉碎，海面上旋涡消失了，黑麟不见了，一切陷入了沉寂。

……

郭临不知道自己喝了多少苦涩的海水，灵魂撕裂的痛叫他清醒过来。

迷迷糊糊，眼前海阔天空，郭临看到一排海鸥在远处飞翔。这是一处小小的沙滩，阳光洒在沙滩上，散发出金黄的光芒。

没死吗？

好不容易收服一头蛟魔王，以为接下来能够更顺利地进入苦海，没想发生了这样的事。

捂住头，他艰难地从沙滩上坐了起来。他记得自己在旋涡中挣扎，为了逃脱旋涡的吸扯，他再次用了全力。

郭临左右张望，却没有看到柏月的身影。

强忍住大脑的疼痛，郭临张开神识，扫向周围，在不远处的海面上，他看到一抹漂浮着的紫色。

柏月？

他连磕带绊地冲了过去，一头扎入海水中。只是，等他游过去才发现，那只是一件紫色的衣衫，并没有柏月的身影。

郭临心咯噔一沉。被黑旋流吞没之后，他就失去了知觉，自己是地魂级的强者，强悍的身体使得自己逃过一劫。但柏月只有玄王境界。

想到某种可能，一种痛苦的心情涌上心头。

大脑疼痛得几乎昏厥，但他不甘心地张开神识，来回扫视着这片海域，希望发现她的身影。

湛蓝的海水随着风浪此起彼伏，海边是哗啦啦的潮水声，不知名的海鸟嬉戏着飞向远方。烈日当空，郭临如坠深渊。

第32章

柏月的消息

海滩沙地上，郭临握着紫色的衣衫，心情沉重。他找遍了前方的浅海和所在的海滩，都没有发现柏月。

虽然心中猜测柏月遭遇了不测，可是在没有亲眼见证之前，他是不会放弃的。

郭临试着催动法力，但没有成功，他怀疑自己还在幕三角的海域之中，甚至从周围的景象来看，很有可能就在传说中的万妖岛上。

法力无效，郭临开始检查经脉，通过内视，他看到了经脉中汩汩流淌着的纯净紫色真气，在修炼了炼魔神诀之后，郭临的真气完全转换成了这种紫色，紫得发亮，仿佛其中蕴含着磅礴的能量。

“不知道昏迷了多久，看看能否抓一头海妖过来，问出一些线索。”

郭临揉着有些疼痛的脑袋，站起身，朝着远离海滩的方向走去。在搜索柏月时，他的神识扫过了大半个岛，这里妖物横行，植被和野兽都妖化了。整个岛笼罩在浓重的妖气中。

在岛中央有一座高耸入云的山峰，烟雾沉沉，遮住了山峰的面貌，哪怕郭临用神识窥探，都无法看清山峰上的一草一木，似有一股特殊的能够阻止神识窥探的结界，将整座山峰笼罩其中。

郭临走出半里地，神识监控的范围中，两头嘴长獠牙、扛着铁锤、身穿倒刺盔甲、高达三米的妖物交谈着走来。这两头妖物，一头形似狼，一头却是长成野猪模样。郭临心中一动，身影闪烁，躲进了灌木丛中。

“那个男的人类大概就在这里，其他地方都找遍了。大哥，找到了他，能不能分我一条手臂吃？咱万妖岛好久没有人来了，天天吃皮肉粗糙的海兽，牙齿都磨断了，嘿嘿。”说这番话的是那猪妖。

“三弟，你在做梦吧。这人可是妖王施了大法术才弄到万妖岛上的。你还想吃一条手臂，叫妖王大人们吃屁去？大人们吃肉，咱们兄弟俩，能喝一口汤就不错了。”

“大哥，妖王大人们不是已经抓了个女人吗？他们吃鲜嫩的女人，怎么也得给咱兄弟分一杯羹啊。”

狼妖骂道：“蠢货，谁和你说妖王大人们要吃了那女的？”

猪妖不解道：“听说这些天，天天用香料泡着。难道不是洗干净后，就下锅了吗？”

狼妖恨铁不成钢，一脚踹在了猪妖的屁股上，臭骂道：“你个蠢猪，就知道吃。你真以为妖王抓那个女人是用来吃的？”

“难道不是吗？”猪妖不解。

远处的郭临也竖耳倾听，他本想抓住这俩妖怪拷问的，可是听到他们说的内容，就暂且停了下来。他有九成把握，这俩妖怪讨论的女人，就是柏月。

“哼哼。”狼妖抱着胸，目光扫向周围，确认没有其他妖怪，才低声说道，“你知不知道咱万妖岛百年一次的万妖祭典的事？万妖祭典的目的是为了复活千年前被人类斩杀的妖皇。近千年过去了，都没有成功，不仅是因为咱妖皇的魂魄一直没有补全，还因为缺少一个合适的容器。”

“啥意思？”猪妖呆头呆脑地问道。

狼妖抬起手，一个栗暴落在了猪妖头上：“和你说话真是太累了。告诉你，本来妖王们的确是想吃了那个女人的。可后来他们发现这个人类女人拥有最纯正的妖姬体质，如果炼成妖躯，不但妖皇复活的成功率能提升五成，而且因为她的体质特殊还会导致重生后的妖皇有可能成为一个绝世妖姬。所以现在妖王大人们就是想拿这个女人的身体作为复活妖皇的容器。通过万妖祭典，将这个女人的灵魂与妖皇的灵魂融为一体。等仪式成功，这个女人就是我们万妖岛的女皇，也是咱万妖岛千年以来，最强大的妖。你知不知道，这些日子，连妖后们都像婢女一样伺候着那个女人，生怕仪式过后，新生的女皇责罚她们，对她的容器照顾不周。”

说到这里，见到仍旧一知半解似懂非懂的猪妖，狼妖顿时来了气：“你还想吃人家的肉，这些话我若说出去，等仪式成功，女皇要杀的第一个妖怪就是你。世上竟然还有你这么蠢的妖怪，真是一头猪！”

“我本来就是猪。”猪妖很委屈地缩了缩脖子，“大哥，你别骂我蠢了，我这么聪明，都被你骂蠢了。”

看到狼妖眼中鄙视的眼神，猪妖转移话题道：“大哥，我们还是抓紧时间找那个男人吧。”

狼妖道：“这倒是不错，抓了那个男人，带上山去，也是功劳一件，说不定妖王们一高兴，就赏一块骨头给咱了。快点，别被其他妖怪抢先了。”

话说到这里就停了。二妖左顾右盼，寻找着郭临的身影。

隐蔽的灌木丛中，郭临目视由远而近的俩妖怪，思忖道：“看来柏月暂时无忧，不知道万妖祭典什么时候开始？我得快点找到她。但是就这样找过去，惊扰了妖王们，拿柏月来威胁我，会很不利。这俩妖怪傻傻的，倒可以利用。”

想到这里，郭临心中有了计策。他装作很虚弱的模样，脚步虚浮地走出了灌木丛，将自己暴露在俩妖怪面前。

“大哥，看。人类。”

猪妖眼睛一亮，哇呀呀地举起巨锤冲了过去。

见状，郭临很配合地露出惊慌之色，身子踉跄地退了回去。

这时狼妖也反应过来，见到猪妖抢先一步，他脚底生风，一个跨越，就跳进了灌木丛。下一刻，俩妖怪对视一眼，意气风发地走了出来。

“哇哈哈，大哥。我以为会有一场大战，没想到这个人类这么不经打，一锤下去就晕了。就凭这点本事，也敢来咱万妖岛，真是找死啊。”

看着狼妖肩膀上扛着的郭临，猪妖口中流出恶心的唾液：“人类，这可是美食啊。大哥，给俺咬一口吧。”

“蠢猪，你开什么玩笑，这是妖王吃的。”

“大哥，一小口就好，要不咱们割一根小指头下来，分着吃。”

“这个……”

狼妖心中犹豫，倒不是他贪吃。说实话，刚刚抓住这个人类的过程轻松得不可思议，叫他心里有些怪异的感觉。这么想着，他就将郭临给放了下来。

“就一小段，别贪多。”

猪妖一喜，他道：“大哥，俺保证，就一小段，俺找把刀。”说着他在背后摸索了一阵子，摸出一把刀刃缺口的魔刀，兴奋地朝着郭临的手臂砍去。

魔刀划破空气，还未近身，“昏迷”中的郭临就感到了切肤之痛。这一刀下去，不要说血肉之躯，哪怕是精钢都一刀两断。

“这头贪吃的猪妖，坏我事。”郭临心道，经脉中的真气，很隐蔽地运行起来。只是真气运到一半，戛然而止。

“叮”的一声响，兵器相撞，火星飞溅——狼妖赶在郭临之前，拦住了猪妖。

狼妖瞪着眼睛，破口大骂：“你个混球，说是切一根手指，却要砍一条手臂，你想害死老子不成？”

“对不起，大哥，一时兴奋，就想多砍一些。我重来过。”

猪妖握着刀，作势又要去砍，却被狼妖一把抓住。

“你个王八蛋，一条手臂只比一根手指多一点吗？行了行了，别添乱了。等妖皇复活，出征人类的岛屿，有的是新鲜的血肉吃，我们上山。”

狼妖是乘机想试探郭临的，现在试探过了，他扛着也安心了许多。能够来到万妖岛的人，血肉都无比鲜美，这等高级货，别说一根手指头，就是一根汗毛，妖王都舍不得分给小妖吃的。

“好吧，大哥。”

猪妖垂头丧气跟了上去。

失望的情绪很快过去了，带着郭临，一路走向岛上妖山的猪妖，扛着铁锤，迈着四方步，意气风发。他咧着嘴，得意得舌头都伸了出来。旁边来自其他妖怪们羡慕而嫉妒的眼神，叫他心里大呼爽快。

“妖要是走起运来，那是挡也挡不住的哇。”他已经在想着，妖王们会怎么奖励自己了。

“这次总共两个人类，一个是妖后亲自找到的，另一个是咱找到的。这次上山，就算吃不到人的血肉，奖励也不会少。”

这么想着，猪妖心中爽了，念头通达了，脑满肠肥的身体，腰板挺了起来，圆圆的肚子随着颠簸，规律地一弹一弹。

“妖王大人！我把人带过来了。”

不知过了多久，郭临听到一阵来自猪妖的万分激动的声音。神识散开去，发现此时人已在一座大殿之中。

大殿上坐着多位气息强悍的“人”，男女各六人，总共十二人。

这些人虽然拥有正常人类的身体，可是不论是气息，还是骨子里，都散发着妖邪之气。而且，与普通的妖怪不同，这些“人”的妖气，要更加纯正。这些都是妖王。

“放下来看看。”

十二人走近郭临，细细打量。

“果然如此，这人实力很强。”

“多亏了大姐控制妖阵重伤了他。不然，抓他还真要费些心思。”

“虽然那条小蛟逃了，不过能抓住这个人还是不错的。大姐，这人怎么处置？”

首座的女妖王虽然是人类的容貌，头上却长着犄角，道：“各位弟弟妹妹，明日就是万妖祭典，今儿个把这个人类洗洗干净，明日妖皇重生，就将此人敬献给她。来人，带下去洗了。”

“大姐，等一等。”

一个男子打断道。他走近了郭临，蹲下来，将一股妖气打入了郭临的经脉之中。

“五弟，你做什么？”

“保守起见，我封住他的经脉。我感觉到这个人有不亚于我的力量。”

女妖王点了点头，笑道：“五弟心思缜密，说得有道理，就这么做。来人，送去洗了。温柔点，别伤了他，妖皇沉睡千年，可许久没有享受过血肉了，让兔妖们去做吧。”

“是，大人。”

女妖王又将目光落在丑陋无比的猪妖身上，见他还跪在那里，眉头微微一皱道：“你们叫什么？”

“大人，兄弟们都叫俺猪头三。”

身边的狼妖嘴角狠狠一抽，恨不得钻进地底下去，他恭恭敬敬地道：“女王陛下，小的狼霸，效力于万妖岛西海岸巡逻小分队。”

女妖王点了点头，作为万妖岛的领袖，她自诩赏罚分明：“这次，你们立了功，说吧，想要什么？”

……

这边两个妖怪正在领赏，另一边的郭临已经被抬进了一间水房之中。水房中有一个大号的浴池，五个穿着兽皮的美女将他接了过来。

总共五个女妖，如果不去看她们头上那对粉红色的兔耳朵，以及身上若有若无的妖气，她们和正常的人类没有什么区别。这是五个兔妖。

郭临还不能睁开眼睛，刚刚在大殿中，身体中被打入了一股妖气封住了经脉，他需要用炼魔神诀将这股妖气炼化掉。妖殿上的话他都听到了，既然这些妖王打算将自己献给明天复活的妖皇，那么自己还有宽裕的时间找到柏月，并且救出她。

郭临感受到一双冰凉而细腻的小手，从自己的胸膛抚摸下去，摸到了腰间的衣带。他虽然闭着眼睛，可是周围的景象一览无遗——这些女妖要脱自己衣服！

“呀，魅儿姐，他好结实。”

身材娇小的女妖将郭临的衣服脱了下来，她没想到那看似修长的身体，在脱去衣服后，竟然有一块块健硕的肌肉，看得这小兔妖满脸通红。

一个声音打趣道：“我们的小兔子长大了，见了男人会害羞了。”

“二姐，乱说什么啊！人家是第一次给男人洗澡，害羞不可以啊？”

“一个人类就把你看得春心荡漾，要是看到强壮的妖气士，还不得把你羞死？”

“妖气士那么丑，哪有人类好看啊。”

年龄最小的女妖痴痴地道。她眨了眨眼睛，兔耳朵一动一动，显得可爱动人。

“五妹，别害臊了，三妹、四妹你们去放水，二妹你去拿花瓣来。”

郭临无奈，若不是被封住了经脉，他怎么会叫这些女妖任意妄为。在妖殿中，那被称作五弟的妖王，用妖气封住经脉时，他不是没想过反抗。但这样一来，自己就白混入妖山，前功尽弃了。

不过现在是时候了。想到这里，郭临便缓缓运起了炼魔神诀，他要冲破被封住的经脉。

一般的人，若不是实力远远高于封住经脉的那个妖王，没个三两天，肯定是无法自行打通经脉的。许多人时间会更久，就如当初柏月被实力强于她的魔莲封住经脉的时候，她根本无法自行解开。

但是郭临不一样，他拥有一切妖邪之物的克星，炼魔神诀。

心念一动，炼魔神诀缓缓运行起来，被禁锢的如同干涸的经脉中，一个个被妖气阻塞的穴道慢慢松动。

郭临速度很慢，五个女妖就在身边，虽然模样都娇滴滴的，但郭临清楚地知道，一旦叫她们发现自己在缓慢地打通经脉，这些兔妖会毫不犹豫地通知妖王。

被封锁的经脉正渐渐打开，力量也在缓慢回归，不只是力量，郭临惊喜地发现，法力也回归了。

明明在海边的时候他还感受不到一点法力，可是现在却可以了。

“没想这妖山就是禁法区外。这么一来，我的实力又恢复了。既然如此，救出柏月，冲下妖山又有何难？”

“砰砰砰……”

经脉深处，发出一阵阵沉闷的声音，不知过了多久，最后的禁锢之力终于解除。郭临长舒一口气，嘴角浮起一抹笑，睁开了眼睛。

五个兔妖见郭临醒了，也没有感到意外。反正这个人已经被禁锢了经脉，没有任何杀伤力。只有那个年纪最小的兔妖，看着郭临红了脸。把郭临像洗猎物一样洗干净以后，四个兔妖就离开了，只剩下那个最小的兔妖，留下来监视郭临。

郭临看着这个有着普通人类女孩儿一样长相的兔妖，小兔妖脸通红，瞪了郭临一眼，心说这个人类不知道自己有多危险啊，道：“看什么看，跟我走。”说着气呼呼地来推郭临。

生怕郭临乘机逃走，一路上，小兔妖紧张地抓着他的手臂。直到来到一个房间，门打开后，她才如释重负地呼出一口气。

看到郭临奇怪的眼神，小兔妖单纯地道：“这间房里有结界。你就别想跑啦。虽然你很可怜，小舞也很同情你。可是，你是人类，是我们妖怪的敌人。我是不会心软，放你走的。

唉……”

郭临心道，这个小兔妖还挺善良的，他压根就没打算跑。这个房间虽然有结界，但还阻止不了恢复了实力的郭临。

看看干净的房间，郭临微微一笑，打趣道：“小妖精，你去休息吧，我不会跑的。”

小兔妖红着小脸，叉着腰，一副外强中干教训人的模样：“我不叫小妖精，我叫兔小舞。想支开我，没门。哼，大姐说要我好好看着你，直到天亮。”

郭临咂舌，原来这只小兔妖叫小舞。名字倒是不错。他耸了耸肩，就走进了房间。

这里明明是万妖岛的山顶，可是这个房间却是按照人类的生活方式来布局的。罗帐，香木床，古色古香的家具，以及镂空雕刻着花纹的门窗，倒是叫人有一种宾至如归之感。

郭临镇定自若地坐到床上，道：“兔小舞，我休息了。”说着不等兔小舞回话，直接侧身躺了下去，然后他张开神识，朝着屋外蔓延开去。

第一次单独来监视一个人类，兔小舞很紧张的。在姐姐们离开后，小心肝一直跳个不停。毫无经验的她就是一个菜鸟。她虽然是个妖精，却害怕人类，生怕这个人类突然恢复了力量，吃了自己。

所以，她故意表现出很强势的模样，想让这个人类惧怕自己。见到郭临很听话地去睡觉，兔小舞如释重负。

当然，这么精彩的心理活动，郭临是不知道的，他没有读心术。

郭临虽然是地魂境界，但他的神识却远超了这个层次，达到了天魄境界。房中并不强的结界在他的神识面前脆弱得如同一张白纸，被他轻易穿透了出去。

神识如同潮水一般，四面八方地蔓延开。

此时，夜已深沉。万妖岛的山顶，笼罩在一个巨大的透明结界中。早晨，正是这结界阻止了郭临窥探山顶上的景象。而现在，郭临已经混了进来。

万妖山上，除了山顶有一片类似人类居住的房屋外，大多地方是凿出来的山洞。万妖岛上的许多妖怪都住在这些山洞之中。

山顶有一个占地数十亩的广场，虽然夜已深，广场上却热闹得很，明天就是万妖祭典，妖怪们要把还没准备好的东西都安排好。

百年一度的万妖祭典，这是大事。

广场的中央，郭临看到了一个祭坛，祭坛的上方，有一座铜锁缠绕的闪烁着乌光的魔女之像，魔像周围，古怪的符文闪烁着宛如星辰一般的光芒。在魔像面前，还插着一把闪烁着寒芒的四尺利剑。利剑上面雕刻着清晰的纹路，纹路间，隐隐浮现着“斩妖”二字。

竟然是斩妖剑。

神识再次扫过广场的每一个角落，郭临依旧未找到柏月。但是他不气馁，山顶还有百余个房间。而从今日得到的信息来看，毫无疑问柏月就在山顶，却不知道被关押在何处。

半个时辰后，床上的郭临睁开了眼睛，神色疑惑，眉头也皱了起来。

“怎么回事？明明把山顶都找遍了，怎么会找不到柏月？难道漏掉了一些隐蔽的地方？”

郭临不死心，神识再次散发出去，又过了半个时辰，可依旧毫无所获。倒是在神识扫过的过程中，他发现在山顶还有数道强大的神识，也在扫来扫去。

郭临清楚，这些都是妖王们的神识。

妖王们也在警戒，万妖祭典在即，决不允许出现一点差池。

他小心翼翼地避开，不与妖王们的神识撞在一起。

“恐怕有什么隐秘的地方，无法用神识窥探。”

郭临自言自语，既然神识找不到人，他打算亲自出去看看，不过要等这些属于妖王们蜘蛛网一般的神识散去才可以。要不然一出去就无所遁形。

后半夜，笼罩在山顶的属于妖王们的神识散去了。房间内，等待了许久的郭临睁开了眼睛。

他下床，大步走向房门，刚打开房门，兔小舞的声音就响了起来：“门上有结界，你怎么可以打开的？”

郭临回头，看到睡意蒙眬的兔小舞脸上流露出不可思议的神色。

似乎是反应过来了，兔小舞飞快地冲到了郭临的面前——这是她的第一次任务，怎么可以失败！

她正要大叫，郭临扬起手刀。

“砰。”

小兔妖昏了过去。

“小兔妖，看你本性不坏，我不杀你。”

看着那稚气未脱的小脸，郭临摇了摇头。他将小兔妖抱回了房间，之后推开房门，化作一道黑影钻进了夜幕之中。

如果今晚还是找不到柏月，只能在明天的万妖祭典上强夺了。但那样一来，困难也会成倍地增长。

夜色中，郭临形如鬼魅地在山顶穿梭，玄品六阶的灵游随风术催发到了极致，许多妖怪只觉得平地卷起一道诡异的风，再回头，却什么都没看到。

旋风一般的身影，从山腰开始搜索，一直到山顶，每一个可疑的地方他都没有放过。

时间又过去了一个时辰，这一个时辰，郭临找遍了一切他觉得可能的地方，就差掘地三尺了，但依旧没有找到柏月。

东方渐渐地发出一点光亮，怕惊动山上的妖王，他回了房间。

明知柏月就在山上，却找不到她，郭临皱眉。

“这是怎么回事？难道妖王用强大的妖术隐蔽了柏月的气息，把我也骗了过去？”这让他对妖王的妖法又高看了一分。此时，比起昨日的胸有成竹，郭临的心情明显沉重了几分。

“既然如此，只能等到仪式开始了。”

他回到了房间。房内的东西完好无损，郭临小心翼翼地来到床边，拉开床帏，看到兔小舞酣睡的模样。郭临神色微微一变，心道，一旦她醒来，告诉了她的姐姐们，昨晚被自己打晕，那不是露馅了吗？

心思一动，郭临知道自己又要使用一次契约术了。

屋外的天色亮了起来，不久，就传来了脚步声，还有妖女们谈论的声音。

“小舞，昨晚怎么样，这家伙没想逃跑吧？”

这是兔三姐的声音。

门打开，兔三姐就看到躺在床上的郭临和站在他身边魂不守舍的兔小舞。

“三姐，他……他没想逃跑，我把他打晕了。”

一旁的大姐兔魅望着兔小舞眼底的一抹不自然的神色，微微皱了皱眉，她总觉得有什么不妥。

她摇了摇头，道：“行了，我们将他抬到伙房。再过一个时辰，万妖祭典就要开始了。”

……

太阳从海平线上跳出，冉冉升起，晨光穿透层层雾霭的阻隔，照在万妖山顶。山顶上，占地数十亩的广场，聚集了数万的妖魔。

以中央祭坛为中心，妖魔围成一圈又一圈，整齐有序。低沉的号角声中，十二位手持各种武器的妖王，联袂而出。

伙房内，干掉了数十名妖魔的郭临，首先用神识看到的是这么一幅景象。

当太阳升起至与地平线呈四十五度角，十二位拥有魂级实力的妖王，同时抬起了手中的武器。

璀璨如烟火的妖法，在山顶炸开，天女散花一般散落四方。十二位妖王身体虚幻起来，接着如移形换位一般，刹那间出现在了广场四周。

东南西北，每个方向各三人。

从东边开始，中间的女妖王，首先举起了手中的银铃权杖。

“铃……”

清脆的声音，传遍山顶每一个角落。分布在四周的妖王们，也举起了手中的权杖。

在郭临惊诧的目光中，十二柄权杖中央，同时射出一道白光。白光汇聚在广场的祭坛上空。

紧接着，祭坛上，那铜锁缠绕的魔女之像，猛烈迸射出一道亮得叫日月都为之失色的光芒。忽然，时间仿佛停止了，那汇聚在魔女像上空的能量，猛然一滞，接着朝着魔女像手中的权杖汇聚。随着能量越来越强，耀眼的光芒使得人睁不开眼睛。

那魔女之像上，宛如黑色陨铁的表面缓缓剥落，露出了鲜嫩、晶莹如玉的肌肤。

白里透红的肌肤，在光芒映衬下，散发着奇异的光辉。

魔女之像覆盖脸部的乌铁也逐渐剥落，露出了一张美丽的面孔。

肤若凝脂，瓜子脸，容貌清纯，却又有与之矛盾的几分妩媚。精致的五官宛如上帝精雕细琢而成，长眉入鬓，她闭着眼睛，纤长的睫毛遮住了心灵之窗。

郭临震惊，竟然就是自己寻了一夜未果的柏月！

“呲呲”的电流之声不绝于耳。

在十二道电流汇聚的中间，一道黑芒缓缓扩散，空间竟然被撕裂开来，随之而来的是一股磅礴的妖气，仿佛一头惊世妖魔要降临人间。

郭临破开房门，飞一般地冲了出去，与此同时，十二位妖王将手中的权杖指向天空。白色的能量之光消失了，取而代之的是一股充满了毁灭之气的黑芒。

“吾，终于要复活了。”

撕裂的空间中传出一阵女人妖邪的声音。一道虚幻的影子缓缓飞了出来，往祭坛上被铜锁缠绕的柏月降落下去。

“不好！”

郭临勃然变色，他怎么也没有想到是这么一个情况，原以为，从柏月现身，到仪式开始，有很长一段时间。

可没想到，他刚刚找到柏月，这个邪恶的妖魂就落了下来。现在他终于知道了这个妖皇复活的仪式是怎么一回事。

她要借助柏月的躯体重生。如果成功，那么属于柏月的灵魂，恐怕就要被抹杀。

郭临体内的力量全力催发，法力化翼，鲲鹏羽翼猛然展开，身体化作一道黑色的电光，射向广场。

法力化翼后的速度何其之快，可是眼看着那道虚幻的妖魂就要落下，他的身形距离广场还有一段距离，郭临心急如焚。

“唰。”

再次加速。

“嗯？人类！是他？”

看到郭临的模样，妖王们皆是一惊，谁也没有想到，本该被煮熟了的人类竟然还没死。

而与这些略显失态的妖王们不同，东边的女妖王却异常冷静。她的背后幻化出褐色的妖魔羽翼，银色的眼眸闪烁出妖芒，紧接着，手中的银铃权杖上，一道更加猛烈的黑色闪电射向了撕开的空间裂缝中。

原本只有数丈宽的空间裂缝仿佛被利刃撕裂，刹那间扩大到了十丈。女妖王黑得发紫的嘴唇轻轻张合，胸有成竹：“你们，拦住他。”

话音刚落，天空中倾泻下更为强大的妖气，属于妖皇之魂的妖气。

在女妖王的命令下，竟有十一名妖王同时对郭临发动了攻击。十一人，都拥有人类地魂境界的实力，他们的联合一击，哪怕是地魂巅峰的强者，都不敢硬抗。

无边的妖气，带着摧枯拉朽之气，瞬息之间就到了郭临面前，周围的空间承受不住这股忽然降临的能量而撕裂开来。一条条漆黑的空间裂缝，宛如蛛丝一般地蔓延。

郭临的瞳孔猛烈一缩，妖皇附体就在眼前，如果选择退，恐怕再无救柏月的可能。

但是同蛛丝一般蔓延开来的空间裂缝越来越近，郭临感到他的头发丝都被如电花一般的黑丝击断。空间裂缝的撕扯下，哪怕有不死神石，也要受到重创。

千钧一发之际，郭临眼睛猛地一睁，喝道：“出现吧。小雪。”

在众妖王惊诧的目光中，一袭白衣飘飘的龙卫刹那间出现在郭临的面前，龙卫眼神异常凌厉，面对蔓延而来的空间裂缝，浑然不惧。

“这是……”

突然出现的龙卫叫众妖王微微一愣，可是等他们感受到来自龙卫的气息后，立即放松下来。

相对于自身来说，这突然出现的女子，她的实力很弱。

众妖王们大吼一声，更加猛烈地催动妖法。

“多一人不多，既然出现，就一同受死吧。”一位妖王大喝道。在这种妖皇降临的关键时刻，他绝不会心慈手软。

面对气势磅礴的一击，郭临清秀的脸上露出疯狂之色，他的手重重地按在了龙卫的肩膀上，经脉中的真气以一种奇异的轨迹运行起来，迅速流入到龙卫的身体之中。郭临面色凛然，喝道：“雷霆咆哮！”

龙卫小雪抬起她白皙的手掌，光芒闪烁，掌心处，一头金色的能量巨兽由小变大，张牙舞爪地咆哮而出。

金色的能量巨兽，身躯宛如一座小山，浑身闪着激烈的电火花。

“吼。”

巨兽咆哮，声音震耳欲聋，所过之处，十一尊妖王全部中了妖法似的，呆立在了原地。

与此同时，漆黑的空间裂缝触及到了龙卫小雪。几乎是瞬间，承受不住强大的撕扯之力的龙卫，变成了龙元珠的模样。

对真灵巅峰实力的龙卫来说，这十一位妖王的合力一击，没有将她瞬间抹杀，就已经是万幸。

面对十一尊短暂地失去了行动能力的妖王，郭临想杀他们，却是心有余而力不足。此时此刻，那透明的魂魄距离柏月只有一尺的距离，附体只在瞬息之间。

法力喷涌，能量羽翼再次变大。郭临速度加倍，与此同时，手心中一点碧绿色的火焰焚烧起来。

随着尖锐的凤鸣，碧绿的火鸟从指尖跳跃而出。

当郭临实力达到地魂境界后，他再使用地品级别的火焰法术，威力已不可同日而语。朱雀碧炎化作一头热浪翻滚的火鸟，猛烈扇动着翅膀，以灼破空气之势，朝着全力施着妖法、不让仪式中断的女妖王飞去。

而他的身影，却以闪电一般的速度，冲到了祭坛之上。

“住手，女妖。”

郭临声音如雷地大声喝道。同时运起炼魔神诀，闪着紫色光芒、净化一切妖邪之气的手，隔空抓向那飞落的魂魄。

从十一位妖王出手，到郭临召唤出龙卫，使用雷霆咆哮，然后加快速度，来到祭坛，不过短短数秒钟。

可是，就是这数秒钟，足以叫局势发生天翻地覆的变化。

第33章
神诀灭妖

郭临的速度已经到了极限，但还是慢了一拍。他看到那虚幻透明的魂魄转过头，对着自己邪魅一笑，接着毫不犹豫地进入了柏月的身体之中。

随着虚幻的魂魄进入柏月身体，周围的爆炸声消失了，妖法的轰鸣声消失了，黑色闪电的嗞嗞声消失了，就连被十一位妖王强大的法术攻击撕裂开的空间裂缝也消散无影，时间仿佛在这一刻停止。

郭临看到锁着柏月的青铜锁链变得通红，接着如同火焰一般燃烧起来。柏月身上，那漆黑的不知为何物的东西，一块块剥落。

紧接着，以柏月为中心，爆发出一道道亮得让人不敢逼视的诡异妖芒。妖芒辐射大地，所过之处，所有妖魔的眼睛都短暂性地失明了。

就连郭临也忍不住闭上了眼，他最后看到的是，柏月缓缓睁开了那一双妩媚得令人窒息却妖邪的美眸。

忽然间，一股危机感席卷而来。

凭借着本能，郭临纵身飞退，鲲鹏之翅，能量羽翼展开，刹那间远离了祭坛。同一时间，一道闪亮的能量气罡从郭临的头顶飞了过去，只要郭临慢上半拍，就会身首异处。

强光散去，视野渐渐清晰，郭临睁开眼睛，看到一位红衣裹身的绝代佳人，亭亭玉立地站在祭坛中央。

她拥有一头紫色的秀发，蓝而妖异的瞳孔，精致的脸上，那一抹纯洁消失殆尽，妩媚得令人窒息的风情，多了一分妖异。

万妖岛唯一的皇，妖中女皇，她，复活了！

妖皇缓缓跨出一步，一股无形的冲击波以祭坛为中心翻涌开去。那数万妖魔，如同风中纸片一般飞了出去。哪怕是停立在空中的诸位妖王，都如狂风中的风筝一般，身体猛烈摇摆。

妖皇站在祭坛中央，火色的衣袂迎风招展，妖气冲天。狂风过后，万妖岛数万妖魔在这一刻对着妖皇出世的方向，跪拜下去。

妖皇白皙的手上，指甲变成了血红之色，她缓缓伸出手，握住前面插在祭坛上的闪着寒光的四尺利剑。

感受到妖魔之气的宝剑剧烈颤抖，发出警戒的嗡鸣之声。

妖皇拔出斩妖剑，冷冷一笑，不屑的声音一字一顿地道："千年前，你借着你主人的力量毁了我肉身；千年后，你还想再封印我吗？斩妖之剑？可笑至极。"

但见她握着剑柄的五指轻轻用力，一道妖异的电流划过，手中寒气森森的斩妖剑停止了颤抖，光芒一闪，接着银白色的剑身部分竟寸寸断裂。

"锵"，断裂的斩妖剑残片落了下来，碎裂的剑身映照着柏月妖媚的面孔。

郭临心中一沉，不论是柏月的头发，还是瞳孔的变化都足以说明问题，妖皇附体成功了，旋即心中浮出一股滔天怒火。妖皇既出，柏月呢？

想到那个纯真善良的女孩子很可能已经不在了，郭临心中顿时一痛。

"人……类。"

"柏月"嘴角扬起，露出一抹轻蔑的笑容。"人"字刚从红唇中吐出来，她的身影即变得虚幻起来，当"类"字刚刚到来，郭临眼前一花。"轰"一股巨大的力量传来，他整个人飞了出去。

"妖皇大人。"

十二位妖王齐齐飞到了她的面前，恭敬地跪拜下来。妖皇复生，妖王们脸上都流露出激动之色。千年的祭典，在这一天，终于如愿以偿。

妖皇一哼，冷冷道："你们真是越活越回去了。竟然叫人类混上我圣山。"

立即有一位年轻的妖王道："属下该死。差点耽误妖皇大人的大事。"

妖皇冷冷一笑："的确该死。"

锋利的指尖轻轻一点，一道带着毁灭气息的紫光，从那说着"该死"的妖王额头上，贯穿而过。

紫光散去，妖王的额头与后脑出现一个贯穿的窟窿，脑浆与血从窟窿中四溢而出。他的脸上凝固着极度夸张的惊恐之色，这位妖王怎么也没有想到，本来是卖乖的一句话，会招来妖皇的杀戮。

望着从空坠落的年轻妖王，其他十一位妖王心底生出一缕寒意。即便相隔千年，妖皇也未有一丝变化，依旧这般心狠手辣。

弱肉强食，妖族的世界，强者本来就拥有对弱者的生杀大权。妖皇的作为不但没叫他们心生反感，反而更加敬畏她。

额头长着犄角的女妖王诚惶诚恐道：“妖皇大人，就让属下来擒住这个捣乱的人类。”

妖皇抬头看了眼如临大敌的郭临道：“不必了，好久没有活动筋骨了，本座自己来吧。”

“唰。”

红影一闪，妖皇速度飞快，如同空间跨越，骤然间出现在郭临的面前，还未等郭临反应过来，一掌打在了他的胸口。

郭临如遭雷击，口吐鲜血，再次飞了出去。

驱动体内的不死神石，郭临身上的伤势迅速恢复。他擦去嘴角的血迹，目光冰冷地看着妖皇，妖皇的确很强悍，无论是速度和力量，都不是自己能够比的。

郭临现在是地魂一重境界，他从自己的伤势来推测，这位妖皇的实力，至少在天魄境界之上。

相差十重境界，这完全不是一个层次的较量，就如以郭临现在的实力可以轻易杀死玄王期的强者一样。这位妖皇，要击杀一位地魂境界的人，如踩死只蚂蚁。

但郭临不会怕，拥有不死神石，春回浩渺，这点打击他还承受得住。而且，郭临心有执念，如今妖皇附体，柏月生死未卜，他绝不会独自逃生。

如果柏月没死，他一定要救她。如果她死了，他会召唤出灵魂空间内邪恶的魔神甲，哪怕失去神智，也要叫整个万妖岛的妖魔给她陪葬！

“哦？还挺顽强的。”

“柏月呢？”

空中，狂风吹乱了长发，面对妖皇，郭临神色冷冽，毫无畏惧地发出了质问。

“你说的是那个苦苦挣扎的灵魂吗？用不了多久，她就会被我完全同化的。”

“你这个邪魔，给我从她的身体里滚出去。”

郭临暴怒，能量羽翼鲲鹏之翅展开，一拳袭向妖皇。

“轰。”

拳掌相碰，飞出去的是郭临。

郭临再次掐动指诀，地级法术，朱雀碧炎就要召唤而出。可是妖皇的速度更快。

“唰。”

郭临看到眼前人影闪烁，接着喉咙处传来极其难忍的痛楚，窒息的感觉席卷而来。

空中，妖皇不给郭临一点的反应时间，一把抓住了他的脖子，缓缓提了起来，血红色指甲血腥无比。

郭临变色，妖皇的强大出乎他的意料。他以地魂境界，竟然在这尊妖皇面前毫无反抗之力。

郭临屏住呼吸，催动全力抵抗着来自妖皇手中的力量。仿佛感受到郭临的危险，灵魂空间内，一尺金芒微微颤动，金色的神辉，辐射雾气浓重的漆黑空间。

在灵魂空间的角落里，魔神甲也蠢蠢欲动起来。虽然郭临极不情愿，但现在再不把魔神甲召唤出来，恐怕就要死在这里。

哪知郭临心中刚刚闪过这个念头，妖皇蓝色的美眸闪出一抹复杂的神色，那妖异的蓝芒短暂地褪去，露出黑亮之色。只是，瞳孔的黑色没有存在多久，只是一闪，“柏月”的眼睛，妖异的蓝芒更加浓郁。

妖皇松开了手，仰天娇笑：“真是有趣，那个女人竟然还要反抗我，看来你在她心中的分量不轻啊。既然如此，我就夺了你的生命能量，让你跟她永远不分离吧。”

妖皇红袍一抖，“唰”的一声，万妖瞩目中，她与郭临齐齐消失在了万妖山山顶。

万妖岛山峰后山，一个笼罩着结界的奇异山谷中，郭临与妖皇同时出现。郭临一把抓住妖皇火红的衣领，眼眸通红道：“快给我滚出来。”

现在他投鼠忌器，他想召唤魔神甲出来杀了妖皇，却怕失去意识，连同柏月一起杀了。

妖皇却轻轻笑了，笑得花枝招展：“不要担心。她顽强得很。不过，等我吸收了你的能量，涨了妖法后，她就支持不住了。感谢我吧，我让你们在地狱中团聚。”

在妖皇附体后，柏月那媚入骨髓的气质，更上一层楼。妖媚的气质，几乎能够征服世上一切的雄性。人、神、妖、魔通吃。妖皇施起媚术，就要控制郭临的心神。

她轻轻靠近郭临，带来一阵阵香气。郭临摒弃杂念，努力克制心中不能自已地浮出的绮念。

就在这时，郭临的灵魂空间轻轻震荡，响起一阵久违的天籁之音。

“郭临，记牢。这是清心诀。”

就在郭临的理智即将丧失的时候，旋转的金斧上，缓缓浮现出了初雪虚幻的身影。随即，一段口诀涌入郭临大脑之中。

郭临一怔，他看到灵魂空间内虚幻的初雪，神情极为严肃。

初雪的声音又响了起来：“清心诀能帮你固守本心，摒除邪念。妖皇的灵魂还没有彻底占据她的身体，你还有机会。寻找机会抱紧她，然后用炼魔神诀炼化妖皇的魂。”

“什么？这不会伤到柏月的魂魄吗？”

“如果她只是寻常之人，自然会。但她不是。”初雪眼眸闪出异样的光芒，“相信我，就按照我说的做。”

“知道了。”

印象中，初雪的话从未错过。如果说这个世上有几个值得郭临信任的人，那么初雪毫无疑问是几人之一。

清心诀很有效，郭临默念着脑海中流淌着的口诀，一股清凉之气扑面而来。仿佛醍醐灌顶，清凉之气，沿着经脉，流遍全身。刹那间，他感到眼前一片澄明。

清心诀奏效后，郭临松了一口气。他刻意低头，不让妖皇看到自己清醒的眼神。待到妖皇贴近自己的身体，他冷冷一笑，用力搂住柏月的身躯，清心诀和炼魔神诀一同运行起来。

“妖皇，去地狱的人是你。”

郭临疯狂地催动炼魔神诀，紫色的能量如同决堤的洪水喷涌而出。他整个人散发出紫色的光芒。

“啊！”

紫色光芒触及到柏月肉身的刹那，妖皇发出一阵痛苦的惨叫。

炼魔神诀是一切妖邪之物的克星，当神诀全力施展开，就算是妖皇，也难以逃脱。

“这是什么法术。啊！”

妖媚的脸刹那间扭曲起来，一丝丝黑色的气体，从妖皇的头顶上蒸腾而出，黑色的气体触及到郭临散发出的紫光，瞬间就变成了纯净的能量，被郭临吸收了。

随着魂魄被炼化，妖皇口中发出更加凄厉的惨叫，她拼了命地挣扎，想要挣脱郭临。可是，随着魂魄被炼化，她的实力也大大受损。本来可以轻易制住郭临的她，却感到此时郭临身体重若千钧，双手如铁钳一般，牢牢地制住了她，无法动弹。

“人类，放开我。你再不放开我，我就与这具身体里的灵魂同归于尽。”

郭临一怔，手自然放松了一些，就在这时，灵魂空间内传出初雪冷静的声音：“别听她的。彻底炼化她。”

“啊。”

妖皇身上爆发出强大的气势，郭临一瞬间的犹豫，叫她抓住了一线生机。

她带着郭临的身躯，高高飞起，直冲云霄。只是，不到半秒时间，郭临又更加用力地抓住了她。

二人身体失去平衡，朝着海边飞去。天空中，紫色光芒包裹着，宛如流星。

山顶十一位妖王见状，甚感惊诧。这突如其来的一幕，叫他们觉得大大不妙。

女妖王脸色不好地道：“追上去，为妖皇护法。”说着她的身体化作一道光，直冲天际。其他的妖王也纷纷跟了上去。

空中，妖皇尖叫起来，凄厉的声音惊动了万妖岛所有的妖魔。她堂堂万妖岛海域唯一的主宰，怎么也没有想到，千年之后重生的这一天，会成为永世不得超生之日。妖魂被炼化，她将彻底化成尘埃，不，连一点尘埃都不会留下。

妖皇怒吼："放开我，再不放开我，你会后悔的。"

郭临更加用力地搂住"柏月"："放开你，我才会后悔。"

他看到"柏月"紫色的秀发变成了黑亮的青丝，那眼眸中的蓝芒也缓缓消散，属于妖皇的气息，正以无法挽留的速度急速萎靡。

"啊。"

数千米的高空中，妖皇不甘心地怒吼："就算死，我也要拉你陪葬。啊！"

仿佛回光返照一般，她猛然睁开眼睛，眼眸中渐渐淡去的蓝芒瞬间回归。被郭临抓住的身体无法挣脱。可是，她依旧用手掌续起全力的一击，打在了郭临的背上。

郭临闷哼，只觉得一股强悍无匹的能量以摧枯拉朽之势进入身体。那狂暴的能量几乎在瞬间就要撑爆他的身体。

"嗡……"

千钧一发之际，一阵碧绿的神辉，以郭临的丹田为中心荡漾开来。神辉所过，受损的肌体，快速恢复。

郭临大喝，手中的紫芒更加耀眼："没用的。妖皇，你觉悟吧。消失吧！"

厉啸声中，二人的身体直坠大海。

"轰！"

一声巨响，激起千丈浪花。

十一位冲下山的妖王妖后顿时呆立当场，郭临、"柏月"落水的刹那，他们的脸上都露出了难以置信的神色。

"怎么可能，妖皇的气息消失了！"

妖王们神色悲怆，接着全身上下喷涌出一股强大的煞气。

十一位妖王在心中同时吼道："杀了他，为妖皇报仇！"

万妖岛周边的海域都是禁法区，无法使用法术，郭临也无法幻化出能量羽翼逃生，落入水中，强大的冲击力使得二人直接沉入了海底。

郭临脚用力一蹬，顿时身体如同炮弹一般，向上弹去。

怀中的柏月属于妖皇的气息消失了，但依旧昏迷不醒，他得尽快带她离开这片海域。

浮出水面，郭临看了下四周，同时神识发散，扫过万妖岛。他"看到"十一位妖王正疯了般地朝着自己飞奔而来。

没错，是飞奔。离开了万妖岛的山峰，妖王也在禁法区的影响下失去了妖法，无法飞行。

但即使无法飞行，要是被这十一位妖王追上，必定也是一场惨烈之极的大战。

电光石火之间，郭临的脑海中闪过无数个念头，最终背起柏月，用最快的速度朝远离万妖岛的东方快速游去。

但是他水中的速度，又哪里比得过妖王们，眼看十一位妖王越来越近，就在这时，空中传来一阵蛟吟。

郭临精神一振，这个声音很熟悉，叫他想起了收服的蛟魔王。

海浪迎面卷来，雪白的浪花中，一道漆黑的魔影破水而出。

“主人，我来了。”

郭临一喜，正是黑麟。

蛟龙摆尾，郭临只觉得一股柔和的力道将自己抛起来，再次落下的时候，已在蛟龙的头部。

郭临搂着柏月，伸手在蛟魔王头部拍了拍道：“来得正好，黑麟。走。全速前进。”

海边，望着疾驰而去的蛟魔王，众妖王脸上浮起了极大的不甘。此时想要再追上去已经来不及了。蛟魔王在水中的速度，哪怕是这些万妖岛上的妖王也望尘莫及。

望着渐渐变小的万妖岛的轮廓，郭临长长地呼出一口气，海风迎面吹来，带来一股凉意。此时他才发现，自己还搂着昏迷的柏月。

郭临飞快地按住柏月的手腕，感觉到她规律的脉搏才松了一口气。

劫后余生，郭临拉着柏月的手，竟有一瞬间产生了永远都不想再放开的感觉。之前郭临一直纠结于是否因为柏月的媚姬之体无意中诱惑了自己，或者是有关白冰的记忆影响了自己，但经过这次生死考验，郭临不愿再想那么多了。他承认，他已经被柏月深深地吸引。

想通之后，郭临觉得脑中一片清明。指尖光芒一闪，郭临从星空戒指中取出两套黑袍，一套穿在身上，另外一套盖在柏月身上，然后轻轻地把她放下。

这趟万妖岛之行，算是有惊无险地过去了。

他这才有心思将在万妖岛上发生的事情在脑海中过一遍，回想起当初为了阻止妖皇附体，而独自面对十一位妖王的联手攻击，想也不想地召唤出龙卫，使用雷霆咆哮，一阵后怕。

十一位堪比地魂强者的合力一击，连空间都承受不住这股强大的能量撕裂开了。他犹记得，当空间裂缝蔓延到面前，死亡来临的惊悸。

正常情况下，面临这样的攻击，不论是谁，第一时间肯定选择立即躲开的。空间裂缝触及到身体的伤害，可要比任何法术攻击都厉害。

如果一道裂缝从脖子上划过去，以目前郭临对春回浩渺神石的掌控力也回天乏术，最后的结果是难逃一死。

但当时的情况，一旦郭临选择躲开，十一位妖王会步步紧逼，完全不会给郭临一丝一毫的机会，除非在瞬间召唤出神秘的魔神甲，不然根本无法挣脱他们。

所以，郭临选择了雷霆咆哮。

在这种情况下使用雷霆咆哮也是非常危险的。毕竟，从召唤出龙卫到发动战技是需要时间的，而在这段时间里，那恐怖的空间裂缝先到达郭临这边，他必将受到重创。

空间裂缝非常恐怖，这从龙卫小雪只是被细小的裂缝触碰一下，就瞬间因为承受不住巨大的伤害变成了龙元珠就可以看得出来。

想到这里，郭临的神识融入灵魂空间，在耀眼的金芒之下，便是龙卫小雪绝美的身姿。此时，她已从龙元珠状态变回了人形，但是气息很弱，显然没有复原。

“出来吧，小雪。我帮你治疗。”

“嗯。”

灵魂空间内，小雪眨了眨眼，“叮”的一声，郭临身边金光乍现。一道曼妙的人影凭空浮现。郭临催动丹田中的不死神石，又将闪烁着治愈光芒的手按在了龙卫的肩膀上，碧绿的神辉荡漾，小雪的伤势快速恢复，虚弱的气息也渐渐变强，最后停留在真灵九重。

看着依旧是真灵九重的龙卫，郭临心中颇为无奈。如果今天她拥有更强大，甚至比自己还强大的实力，恐怕就能阻止妖皇占据柏月的身体，接下来也不会发生那样危险又荒诞的事。

天武大陆，龙卫是可以修炼的，但龙卫修炼，要用吸天地灵气为己用的功法，哪怕是在五千年后的那个时代也异常匮乏，郭临也没有得到过。

虽然没有相应的功法，但龙卫还有一个快速提升实力的方法，那就是吸收天武灵石中的能量。不需要功法，龙卫也能吸收天武灵石中的灵气。

天武灵石，作为天武大陆流通的货币，其本身就是一种等价物，不但龙卫能够吸取其中的能量来提升实力，人也可以。

在一重天的时候，帮助道梦公主铲除幻魔的那一个月时间里，郭临也让人去找过天武灵石，可是却没有找到。要不然，他的龙卫也不会到现在还是真灵九重的实力。

到了二重天，得到了苦海线索后，郭临马不停蹄地来到了深海，他也不是没有留意过沿途所过的岛屿，希望能够顺便遇见一座蕴含天武灵石的矿脉。可是，路上碰到的拥有矿脉的岛是不少，金矿、银矿、铜矿以及其他稀有的矿都碰到过，就是没有天武灵石的矿脉。

不过郭临对此却抱有一定希望，天武灵石对天武大陆的人非常有用，但是对迷失域的人似乎没什么用，或者说迷失域的人，还未发现可以依靠天武灵石提升实力。在这样的情况下，纵使有天武灵石放在迷失域的土著们面前，后者恐怕也会将其当成一般的石头扔掉。

“小雪，回来吧。我会想办法提升你的实力的。”

“谢谢主人。”龙卫小雪点了点头，化作一道金光，消失在郭临面前。但是在其消失的刹那，郭临神色微微一愣。

他感觉龙卫变了。确切地说，她的容貌变化了一些。虽然还有初雪的影子，但只要仔细看，就会发现不一样的神韵。

她的眼神更加锐利，眉宇间多了几分骄傲之色，就连气质也和初雪不一样了。

久居高位的初雪，拥有握掌天下的自信，同时本身完美的容颜叫她有一种神圣不可侵犯的气质。而小雪似乎拥有一种与生俱来的尊贵与来自血脉上的优越。

这种尊贵与来自血脉的优越感，叫他想起了一种高傲的种族——龙！

想到这里，郭临脸色微变。

初雪来自天界，只差一步，就能成就神位的“九天神女”，她拥有这样的气质丝毫不奇怪。

但是，一位天武大陆，用七蛟的蛟魂凝练成的龙卫却拥有这样的气质就不寻常了。不要说这等高贵的气质，在郭临的印象中，一尊龙卫除了实力的强弱之外，完全没有什么气质可言。它们本身存在的价值就是辅助主人战斗。龙卫唯一可能拥有的气，便是杀气。

“初雪曾经说过，它不是七蛟的蛟魂凝练而成，那是什么？”

神色一动，郭临呼唤起了灵魂空间内的初雪，在万妖岛上，如果不是她在关键时刻突然醒来，传授给自己清心诀，恐怕现在的自己要么召唤出魔神甲，与妖皇大战，要么就被妖皇杀了。

“初雪，你醒了吗？”

郭临在灵魂空间内召唤道。

灵魂空间内，散发着耀眼神辉的金芒中，初雪虚幻的身影若隐若现，却没有回音。

每一次最紧要的关头她都会出现，但每一次，都会为了帮助郭临，而消耗积聚起来的能量，然后再次陷入沉睡之中。

上一次，是郭临与幽灵骑士的决斗中，紧要关头，她苏醒，用强大的神识叫幽灵骑士的身体变得不灵活，给郭临创造了机会。而这一次，却直接传授一套法诀。

郭临很快地想到了这些，旋即又愧疚起来。

“初雪，安心睡吧，睡一觉，就到苦海了。”

迎面吹来的强风拉回了郭临的思绪，魔蛟龙破浪而行，两边是不断往后远去的白色的浪花。郭临整了整盖在柏月身上被吹歪了的黑袍，她依旧没有醒来的迹象。叫他宽心的是，柏月的呼吸又平稳了不少。

他拍了拍蛟魔王的头，说道：“黑麟，你怎么会出现在这里？”若不是蛟魔王及时出现，能不能离开万妖岛都不好说。

“主人，两天前我醒过来，发现自己被卷到了万妖岛的沙滩上，幸运的是距离海边很近，还没有妖魔发现我，我就潜到了海水之中。”

“我想去找你，可是没有找到，后来才感受到你的气息向岛中去了。”

郭临惊讶道：“哦？你能感受到我的气息吗？”

黑麟道：“嗯，主人。成为你的契约之奴后我就有了这样的能力。我想去山上找你，又怕成了你的累赘，所以一直守在万妖岛的东海岸。我想你要离开万妖岛，肯定会从这边走的。”

“不错，很聪明。”

郭临拍了拍魔蛟的头，他的确是这么想的，救了柏月后，就立即从东海岸走。

只要离开了禁法区的范围，就又可以使用法力化翼，带着柏月飞行了，没想到黑麟就守在这里。

黑麟发出愉悦的笑声，这是她第一次受到郭临的称赞。在幕三角出事后，她还担心主人会怪罪自己，一直很忐忑，现在终于放心了。

过了万妖岛，就是真正的深海了。郭临相信，接下来将会遇到更大的挑战。他掏出了海图，重新确定了自己所在的方位。

万妖岛以东，距离目的地大概还有一万多海里，也就是还有三分之二的路程。

海图上用深浓的颜色标注着的，都是极为危险的地方。

郭临一一看了下去，直线前进，到达苦海之前所要经过的地方，还有碎龙峡、化魔岛、血煞池水、抉择煌窟、埋骨之滨五个险地。

在各个险地上，还有一行小小的字标注着。

碎龙峡：上古巨龙陨落，被斩杀之地。龙骨化作了山峡。

化魔岛：魔王聚集之地，若遇魔王，自求多福。

血煞池水：妖魔相残的战场，海水如血，煞气冲天。

抉择煌窟：浮动的空间，无法预测的生与死。

埋骨之滨：枯骨妖魔的聚集地，徘徊在地狱的海滨。

郭临苦笑道：“一个比一个危险。相比之下，万妖岛就像是温柔乡。”

“看来很有必要尽快将龙卫的实力提高到地魂境界。如果小雪达到地魂九重，我也不用每一次都这么辛苦地冒着灵魂撕裂的危险全力战斗了。”郭临自言自语，旋即对蛟魔王道，“黑麟，你知不知道天武灵石？”

黑麟在蛟龙湾做了千年的蛟魔王，郭临相信，她对海域的了解，比经验丰富的航海家还要更多。

只不过，黑麟很显然没有听说过天武灵石，或许对它来说，根本没有“天武灵石”这个概念。

“主人，那是什么？”

天武灵石是什么东西，对于没有概念的黑麟实在很难解释，郭临本想放弃，想了想，从星空戒指中掏出几枚黑色的，有着奇异能量波动的石头，抛给黑麟，说道：“这样的东西，你见过吗？”

蛟魔王小山一般的头颅向前一伸，一口咬住了天武灵石，含在嘴里品味了一会儿，并未将天武灵石咬碎。

郭临知道，蛟魔王在感受天武灵石的气息，就没有打搅它，过了许久，天武灵石被吐了出来。

“怎么样，熟悉吗？”郭临问道。

“这种味道有点熟悉。好像我吃过的某种海兽，就有同样的味道。”

黑麟说得缓慢，努力回忆着。

“好好想想。”郭临眼睛一亮，没想到蛟魔王会说出这样的话。吃掉的某种海兽中有天武灵石的味道，这很奇怪。郭临心道，难不成这种海兽经常吃天武灵石，所以身上有它的气息吗？还是这种海兽生活在天武灵石矿脉所在的海域，日积月累之下，沾染了这种气息？

但不论是哪种情况，都足以叫郭临动心。

黑麟在想，想了很久，久得叫郭临怀疑它是不是记错了。

“有一种叫蓝月亮的小海兽，它们身上也有这股味道。”

郭临一喜，道：“这种海兽生活在哪里？蛟龙湾吗？”蛟龙湾是黑麟的领地，如果她在那里吃到过这种海兽很正常。只是，现在已过了万妖岛，再回蛟龙湾，恐怕会有些麻烦。如果绕过去，则要花许多时间。

“不，主人。蛟龙湾没有这种海兽。说起来是我一次偶尔出游的时候，在一片海域遇到的。这种小海兽的肉比其他的海兽要鲜嫩。有些年，我经常会去那里捕猎。直到后来有些吃腻了，路途又远，就再也没去。”

蛟魔王生存了千年，她所说的有些年，恐怕在她的生命中只占了很小一部分。

郭临道：“黑麟，在哪片海域，你还记得吗？”

蛟魔王头一扭，朝向东北的方向，道：“一个没有名字的海域，那里有一片环形岛，我称它为美食湾。”

“嗯，有多远？”

“美食湾在深海，我从蛟龙湾出发，每次都要绕过万妖岛，要半个月时间才能到。不过从这里出发的话，全速前进大概需要五日左右就够了。主人，我们去吗？我好久没有吃蓝月亮了，说起来，倒有些想念呢。”

郭临点了点头，不论那里有没有自己所需的天武灵石的矿脉都要去看一看。既然位置在东北方向，就算没有找到天武灵石矿，再回到原先预定的航线，也不需要消耗多少时间。

郭临手臂一挥，道：“嗯。全速前进。”

可就在下一秒，郭临却眉头微皱，忽然变得脸色煞白，满头大汗地倒了下去。他双手抓头，喉咙中发出痛苦而沉闷的声音。

极其难忍的头痛之感潮水一般地涌了过来。大脑之中，来自灵魂的撕裂之痛，叫他刹那间捂着头，可是这样也难以消减一丝疼痛。

自从知晓自己灵魂有缺失后，郭临一直压制着境界，不去修炼。可是，灵魂空间内，那沉沉的纯净的黑暗之气，却在时时刻刻为他提供着修炼所需的能量。

即使他极力克制，不主动吸收这些黑气，但依旧有一小部分在潜移默化地被他吸收掉，这种吸收的速度缓慢。哪怕几个月过去了，郭临也并未觉得怎样，靠着这样的吸收，几个月内也不可能晋级的。

可是，今天，他用炼魔神诀，炼化了一个妖皇的魂魄！

强大如斯的妖皇，它的灵魂到底蕴含了怎样多的能量，最后全部被郭临用炼魔神诀炼化，并且转化成自身所需的能量吸收掉了，使得他的境界达到了地魂一重巅峰的彻底饱和状态。

再加上灵魂空间内的黑暗气息的能量不断地吸收，他的能量达到了临界点，要晋级了。地魂境界之后，每一次的晋级，都是对灵魂的一次淬炼，这才是导致郭临头痛欲裂，好像灵魂要撕裂的根本原因。

郭临死死地抱住脑袋，他感到有什么东西在拼命地钻自己的脑子，那种撕心裂肺的痛楚，叫郭临恨不得敲碎自己的头颅，把那东西取出来。体内不死神石不断旋转，一波波绿色的神辉辐射开来。可是，这对郭临没有用。

郭临猛然暴喝一声，单膝跪地，双拳握紧，指甲深深地嵌进了血肉之中。此刻他感到仿佛有千钧重锤用力地捶打着自己的脑袋，他甚至看到自己的灵魂正产生丝丝裂缝。

“啊！”

郭临仰天长啸，身体爆发出强烈的紫色光芒，一股极其强悍的气势以他为中心，如同冲击波一般翻涌开去。身边昏迷的柏月刹那间被这股冲击波抛飞。就连巨大的蛟魔王，此刻连绵数里的躯体，也沉入了海中。

郭临的气息不住攀升，但灵魂却在撕裂。

“砰砰砰……”

那是来自灵魂深处的断裂之声，伴随着极大的痛苦，郭临的身上卷起了一道耀眼的紫金色光芒，背后的能量羽翼凭空浮现，暗黑色的鲲鹏之翅张开。

地魂二重！

但晋级之后，痛楚不但没有减弱，反而更加严重。紫金光芒散去，郭临眼眸通红，嵌入指甲的双手鲜血淋漓。撕裂的灵魂在他晋级后，缝隙在扩大。

郭临浑身抖动，疼痛之感几乎叫他昏厥过去。就算他竭力克制，口中依旧发出痛苦的嘶吼声。

孤寂的海洋，海浪起伏。忽然一阵风吹过，天空中飘落清幽的箫声。箫声圆润，穿透咸湿的空气，如同山间清泉，又如深夜银河静静流淌。

箫声起，郭临灵魂撕裂的趋势渐渐停止下来。

但是那只减弱了半分的疼痛依旧如刀一般，切割着他的灵魂。他眼眸通红，嘶吼着，仿佛只有这样才能分心，减弱痛苦。

忽然箫声停了，模糊的视野中，一个纤柔的身影轻轻飘落。郭临感到一双温柔的手抱住了自己的头。

箫声再起，灵魂的伤痛正缓慢退去。他感到那双手将他的头枕在一双柔软的腿上，郭临的痛楚渐渐平息下来，视线越来越模糊……

五天后，郭临骑着蛟魔王“驶进”了一组弯月形的群岛。同样是深海海域，与其他海域相比，这里要安静许多，海水的颜色也要比其他地方纯净。

想起晋级的那天，郭临依旧心有余悸。虽然他极力压制着自己的境界，但还是意外突破了，若不是柏月的箫声，后果不堪设想。

但郭临心态很好，所谓大难不死必有后福，郭临心道，自己的福也快到了吧，希望这里真有天武灵石矿。只要龙卫小雪实力增强到与自己同样的高度，自己就不必这么辛苦了。这种灵魂撕裂的痛，他不想再尝一遍。

这几天他们遭受了不少海兽的袭击，但到了这片海域以后，虽然能看到一些海兽，却从未遭到过袭击。郭临原以为，这里有叫其他海兽忌惮的存在，但随着不断地深入，郭临发现，这个想法是多余的。

以他强大的神识，感受不到一点危险，这里仿佛是深海海域中的一处伊甸园。仅有的海兽，温顺得如食草动物。

魔蛟摆尾，一头蓝色的小海兽在空中划过一道弧线，落在了郭临面前。

又一头蓝色小海兽飞过来，却被柏月接住了：“这就是蓝月亮吗？小小的，好看又可爱。”

圆滚滚的小海兽，通体蓝色，上面覆盖着鱼鳞一般的鳞片，很像装满了水的气球。

“嗯，的确好看。”郭临说道。

郭临蹲了下来，拿出一把刀，将小海兽剖开来。

“你干什么？真残忍，这么可爱的小家伙，你下得了手啊！”

柏月看着他的举动，不满地皱了皱眉头。

“我是在查探这海兽的身体里有没有天武灵石。”郭临将沾染着海兽血迹的匕首，拿到了面前，研究起来。

“血液中有天武灵石成分，但很稀少。黑麟，你沿着群岛过去，我找一找这里有没有矿。”

黑麟发出一阵笑声：“好的，主人。”

蛟魔王尾巴一摆，向着群岛的浅海部分游了过去。

而郭临也散开了神识，开始搜索那不知在何处的天武灵石矿。在蓝月亮海兽的血液中检测到天武灵石的灵气，叫他进一步肯定了这里有矿。但是这是理论上的，要真正确定，还要看能否找到矿源。

柏月不冷不热的声音传来：“我看你是白费力气，迷失域怎么可能有天武灵石。”

郭临笑了笑：“反正是顺路，就算没有也浪费不了几天时间的。”

见柏月不以为然地撇嘴，郭临又道：“我们打个赌怎样？”

“什么赌？”

郭临笑眯眯地道：“如果找到了灵石矿，你就原谅我残害生灵怎么样？”

柏月轻抚着手中的玉箫：“要是找不到呢？”

郭临摸了摸鼻子，心说找不到你也会原谅我的，嘴里却说：“若是找不到，随你处置。”

“随我处置？”柏月眼睛一亮。本来她也没想做这种打赌的幼稚事，可是一听他这么大方地说要随自己处置，顿时来了兴趣。美丽的眼眸一转，计上心头，一副胜券在握的模样。

柏月转过身，得意地嫣然一笑道：“要是我赢了，就跟我姓，叫你柏临怎么样？”

郭临为难道：“那不行，我太吃亏了。要是这样，我再加个条件。”

柏月好奇道：“什么条件？”要让郭临跟了自己的姓，那该多解气，能有这样的机会报仇，她不会轻易放弃。

“如果找到了矿，你不但要原谅我，还要亲我一下。”

“好无耻，臭流氓，我就该知道你以前都是伪装的。”

柏月剜了郭临一眼，面对郭临的调戏，她惊讶于自己竟然没有生气。也许是在吃了那么大的亏后，这点口头上的小亏叫她觉得没有什么。她努了努嘴，笑道："行吧。反正我赢定了。柏临，这里哪有灵石矿？你想太多了。呵呵。"

"那就一言为定。"

郭临嘴角扬起了笑，发自内心自信的笑，清秀的脸上有一种难以诉说的气质，柏月忍不住愣了一下。

"黑麟，前方三千米处向左拐，然后全速前进。"

柏月脸上显出不可思议的神情："怎么？你找到了？"

郭临高深莫测地道："那是当然，你等着把吻送给我吧。"

"骗子，我才不信。"

一刻钟后，一蛟二人，在一座露出水面只有两米高的礁石前停了下来。这块礁石隐隐有光芒浮动，显然不是寻常的石头。

在黑麟来到这里前，这块礁石附近汇聚了一大群"蓝月亮"，不过很快被黑麟吓跑了。

"黑麟，你守在下面，我上去看看。"

这里是一片浅海，蛟魔王庞大的身躯有搁浅的趋势，接到郭临的命令，蛟魔王立即变成了人形。

柏月还是不信郭临能够在这么短的时间内找到天武灵石的矿脉，但是眼前奇异的礁石，叫她有些将信将疑。礁石上，散发着若有若无的能量气息，她也觉得熟悉。

郭临登上礁石后，并未立即检查这座礁石的成分，而是站在礁石上远眺四周，旋即微笑地对柏月道："再打个赌怎么样？"

"什么赌？"

"如果我推断得没错的话，哪里聚集了更多的'蓝月亮'，哪里就有更优质的天武灵石矿。就赌这句话的正确性。"

柏月努了努嘴道："什么意思，好像你已经找到了天武灵石矿似的。你想赌什么？"

郭临想了想道："这次如果我赢了，你跟我姓。"

柏月微愣，回首咯咯笑道："让我叫郭月？多难听的名字，亏你想得出来。"

"不，不叫郭月。你没理解我的意思。"

柏月奇怪地道："那是什么意思？"

"叫郭柏月。"

天武大陆，女人嫁人后，都随夫姓的。不是把自己的姓换成夫家的姓，而是在女子的姓名前冠上夫家的姓。郭临的意思再明显不过了。

柏月一愣，妩媚的脸刹那间变得通红至极。再次被调戏，她以为自己会生气，可是柔软的心却在这一刻狂跳起来："这是什么意思，他暗示我什么吗？"

再抬头，面对郭临那不羁的面孔，柏月心虚道："想得美。装得这么自信，说得好像你已经找到了天武灵石矿似的。我才不和你赌。"说完那竭力抑制的心脏却狂跳着，无法停下来。

天武大陆的强者三妻四妾再正常不过了。但柏月对郭临心存芥蒂，她知道郭临曾有心爱的人，作为霓霞门的掌门弟子，圣域无数青年才俊求之而不得的月仙子，怎么甘心与其他女子共享一个丈夫。

"呸呸呸，我在想什么呢？"

柏月心理活动很丰富，脸也越来越红。

见状，郭临哈哈一笑道："既然你不愿打赌，就算了。不过第一个诺言你可要履行，天武灵石矿找到了，我们的脚下就是。"

"什么？"

柏月讶异道："这就是天武灵石矿，这怎么可能？"

在天武大陆，天武灵石矿脉，特别是优质矿脉，许多都是大门派用无数鲜血换来的无上资源，在这里却能够这么轻松地找到。柏月觉得不可能。不过，下一刻，郭临已经用行动证明了这一切。

"出来吧，小雪，修炼的时候到了。"

"叮"的一声，一袭白衣的小雪出现在了郭临面前。

"女龙卫？"

柏月吃了一惊，这还是郭临第一次在她面前召唤出龙卫的。

郭临说道："怎么了？"

柏月神色怪异，半晌，才扑哧一笑，道："郭临，你真是一个不折不扣的大色狼，还是个大流氓，竟然炼出一个女龙卫。你不知道，除了女子外，只有极度好色、淫邪之人，才会炼出女龙卫吗？这个龙卫这么漂亮，是不是你梦中情人的样子？"

郭临摸了摸鼻子，显得有些无奈。前世的时候，炼女龙卫这件事情，他不止一次被人取笑过。可他又无法跟任何人解释，自己的龙卫是个多么威风的角色。

"先别笑，天武灵石矿找到了，兑现你的诺言吧。"

柏月心又慌了起来，她哪里想过，郭临真能找到天武灵石矿。她不排斥郭临，连日的相处，二人之间的暧昧不少，生出了许多情愫，甚至还有一些肢体上的接触，柏月也默认了。可是，要让她主动去亲郭临，她做不到。

看到郭临脸上真诚的笑，她仿佛鼓足很大勇气似的，深深吸了一口气，内心挣扎了许久，才微微闭上了眼睛。二人在一重天有过热吻，但对柏月来说，那不算，因为郭临将自己当成别人。

此刻，月仙子像个初涉爱河的女孩子，心中羞涩而充满了期盼。

可是期待中的吻没有到来，柏月疑惑地睁开眼睛，却见郭临一本正经地道："不是你来亲我吗？"

柏月咬了咬红唇，心中那个气。这个家伙太无耻了吧！

"先欠着，不行啊。哼。"

柏月扭头，气呼呼地驾驭着风系法术，飞走了。

望着空中那纤柔的身影，郭临忍不住笑了起来。自从不再刻意压抑，而是决定顺从自己的心意以后，他就总是想逗这个可爱的女孩儿。

礁石边，一袭白衣的龙卫小雪，静静地望着天空中的明月，如郭临所料，她早就停止了吸取礁石中的灵力。这块礁石本来就小，而且蕴含的天武灵石的成分并不高。她只吸取了一个多时辰，就将这块礁石中的灵力吸收完了。

可即便如此，这么多灵力也足够叫本来就停留在真灵九重许久的小雪，发生变化。

郭临看到，此刻小雪身上的气息比之前要强大了许多，身上隐隐有蓝色的光芒流转，这是玄王境界的标志。突破后的龙卫小雪，她的容貌再次发生了变化。如果晋级之前，她的脸上还有许多初雪的影子，那么现在这一点影子，只有很仔细看才能够发现。

与初入迷失域相比，这已经是一张完全不同的脸了。

"黑麟，有什么发现没有？"

"嗯，主人。我在三里外发现了一块蓝月亮的聚集地，我想那里有同样成分的礁石。"

"很好。我们过去。"

……

蛟龙湾的主岛，赤尾岛。

海边十余艘巨轮一字排开。每一艘巨轮上都插着黑字白底的旗帜，随风招展。旗帜上，"摩西冒险团"五个大字，格外醒目。

一块块木板搭建的桥，连接着巨轮和海岸。船员打扮的肌肉发达的男人们，此刻正汗流浃背地将装满了金银财宝以及天材地宝的箱子扛上巨轮。

在不远处的断崖边上，站着三人，其中一人正是摩西冒险团团长——刘庆。

身为团长，他本该意气风发地指挥着自己的属下，不过现在，他略弯着腰，姿态很低，丑陋的刀疤脸上，挂着讨好的神色。

"多亏了两位魂者大人，我们摩西冒险团才能占领这座蛟魔王的主岛。两位魂者大人放心，这一次收货，我摩西冒险团愿意拿出一半的战利品给二位魂者。”

“一半太少了。刘庆，若不是我兄弟二人，你摩西冒险团不要说占领这座海妖海兽云集的赤尾岛，就算活着撤出蛟龙湾都是问题。不要和我耍什么心机，三七分账，你三，我兄弟二人七。”

被称呼为魂者大人的二人，是双胞胎，中等身材，浓眉，尖鼻。二人身上鼓荡着一股强悍的气息。说话的名叫何太飞，是哥哥，旁边的是弟弟，名叫何太刚。二人都是二重天东海域数一数二的魂级强者。在东硫岛，除了给刘庆几分面子，对其他人都不屑一顾。

这一次，二人也是在刘庆重金相请之下，才随着冒险团出海的。

那么大一个冒险团只分到三成，刘庆并未感到不满，相反却心中甚是满意。他清楚这两位魂级强者的脾气，他们只要七成，已经极大地给了自己面子。

刘庆又小心翼翼地道：“二位魂者大人，姓史的那小船长已经招供了，多日前，郭临就往万妖岛去了。我们要不要跟过去？”

“万妖岛？”

何太飞眉头狠狠一跳，接着冷冷地笑了起来：“真是无知者无畏，万妖岛那等险地，连我兄弟二人去了都要小心谨慎。哼哼，刘庆，这样一来，都不用我兄弟二人出手了，我百分百肯定他死在了万妖岛。看来，我们该回去了。”

刘庆何尝不是这么想的呢。可是为了给儿子报仇，他一定要亲眼看着郭临死才安心。

旁边的何太刚不冷不热地道：“刘庆，别卖关子了，有什么话直说吧。”

刘庆道：“在下的意思是，二位能否随本团，在赤尾岛住上一段时间。这里奇珍异宝甚多，三五天也装不完。如果那小子活着回来，二位魂者大人正好可以杀了他。”

“刘庆，你太高看那小子了，他若能从万妖岛活着回来，我便将头砍下来给你当凳子坐。不过，在这里住些日子也好。蛟龙湾这么丰富的资源，要是在这里修炼一段时间，说不定能叫我的实力又增长一分。弟弟，你说呢？”

何太刚双手抱胸，脸上依旧没太多表情：“我没意见。哥哥，就按照他说的做好了。如果那人真能活着回来，我也想看看，他到底长得怎样一副三头六臂的模样。”

刘庆连连点头，丑陋的刀疤脸露出了笑，他讨好道：“在下就是这个意思。另外那史船长，还有他的十位船员，怎么处置？”

何太飞皱眉道：“这种小事，何须问我？没用的人，一刀杀了便是。”

第34章 变故

一连几天，郭临都待在这片海域之中，这里的天武灵石矿虽然没有郭临想象中的那么多，但也着实不少。

每一天，黑麟都能凭借着经验，帮郭临找到一小片天武灵石矿。然后小雪就上去，将矿中蕴含的天武灵石的灵力吸收了。

矿脉中，天武灵石的纯度有高有低，有时候，小雪一整天下来都不能晋升一级，有时候，却能够一连晋升两级。

平均来说，她的实力以每天晋升一级的速度快速增长着，十天后，达到了玄王八重的层次，这叫郭临欣喜。玄王八重后的龙卫比之当初的真灵九重，不知道强大了多少倍。

而从玄王一重，达到玄王八重，所需的天武灵石的量绝对不少。如果以纯净的，可以充当货币的天武灵石来算，至少需要十万枚。

而这里的矿如果挖出来，显然达不到成为货币的程度。因此，小雪吸收掉的灵石不计其数。

连日来的顺利，叫郭临的野心也膨胀起来，十天工夫，就能够叫小雪晋升到玄王八重，如果再待上几天，是不是就能够晋级到了地魂境界？

如果龙卫也晋级到地魂境界，那么自己的战力也将成倍增长。磨刀不误砍柴工，他决定在蛟龙湾多待几天。

只是，接下来的事情，明显没有刚来的几天那么顺利。

连续三天，黑麟都没有再找到一片灵石矿，不只是黑鳞，连郭临也没有找到。

“难道就这么没有了吗？”

魔蛟背上，郭临眉头微皱。三天前，小雪是玄王八重的实力，三天后的现在，依旧是玄王八重。虽然玄王八重的实力已经很强，但是与即将面临的险地相比，也只是差强人意。

美食湾这片海域，绕了一圈又一圈，每一座岛郭临都找遍了，可是确确实实没有了。

见到郭临皱眉，柏月也替他着急，她道：“公子，这些日子我们都在海面上找，也许矿脉在海底也不一定，要么我们去海底找找吧。”

郭临心中一动，他的确忽略了这一点：“柏月，你有什么想法？”

柏月轻轻一笑道：“你看，这些日子我们找到的矿脉，无一不是露出海面的礁石，而不是岛。我猜测，矿脉的源头可能在这海域的海底。只要我们潜入海底，说不定会有惊喜。”

郭临眼睛一亮，觉得柏月说得很有道理，他拍了拍蛟魔王的背道：“黑麟，我们下去看看。”

“好的，主人。”

魔蛟潜入水下，郭临和柏月相视一笑，同时撑起了圣王盾，将自己笼罩其中。圣王盾阻隔了海水，可是却又像过滤器似的，允许海水中的空气进入圣王盾中，不叫施法者被闷死在海中。

随着魔蛟下潜，不断地承受着水压的圣王盾微微变形。不过，在二人同时催动法力，增强圣王盾时，那淡蓝色的锥形光圈又恢复了原样。

美食湾的海域深得叫郭临都觉得不可思议，海水中一片漆黑。神识散发开去，他“看”到，几天前被小雪当成能量吸收的一块块礁石，如同巨大的石笋一般，竟然从海底笔直向上，冲出水面。

这叫郭临大感不可思议。这种形状的礁石他第一次看到。神识再次散发到更远的地方，他看到许许多多礁石，都如柱子一般，一根根连接到海底深处。

发现了这一点，郭临暗自思忖道：莫非柏月说的是对的，这海底的深处，真的有灵石的矿源。

柏月也紧随其后发现了这个情况，她笑了笑，妩媚的脸显出几分得意：“公子，好像我猜得不错。”

“嗯。”

蛟魔王继续下潜，海域如同无底洞一般越来越暗，伸手不见五指。随着水压增强，郭临感到周围的温度越来越低。

即使到了他这个境界的人，对低温有很强的抵抗力，也有些难受，就连圣王盾也覆上了一层白霜。

不知过了多久，眼前突然多了一片灿烂的蓝芒，蓝光辐射，周围的景象豁然开朗起来。

紧接着，黑麟惊呼出来：“蓝月亮！这里竟然有这么多蓝月亮！难道这里才是蓝月亮真正的栖息地吗？”

蓝色的海兽，聚拢在一起，一眼望去，视野中茫茫一片蓝光，无穷无尽。密密麻麻的蓝月亮几乎堆叠在一起，铺满了整个海底，密集的程度超乎想象！

随着蛟魔王的临近，蓝色的海兽向四周逃窜开来，露出了质地奇怪的海底。奇怪的岩石闪烁着光芒，叫有经验的郭临一眼分辨出了这是天武灵石的光芒。

此时距离海面不知道有多少里了。柏月的圣王盾扭曲着，几乎再难支撑。见状，郭临一把将其拉了过来，拉进了自己的圣王盾中。

“谢谢公子。”

柏月如释重负，她真的快支持不住了。

郭临握住她温软的手，道：“说谢谢的该是我，柏月，你太聪明了。海底果然有灵石的矿源。这里才是蓝月亮真正的栖息之地。”

“叮。”

一声脆响，顶着圣王盾的龙卫小雪出现在了身边。

“小雪，这里有足够的天武灵石，慢慢吸吧。”

龙卫小雪眼眸轻轻一眨，眼睛刹那间变得锐利无比，她奇怪地看了看四周，才缓缓降落在了海底，脚步接触海底岩石的刹那，周围的海水便涌动起来。

这是龙卫吸收能量带来的气流。

郭临担心海底中有什么厉害的妖物，他亲自守在一边，给小雪护法，柏月也兴奋地看着修炼中散发着光芒的龙卫。

忽然，郭临想到了一个问题，便道：“柏月，你有龙卫吗？我怎么一直没看到过你的龙卫？”

柏月说道：“我专攻音律，在出来寻找地涌金莲之前，一直在闭关，还没来得及凝练龙卫。”在霓霞门，作为掌门弟子的她并不缺少资源，对她来说，凝练龙卫不过花一些时间就够了。

霓霞门作为圣域的大门派，要得到凝练龙卫的七蛟之魂并不难。

郭临点头，道：“可惜了，要是你有龙卫，现在也可以叫它吸收能量了。对了，我一直很好奇，你要地涌金莲做什么？”

二人的关系今非昔比，若还在一重天，郭临问出这个问题，柏月可能要考虑许久，不过现在，却没有这样的顾虑了。她信任他。

柏月说道：“从我懂事起，师父就没有龙卫。师父很强，我以为，她一直没有遇到值得她用龙卫战斗的人，直到一年前她从炼心魔域深处回来，我才晓得，她的龙卫在很早很早以前就被人击杀了。要复活龙卫，就需要地涌金莲。”

怕郭临不理解，柏月又解释道：“龙卫被击杀后，七蛟之魂死去，受到天武大陆的法则召唤，会飞到炼心魔域深处。要复活龙卫，第一步，就是从炼心魔域的深处，找回自己失去的龙卫之魂。然后第二步，才是借着地涌金莲，炼制一种专门用来复活龙卫的丹药。只有这样，龙卫才能够复活。”

郭临点了点头，他又怎会不了解这些。

柏月又道：“但是地涌金莲只有迷失域才有。所以许多人在失去龙卫之后，再也不可能救活它了。由于龙卫都是修士用心神祭炼的关系，而失去龙卫的人，境界将永远止步。”

“柏月，原来你深入险地是为了救活你师父的龙卫。”郭临心中一动，对她的评价又高了几分。

“嗯。”

时间一点一滴地流淌着，数个时辰后，一道蓝色的强光平地而起。海底的水流忽然变得湍急起来。小雪晋级带来的旋风气流，使得海底形成了一个旋涡。

郭临轻轻一喝，身上散发出一股强大的能量。小雪制造的旋涡顿时散去。

此时，他看到龙卫小雪面前，海底的一大块天武灵石被炼化，碎裂开来。浑浊的水流飘荡开，周围的景象顿时有些模糊了。

不过模糊的水流来得快，去得更快。没过多久，海水又变得澄澈起来。

再看看海底，原本发黄的岩石碎去外壳后，露出了一片白色。郭临从这片白色中，感受到了一股不一样的气息，比天武灵石更加纯正的能量。

“这是天武晶石？”

郭临心中一动，旋即面露狂喜之色。天武晶石，是天武灵石的精华凝结而成，同样大小的两块矿石，天武晶石所蕴含的能量是天武灵石的数倍不止。

这才是真正的宝藏！

郭临心道，从进入海底时，看到的茫茫无际的蓝色来看，恐怕海底一大片地区都拥有这样的矿。这样一来，小雪突破地魂有何难？甚至靠着海底的这片资源，一直修炼到地魂巅峰也有可能。

“小雪，不要客气，尽情吸取吧。”

龙卫小雪并未如往常一样，快速地回答郭临，她低着头，安静地站了一会儿，有所迟疑，似乎在考虑什么东西。这叫郭临惊奇，因为龙卫是没有思想的。

不过惊奇并未持续多久，过了一会儿，龙卫小雪便开始继续吸收海底的能量。

一丝丝能量蒸腾而起，浓郁的能量破开海水，灌入龙卫的手心，又以肉眼可见的速度，在全身流转。

看着刚刚晋级至玄王九重的小雪的气息又开始缓缓增强起来，郭临内心喜悦，有一种说不出的满足之感。

“恭喜主人。”

蛟魔王不知什么时候也变成了人形，海底强大的水压叫她也有些吃不消，保持人形状态，叫她可以顶住更大的压力。

就在这时候，周围发出一阵莫名的响动，一个个气泡从海底咕噜咕噜地钻了出来，仿佛海底在开裂。

郭临眉头微皱，这种震动很怪异。小雪依旧吸收着来自天武晶石的能量，郭临神识散发出去，他想探入海底看个究竟，忽然间，警戒的心剧烈跳动起来。周围的气泡越来越多，仿佛海底之中忽然坍塌，产生了一片空间。

如果是这样，等一会儿，势必会产生一股旋涡。想到这里，郭临变色，“叮”的一声，将还在吸收能量的龙卫小雪收入了灵魂空间中。

就在这时候，那白色的能量晶石忽然裂了开来，不是平整地裂开，是有着奇异的形状。就好像两把锯齿吻合在一起。“锯齿”打开，露出一片红色。

郭临一惊，看着这如同锯齿一般的裂缝，一个不妙的念头涌上心头——供小雪修炼的那白色天武晶石，其实是一种大得超乎想象的巨兽的牙齿。现在它要吃掉骚扰它睡觉的人类。

“呜……”

随着巨兽嘴巴张开，海底之中传出一阵强大的吸力，周围的海水在顷刻间就变成了旋涡。

“抓紧我，走！”

郭临一手搂住柏月，一手拉住在圣王盾外的黑麟。他想逃离，可是这一切来得太过突然。

血盆大口猛然张开。磅礴的吸力将他们连同周围的海水吸入进去。

“咕噜，咕噜。”

顺着水流，郭临听到了两声恶心的吞咽声，接着是无穷无尽的黑暗。

这不知名的海底巨兽，大得难以想象。蛟形态的黑麟或许能够给这巨兽咀嚼一下，但变成了人形的她加上郭临和柏月，给这巨兽塞牙缝都不够。吞下了三人，巨兽的嘴巴又缓缓闭合。过了许久，那四散逃去的海兽蓝月亮，又飞快地聚集过来，一切都是那般宁静，好像什么事情也未发生过一般。

郭临三人东跌西撞，仿佛没有尽头一般随波逐流。不知过了多久，扑通一声，落入水中。似乎到了尽头，周围的水流终于平缓起来。

浮出水面，郭临第一时间召唤出一团红色的火焰，火焰化作火鸟停靠在空中。

“嗤！”

周围的景象渐渐清晰。

这是一处很大的空间，仿佛一个巨大的山洞。山洞的“石壁”是红色的，仔细看去，石壁却在缓慢蠕动。

“这是哪里？”柏月惊慌地道。突发的变故，叫她根本没时间去想到底出了什么事情。为什么好好的，海底会突然出现一个洞，将三人都吸了进来。

望着那蠕动的石壁，郭临神色凝重地道：“如果我猜得没错的话，我们被某个大家伙吃到了肚子里。”

闻言，柏月和黑麟都大吃一惊。很明显她们都未发现自己现在的处境。

黑麟脸色不好地道：“主人，我们该怎么办？”

郭临鼻子微动，闻到一股腐臭的气息：“先飞起来，待在水中，会被消化掉的。”

黑麟变色道：“我不会飞……”

“抓着我。”

郭临、柏月同时驾驭起风系法术，三人脱离了水。只是，刚刚出水，三人就发现身上的肌肤都有不同程度的损伤。

飞起来的过程中，就连黑麟身上的魔甲也被腐蚀掉了一片。若不是修炼之人的身体比普通人要坚韧很多，恐怕现在三人的皮肉都要被腐蚀掉了。

可即使如此，受损是难免的。三人的身上都出现了黑色的斑点。

“不要紧张。就算这里腐蚀性再强，我们也不会死的。柏月将圣王盾撑起来，黑麟，抓着我的手。”

“嗯。”

她包裹着身体的盔甲都被腐蚀掉了，黑麟害怕再过一会儿自己的身体也会被腐蚀掉。

一团碧绿的神辉以郭临为中心荡漾而开。神辉照耀下，三人受损的肌肤很快恢复了正常。黑麟的盔甲是她的鳞片所化，她很快地又将一块鳞片化作盔甲，披在了身上。

“先飞到那里去。”

郭临手一指远处隆起的“山壁”，他知道那是巨兽的胃壁。险地之中，他出奇冷静。惊慌是没有用的，现在最重要的是搞清楚状况，从而做出正确的选择。

胃壁上泛着红光，郭临本想站到上面去，可是看到胃壁上流淌着的恶心又黏稠的液体后，就放弃了这个打算。

“滴答，滴答。”

在头顶上端，一滴滴带着极强的腐蚀性的液体滴落下来，也有一些滴在了郭临柏月撑起的圣王盾上。郭临的还好，因为实力的关系，圣王盾要坚强一些。而柏月的圣王盾，顿时扭曲。

柏月吸了一口气，玄王级别的圣王盾，承受几万斤的力量不在话下。可是现在，就几滴胃液，就叫它变了形状。

胃液一滴一滴地落在圣王盾上。

“呲……”

柏月的圣王盾在承受了第五滴后破碎，化作了点点蓝光。不得已，她驱动法力，再次祭起了圣王盾。

柏月面带忧色地道：“公子，这样下去不行。法力会耗尽的。”对她来说，支撑一个圣王盾所消耗的法力并不多。可是在这里，同样的一个圣王盾，只能坚持几息时间，就算法力再多，也会被耗死的。

“我们沿着进来的方向，飞出去。”

有火焰照明，方向并不难找。只是越往前，三人越是吃惊。这头不知名的存在，大得不可思议，已经飞出了数十里，依旧看不到尽头。

郭临试着张开神识，也依旧一无所获。三人脸上的神色越发骇然。

须知，以郭临现在的神识，一扫之间方圆数十里内的景象都能看到。这么大的范围，却依旧望不到尽头。这说明，这头怪物的体形，远远超过了这个数字。

长达百里的怪物？

光想想都有种头皮发麻的感觉。要知道，身为蛟魔王的黑麟，她现出本体时，身躯也不过数里长。但即使如此，当它破水而出时，也宛如山岳。

现在和这头未知存在相比，蛟魔王的身躯，小得如同蚯蚓。

继续向前飞行，周围的酸液少了很多，但依旧有其他液体从上面滴落下来。这些液体，同样带着极其强烈的腐蚀性。

不知过了多久，终于到了通道的尽头。一堵鲜红的肉墙挡住了去路。

“这里差不多是它的咽喉了。黑麟，你知道我们飞了多远吗？”

黑麟咽了口吐沫，声音干涩道：“主人，超过五百里了。”

郭临沉吟片刻，道：“我们是从它的胃中飞出来的，也就是说，它真正的体长，恐怕在千里之上。”

闻言，二女脸色大变。

一头千里长的怪物，是什么样的存在？

此时郭临终于明白，为什么在小雪吸收能量时，他未感受到一丝的危机感，这么大的家伙，又岂是凡类。恐怕，它拥有隐匿气息的能力。

郭临算了算，一头长达千里的怪物，它的头颅就算只有身躯的十分之一长，那也有百里那么大。

这么大的一头怪物竟然潜在海底。哪怕是阅历丰富的郭临，心中也无法平静。

路被堵住了，不论是从这头怪物的口腔位置还是从鼻腔位置出去，首先必须要把前方的咽喉打通。

“你们让开。”

郭临说道。

二女知道郭临要做什么，都不约而同地站到了他的身后。

郭临上前摸了摸肉墙，感受它的坚韧程度，接着后退几步，握紧拳头，蓄起力量。只见他脚步向前一踏，一个猛冲，数万烈马之力，在顷刻间爆发出来。

拳力如脱缰野马，撕裂空气。

“轰！”

拳头深深陷入红色的肉墙之中，肉墙发出剧烈颤抖，紧接着，郭临脸色一变，只觉得一股磅礴大力从右拳反弹而来。

肉墙的坚韧程度超过了郭临的想象，这一拳，不但没有击破这堵肉墙，反而将郭临的力量尽数反弹了回来。

数万烈马之力，哪怕晋级至地魂境界后，肉身强大得不可思议的郭临，如果毫无防备地反弹到身上也会受到伤害。

郭临脚踏连环步，右拳反弹回来的力量，在真气引导下灌入左臂之中。

“轰！”

一股比之前更强大的力量从左拳轰出，砸在肉墙之上，顿时整堵肉墙颤抖着，周围缓缓开启了一丝缝隙。

郭临微微一愣，望着自己的左手，若有所思。这种借力打力，他想都没想过，就很自然地用出来了，这叫他感到不可思议。

“公子，有效果了。”

柏月的声音打断了郭临的思绪。

“嗯。我再来。”

看到还在微微颤抖的肉墙，郭临蓄起力道，又是一拳砸了出去。这一次的力量，比之前还要猛烈。

实力达到了地魂二重，郭临全力爆发，能使出超越二十万匹烈马的力道。

“轰。”

这一拳下去，就连山峰都要破碎。可是整堵肉墙却只是变形，肉墙周围的缝隙扩大到能容纳数人钻过去的宽度。

“我们走。”

郭临一喝，抓住二女的手，在肉墙闭合之前，快速钻了过去。可是，下一秒钟，一阵抖动，叫他们东倒西歪。

如果之前是巨兽沉睡时，不小心打了个哈欠将郭临三人吸进了嘴里，那么这一次，却在郭临的拳头重击之下苏醒过来。

海底深处，距离巨兽牙齿数十里的地方，一对化作低矮的山包的大眼缓缓睁开。大眼并不像多数恶兽那般的血红，凶狠，狰狞，却闪出清亮的光芒。澄澈如水，带着几分孩童的天真，但因为刚睁开来的关系，显得睡意蒙眬，又茫然。

它茫然地眨了眨眼，似乎想到了什么，巨大的头颅左顾右盼，在寻找些什么。不过很快，它眼中流露出失望而悲伤之色。它并未找到想要的东西。

巨兽的舌根处，郭临三人稳住身子，对这样的抖动他有心理准备，恐怕自己惊醒了这头巨兽。他正要带着二女快速飞出巨兽的口腔，却听到一阵凄凉而枯寂的鸣叫从喉咙中传了出来。

悲伤的哭声，仿佛一个被遗弃了万年的灵魂，在诉说着一则悲伤的故事。

“呜呜呜！”

巨兽澄澈的眼睛显出几分可怜，像一个无助的孩子，在睡饱苏醒之际，渴求母亲温柔的怀抱。但渴求，并未得到任何回应。

“呜呜呜！”

它伤心欲绝，啼哭之声更加嘹亮，海底中音波荡漾开，以美食湾为中心，海浪翻滚。

忽然，它停止了啼哭，岛屿一般大小的头颅缓缓抬了起来。不知沉睡了多少岁月，身上几乎石化了的肌肤，在水流的冲刷之下露出了本来面目。

这是一头浑身布满龙纹的家伙，它扬起头颅，黑褐色的皮肤表面附有白色的晶石。

明明是巨大的动静，但无数的海兽却没有受到惊扰而一哄而散。它们此刻都望着眼前缓缓苏醒、只属于它们的守护神。

那凄惨的啼哭声，叫这些没有感情的海兽，眼中都似乎泛出了泪水。

“呜呜呜！”

随着海岛一般大小的头颅从海底探出，两个僵硬的前爪也缓缓地从海泥之中拔了出来。

那巨大的宛如湖泊的眼睛，看一眼就会让人误以为是明月的眼睛，此刻，闪着纯洁无邪的光亮。

它望着四周，目光在这一刻呆滞，它回忆往昔，当尘封已久，几乎固化了的记忆又缓缓流淌时，那澄澈的眼睛里，又一次溢出了泪花。

“呜呜呜……”

它哭了，哭得伤心，身躯发抖，仿佛漆黑的夜里，被遗落在荒原中的不知所措的孩子，一阵冷风吹来，不能自已地颤抖。

海水在抖动，震波传遍方圆数千里海域，此刻远在万妖岛上的妖王们都心神不宁地望着东北方向，灵魂深处，有一种战栗之感。远远地，他们似乎看到在薄雾弥漫的深海中，凭空出现了一片巨大的陆地，一道巨影闪现。

前肢撑了起来，后肢也慢慢地从海泥中拔了出来，当它站起身，头便浮出了深达千里的海域。

用“庞然大物”都无法来形容它的伟岸。可偏偏它的心灵，是纤尘不染的纯洁。

它模样似龙而不是龙，背脊上收拢着一对漆黑的翅膀。它的身躯似鱼却不是鱼，没有腮，也没有鱼鳍。

这种禁忌的结合，超越了种族的界限，它更像远古鲲与龙的结晶。唯一适合它的，便是鲲龙这个名字。

一脚拔出海底，它试着登上岛屿。可是，小小的岛屿，又如何承受得起它如同山峦一般大小的身躯。

岛屿崩碎，它一脚踏空跌了下去。

“呜呜呜！”

海浪激荡，美食湾的岛屿在瞬间就化作了粉末。蕴含着无穷能量的海水涌向四方，数千万海兽在这一刻恐慌地游窜。千层海浪，其中蕴含的能量，足以将这些海兽全部拍碎。

它记不起自己是怎么睡过去的，它只知道，自己很孤独，很受伤。它想要找到亲人，找到妈妈。

东方出现了一道光亮，旭日东升，放射出万丈金光。

它止住了哭，所有的一切都陌生了，可是那从遥远的地方跳出来的旭日，却叫它感到熟悉。这是它唯一感到熟悉的东西。

它不知道它是什么，但它感到了温暖，温暖的阳光，一如母亲的怀抱。

“呜呜呜……”

它对着旭日啼哭，海水中，它抬起了脚，向着东方奔跑起来。随着阳光而来的还有一股亲近的气息。它相信感觉，它深信在那里还有更多叫它觉得熟悉的东西。或许，那里有亲人。

郭临、柏月、黑麟从这头“幼年”鲲龙嘴里爬出来的时候，正好看到它奔跑的一幕。

庞大的身躯在海中奔跑。它没有半点吃力的样子，倒像是孩子，卷起裤脚，在浅水池里戏耍一般。

只是，那“呜呜”的可怜叫声，表明它的心情很糟糕。

周围的景象向后疾驰，三人都被突然苏醒的大家伙震惊了。幸好，这个大家伙没有做出伤害他们的举动。若不然，恐怕只要再轻轻吹一口气，就可以把三人吹上天。

“难道传说是真的？”

黑麟喃喃自语，眼睛瞪得如同铜铃那么大，她还未从震惊中回过神。

“什么传说？”

郭临沉着身，抵在庞然大物的鳞片之间，防止被它甩出去。

“这是鲲龙，两个强大的种族鲲与龙的后代。遥远的过去，迷失域还未分成三重天时，鲲与龙，是天上与地下的主宰，是这个世界独一无二的种族。”

“遥远的过去，有多久？”

“几万年，几十万年，也许更久，久得难以想象。”

黑麟心情久久不平。在鲲与龙统治迷失域的年代，蛟是卑贱的种族。对身为蛟魔王的她来说，龙和鲲是不可仰视，只存在于传说中的存在。可是今日，她却看到了它们的后代在海水里奔跑。

“谁也不知道遥远的古代到底有多远，更没有人知晓，迷失域到底存在了多久。我只听闻，有一天，迷失域出现了一位神，他用神力将迷失域分成了三重天。也在那时与他作对的龙与鲲全部灭绝了。前方就是碎龙峡，是神斩杀龙的地方。”

遥远的过去，不知道经历了多少次文化断层。几十万年，几百万年前，或者更久。那时的迷失域还未有人类，黑麟也显然不知道远古发生了怎样惊天泣地的变革。

但是更叫黑麟吃惊的是，龙与鲲都死绝了，但它们的后代却以这样的方式，活到了现在。这是神话？

“碎龙峡吗？”

郭临目视前方，前面海平线处蜿蜒着一组岛屿。那里栖息着凶猛的海兽和海妖。只要人进去，没有通天本领休想出来。

可是现在，一股遮天蔽日的海啸，在刹那间就将碎龙峡淹没，击碎，真正的破碎。妖魔们死无葬身之地。

“呜呜呜……”

鲲龙又发出了凄切的悲鸣，它在碎龙峡所在的海域停留了许久，头颅深入海底，想要找寻一些东西。

它也的的确确地找到了一些东西。一枚石化了的只比它的嘴小上一号的卵石。

它叼着它，最后又将它放了下来。

似乎感受到卵石中早已没有了生命的迹象，它哭得更伤心了。

“呜呜呜。”

一泣变风云，天空中洒落瓢泼大雨，雷声滚滚。

“碎龙峡毁了。”

黑麟咽了口吐沫，显然不相信眼前的这一切是真实的。碎龙峡，那可是比万妖岛还恐怖十倍的禁地，此刻却在鲲龙奔跑所激起的海浪中变成了废墟。

柏月也深深吸了一口气，她抓着郭临的手，紧张地道：“公子，它会发现我们吗？”

郭临拧着眉道：“它早已经发现我们了。”

“什么？”

柏月吃惊，妩媚的脸血色全无。一脚踏平一片群岛，这样的存在，完全超出了她的认知。

她似乎明白了，为什么那么多强者进入迷失域后，就再也没有出去过。因为，不论怎样的强者，在这些未知的怪物面前都只有被秒杀的份儿。柏月默默地心道，在迷失域，这未开拓的险地，到底还有多少可怕的堪比眼前鲲龙的存在？不得而知。

郭临安慰地拍了拍她的手背，道：“不要担心，且看它要做什么。它若想杀我们，也不是那么容易的。”

鲲龙继续前进，来自遥远的东方，那里有它熟悉的气息。

隆隆的海水激荡着，澎湃地涌向四方。

郭临在鲲龙背上坐了起来，远眺前方。他想过离开鲲龙的背。但这种想法却只是转瞬即逝。

两边破开的海浪，不断地形成滔天的海啸，向南北两方，肆虐而去。看着末日一般的景象，恐惧早已消失了，现在郭临只想知道，这头鲲龙，它到底要做什么？

而它奔跑的方向，是东方，与自己的路线一致。他多想知道，在那里，除了苦海，还有什么，他有种预感，吸引这头鲲龙不停向前的不是苦海。

而在苦海之前，还有四个险地，化魔岛、血煞水池、抉择煌窟、埋骨之滨，是这四者之一，还是在比苦海更远的东方？抑或是这片海的尽头？

苦海无涯，如有尽头，那里会有什么？

郭临脑海中闪出一个一个疑问，却没有答案。

千里长的身躯，跑过了碎龙峡后，很快又进入了另一片海域。这里魔气滔天，这里的海水呈现墨黑色。

这是化魔岛的海域，传说人进去之后，只要几天内无法走出这片海域，就会被这里的滔天魔气同化，成为这片海域中的妖魔。

但更多的人，在进入这片海域后，他们的下场都是尸骨无存。因为，他们根本不可能在这片海域中坚持几日。墨色的海水中有着数不尽的妖物，都是死神，收割着一切擅自闯入这片海域的生命。

当远方传来动静，妖物们兴奋地钻出水面，多少年以来，每一位不速之客，最终都成了它们的晚餐。

可是，钻出海面后，它们首先看到的是一只遮天蔽日的大脚。

“轰！”

连同妖魔们的身躯，一脚踩入海底，死到不能再死。

海底震动，起伏的海浪一次又一次地淹没了这片海域的岛，就连海域的中央，邪恶气息汇聚的化魔岛，也差点完完全全被淹没。

远远看到如同破坏神一般的鲲龙，化魔岛的妖物都战栗起来。妖魔们根本没有去阻止鲲龙的心思，因为那无疑是螳臂当车。

庞大的身躯与化魔岛擦肩而过，整座岛屿剧烈晃动，轻轻地一触碰，就差一点叫它沉没。

看着海图上标记着的一个个险地轻轻松松地通过，郭临神色古怪，那是一种说不出的感受。不过既然这头鲲龙帮助自己渡过一个又一个险地，那么待在它背上有何不可？

化魔岛远去，接下来是血煞水池。

太阳升起。

血煞水池所在的海域，侵染了无数鲜血的红色的海水，翻滚着。海风迎面吹来，哪怕是远在几十里外就能闻到刺鼻呛人的味道。

“隆。”

孔武有力的四肢落下，仿佛末日降临，星辰都要在这一击下破碎。卷起的海浪，与天齐高。鲲龙背上，郭临三人东摇西晃，若不是鲲龙的背实在够大，他们肯定要跌落出去。

“这个家伙太野蛮了。一脚就将整个血煞水池破坏掉了。”

望着下方一片妖魔的浮尸，没有言语能表达郭临此刻震撼的心情。在鲲龙落地的瞬间，他感受到下面许多妖魔的实力都在地魂境界之上，个别一些的气息，甚至与当日被妖皇附体后的柏月相当。

可是，鲲龙只是简单的一脚，它完全无心，只想更加快速奔跑的一脚，就毁灭了这斯杀了多日的妖魔部队。

也有个别的实力强大的妖魔幸存，当它们看到眼前这个个头堪比整片海域的蛮兽时，吓得肝胆俱裂，生怕被虐杀，全部心惊胆战地钻入了水中。

“呜呜呜！”

鲲龙又发出了伤心的呜咽声，看着满海面漂浮的海妖的尸体，它害怕地哭了。它是个善良的孩子，它绝对不是故意要杀死它们的。

它怎么知道无数岁月后的这个时代，生命是这么脆弱。

“嗯。公子。它明明有翅膀，飞就好了嘛，怎么一直跑？”

“也许还没有发育完全吧。”

眼睛是心灵的窗户，鲲龙那一双澄澈、天真无邪的眼睛，叫郭临感受到它的心智并不成熟，或者说，还很嫩，稚气未脱。

“怎么会？它那么大。”

郭临没有回答，只是静静地看了看柏月，目光下移，停留在她紧握着的玉箫之上。

“这个家伙似乎心情不好。柏月，你吹一曲给它听听。或许它对我们会温顺一些。”这已经不是鲲龙对自己有没有恶意的事了。郭临感受到，这头鲲龙似乎只想往前跑，对沿路的海妖海兽也同样没有恶意。但这些海妖海兽，却都很倒霉地死在了它的脚下，被活生生地踩成了肉泥。

悠扬的箫声响起，曲调温柔，像哄孩子入睡的儿歌。

那呜咽着的鲲龙听到这个声音，呆住了。它扭过那比山岳还要雄伟的脑袋，澄澈的眼睛，流露出一种依恋的目光。

吹奏着玉箫的柏月蓝色的身影，在它眼中不断地放大，仿佛受到亲人的抚慰，那无助的神情，缓缓安宁下来，眼神也越发柔和。

长着洁白牙齿的嘴咧开，舌头自然地从口中垂落。它立在原地，第一次感受到了他人的善意。受伤的心在治愈。

一曲箫声过后，鲲龙依旧站在染血的海域之中。它未动，潜入海水中的幸存的海妖们，也不敢浮出水面。

“呜呜……”

依旧是低沉的声音，但却不再那么悲伤。

它抬起脚，就在郭临以为它要缓行时，背后一对漆黑如墨的翅膀猛然张开。翅膀张开，宽达数百里，猛烈扇动之下，海水深深凹陷下去。接着，它双脚一蹬，以比之前快数倍的速度，一飞冲天。

鲲龙扶摇而上，羽翼扇动，便飞过数千里。这种速度若不是亲眼所见，简直是骇人听闻，哪怕郭临都感到了夸张。周围景象向后飞退，气流倒飞之间，郭临感受到迎面吹来的风，如同刀剑一般，打在身上，生疼。

相距数万里的苦海，郭临以为没有几个月根本不可能到达的。可是，现在不好说了。

“主人，不好。它直冲抉择煌窟了。”黑鳞吃力地说道。

在鲲龙背上，三人渺小得如同沙砾。

郭临脑海中又浮现出抉择煌窟的信息。说是煌窟，倒不如说是一处海域的空间更加确切。那是一片游离在迷失域中，比迷失域更加诡异的空间，里面自成一个世界，永远不知会通往何处。落船长的海图上，用鲜红的字标注着，不论是谁必须绕道而行。

可是，座下的鲲龙似乎根本就没打算绕行。

前方出现了薄薄的漂浮着宛如海市蜃楼一般的光幕，光泽浮动着仿若银镜。郭临知道，这是抉择煌窟的空间壁障。

在三人以为鲲龙要以超越声音数十倍的速度，毫不犹豫地扎入抉择煌窟时，它却在银镜面前戛然而止。

鲲龙忽然停住，强大的惯性，将三人从鲲龙的背上抛了出去，一直落到了鲲龙的头部，才停了下来。

强大的惯性叫三人气血翻腾。

“它停住了。主人，我们要想办法叫它拐弯。”黑麟说道。她知道前方是什么，在美食湾的那几天，郭临已经将此行的路线和目的地详细地与二女说了。

作为活了千年的蛟魔王黑麟，她比郭临更加了解这处未知的空间。不论是人还是妖魔，只要进去了，活着出来的概率不足万分之一。

自然，也有非常幸运的人，侥幸从这处空间出来过。若不是如此，黑麟也不可能对这片空间有所了解。

“真奇怪，它也知道这处地方进不得吗？”

柏月整理着被风吹乱的衣服，将一缕秀发拨到晶莹的耳后。她额头上有细细的汗，刚才鲲龙突然止步，将三人抛起来，差点直接摔进了抉择煌窟内，让柏月心惊。

郭临摇了摇头道：“恐怕不是因为这个才停下来的。”

“那是为什么？”

柏月疑惑地道。

海市蜃楼般浮动的光幕很亮，如同镜子，倒映着鲲龙的影像。郭临三人看到，这头鲲龙对着“镜子”凝视着，似乎对里面长得和它一模一样的家伙很好奇。

鲲龙的表情变化起来，童真的眼睛泛出了泪花。见到“同类”，受了委屈的它，终于找到了哭诉的对象。

“呜呜呜！”

它看到光幕里“同伴”的眼睛里，也泛出了泪花。

“呜呜呜！”

就像一对失散多年的亲人，在相聚之后，无语凝咽，唯有泪千行。

柏月道：“我知道它为什么停下来了，真是可怜的家伙。”看着这鲲龙流下了眼泪，柏月也情不自禁地伤感起来。

可是伤感刚刚浮上心头，她的眼神猛然惊愕，因为，下一秒钟，鲲龙毫不犹豫地扑向了光幕。

“嗡嗡嗡。”

快得难以想象的速度，叫郭临三人根本无法反应。鲲龙穿透了光幕，进入了抉择煌窟之内。

刹那间，周围的景象大变，变成了一片朦胧的空间。碧海蓝天消失了，咸涩湿润的海风消失了。眼前，交错着两条路扑向远方未知处。路很宽敞，哪怕是鲲龙这庞大的躯体过去也不会显得拥挤。

“呜呜呜！”

鲲龙显然还不知道这是怎么一回事，它以为会投入同伴的怀里。可是现在，同伴不见了。它的眼睛里有害怕还有茫然。

“呜呜呜！”

悲怆的声音传向远方，却没有一点回音，这是一个大得无边的空间。

“主人，这是抉择之路，进入了抉择煌窟的人，只有选择了这两条路的其中一条才有可能出去。”

耳边响起了黑麟的声音。她站在鲲龙头上，手指着前方。

郭临点了点头，两条路的话，选择正确的路，概率有二分之一，他道：“黑麟，说说你对这里的了解。”

黑麟思索片刻，说道：“主人，大概在五百年前，我的一个手下赤魔蛟就不慎进入了这处空间，我以为他死定了，再也出不来了。可是，大约过了三百年时间，它却又回到了蛟龙湾。”

郭临眉头拧了起来，显然没想到黑麟还有这么一位手下。可是，三百年后才出来，这未免太过骇然，如果真要花三百年才能走出这处空间，那就算出去了又如何。自己在迷失域只能待上二十年，如果在这里消耗三百年时间，自己就没有机会走出迷失域了。

“他是怎么出来的？”郭临直截了当地说道，这才是重要的问题。

黑麟叹气道：“他说他也不知道是怎么出来的。只是走了好多好多的路，做了很多很多的选择。一开始，只有两条路。他选择了左边这条路，大约走了两年，路被堵死了，他又回头走了两年，回到了起点，选择了另外右边的路。”

“第六年，他的前方分成了四条路。他一条路一条路地走过，发现只有第四条路才走得通。这一次，他花了二十年。二十年后，前方的路变成了八条。它总共花了三十几年，发现第七条路能走通。如此，每当他以为要走到尽头的时候，前方就会变出双倍的路出来。直到某一年，他发现前方有了上千条道路。”

郭临一直听着黑麟的话，问道：“最后它选择了哪条路？”既然有前车之鉴，他自然不想走冤枉路。

黑麟神色古怪道：“最后出现上千条路的时候，他说他几乎崩溃。他怕就算找到了那唯一的生路，到头来，又会变出更多的道路来。他本想自杀了之，可又不甘心，最后闭着眼睛，选了一条，做最后一搏，结果就出来了。”

郭临完全能够想象那人的孤独绝望的心境。他心中算了算，如果前面就只有两条路，而且其中有一条路是正确的，找到这条对的概率是二分之一，而接下来，每次走到尽头，又变出成倍的路，而每次又只有一条路是正确的，那么概率是四分之一。

依此类推，郭临算出了最后摆在黑麟朋友面前的路，应该是一千零二十四条，也就是一千零二十四分之一的概率。

二分之一，四分之一，八分之一……一直到一千零二十四分之一，总共十个数字。把这些数字相乘，就是从这里出发，走出抉择煌窟的概率！

这个数字，恐怕只有王云能算出来。

郭临深深吸了一口气，他也无法准确算出这个数字，但他终于知道了，为什么大陆来的一些强者进入迷失域后会出不去。假如有一部分人来到了抉择煌窟，就算他们花了几百年时间，成功走出了抉择空间，早就过了走出迷失域的期限。

良久郭临说道：“黑麟，你这位属下真牛。”他终于意识到自己是进了怎样一处空间，抉择煌窟，倒不如说是崩溃煌窟，一直抉择到崩溃为止。

他看到柏月皱着柳眉，正在掐着手指，似乎在算这个概率。

“怎么样，柏月？”

柏月神色古怪，看样子也被这串数字搞得十分头大，道：“公子，我算不出来了。我们该怎么办？”

郭临沉思片刻道：“不管如何，我们至少知道前面几条路是怎么走的。不过若要我们自己走，就算出去，也要等到猴年马月，要是这个家伙能听我们的话就好了。”

黑麟眼睛一亮，仿佛看到了希望，道：“主人说得对，它的速度那么快。我们花十几天赶的路程，它飞起来瞬息间就到了。”

可是，接下来，柏月的一句话，泼了三人一头冷水：“它怎么可能听我们的话呢。”

在三人商量对策时，鲲龙再次发出了一阵呜咽声。

“呜呜呜……”

哭了许久，它头一扭，毫不犹豫地朝着左边的路飞去。

“主人，不是这个方向，这条路是错的。阻止它。”黑麟惊叫道。

如果把鲲龙比成大象，那么三人不过尘埃般大小，让一头大象去听尘埃的话，可能吗？

不论黑麟在鲲龙的背上如何呼唤都没有用。

它毫不犹豫，一头扎了进去。

郭临安静地坐在鲲龙背上。不知为何，他相信这可怜的孩子能创造奇迹。它的速度那么快，展翅之间就越过数千里，那赤魔蛟两年才走完的路程，恐怕只要几分钟。

但郭临却低估了鲲龙的速度，不到一分钟，前方的路就消失了，只有灰蒙蒙的一片未知空间。

“看到没，黑麟，别小瞧这个家伙。我们用不了多久就能重见天日的。”郭临自信地道。

“嗯，主人。”

“公子，来回两分钟，它回去到下个路口，两分钟就可以了。”

柏月和黑麟仿佛看到了希望，那暗淡的眼眸也随之亮了起来。柏月又开始掐着手指计算。可是这一次很明显，她又没有算清楚。但是柏月知道，如果以这样的速度下去，只要几天就能出去。

也不管这头鲲龙能不能听懂人话，柏月轻轻拍了拍它脑袋道：“小家伙，走吧。我们回去。”

但鲲龙没有出声，或者压根就没有听到柏月的话，它望向前方朦胧的、连郭临神识都无法穿透的方向，旋即嘴一张，发出一阵怪异的声响。

背脊上那名副其实的鲲鹏之翅猛烈展开，在三人惊骇的目光下，它一头扎进了未知的空间里。

灰蒙蒙的雾气浮影一般地往后掠过。不按常理出牌的家伙再一次叫三人吃惊。雾气之后，周围渐渐炽热起来。

郭临看到下方一座座冒着岩浆的火山喷发着，宛如末日的世界，无数生灵在岩浆中挣扎，最后被彻底吞噬，连骨头都没有留下。灼热的气流，轻易将三人身上的衣服点燃了。

“轰！”熊熊燃烧。

二女发出痛苦的尖叫，衣服燃烧后，开始灼烧肌肤。

郭临脸色一变，掐动水系法诀灭火，道：“抓紧我。”

体内的神石春回浩渺催发到了极致。不死神石刚刚治愈二人灼伤的身体，没过多久，一股寒冷如冰的气流席卷而来。冰天雪地的世界，冷冽的寒风，将三人刹那间冻成了冰块。

水击三千里，扶摇而上九万里。

作为拥有鲲一半血统的鲲龙，它绝不会给它的先辈丢脸。火与冰的世界很快过去，接着是苍茫无人烟的荒漠。

鲲龙依旧只留下一道残影。

“唰！”

葱翠的森林，连绵起伏的山脉，高俊的山峰，浮光掠影一般地倒退着……

前方渐渐地变成了黑暗的夜空。

不知过了多久，鲲龙停了下来，不论它怎么飞行，前方永远是漆黑的宛如宇宙一般的空间，一成不变。带着尾翼的星辰滑落四方，没路了。

“呜呜呜……”

鲲龙发出一阵悲鸣的声音，它张开嘴，一道音波化作了实质的光亮，穿透黑暗，射向前方。此时，不论鲲龙做什么惊天动地的举动，三人都不会有多大感受，这一天下来，他们都麻木了。

见鲲龙从口中射出一道光线，三人都本能地抬起头，想知道它要做什么。

郭临暗暗称奇，他看出了这道实质化的音波能量非比寻常，似乎能和空间共鸣。

他猜得没有错。奇特的音波所过之处，漆黑的宇宙空间褶皱起来。漆黑的空间中，一道道龙鳞一般的波纹，周围闪烁出漫天的星光。

不，不是星光，而是灿烂的阳光。

漆黑的空间无声无息地破碎，一束束阳光射了进来。

“呜呜呜！”

鲲龙再次发出一道音波，更多的空间化成了鱼鳞一般的碎片。空间被撕扯开，蛛丝一般地向四周蔓延。它连续打出了十道音波，诡异的空间内竟然出现了一道连绵千里的裂缝。

这一次，鲲龙的声音不再悲伤。它抬起头，一头从缝隙中钻了出去。

哗……

“我们出来了。”

阳光扫在身上，带来暖意，格外舒服。三人只觉得做了一个很诡异的梦。半天之前，当他们刚刚进入抉择煌窟时，还心有绝望，觉得没有几百年很难走出去，根本没有想到，半天后就能照射到阳光。

“太不可思议了，这个家伙原来是我们的幸运星！就这样闯出了抉择煌窟，公子，你说，它有多厉害！”柏月道。

郭临说道：“控制空间，这至少是明尊级的修为。不过看来，这是它天生的能力，如果说具体实力，它恐怕到了圣级。”

“圣级的存在！”

柏月捂住嘴，忍不住惊呼。圣级的强者就算在圣域，都是站在金字塔顶端的人物。他们随便说一句话，整个圣域都要抖上三抖。

而这身躯庞大的家伙，竟然也有圣级的实力，这太夸张了吧。柏月心道，她听郭临说过，这只是一头幼年期的鲲龙。如果它长大成年，实力肯定会再提高，也许就会超越圣级。

想到这里，她心难以平静，捂着胸口道：“公子，不论它有多强，我们总算渡过了危机，接下来就快到苦海了吧。”

郭临手一指，声音带着凝重，道：“危机还没解除，你们看看下方。埋骨之滨到了。”

随着郭临手指的方向望去，是一片白茫茫的世界，无边无际的白色，死气缠绕。

白茫茫的世界，无边无际的白色。死寂的空地，没有半点生命的气息，只有亿万白骨堆积而成的骨海。

忽然一阵阴森森的风从远处吹来，吹得二女头皮发麻。

狂风呼呼作响，在白茫茫的世界中，隐隐回荡着如同魔鬼一样的嘶吼。如同无数冤魂幻化而成的黑色气流，一会儿化作阴森的鬼脸，一会儿化作恐怖的魔爪。魑魅魍魉，烟雾沉沉。

埋骨之滨是由无数枯骨堆积成的“陆地”，阳光照射在骨海上，可以见到虚幻的死物在骨海中游荡。

虚幻的死物大小不一，有长成野兽模样，也有一些化作鸟兽在半空中飞驰。似乎感到有入侵者，一些游荡着的死物抬起头来，望向那投射着一大片阴影的鲲龙。

“呜呜……”

呼啸的阴风，更加迅猛。这一瞬间，郭临感受到了一股强烈的怨念。不知有多少的死灵都对郭临等人发动了攻击。

来自灵魂上的攻击缥缈无形，柏月和黑麟脸色同时一白，接着“哇”的一口吐出鲜血。显然在这股怨念之下吃了大亏。

“哼，区区死物，也敢作孽。”

一股紫色的波纹以郭临为中心荡开，所过之处，那飞速射来的透明的死灵立即发出了凄厉的惨叫。

“嗡……”

空中出现一道道白烟，随风飘散。

在郭临用蕴含着神诀的真气扫落一片死灵之后，骨海上响起了“吧嗒吧嗒”的声音，似有枯骨在摩擦。

声音开始并不多，稀稀落落的，可是没过多久，整片骨海都发出了这种奇异的声音。

“咯咯，咯咯。”

枯骨在重组，恶魔在磨牙。

声音渐变，“哗啦啦”，那堆积如山的枯骨滚到了“山脚”。

山脚下，透明的灵魂化作一道道光，争先恐后地进入了骷髅头中。随即体形庞大的骨象、骨狼、骨虎、一个个歪歪扭扭地直立起来。

白骨组成的大军，密密麻麻地站满了整片视野。

“嘶……”

黑麟倒吸一口冷气，哪怕是身为蛟魔王的她，此刻都无法淡定了。视野之中依旧是白茫茫一片，只是这片白色的空间，已不是纯粹的枯骨，而是无数死灵战士。

像来到了地狱，死灵们将枯骨变成一头头恶灵。

“咯咯，咯咯。”

一支毫无血肉的骨魔部队仿佛在某个存在的操控之下，竟然整齐地飞了起来，对郭临等人发动了攻击。

失去血肉的翼龙，遮天蔽日。

在来到这片骨海之后，鲲龙眼眸中不再悲伤。它怯懦地望向前方，但它的怯懦不是来自这些死灵，更像是一种情怯，似乎马上要找到某个重要的东西，却又害怕面对它。

无数“骨翼”在鲲龙眼中，比蚊子大不了多少。

它吸了一口气，张开口，吐出一道火浪，那远远的距离百里之外的骨兽在刹那间化作了灰烬。

郭临不怕死灵，也不怕这些在死灵操控下的骨魔。若不是灵魂缺失，受到限制，对他来说，游荡着无数恶灵的埋骨之滨是最好的修炼之地。

不过，他还是为鲲龙轻易就秒杀了一支强大的骨翼大军而惊叹。

就在郭临以为，鲲龙又要以极快的速度掠过埋骨之滨时，它收拢羽翼，俯冲而下，又在身躯触碰到骨海之前急速飞了起来。划过的气流，在刹那间就将地面上的骨魔压碎。

郭临沉吟，道：“这些骨魔的实力都在玄王级别之上，一些骨魔的气息甚至超越了地魂，达到了更高的境界。可是在鲲龙面前，也只有大片大片地被秒杀的份儿。要是收为我用，成为我的契约之奴的话，恐怕迷失域，没有任何一个险地能够阻止我。”

当然，这只是郭临的幻想。魔之契约可以强行将弱小的恶魔收为契约之奴，也有一定概率收复实力强劲的妖魔，如果妖魔自愿，或者妥协，收服的概率将大大提高。但如果这头妖魔，实力完完全全地高出了郭临几个层次，就很难成功。

一旦契约失败，就会激怒它。

这头鲲龙拥有圣级以上的力量，郭临丝毫不怀疑，如果激怒了这头鲲龙，后果是十死无生。

恶灵们似乎感受到了鲲龙的可怕，在鲲龙俯冲之后，它们放弃了对它的攻击。

“啪啪啪……”

组成各种妖兽模样的骨魔，身体散架，土崩瓦解。

鲲龙贴着地面飞行，越向前，它的速度越缓慢了。前方是一座高耸入云，枯骨堆积而成的“山”，山脉连绵，使得鲲龙上的郭临三人，完全看不到“山”那边的情况。

“公子，它要停下来了吗？”

柏月一手捂着胸口，那握着紫玉箫的手，手心里都是汗。无边无际的死亡世界，对她精神上的冲击还是很大的。而游荡在骨海中的死灵，更叫她有一种坠入深渊的感觉。

因为眼前都是枯骨，柏月脑海中的第一反应便是，这里正是前往苦海路途上的埋骨之滨。可是现在她怀疑自己想错了。也许这里并不是什么埋骨之滨，而是真正的地狱。

但是天空中一轮耀眼的太阳，又让她的心动摇起来。潜意识里，她认为地狱中是没有太阳的。

黑麟也在看着郭临，来到了这里以后，她完全乱了方寸。唯有看着郭临的时候，她才会觉得安心。

而郭临自从进入这片骨海后，表情从未有多大变化，令她更加信赖他。这一刻，她发现，跟随这样一个主人，哪怕他是人类，也是一件很自豪的事。

她的想法和柏月相同，随着鲲龙的速度越来越慢，它很有可能在这座骨山前停下来。不过它会停在哪里，山脚还是山腰？

“错了，它不会停下来的，它会翻越这座‘山峰’。”

郭临的语气很肯定，不知为何，他能够渐渐地感受到这头鲲龙的情绪。虽然不知道是什么原因，但直觉告诉他，鲲龙的目的地绝不是这座山峰，但也绝不会远。

这从一路之上鲲龙几乎都是一副赶路的姿态就能看得出来。特别是在进入抉择煌窟的奇异空间后，它更是奋不顾身地飞过一个个险地。而在突然出现的宇宙中，它又毫无耐心地选择，直接将空间撕开。

这一切的一切都说明，它的心是那般迫不及待。但是，这种迫不及待，在进入这片骨海后就消失了。

“但它来这里，到底是为了什么？

郭临又沉思起来。

“砰砰……”

鲲龙落地，脚落在了堆满枯骨的山坡上。那巨大的擎天柱一般的脚，几乎将山坡踩坍塌。也许意识到这座山无法承受住它无穷之大的体重，它的身体表面散发出一股柔和的光辉。

光辉照耀下，郭临惊讶地看到自己的身体变大了。没过多久，他就发现这是错觉，不是他的身体变大了，而是鲲龙的身躯在缩小。

当长达千里的身躯缩小到十里左右，鲲龙身上的光终于散去，身体也停止了缩小。

身躯变成了原来的百分之一，可是郭临三人依然感到这尊鲲龙的庞大。站在十里长的鲲龙身上，三人终于从尘埃“放大”到了蚂蚁那般大。

鲲龙落地之后，脚步很缓慢。三步一跪，五步一拜，虔诚地望向前方。每向上攀爬一里地，它的脚就会跪伏下来。然后磕头，用脑袋，在骨山上留下一个清晰的凹谷。

此时，不只是能够感受到鲲龙心境的郭临，就连柏月和黑麟二人，都看到了它的脚步有些沉重。仿佛鲲龙脚下，不是堆积满了白骨的骨山，而是一座信仰的圣山。

“呜呜呜……”

似乎难以抑制住心中的悲伤，鲲龙再次哭啼起来，越往上攀登，它的哭泣声越发嘹亮。

“呜呜呜……”

伴随着呼啸的阴风，它的声音听上去是那么地凄惨。

郭临看到，柏月那妩媚而纯真的脸上，不知何时多了两道清晰的泪痕，尖尖的下巴上，挂着晶莹的泪珠。

不要说柏月，郭临心中也不可抑制地有一股悲怆之感，像见到了感人的一幕，眼泪就要夺眶而出。但是，他克制住了。

此刻郭临很想知道，这头鲲龙身上到底发什么过什么样的故事。而这座被它如此虔诚对待的骨山，又是什么？

也许无尽的岁月前，这并不是一座骨山，而是对鲲龙来说非常重要的圣地。

随着时间的流逝，耳边只有沉重的脚步声，偏西的太阳散发着余热，通红而诡异地挂在西边。

惨白的世界，渐渐地刷上了一层妖异的红。

“咚咚咚。”

鲲龙已不再是三步一叩，而是一步三叩了，叩拜下去的时候，郭临看到，它的眼睛也虔诚地闭了起来。

山顶就在眼前了。

“咚。”

鲲龙登上了山峰，身体却长久地保持着叩拜的姿势，久久没有抬起头来。

太阳已经落山，夜幕降临，郭临三人抬头望去，首先看到了一轮玉盘一样的月光。银白的月辉洒落大地，无尽的枯骨都散发着幽冷之光。

“看，公子！那边。”

柏月发出一阵惊恐的叫声，因为害怕，手情不自禁地抓住了郭临。她的瞳孔放得很大，白皙的脸庞更加惨白。

握着她的手，郭临感受到她浑身都在害怕地颤抖。

是什么叫柏月如此惊慌？

郭临看了过去，随着一幕不可思议的景象映入眼帘，他的眉头瞬间皱了起来。遥远的前方，有十具体形堪比缩小前鲲龙大小的存在。

如果不是看到过活着的鲲龙，郭临甚至不会认为这十尊化石是由动物变化而来。

白色的身躯，横亘在天边。

体形似龙，蜿蜒千里。说是似龙，那是因为它们的身躯无半点血肉，看不到它们活着的本来面貌。

它们面朝骨山的方向，都垂着首，整齐地朝着骨山方向跪拜。

它们一个个都散发着尊贵的气息，哪怕死了无数年，血肉消失，骨骼变成了化石，这种气息也未曾减弱分毫。可是，就是这样的尊贵之躯，却齐齐向骨山方向跪拜。

在十尊骨龙的头顶，盘旋着一个漆黑的旋涡。

不断地有奇异的气流从十尊骨龙上蒸腾而起，被吸入了旋涡之中。气流旋转，在旋涡的中心，隐隐浮动着奥秘无穷的图纹。

郭临惊骇，遥远的过去，这到底是怎样一个地方？就算死了无数年，气息都久久不散去的存在，难道是真正的龙吗？

而那似乎能够吸取龙气的图纹，又是什么？旋涡的另一边又是什么？

鲲龙的目的地很有可能就是眼前的这化作化石一般的骨龙。如果这些是鲲龙的族人，甚至是亲人，就不难想象，为何它会如此迫不及待地要来到这里。

环顾周围的骨地，郭临心中有一个大胆的猜测，他猜测在遥远的过去，这里便是这个小家伙的栖息之地。所以它才千辛万苦地来到了这里，可惜的是，它的亲人们都已经不在了。

郭临感到自己的身体慢慢升了起来，他知道鲲龙缓缓抬起头来，耳边是鲲龙“呜呜呜”的声音。

似乎想到了什么，郭临的脸色勃然大变，道：“柏月，黑麟，我们离开这里。”

“为什么？”

柏月和黑麟异口同声地问道。

来不及解释，郭临一手抓住一个，体内法力刹那间激发，幻化出漆黑的能量羽翼。鲲鹏之翅全力展开，以前所未有的速度扶摇而上。

“怎么了，公子？”

人被郭临突然间挟了起来，柏月有些诧异。

鲲龙本来就是在山峰处，郭临这一飞，越来越高。他想要开口对柏月解释，忽然间，一阵叫天地都为之颤抖的咆哮声，响彻天空。

“嗷！”

鲲龙眼睛通红地望向前方，虽然不是人，但依旧能从它的脸上看到一副睚眦欲裂的神情。

它仿佛受到了沉重的打击，咆哮着。悲伤的声音经历绝望的低谷，转为愤怒，然后变得凶戾和狂暴起来。

“嗷！”

当空怒啸，那一对澄澈的眼睛变得通红。鲲龙散发出强大的气流，那仿佛利剑一般的气流，几乎是在刹那间将它周围的空间，戳得千疮百孔。

如果三人还在鲲龙的背上，恐怕会在瞬间被秒杀。

鲲龙以最快的速度从山顶上滚落下来，面对突然的打击，此刻它都忘记了还拥有飞翔的能力，它怒啸着，咆哮着，冲向十尊骨龙所在的方向，可是通红的眼眶里，眼泪却肆意横飞。

忽然间，它的体表变得通红，浑身上下燃烧起了猛烈的火焰，它就像一头火焰巨龙。所过之处，那惨白的骨堆立即焚烧成了灰烬，不只是骨堆，游荡在骨海中奇形怪状的幽魂来不及躲闪，被烧得连一丝残渣都没有剩下。

高空中，郭临手臂夹着两个女人，远远地吊在鲲龙的后面。不是他想跟着鲲龙，而是苦海就在埋骨之滨的东方。

“好可怕的火焰，要是我们还在它的背上都烧死了。”

柏月心有余悸地说道。

这头鲲龙的心智很幼小，可是实力却强大得可怕。那缠绕全身的火苗，猛一看，似乎只是普通的火焰，可是在那火焰周围，附着的一片漆黑，表明这看似简简单单的火焰，却能灼破空间。灼破空间的火焰，让空间产生裂缝，这等威力，堪比天品火焰法术！

谁也不知道，当这样一头鲲龙失去理智发起怒来，会做出什么样的事。在它发怒之前，郭临及时地带二女提前离开，是个非常明智的选择。

鲲龙狂奔，郭临也在急飞，但他的速度，却依旧跟不上鲲龙。

渐渐地，视野中的“龙骨山脉”越来越近，郭临又一次地感受到自己的渺小。理论上来说，这长达数千里的“龙”，本不该出现在这个世界中的。

如此存在，一怒之间，山河都将不复存在。

飞近了龙骨山脉，郭临神识捕捉到，在苍白的龙躯上，一条条如同黑色的蛛丝一般的存在。再飞近数十里，他这才看清这黑色的“蛛丝”。

这不是蛛丝，而是一条条闪烁着黑色光辉的链条。十头骨龙，浑身缠绕着这样的链条。无数黑色的链条，缠绕着龙躯，最后汇聚在一起，通向了天空中的旋涡。

如果仔细看去，就能发现它们垂得几乎贴在地上的脑袋，也同样绑着这样的链条。

此时，他才注意到，这些骨龙的形状很奇怪，似乎经过剧烈的挣扎，郭临瞬间惊愕起来，心中掀起了轩然大波。一个念头如同电光一般划过脑海。这十头巨龙保持着跪拜的模样，不是它们心甘情愿地低下那高傲的头颅，而是被这些奇异的链条生生束缚住，无法反抗。那细细的只有人类手指粗细的链条，竟然锁住了体形长达千里的“龙”，这是天方夜谭吗？而创造了这种链条的，又是何等存在？神？

这些龙都已成了枯骨，可是，依旧不断有能量，从这些龙骨中渗透出来，通过黑色的链条，进入天上的旋涡之中……

此时，郭临心中有太多疑问。抬头沿着锁链的方向看去，他想要看到，锁链的尽头到底是什么。可是，很明显，这是徒劳的。

旋涡中间漆黑一片，仿佛一个黑洞，哪怕是一点光亮，也休想从其中射出来。而郭临自然也看不到旋涡中的东西。

“二重天的上方，就是三重天。难不成，这些锁链的那一端是在三重天吗？”郭临心中一动，他觉得有这个可能。

但就算锁链的那边是三重天又如何？郭临依旧猜不到那边的景象。放弃了胡思乱想。

此刻鲲龙已冲到了十尊龙骨面前，望着黑色的锁链，它的眼睛因为愤怒变得更加通红。

“嗷！”鲲龙凶相毕露，眼睛中有极大的敌意和怒火。这些缠绕在骨龙上的锁链，激起了它无边的怒意。

“轰。”鲲龙张开了口，口中喷出灼热的火焰。

熊熊燃烧的火焰，吞噬了锁链。

它要将这些束缚着亲人们遗体的锁链全部烧成灰烬！

第35章

苦海金莲

只是，那能够灼破空间的火焰，不但没有烧毁锁链，反而在一阵奇异的乌光之下熄灭。纤细的铁链上仿佛有一层奇异的结界，轻轻震荡，完好无损。

“公子，这是什么锁链，竟能够挡住这么可怕的火焰？”

“传说在远古，天神与龙族大战的后期，他用神铁铸造了星云缚，来惩罚最后负隅顽抗的巨龙。如果这十具龙骨都是那时期的巨龙，那么它们身上的锁链，大概就是星云缚。”

说话的不是郭临，而是黑麟。因为种族的关系，这位蛟魔王对曾统治迷失域的巨龙有些了解。

此时，黑麟神色复杂。蛟，作为巨龙的附属种族，在面对巨龙的时候，它们发自心底地有一股敬畏之感。在她的潜意识中，巨龙是无敌的存在，是不可能被打败的。可是，现在她却看到，这些无敌的巨龙被如此残忍地用星云缚锁住。

当传说活生生地呈现在眼前，黑麟心头震动万分。她仿佛亲眼看到了十头呼风唤雨、一怒风雷震的无敌巨龙，在星云缚的限制之下垂死挣扎的景象。

巨龙声嘶力竭地仰天怒吼，却始终无法挣脱下了神咒的星云缚，最后慢慢死去。

郭临面无表情地看着这一切，思绪万千。

这些巨龙死后，哪怕只剩下一具白骨，都依旧散发着强悍得让人望而生畏的气息。那么它们活着的时候，又有多么强大？可就是这么强大的种族，却依旧被玩弄于股掌之中。

两世为人，他第一次看到这样的神迹。

但眼前的景象，不但没有震慑到他，反而叫他燃起了熊熊斗志。郭临的衣袂无风自动，一股凛然的气势，自身上迸射而出。穿越之后，他的心境发生了脱胎换骨的变化，若换成以前，见到如此神迹，他恐怕会心生敬畏，可是现在心中无半点这种“可笑”的念头。

他清楚地知道，所谓的“神”，大都是先一步窥探到天道的人，他们本质上都是人，有着七情六欲，可以超越。而对天武大陆来说的“神灵”，放到天界，恐怕只是很普通的一个角色。

就像穿越前，要抢夺自己的破天斧和不死神石，自称是“神灵”的女人，就是一位来自天界的天人。如此而已。而这类的“神”，郭临总有一天，要将他们全部踩在脚下。

“轰隆！”

雷鸣电闪，天空中闪现出一张密集的电网。电光照在郭临傲然而立的身躯上，黑发飘舞，那不羁的脸庞，有一股蔑视苍穹的味道。

似乎是感受到了郭临的心境，天空之中，奔雷之声，更加响亮。隆隆之声不绝于耳，好像千军万马在天际奔腾，仿佛上天都在因这个藐视神灵的人而震怒。

“公子，你怎么了？”

柏月看到郭临身上的变化，眼眸中显出奇异的光芒。

郭临回过神，看了柏月一眼，收敛了气势，道：“我没什么，前面就是苦海了，我们走吧。”

前方，不再是一望无际的白骨，一眼望去，郭临看到在遥远的地方，有一抹月光映衬下的深蓝，那是海洋的颜色。

“嗯。公子。我好似听到了海浪的声音。”

郭临张开鲲鹏之翅，揽着二女，向前飞行。

忽然间，一阵雷鸣，响彻天际。

“轰隆。”

雷鸣之中，郭临听到鲲龙惊天动地的咆哮，转过头却看到鲲龙吐出一团更加耀眼的火光。火舌缠绕着锁链，漆黑而纤细的锁链在刹那间就被烈火吞没。但，神铁锻造而成的星云缚，又怎会被轻易烧断。如此恐怖的火焰能量，也只是叫锁链的颜色变得红了一些，无法再进一步烧毁它。

鲲龙仰天怒吼，似龙非龙的厉啸，慑人心魂。

坚韧的星云缚，不但没有叫它丧气，却更加激起了它的斗志。它抬起巨蹄，冲向中央的骨龙。

庞大的巨蹄，每一次落在地上，地面都会剧烈震动，而所过之处，白色的枯骨都化成了粉末。狂奔之中，鲲龙展开背后漆黑的翅膀，飞了起来。

“它要做什么？”

一路向前飞行，三人却不由自主地都扭过头望向鲲龙。

鲲龙通红的眼眸喷射出愤怒的火焰，它一口咬住了锁链，亿万吨的身躯挂在了锁链上面。既然无法用火焰烧断锁链，它想到了最原始的办法，用蛮力扯断它。

“呲呲呲……”

只是它咬住星云缚没多久，那漆黑的锁链上面突然蹿起了一阵电流。哪怕是鲲龙如此强壮庞大的身躯，也在刹那间随着电流颤抖起来。

“轰隆。”

一阵炸响，鲲龙悲鸣一声，倒飞出去，将白骨堆积而成的地域砸出了一个深深凹陷下去的盆地。鲲龙很快又站了起来，它晃了晃脑袋，电流过后，它身体上烧焦了一片，皮糙肉厚的身体，隐约可见血痕。

“嗷。”

它低着头颅，再次抬起的时候，发出一阵凶猛的怒吼。一对眼睛通红，喷射着怒焰的眼睛显得疯狂无比。它再一次地飞了起来，咬向锁链。

“哗啦啦。”

一口咬住铁链，巨大的身体拖着铁链剧烈晃动，随之而来的又是一阵电流的声音。

“呲呲……”

只是，这一次鲲龙明显有心理准备，强大的电流贯穿身体，可是它依旧死死地咬着铁链，鲜红的血液从鲲龙的牙齿中渗了出来，可是它却丝毫没有要松开的模样。

“轰隆。”

十秒钟后，鲲龙再次被铁链上的电流击飞出去，砸在了地上。过了许久，它才摇晃着站起身，此刻，它身下的白骨沾满了鲜血。拥有圣级力量的它，竟然在星云缚上的诡异电流中，受了不轻的伤。

毫不犹豫，它再一次地飞向了锁链。只是，没有坚持多久，它又一次地被击飞了。

随着时间的推移，鲲龙身上的伤越来越多，被电流击穿后的身体，防御也越来越差，每一次被击飞，它身上的伤势肯定要比前一次严重。

“公子，它会死的。”

柏月柳眉轻皱，对这头送了自己一程的鲲龙，心生怜悯。

“轰！”

周围的地面，被砸得坑坑洼洼。扑在白骨堆中，鲲龙浑身颤抖，承受着极大的痛苦。它浑身浴血，强健的身体，鲜血淋漓，惨不忍睹。

它挣扎着，喉咙中发出粗重的呼吸声，大口大口的血，不断地从口中涌了出来。但是它并未退缩，原本澄澈的眼睛，不但通红，而且变得锐利起来。

每一次受伤，似乎都带给了它心境上的成长，可是它依旧身躯摇晃着，顽强地站了起来。

鲲鹏之翅展开——“轰！”

倔强的鲲龙在触碰到锁链没多久，却依旧被轰飞了。可是，这一瞬间，郭临却听到了一丝来自星云缚奇异的声音，好像这神铁打造的锁链，产生了一丝微弱的裂缝。

“嗷……”

但鲲龙已是强弩之末，它拼尽性命，只换来星云缚的一丝缝隙。

“轰隆。”

巨大的身躯，朝着郭临所在的方向倒飞过来，没等落到他们面前，就坠在了地面上。

鲲龙的身躯依旧颤抖不停，可是任凭它再怎么努力，都无法再站起来。遥远的过去，星云缚连成年的巨龙都能够锁住。不知多少岁月后，就算它的能量损耗了一部分，也不是幼年期的鲲龙能够对付的。

用尽全身力气，叫星云缚产生一丝裂缝，这已经是奇迹。

“呜……”

“呜……”

鲲龙剧烈地喘息着，想要借此获得力量，但随着身上的鲜血瀑布一般地喷涌出来，它的力量在不断流失。通红的眼睛中流露出浓重的悲色，还有浓浓的不甘。它很想再站起来，用自己的力量，将这束缚了它亲人的锁链咬断。

过了许久，鲲龙依旧没有站起身。它努力将头扭向被锁链束缚着的亲人。生命在流失，幼小的它，也知道自己的命不久矣。

“公子，它要死了。你能救它吗？”

看到倔强的鲲龙垂死挣扎，柏月早已经泪流满面，她捂着口，失声道。

郭临停止了向前飞行，收拢了能量羽翼，他将二女缓缓放了下来，然后快速飞向了在生命的最后一刻，也要倔强地站立起来的鲲龙。

见到飞到自己面前的黑影，鲲龙眼睛里闪出了敌意。

郭临无视鲲龙的敌意，开口自言自语道：“若不是你，我也不可能这么快走到这里的。虽然无法与你交流，但我欣赏你的性格。小家伙，你不会死的。”

他手掐指诀，在鲲龙饱含敌意的目光中，一拳大小的碧绿神石，自手心中凭空浮现。

神石旋转，每旋转一圈，便有一股柔和的神辉，如同湖水一般荡漾开来，仿佛一瞬间，清风拂面，春回大地。

郭临以法力催动不死神石，春回浩渺。漫天的绿光，化作无尽的神力洒落下来，代表着水系巅峰神术的春回浩渺，在这一刻，展现了死而复生的奇迹。

鲲龙庞大的身躯，沐浴在神辉之中。体表的伤口，以肉眼可见的速度，迅速愈合。遍体鳞伤的身体，迅速结痂，就连不断受着治愈法术的鲲龙，那赴死的表情，也缓缓变化。它的眼睛越瞪越大，明明快死的自己，却忽然感受到失去的力量慢慢回归了。

渐渐地它停止了颤抖，大概一刻钟后，庞大的身躯上，已看不到一丝受伤的迹象。

鲲龙精神一振，深深地望着郭临，它眼睛里的敌意消失了。如此庞大的鲲龙，却十分通人性，它对郭临点了点头，用它的方式，表达诚挚的谢意。旋即，身躯一转，毫不犹豫地对着星云缚猛冲过去。

既然还没有死，它一定要将这段铁链咬断。

身体和力量恢复后，鲲龙如打了强心剂一般，张开口，牙齿显得更加锋利。

“哗啦……”一声，不计后果地咬住锁链。

“吱吱吱……”

电流贯穿它的全身，可是它反而咬得更加用力。虽然不断有鲜血从口中冒出来，但是牙齿间的星云缚，却在变形。

“轰隆！”

鲲龙吐血倒飞，却又很快地爬起来，冲了上去。

如此反复有十次，那一段被咬过的锁链，在明显地变形，但是它又一次地变得奄奄一息。这一次，它眼睛中没有绝望，而是祈求地望向郭临。

发现自己被小鲲龙当成便宜奶爸了，郭临顿时郁闷了。这个家伙，算准了自己不会见死不救吗？

他走上去，用不死神石治愈鲲龙。治愈那么庞大的一尊鲲龙，对他的消耗还是很大的。

伤口治愈，鲲龙眼睛越来越兴奋，龙尾一摆，再次冲向了锁链。

……

两个时辰后，郭临第五次治愈了鲲龙。随着一声清脆的穿透力极强的巨响，星云缚终于在鲲龙的利齿下断裂。

“哗啦啦。”

仿佛多米诺骨牌一般，缠绕着中央巨龙的锁链，“砰砰砰”断裂。星光下的神铁碎片闪烁出清冷无比的光芒，星星点点洒向四方。鲲龙终于停歇下来，它慢慢地走到了那尊解除束缚的龙骨前，低下头颅，低沉地呜咽。

“呜呜呜……”夜风中，响起了鲲龙悲戚而伤心的哭诉声。悲鸣的声音，很快引起了骨地之中的怨灵的共鸣。天地间的气氛，变得哀怨无比。

郭临盘膝打坐，补充消耗过度的法力，许久，他才睁开眼睛。

望着走到了自己面前的柏月和黑麟，郭临说道：“我们走吧。”

“公子，可是它……”

柏月还是有些不放心这头鲲龙，虽然一开始她很怕它，可是现在却心有不忍。

郭临笑了笑道：“没想到你的同情心这么强，放心吧，看样子解除了锁链的那具骨龙，才是它一路不怕死地用性命去硬撼星云缚的动力。只要它不再去动剩下的那些锁链，它死不了的。”

黑麟说道：“主人，我也觉得它挺可怜。一个人在这里孤苦伶仃。要是你能够像对我这样，收了它就好了。”

郭临不置可否地摇了摇头，他何尝不想拥有这么强大的一尊鲲龙做自己的魔宠。有如此强大的帮手，不说它圣级之上的实力，就单单飞行速度，恐怕到了三重天也有大的帮助。

但郭临心中清楚，想要收服鲲龙根本不可能，虽然自己救过它几次，但拥有骄傲的龙族血统的它，怎么会甘心做人类的附属品。在执行契约过程中，一旦激怒这家伙，谁知道会有怎样的变故。

“公子，我还是有些不放心。我们还是再看会儿它吧。反正苦海就要到了，不急于一时的。”

一天时间，从美食湾到埋骨之滨的东面，鲲龙帮三人节省了大量的时间。郭临估计着，如果没有鲲龙的突然出现，恐怕现在顶多还在万里之外的碎龙峡和那里的妖魔搏斗。

见到二女那一致的眼神，他想了想，道：“也好，今晚我们就在这里过夜，前面的苦海既然号称是二重天最危险的地方，定然有它的凶险。调整好状态，明天我们全力以赴。”

黑夜的埋骨之滨，到处是黑黢黢的阴风，厉啸声非常恐怖。游荡在埋骨堆中的幽魂，在月光下，闪烁着奇异的光芒。森然的白骨，令人毛骨悚然。

可是这些幽魂在触碰到郭临特意散发的属于炼魔神诀的能量气息后，都不敢靠近。比起妖魔，郭临要炼化这些灵魂状态的幽魂更是轻而易举。

“出来吧，小雪。你负责守夜。”

“叮”的一声，郭临召唤出了龙卫。仅仅差一线，就能晋级至地魂境界的龙卫，此刻的气息，非常强大。

美丽的容颜，眼眸狭长，锐利如电，英气逼人。她目光在黑麟身上微微一顿，然后扫过这片骨地，最后停留在了远处山脉一般的骨龙的身躯上，平静的脸上，不易察觉地露出一抹异色。

她背对着郭临和柏月，可是有一个人，却瞧见了她的变化，是黑麟。

在美食湾，黑麟也见过主人郭临的龙卫，那时候，并未感觉有什么异样。可是刚刚明明是不经意地一瞥，让它感受到了一股来自灵魂层面上的磅礴压力。作为蛟的后裔，黑麟一直以尊贵自居，可是在小雪那不经意的一瞥之下，心头无法控制地露出了卑微，就好像一位平民遇见了帝皇，慌乱无措。

这种卑微，在它翻过骨山，见到了十尊如同山脉一般连绵不绝的骨龙时也有过，可是现在更加强烈。

再看看平静地望着远方出神的小雪，灵魂上的压迫感，竟然叫她有一种想要跪拜下来，想要做她的奴仆的冲动。

黑麟神色变得震惊起来。恍惚间，她似乎看到了小雪身上升腾起氤氲龙气，最后幻化成一尊黄金巨龙的模样。

巨龙盘旋天空，俯视苍生，叫她的灵魂都感到战栗。

"黑麟，怎么了，脸色这么难看？"

郭临的话却如惊雷一般划过脑海，将黑麟从奇怪的"幻觉"中拉了出来，此时，黑麟已经满头大汗。

"我没事，主人。"

黑麟飞快地说道。忌惮地望着从始至终只轻轻瞥了她一眼的小雪，她快速地跑到了郭临身边，这才感到好受一些。

黑麟奇怪的举动，郭临怎么会看不出来。他目光深沉地望着小雪的背影，只觉得今天她有些不寻常，片刻道："小雪，怎么了？"

可是却没有得到回应，龙卫小雪依旧盯着前方，一袭白衣，在风中轻轻飞舞。

郭临皱眉，龙卫是主人创造出来的，从来不会违背主人命令的。如果说之前因为龙卫之中有初雪的灵魂，她有自主意识，不听自己的话，郭临可以理解。可是现在，初雪已经离开了龙卫的身体了。

夜色渐浓，当玉盘一般的月亮升起到空中，与漆黑的旋涡重合在一起时，忽然间，天空中空间褶皱，如同碎石投入平静的湖面，泛起丝丝涟漪，一轮奇怪的淡蓝色的能量波纹，荡漾而开。

淡蓝的波纹所过之处，形成了一张接天连地的光幕。

投影之中，首先呈现的是一处葱翠的山林，如同原始森林一般，茂密的植被，覆盖光幕中的每一个角落，绿意盎然。

无数在大陆中早已绝迹的鸟兽，长着翅膀的类龙物种，翱翔天空，绕着茂林中央高耸入云的山峰飞行着。

"咚咚咚……"

茂林中的树木在野兽踩踏中，一排排地倒下，接着传出一阵阵骇人的龙啸。

“嗷！”

随着这一声龙啸，画面中出现了更多的怪物，它们形态不一，大小也不同，有长达数百米的，也有普通野兽那般大小的，唯一相同的是那龙的头颅。

这不单单只是画面，仿佛有大能者，将远古的时空，转换到了光幕之中。

“主人，这就是远古龙族。”

黑麟说道，眼睛中有崇敬之色。

郭临点了点头，没见过远古龙族，也不知道为何会出现这样的现象，但他对这画面中的生物有所好奇。同时，他发现，画面中的远古龙族，与今日所见的十具骨龙大不相同。至少在光幕里面，没有一头龙的体形，比得上埋骨之滨的十头巨龙。

正在郭临疑惑之际，远处传来一阵怒吼，是鲲龙的咆哮声。同一时间，画面中的景象骤然转变。天空中忽然投射下一团团彗星一般的火焰，漫天的火雨落下，生机盎然的密林，以及植被覆盖的山峰，烧起了熊熊烈火。

灾难降临，和谐的世界在刹那间变成了地狱。远古类龙都有吞云吐雾之能，可是，它们无法扑灭从天而降的火焰。

就在无边无际的茂林就要完全变成火海，山峰所在的位置，空间一阵扭曲，出现了一个巨型的黑洞，接着十头巨龙凭空而现。巨龙扑灭了天火，扬起头颅怒视天空。它们在等待入侵者降临。

神光中，一尊身披华丽的盔甲，头戴紫金冠，满身金光，威严的男子，降落在火焰烧尽的山峰之上。

与巨龙比起来，他身躯渺小得如同蝼蚁，可是当他站立于山巅，十头巨龙却忌惮得不敢发动攻击。

威严的男子抬手甩出一道道连接天地的神光。神光化作锁链，在刹那间，就锁住了十头巨龙。电流声中，巨龙身体受到了极大的摧残，随着挣扎，高傲的头颅却不甘心地低了下来。

郭临暗道：“猎杀巨龙，这是要取它们魂魄炼龙卫吗？”

接下来的一幕证实了郭临的猜想，男子飞下山巅，取出一个奇怪的瓶子，然后从十头巨龙身边走过，当巨龙失去抵挡能力，他毫不客气地强行将龙魂从巨龙的身体中抽取出来。

不只是十头巨龙的魂魄，整片茂林中死去的龙族，它们的灵魂，仿佛受到某种召唤一般，四面八方地飞来，被吸入了瓶子之中。

过了许久，龙魂收集完毕。威严的男子手指对着天空一戳，便出现了一个漆黑的旋涡，旋即，他将星云缚的另一端甩进了旋涡之中，接着身体射向了十头巨龙飞出来的空间之洞。

从他出现，到轻易取了十头巨龙的魂魄，不过短短数分钟时间，从始至终，都没有说过一句话，可是郭临却忽然想通了一件事。

天武大陆几乎所有强者的龙卫，都是用七种不同的魔蛟之魂凝练而成的。因为，在这个大陆上没有龙。真正的龙都是传说中的存在，确切地说已经在大陆绝迹了。所以，大家只能退而求其次，以七蛟之魂，炼出用以辅助战斗的龙卫。

郭临猜测，这些绝迹的龙，下场恐怕都和画面中的十头巨龙一样，被“天神”猎杀了，抽了魂魄。

至于动机，很明显，这些来自更高位面的人，只想用龙魂炼成龙卫。

没有想象中的神与龙的大战，没有天神一怒，斩杀巨龙。真相往往就是这么简单和残酷。

当月亮划过当空，转出了黑洞所在的位置，光幕消失了。清冷的月光洒在谷底，空气中只有鲲龙的声嘶力竭的怒吼。通过光幕，它见到了自己的亲人的死法。通红的眼眸，仿佛要将那罪恶的“天神”，亲手撕碎。

“走吧。有了目标，看来它不会轻易死了。”

郭临淡淡地说道，那早已是另一个时空的事，他不想做什么评价。对猎杀龙来凝练龙卫之事，他并不排斥。既然人能够猎杀魔蛟，那么有足够强大的力量，为什么不可以去猎杀龙。同样是龙卫，用龙魂炼出来的，肯定要比用七种魔蛟的魂魄炼出来的厉害。

但，郭临绝不会如这个男子般残忍，抬手就灭了整个龙族。巨龙来自那黑色的空间之洞，郭临猜测，那是巨龙的栖息地，那么那位威严的男子最后进入其中，肯定会有一场大屠杀。

这一回，柏月没有说什么，默默地跟在郭临的身后。

当三人来到海岸边，漫长的黑夜终于过去，太阳跳出地平线，一轮金色的光辉从东方升起。

光辉俯照白色的骨海，黑夜中游荡的怨灵，渐渐散去。抬头望去，在遥远的东方，太阳升起的地方，荡漾着一片金黄。

在湿气朦胧的空中，一朵熠熠生辉的金莲，宛如神迹一般缓缓绽放。

那是一朵在空中盛开的金色莲花，与朝阳等同大小。每一片花瓣色泽形状都唯美得像只存在于幻想之中一样。宛如仙女用灵巧的手，以朝霞为金线、天幕为锦帕细绣而成。天边，轻纱似的柔云使之更添了一种朦胧之美，缓缓升起的朝阳，变成了陪衬。

“地涌金莲！”

郭临三人异口同声地道。虽然在此之前，三人都没有见过地涌金莲，可是这一刻三人本能地觉得，眼前盛开在天边的莲花，就是地涌金莲。

郭临和柏月相视，脸上都露出了会心的笑。原以为在到达苦海后，还要花不少时间来寻找，没想到它就在眼前了。这是一种难以言表的喜悦。

天空中的莲花是虚幻的，但是那地平线处的金光却是真实的。按照那个方向找去，肯定不会错。

阳光照亮整个世界，眼前的苦海忽然变得热闹起来，湛蓝色的海水中浪花翻滚，泛出一蓬蓬洁白的水花。

极目望去，在海水之中，郭临看到了一个个穿梭着的黑影。毫无疑问，这些都是苦海中的海兽和海妖。从它们散发出来的气息来判断，实力都是非常强悍。

这里是落船长到达的最后一个地方。经验丰富的航海家都在这片海域全军覆没，其中的凶险可想而知。但郭临绝不会就此退缩。

“嗷！”

“咔咔！”

海水中响起了海妖们的叫声，距离海岸百米之处，一头凶悍的甲壳呈碧绿色的海妖浮出水面。它张牙舞爪地挥动着两只魔钳，虎视眈眈地瞪着郭临，在它的身边，拥簇着密密麻麻的体形略小的海兽，瞪得浑圆的眼睛，凶神恶煞一般。

它们都看到了站在海岸上，美味的人类。

黑麟舒展开的眉头又拧起来：“主人，这些是青鳌怪，实力都不亚于我。”

郭临问道：“你说的是中间的那个大家伙吗？”

“不，主人，我指的是围在它身边的海妖。中间那个是它们的王，青鳌王，它拥有更强大的力量。”

在黑麟说话时，郭临也在用神识探查这些海妖，叫他吃惊的是，正如黑麟所言，眼前密密麻麻的个头小的海妖，实力居然都达到了王级巅峰。而那一头长得像大螃蟹一般的家伙，它的实力甚至超越了万妖岛的那些妖王们。

上百只王级巅峰海兽，以及一头魂级的海妖，这仅仅是岸边妖物的实力。

郭临说道：“你们在这里等我，我杀了它们再走。”

“嗯，公子小心。”

郭临张开能量羽翼，漆黑的鲲鹏之翅展开来，飞向空中。面对海洋里的妖兽，最好的办法便是从空中发动攻击。

他手掐指诀，随着一声清脆的凤鸣，郭临的身前浮现出碧绿色的火鸟。

朱雀碧炎一现，海中的妖兽立即觉察到了危险，发出沙沙的声音。一只只螃蟹模样的海兽，张开口吐出一串串威力强大的水枪，瞄准天空中的郭临。

上百头海兽同时发动攻击，郭临的身影立马被淹没在了水柱之中。上百道强大的王级实力的力量叠加起来，威力异常恐怖。

“唰。”

郭临人影一闪，躲过一道道水枪的攻击，旋即手一招，身前又多了一只碧绿色的火鸟。

朱雀展翅，体积暴涨，火热的能量从郭临身边荡开。那灼烧着空气的能量，叫海兽们更加躁动不安。

“嗷！”

青鳌王发出一阵吼叫，忽然，它周围的水涌动起来，将它从海水中高高托起，冲向郭临。重若千钧的魔钳，惊鸿一般快速伸出，砸向郭临。

海妖都是使用一些水系妖法的，青鳌王将身体快速托到空中的这一招，正是水系妖法。

面对青鳌王的重重一击，郭临不避，更加快速地掐动指诀。

“唳！”

随着一阵清脆的鸣叫声，郭临手一摇，身前的三只火鸟融合在一起，变成了一只体长数十米的朱雀。

碧绿的朱雀划过天空，从中掉下来的碧绿的焰火灼烧空间，落在水面，恐怖的高温，使得表面的海水，瞬间蒸发成空气。

终于，朱雀碧炎与青鳌王的魔钳狠狠地撞在一起。

“轰隆。”

海水中如同被投射下了重磅炸弹，掀起千丈海浪。能量殛爆中，郭临与青鳌王同时倒飞。

二者表情，大同小异，皆有些吃惊。郭临没想到这头长成螃蟹模样的海妖，能够用魔钳挡住自己的朱雀碧炎。而青鳌王也没有想到，这个人类竟然拥有如此厉害的法术。若不是它的魔钳极其坚韧，并且加持了对火系法术有专门克制的水系妖法，很有可能就会在这一击中落败。

“嗖，嗖。”

空中，郭临身体腾挪，快速地躲开来自青鳌怪的攻击。抬头望去，那还未坠入海水中的青鳌王，再次在水流的冲击下飞了起来。

青鳌王怪吼一声，双钳齐至，一钳化作拳，另外一只钳子打开，露出锋利的齿，左右开弓，势大力沉的一击，排山倒海，要将郭临击溃。

郭临人影一闪，躲开青鳌王的攻击，他也发现了朱雀碧炎打在魔钳上，并未产生多大的效果，再次掐动指诀，一道青色的雷霆从天而降，狠狠地击在了青鳌王的甲壳上。

青鳌王的魔躯只是微微一颤，显然这种级别的法术，对它的伤害甚小。

青鳌王魔眼一瞪，锁定在躲避着自己攻击的郭临，身躯化作残影，刹那间，出现在郭临面前，挥舞带着诡异妖法的魔钳，狠狠落下，毫不犹豫地砸在了郭临开启的圣王盾上。

“嗡……”

承受了这一击，圣王盾如同风中的烛火一般，猛烈摇摆，差点破碎。

郭临赶紧退开，同时催动法力，加持到圣王盾上，目光冷冷地扫过水面上不断干扰着他的青鳌怪。若不是因为要时刻躲开来自下方密集的攻击而分心，他怎么会被青鳌王击中。

不过刚刚使出的太乙青雷，能够叫青鳌王身躯微微一颤，倒是叫郭临有些意外，因为太乙青雷不过是黄品三阶的法术，与地品级别的朱雀碧炎，相差好几个层次。朱雀碧炎，都能够被挡住，它却能够对青鳌王造成些伤害，虽然这些伤害不太明显，但也提醒了郭临。

这头长成螃蟹模样的青鳌王是一头水系妖物，对火焰法术，有特殊的免疫能力。可是，对雷系法术却没有。

相反，雷系法术对大多数妖物，都有伤害增幅的效果。所以，一般猎魔者在魔域中猎魔，使用最多的也就是雷系法术。

郭临心中了然，抬手之间，手心中多了一团紫色的雷芒。

在遇见柏月，想起白冰，部分记忆如潮水一般回归后，他的脑海里多了一些前世常用的功法和法术。

这些功法和法术，多数都到了玄品级别。不过，这些法术对早拥有地品级的朱雀碧炎的郭临，有些不够用。也有少数达到了地品级别的武技，但这些武技却因为有诸多限制，导致郭临就算勉强使用，威力也达不到地品的层次。

就好比，灼热之弓的专属法术灼热之牙，若没有灼热之箭，恐怕连其十分之一二的威力，都无法使出来。

所以，在面对敌人的时候，他很少去使用这些想起来的东西。

因为不论是灼热之箭的九箭齐发，还是朱雀碧炎，威力都要比这些玄品级别的法术，或者无法百分百发挥的地品级别的武技强大。

郭临手心中的暗色的雷芒，名叫暗紫魔雷，是一种玄品六阶的法术。

玄品六阶的暗紫魔雷威力无法和朱雀碧炎相比，但此时，正好拿来对付青鳌王。

手中雷芒轻轻一丢，暗紫魔雷划过一道紫色的弧线，绕过它巨大的魔钳，精准地落在腹部上。

“轰！”

一声雷鸣般的巨响，青鳌王剧烈一震，身躯上冒起了白色的烟雾。

“果然有效。”

郭临心中一动，正要乘胜追击，就在这时，一排排威力强大的水流击中了他的圣王盾。

圣王盾在强大的水流冲击下直接破碎，随着一阵玻璃破碎般的脆响，郭临的圣王盾化成了紫色的碎光，紧接着一道水柱将郭临冲上了天空。

海岸边，柏月焦急起来，很明显她恨自己实力不济，无法在这样的时刻给郭临援手。

黑麟也是一样心有愧疚。她虽然是蛟魔王，可是苦海之中，普通一头海兽的实力就与她相当。她若下去，也只能是累赘。

看着郭临被强大的水流冲上天空，二女情不自禁地揪心起来。

十几道水系法术打在身上还是很痛的。每一道水柱都蕴含着数万烈马的力道，就算是一座小山，在十几头青鳌怪的联手攻击下，也要被摧毁。

空中，郭临念出法诀，再次撑起了圣王盾。这一击虽然痛，但这些伤势还不足以影响他。他冷冷地扫过这些体形稍小的水怪，心中有了主意。

与其在上百道密密麻麻的攻击中，击杀青鳌王，还不如先清除这些烦人的东西。

面对上百头青鳌怪，他抬头望向岸边，正想召唤龙卫小雪助战。可是，当他捕捉到她的身影时，神色顿时诧异起来。

只见她在骨堆中央，双手张开，手心向下，一股若有若无的能量从地面上蒸腾起来，沿着她的手心，进入身体之中。

这种情况，郭临在美食湾的时候见多了。每一次，当小雪吸收天武灵石的能量，都是这么一副姿势。

她在修炼，骨海中有天武灵石矿？郭临心道，还是这些骨中有天武灵石的成分？

这个念头划过脑海，郭临神色顿时变得不可思议起来。小雪在美食湾修炼会惊动那头鲲龙，难道真的是因为，那些天武晶石是它的牙齿？

如果真是这样，难怪美食湾海底会有比天武灵石更加高级的天武晶石。确切地说，鲲龙的骨骼中蕴含天武晶石的成分。

可是为什么它的骨骼中有灵石的成分？

郭临想到的答案，就是它在生长过程中，不知不觉地摄取了天武灵石，最后强化到了身体上，就像美食湾的“蓝月亮”的血液中，拥有天武灵石的灵气一样。

在遥远的时空，这片埋骨之滨是鲲龙生长的家园。如果这片区域中有灵石矿脉，那么，在此地生活久了之后的鲲龙，它的身体，它的骨骼，有了天武灵石的成分，便不足为奇。

如此一来，就能解释小雪为何会突然做出修炼的姿势，而的的确确有能量透过枯骨蒸发上来，被她吸收。

想到这里，郭临脸上浮出了笑容。龙卫小雪在美食湾海底时，就到了玄王巅峰的层次，再次吸收能量，用不了多久，就能突破到地魂境界。如此，自己的实力，将发生质的飞跃。

关键时刻，郭临果断地不去打扰她，打算独自应付青鳌王以及它的虾兵蟹将。他托起手中的暗紫魔雷抛向水中，砸在了一头躲避不及的青鳌怪的身上。

青鳌怪只有玄王巅峰的实力，地魂二重的郭临使用的玄品六阶的雷系法术，对它的伤害非常之大。

强大的暗紫魔雷灌入体内，水中青鳌怪庞大的甲壳发出短路一般的电火花，两只长在甲壳外的眼睛，竟然如同灯泡一般爆裂开来。

“轰隆”一声，青鳌怪背上的甲壳与身体分离，口吐白沫，肚子朝上，浮在了水面。

郭临的举动立即激起了附近上百头海兽的仇恨。百头青鳌怪眼睛凶狠地瞪着郭临，旋即，口中吐出一道道更加猛烈的水柱。

水柱冲天。

“嗷！”

体积庞大的青鳌王破开浪花，双钳挥出，直敲郭临的脑门。魂级的青鳌王速度很快，几乎是郭临刚刚发现有一道不寻常的水柱，双钳就到了面前。

郭临闪电般地取出引龙剑，将剑横在胸前。

“叮！”

能量炸开。

郭临与青鳌王同时倒退。

见青鳌王掉了下去，郭临并未追击，低喝一声道：“暗紫魔雷。”

以他地魂二重的实力，使用玄品级别的法术，已经不需要太多的施法时间了。几乎是心念一动，手心中便浮出了一团雷芒。受到暗紫魔雷的感应，天空中隐隐传来一阵阵雷鸣之声。

雷芒落在紧挨的两头青鳌怪中间——“轰隆！”

两头青鳌怪被炸了出去。

看着郭临不断地击杀着自己的部下，青鳌王怒到了极点。可是这个人类太狡猾了，不论自己怎么攻击，都难以击中他。

郭临越来越随心所欲地施展法术。眼看着属下越来越少，青鳌王凶狠的魔眼发出一道诡异的光芒，紧接着，它整个身子开始变化。光芒之中，这只十几米长的大螃蟹开始缩小，变成了一个身披蟹甲的人形怪物。

它虽然变成了人形，不过两只手依旧是蟹钳的模样，不同的是，两只蟹钳的颜色由青色变成了红色。

郭临丝毫不惊讶。强大的海妖能够变成人形，一些妖怪变成人形后战力会提升。

趁着青鳌王变化，郭临又再丢出两个雷芒，将海中的青鳌怪炸飞。也难怪这头青鳌王做出一副要拼命的样子。战斗初始的上百头青鳌怪，此刻已锐减至三十以下。

化作人形的青鳌王站在不断地喷涌着海水的水柱上，狞笑道："没想到你还有两下子，的确有资格做我兄弟们的食物。"

从青鳌王的话中，郭临听出了还有一些敌人。不过再多的妖魔他都不会畏惧。郭临神色不变，淡淡地道："那就一起来吧。"

"嚣张至极，等你见了我兄弟们后，看你还会不会这般猖狂。"

话音刚落，海浪猛烈翻滚起来，两道水柱从水面上冲天而起，在水柱的上方，站着两位身披鳞甲凶神恶煞的妖魔。

两尊人形妖魔，不过和青鳌王一样，未幻化完成。它们虽然都拥有人的身躯，可是两个头，却依旧是海兽的模样。

一个怪异的鱼头，嘴上还有两根触须，一个则是尖尖的龙虾一般的头。从气势上来看，这两头妖魔和青鳌王一样，实力都达到了魂级。

郭临嘴角微微上扬，道："一只是螃蟹，又来了一条鱼、一只虾，果然是物以类聚。你们一起来，还是一个个上？"

鱼头妖怪手中鱼叉模样的武器对着郭临一指，大骂道："放你娘的屁，老子是雷牙王。不是鱼。胆敢擅闯我苦海领地，就把命交出来吧。"

那虾王手握方天画戟，道："二哥，三哥，让我来对付他。区区人类，我五分钟就解决他了。"

青鳌王和雷牙王显然对虾王很有信心，听了它的话，自动退开一边。

郭临本以为三个妖魔会一起上，既然一个个来送死，他更不会客气。

手托雷芒，"唰"，郭临原地留下一道残影，出现在了虾王面前。那凌厉的气势，逼得虾王节节后退。

手心的雷芒附在手掌上，郭临猛力一拍，顿时传出阵阵奔雷之声。

虾王实力不弱，躲开郭临的这幻影一般的掌风，手中方天画戟旋转，直刺郭临的脑门。

"太慢了。"

郭临一笑，凌空向左跨出一步，身体转到了虾王的身后，一掌拍出，气势惊天。

一个带着雷芒的掌印，狠狠地印在了虾王的后背。

"咔嚓。"

甲壳龟裂，虾王的身体如同炮弹一般地射了出去，"轰隆"一声，落入水里。

从实力来看，雷牙王最强，那青鳌王次之，这虾王最弱。刚刚若不是有上百头青鳌怪一刻不停地骚扰郭临，说不定他已经把青鳌王给杀了。对郭临来说，这虾王简直是找死。

没有理那狼狈地从水中蹿出来的虾王，郭临目视青鳌王，淡淡说道："我说过，不要浪费时间了。一起来吧。”

对郭临一招击落虾王，另外两个妖王也是惊愕万分。青鳌王冷哼道：“哼哼，既然如此，就不客气了。二哥，咱们一起上，干掉这个嚣张的人类。”

郭临催动法力，加强圣王盾的防御。同一时间，他看到三个妖王，从三个方向对着自己射来。

三个方向同时攻击，完完全全地封住了郭临的退路。

郭临目光一扫，手中的雷芒毫不犹豫地灌入到了引龙剑之中，一把雷光闪闪的长剑，飞快地划出三道诡异的弧光。

郭临踏空而行，脚尖在空中一点，顿时身体如同流星一般冲出，直刺虾王。

三个妖王实力不一，对郭临来说，这最弱的虾王，则是突破口。

“叮。”

带着雷芒的引龙剑与虾王的方天画戟撞在一起。郭临蓄力，收剑，再刺。引龙剑逼仄的剑尖一点，带着死亡气息的雷芒辐射开来。

虾王横移方天画戟挡在胸口，却没有挡住郭临的剑，顿时脸上露出了惊慌之色。

引龙剑刺破虾王的甲壳幻化成的胸甲，贯穿胸膛。法术暗紫魔雷顺着引龙剑打入其中。

“砰。”

虾王的胸口绽开了血花，重伤的身体，再次落入海中。

这一切繁多的叙述，实则却在电光石火之间完成，当青鳌王和雷牙王冲到郭临所在的位置时，虾王早就已经被打落水中了。

见到虾王如此不经打，青鳌王与雷牙王眼中闪出懊恼之色。雷牙王转动鱼叉，对着郭临默念出一段咒语。咒语完毕，一道带着毁灭气息的死光，从鱼叉中射了出来。

郭临微凛，没想到这长着鱼头的妖魔还有这样的妖法。从这道光芒传出的气息来看，威力定然非比寻常。

想到这里，当机立断。经脉中，强大的法术洪水一般地涌出来，加持到圣王盾之上。

他要以圣王盾的防御，来抵挡这一击攻击。

只是，这道死光来得太快，郭临还未将全部法力加持到圣王盾上，它便以摧枯拉朽之势，在刹那间吞没了郭临。

“公子。”

“主人。”

柏月和黑麟都在望着空中的对战，见郭临被恐怖的能量光芒击中，顿时紧张起来。

第36章
地魂小雪

虾王的实力是地魂一重左右。本来就强于它的地魂二重的郭临能够轻易将它击败。而青鳌王的实力是地魂三重左右，郭临用雷系法术，依然能够稳稳压制住它。

但地魂四重实力的雷牙王，却需要郭临严阵以待。相差两个境界，力量相差一倍。

带着毁灭气息的死光渐渐散去，青鳌王神色欣喜，它知道这是雷牙王的招牌妖术——邪牙死光，威力强大，以它的实力想要挡下来，都要吃一番苦头。

在它看来，纵然郭临有防御威力强大的圣王盾，最后也难免落得盾碎人亡的下场。

光芒散去，天空中空空如也，未发现郭临的身影。

青鳌王一愣，旋即哈哈笑了起来："看他这么狂，我以为有多了不起，至少能够挡住二哥的一击，没想到这么不经打。一招邪牙死光，连渣都没有剩下，没用的废物。"

旋即它又将目光投向了岸边的柏月和黑麟，他早就注意到了二女美丽的容貌："好久都没有尝过人类美人的味道了。"

他挥舞魔钳，高声宣布对柏月的所有权："美人，以后你就是我的人了，跟我在苦海做我的青鳌岛岛主夫人。"

说完，青鳌王目不转睛地盯着美丽的柏月，等着她的反应。如果她拒绝，他就用暴力的手段达成目的。虽然说强扭的瓜不甜，但他不介意。

他惊喜地发现，焦躁不安的女人在听了自己的话以后，如释重负，不经意间流露出妩媚勾人的笑。青鳌王看呆了。

"三弟，小心。让开。"

不远处传来雷牙王的声音，可是青鳌王却仿若中了蛊一般，充耳不闻。他只觉得，这人类女子笑得太好看了。

他正要上前，走向海岸，一阵冰冷的声音从青鳌王的背后传来。

“你觉得她是在对你笑吗？”

冷冷的声音，不带一丝感情，如同来自千年寒潭中一般，叫青鳌王忍不住打了个寒战。

青鳌王先是一愣，他觉得这个声音好奇怪，既不是二哥雷牙王，也不是四弟虾王的声音，倒像那个被轰成了渣的人类。

再看看那美丽的人类女子的目光，青鳌王这才发现，这目光的焦距分明是在自己背后，而不是在看自己。

青鳌王一怔，暗道难不成他没死，他故意做出被击杀的样子，是为了偷袭自己？现在，他就在毫无防备的自己的背后？

想到这里，青鳌王背脊一凉，眼眸中闪出极度夸张的惊恐之色。他感受到后颈传来的凌厉的剑气，顿时发出一阵号叫，歇斯底里地吼叫。

郭临出手如电，毫不留情，闪烁着紫色雷芒的引龙剑，从青鳌王的后颈划过。

毫无防备的青鳌王，哪里挡得住郭临的蓄势一击，剑光交错，头颅飞了出去。

在邪牙死光过后，柏月很担心郭临。但她不认为郭临会这么轻易地被打败。果然没过多久，当青鳌王和她说话时，她就看到了诡异地出现在青鳌王身后的郭临。

心系郭临安危的她，根本没有听到青鳌王在说什么，见到郭临平安无事，她自然就如释重负地笑了。

可是，青鳌王却以为柏月是在对他笑。

“下辈子投胎，不论做人还是做妖，不要自作多情了。”

郭临冷漠地看着身首异处，坠入海中的青鳌王，然后转过身，面对怒气冲天的雷牙王。

“叮”的一声，郭临再次祭起了被雷牙妖光击碎了的圣王盾。雷牙王是地魂四重的妖魔，郭临与他相差二重，但郭临不惧。

“卑鄙的人类，我要将你碎尸万段。”

雷牙王怒不可遏，这个狡诈的人类，竟然用这么卑劣的手段杀死了自己的兄弟。更叫他气愤的是，自己引以为傲的邪牙死光，竟然无效。

雷牙王眼睛通红，大吼一声，冲向郭临。手中鱼叉忽然变化，变成十枚虚幻尖锐的钢刺。

妖法起，海浪滔天，磅礴的能量以摧枯拉朽之势卷向郭临。

狂风中，郭临神色平静，衣袂猎猎作响。手中的引龙剑吞吐着雷芒，变幻莫测。面对雷牙王飞驰而来的攻击，郭临背后鲲鹏之翅猛烈一展，退后千米。旋即，他双手握剑，身体化为离弦之箭，射了出去。

“铿！”

这一击碰撞，爆发出惊天巨响。空中，炽热的能量核相互泯灭，旋即轰隆一声，炸裂开。强大的冲击波，将二人弹飞出去。

以地魂二重硬撼地魂四重，力量上是吃亏的。一招过后郭临只觉得气血翻腾。

雷牙王也好不到哪里去。他明明能够感受到这个人的实力要逊色于自己，可是在刚才的一回合中，竟然爆发出不输于自己的力量。

“果然有两下子。不过，死吧。”

雷牙王手中诡异的鱼叉，又开始转动，厚厚的鱼唇不停地蠕动。一道气流卷开，比邪牙死光更加恐怖的光芒，酝酿成型。

血色的妖光照亮苍穹，厚厚的云层，在妖光的浸染之下，变得诡异无比。

郭临撑起了圣王盾，可是迎面而来的压迫之力，叫他皱起了眉头。神识强大的他，可以清楚地感受到这即将来临的一击，有多么恐怖。他很快地得出结论，用圣王盾是挡不住这一招的。感受到更加磅礴的气势，郭临果断地张开鲲鹏羽翼，扶摇而上。

当血色染满了天空，雷牙王的一张丑陋的鱼脸，也变得通红至极，就好像热血涌上脑门，只要轻轻一戳，就会泉水一般地喷洒出来。

“逃得了吗？不论你怎么逃，都躲不过这一招的。你死定了！血之缠绕！”

雷牙王冷冷一笑，一道红色螺旋一般的光芒，直射扶摇而上的郭临。

诡异的螺旋光芒很快，几乎是在刹那间，就追上了郭临。高空中，郭临急转而下，锁定了他的光芒，仿佛长了眼睛一般，也立即调头。

郭临不断地在空中变换方向，但不论他怎么躲，都摆脱不了紧追不舍的螺旋光芒。

“不要做无用的挣扎了，放弃吧。只要我不死，我的血之缠绕是不会消失的。而一旦被击中，你必死无疑。”

血之缠绕的速度快得不可思议。地魂二重的郭临，全力以赴地催动法力飞行，也只是勉强地与它保持很短的距离。

血色的螺旋之光，每缠绕一圈威力就增加一分。如果一开始郭临就催动法力，用圣王盾阻挡，它的余威还只是能够伤到他的话，那么现在必定重伤。

随着时间的推移，这道螺旋之光，威力将会越来越强大，强大到足以秒杀地魂强者的地步。

看着天空中狼狈飞行的人类，雷牙王仰天大笑，丑陋的鱼脸，笑得极度夸张，他很享受这种敌人全力以赴都难逃一死的画面。

敌人挣扎得越久，他心中的快感也越发强烈。

随着时间的推移，血之缠绕不仅是威力，就连速度也增加了。郭临已经是在全速飞行，可它还是以肉眼可及的速度，快速地缩短与郭临之间的距离。

望着下方狂笑着的雷牙王，以及快得叫人根本无法反应的血之缠绕，郭临脸上却毫无慌张的样子，相反嘴角牵起一抹讥笑。

“自寻死路，差不多可以了。”

他双手握剑，身体在空中划过一道抛物线，旋即直射雷牙王。此时此刻，引龙剑上爆发出更加强烈的雷光，将他整个人给包围起来。

“放弃了，来找死吗？”

面对光一样急速而来的郭临，雷牙王冷冷一笑，手中的鱼叉再次挥动起来。郭临近在眼前，只要一叉下去，就能将其击杀。

忽然之间，雷牙王脸色一变，心中闪出不妙的预感。因为他发现，眼前急速而来的郭临太冷静了，一点也没有人之将死的慌张和不甘。

就在这时，前方传来一阵轻蔑至极的声音：“发现了吗？可是晚了。”

郭临形如电光，一剑劈出，身体微侧，几乎是贴着雷牙王飞了过去。

雷牙王反应速度很快，但再快的反应速度，反馈到大脑，再加速去躲开血之缠绕，也需要时间。而血之缠绕的速度，本来就达到了极致！

“不！”

不甘心的怒吼声中，血色的光芒，轰在了雷牙王的胸膛。

哪怕是地魂四重的躯体，在这一击之下，也四分五裂地炸了开来。

空中，郭临冷冷地望着下方，此刻自食其果的雷牙王早已化成了一堆碎肉。血之缠绕，这样的妖术，它最大的优势就是一旦锁定敌人，便会不死不休地追踪；而最大的缺点，也是如此，容易被敌人利用。

在雷牙王使出血之缠绕不久之后，郭临就想到了用这个方法化解。他看似狼狈，实则却在拖延时间，目的就是为了让血之缠绕的威力增强，增强到足以秒杀雷牙王的地步。而可笑的是雷牙王，还真以为自己在垂死挣扎。

郭临缓缓飞落海岸，他看到黑麟眼中闪烁着崇敬的光芒。郭临道：“这一路不会太平。海上危险，我们最好飞过去。”

二女深有同感地点了点头，这只是海岸，就遇到了地魂级别的妖魔，毫无疑问，随着深入苦海，必将遇到更为强大的妖魔。

那片金莲所在的海域，看似美好，但也要有命到达才行。

只是，黑麟是不会飞的，这是一个问题，而郭临也不放心将她留在埋骨之滨。没了拥有炼魔神诀的自己的守护，埋骨之滨上的怨灵，会毫不客气地对她发动攻击。

“柏月，你带着黑麟飞，跟在我后面。如有危险，立即飞到天上去。”

“嗯。”

堂堂蛟魔王竟然成了累赘，黑麟心中受伤，不过现在也别无他法。郭临能够不抛弃自己，她就很感激了。

“小雪呢？怎么没看到她？”

郭临更关心龙卫小雪怎么样了。刚刚战斗花了不少时间，恐怕她也该晋级了。

柏月伸手指向左边的一个白骨堆成的山坡，说道：“她到那边去了。”

“嗯，去看看。”

小雪是郭临的龙卫，他感受到此刻她的气息在不断变强。

三人爬过白骨堆成的山坡，下面是一个锥形的盆地，而龙卫小雪就站在盆地的中心。柏月道：“奇怪了，我们刚刚从这里走过，怎么会有盆地？”

郭临点了点头说道：“是她弄出来的。我想盆地之下就是矿脉。”

“嗯。”

此时，龙卫小雪衣袂无风自动，蝶舞一般飘浮，来自天武晶石透明的能量，不断地淬炼着她的身体。她紧闭着双目，美丽的容颜有着刀剑一般的锐气。

当三人的目光同时落在她身上时，一道紫色的光芒，自她身上龙卷风一般地平地而起。

强风之中，龙卫小雪气势暴涨。紫色的龙卷风没入底下，整个盆地的范围，又扩大了一分。而她的身体，也下沉了一分。

“看来这个盆地就是小雪晋级时创造出来的。”

郭临托着下巴，暗自思索，不知道小雪晋级几次了。

毫无疑问，现在肯定到了地魂境界，这可以从她晋级的时候产生的紫色气流看出来。玄王级别的人，晋级产生的旋流都是金色的，而地魂境界的正是紫色。

“恭喜公子。”

柏月脸上洋溢着笑，她替郭临开心。

郭临心情的确很好，小雪晋级至地魂境界，他的压力就小了很多，他握住柏月的手，笑道：“柏月，以后叫我郭临好了，公子听起来太生分了。”

柏月微微一愣，眼中闪过一抹难以理解的复杂神色。

“怎么了？”

这是郭临第二次看到柏月露出这种复杂的神色，第一次是在一重天的那个清澈的河畔边。当初说道自己叫郭临时，她也露出过类似的神色。

“没什么。”柏月也发现了自己的异样，她抬起头，笑道，“可是，我还是喜欢叫你公子。”

“喜欢就叫吧。”郭临道，不知为何，她感到柏月有心事。

这里真的是一个巨大的矿脉，一个时辰后，小雪身上再次卷起了紫色的能量气流，她再次晋级。

看着渐渐升起到当空的太阳，郭临道：“看样子，我们要明天再出发了。”

……

下午的时候，盆地的直径达到了数里之宽，盆地中央的小雪徐徐睁开了眼睛。此时，她的气势与早上相比，增长了十倍不止。

锐利的目光轻轻一扫，哪怕是身为她主人的郭临，都感到了一股刺痛之感。

“好强大的气息。”

柏月和黑麟吃惊地异口同声道。

郭临将手中的引龙剑抛给小雪。他知道，自这一天开始，自己再也不用为战斗中因为龙卫的实力低，无法给自己足够的支援而苦恼了。

以前是因为找不到天武灵石矿，小雪的实力迟迟无法跟上自己，现在则是他开始扮演追赶者的角色了。

郭临满意地点了点头说道：“地魂九重了，很好。就到这里，回来吧，小雪。”

“是，主人。”

“叮”的一声，龙卫小雪进入到了郭临的灵魂空间之中。

由于天武大陆的法则束缚，龙卫的实力是不可能超过主人一个大境界的。比如一个真灵级别的人，他的龙卫不论吸收多少能量，在主人突破到玄王境界之前，它的最高等级也会限制在真灵九重。

而现在龙卫小雪就是这个情况。这里有海量的天武晶石，如果郭临的实力达到天魄甚至更高境界，她也可以无止境地修炼下去，一直修炼到郭临所在境界的巅峰为止。

而郭临现在的实力是地魂二重，所以龙卫小雪能够达到的最高等级便是地魂九重。

“人类，滚出来，我知道你在那边！”

尖锐的声音，穿透力极强，从远处的海中传来。

“缩头乌龟，你杀了我二哥、三哥，快出来偿命。”

郭临眉头微皱，神识散发出去，他“看到”在几里之外的海中，一头巨型的龙虾将头露在海面上。

在龙虾身旁还有一个长满了触须，如同章鱼一般的海妖。

终于，郭临想起了这个声音的主人，正是早上被自己击成重伤的虾王。

“原来是搬来救兵了。”

郭临嘴角浮出一抹冷笑，这头海妖气息强大无比，如果用人类的等级来衡量，保守估计有地魂六重左右的境界。

地魂六重的实力，如果郭临不动用不死神石，想要战胜这家伙就有些吃力了。不过现在么，正好拿来给小雪活动活动筋骨。

郭临将刚刚召唤进灵魂空间的龙卫再次召唤出来，道：“小雪，出力的时候到了。就让它们见识见识你的力量。”

“是，主人。”

手握引龙剑，龙卫小雪整个人露出如同宝剑一般的锋芒，“唰”的一声，背后张开了一对淡紫金色的能量羽翼。

郭临讶异，地魂境界不论是人还是龙卫，法力化翼的颜色都是黑色的。而小雪幻化出的能量羽翼，竟然是紫金色的。

原以为初雪的魂魄离开龙卫后她会变得正常一些，可是没想到更加诡异了。

“为什么会这样子？”

郭临觉得很有必要等初雪苏醒后把这件事情弄清楚。

“我们走吧。”

小雪的速度极快，郭临三人刚刚飞到空中，远处就爆发出震耳欲聋的声响。战斗已经拉开。

见到龙卫小雪锐气逼人的容颜，虾王一愣，旋即扯着嗓子大骂道：“藏头缩尾，让一个女人来战斗，算什么男人。孬种。”

只是，话音刚落，一道电光从他身前闪烁而过。下一秒钟，他一个字都说不出来了。

硕大的头颅，以及两只威武的钳子，如同薄纸一般被轻易划开，落入水中。

一剑秒杀！

战斗的时候，小雪的眼眸比当初的初雪还要锐利几分，像一个毫无感情的杀手。

一剑秒杀虾王，她根本没做停留，身如闪电，射向了那长满了触须的海妖。

剑光、妖法纵横交错。

天空被妖法染成了各种颜色。

小雪的速度快得不可思议，海妖肆意挥舞着的触须，根本无法触及到她半分。反而在引龙剑凌厉的剑罡下，一条条直径达数米的触须被割断，四分五裂。

“嗷。”

海妖发出一阵凄厉至极的惨叫，知道自己根本不是这个女人的对手。海水中冒起了一个个水泡，海妖的身躯快速地向下潜去。

小雪的眼睛轻轻一眨，凌厉的双眸刹那间变得如冰剑一般，冷冽犀利。她抬起引龙剑指向天空，忽然间，一阵龙吟之声从天边而来。

紧接着，一道狂龙形状的紫色的雷霆，从云巅之处落了下来。

“嗷。”

龙啸震天，紫色的雷霆法术落在脑袋还未钻入海水中的海妖身上。顿时，海妖的身躯颤抖起来。

那沉下去的庞大的身躯又被炸出了水面。

“嗷！”

小雪剑指苍穹，一道又一道的龙形雷霆受到引龙剑牵引，从天而降，准确地落在海妖身上。

庞大的能量将海妖炸上天空，接着是无穷无尽的龙雷法术。

郭临三人赶到小雪身边时，战斗已经结束。望着浮在海面上那被雷电炸得漆黑的尸体，郭临心中震撼万分。

他看着龙卫小雪，就像看怪物一般。

战斗的过程他看在眼里。这不是势均力敌的战斗，完全是单方面的虐杀。更叫郭临惊讶的是，小雪使的龙形一般的雷霆法术，他从未见过。

他可以百分百地确定，哪怕是前世，自己也没有让龙卫学过这等法术。当然，一些极个别的天赋好的龙卫，能够自我领悟法术。对此，郭临只能将小雪归类为那种“变态”的龙卫了。

龙卫使用的法术和武技都是很昂贵的，小雪既然能够使出自己见都没见过的法术，他也是喜闻乐见的。

看着那漂浮在海上的尸体，郭临想了想，落了下去，再飞起来的时候，手中多了一枚蓝色的晶核。

一枚蓝晶抵得上一千白晶，一千白晶，是一笔大钱，郭临绝不会白白浪费的。将蓝晶收入星空戒指之中，郭临目光又落在了漂浮在海面上的海妖的尸体上。

章鱼一样的海妖的尸体，漂荡在海水中，被砍断了大部分触须的样子更加恐怖，墨绿色的鲜血将周围的海水都污染了。

忽然间，郭临的心脏猛然一跳。他感受到了从海洋深处传来一股嗜血的敌意。身体仿佛被剧毒的妖蛇牢牢锁定，那短暂的一瞬间，竟然无法动弹。

强烈的危机感跳跃在心间。

他警惕地盯着起伏的海面，海妖的尸体上，墨绿色的鲜血随着海水荡漾而开。不知过了多久，海妖的尸体仿佛被某种存在拽住了一般，急速下沉。海妖消失，随之而来的，是一股更加浓烈的危机感。

仿佛心脏被巨锤敲打，几欲破碎，一瞬间的紧迫感，叫郭临窒息。

“柏月，快让开。”

郭临厉喝，一把将身边的柏月推了出去。紧接着，那湛蓝的海水中忽然映出了一对猩红的血眸。

海水破开，传出一阵令人不寒而栗的魔啼之声，随之而来的是森然恐怖的魔焰，魔焰翻滚，冰冷死亡的气息瞬间弥漫开来。

这是一个恐怖得仿佛来自地狱一般的家伙，像一条海蛇，腹下却长着魔鬼一般的枯爪，白色的魔躯，浑身上下翻滚着森然的白色魔焰。魔焰在水中燃烧，却丝毫不受其影响。

刚刚破水，蛇口张开，露出森然而尖锐的魔牙，咬向了首当其冲的郭临。

魔蛇身躯长达数百米，激射而来，如同白色闪电。

郭临吃了一惊，他认得这种魔物，寒焰妖蛇，实力达到了地魂巅峰的境界。其不但拥有强健的体魄，而且还拥有诡异的妖法。

一旦被这头妖魔咬住，凶多吉少。

鲲鹏之翅与圣王盾同时开启。

“唰。”

人影闪烁，郭临险之又险地躲开了一击。

“柏月，你带黑麟退远一点，越远越好，小雪，拦住它。”

这样的妖魔完全不是现在的他能够对付的。他更知道，以他地魂二重的速度，根本无法摆脱这头寒焰妖蛇。如果不是今天小雪靠着隐藏在埋骨之滨的矿脉，突破到地魂九重，一行三人迟早被它吞了。

空中，郭临与小雪迎风而立，面对高了自己一大层次的海妖，他丝毫没有退却之心。这里是苦海，地涌金莲就在天边，只要到达那里，就能够复活初雪。寒焰妖蛇挡道，那便去死吧。

“战斗吧，小雪！”

郭临长啸一声，手心中红光一闪，现出了灼热之弓。他左手握弓，九支厉箭搭在透明般的蛛丝细弦上。

一股强大的气势，翻涌开来。

于此同时，龙卫小雪抬起引龙剑，指向天空。伴随着一阵威震九天的龙吟，两道如双螺旋一般盘在一起的紫色的龙形雷霆撕扯着空气，狠狠轰向寒焰妖蛇的头顶。

“嗫！”

寒焰妖蛇发出一阵慑人心魂的魔啼，面对小雪强悍的雷霆法术，它根本不躲，抬起小山一般的头颅，迎了上去。它根本没有将眼前两个渺小的存在放在眼里。

紫色的龙雷法术，在寒焰妖蛇的头顶炸开。

“轰。”

那庞大的头颅承受一击，剧烈摇晃一下。它吃痛地叫了一声，显然它低估了小雪法术的威力。

狰狞的头颅抬起来，血红的魔眼，焦距落在小雪身上。无比怨毒的目光，仿佛要将她生吞活剥。

“噗。”

寒焰妖蛇张开巨口，吐出一团森冷的白色幽火，幽火凝聚成一道巨剑，斩向小雪。

“小雪，圣王盾。”郭临命令道。

“叮”的一声，龙卫小雪身上绽放出一道紫色的光芒，光芒化作锥形体将自身包裹其中。

火焰巨剑落下，小雪身上的圣王盾顿时扭曲起来。寒焰妖蛇拥有地魂巅峰的实力，与龙卫小雪相当。但它的妖法却无比强大。

郭临没想过让小雪以身硬撼寒焰妖蛇的攻击。

在森冷的巨剑因受了圣王盾抵挡而放缓了下落速度的瞬间，郭临立即对小雪下达了一个躲开的命令。

旋即，他手中蓄势已久的灼热之弓张开，灼热之箭九箭齐发，毫不犹豫地射出。

“嗡！”

当郭临的实力提升到了地魂境界，灼热之箭，九箭齐发的威力水涨船高。

“轰轰轰。”

音爆之声不绝于耳，如同长虹贯日，灼热之箭所过之处，空气都撕裂开来。

随着一阵惊天巨响，一团亮得叫人不敢逼视的光芒在寒焰妖蛇的头顶炸开。

“轰！”

这一击的威力，甚至超越了小雪的雷霆一击。寒焰妖蛇被灼热之箭射中头颅，猛然后仰，连带着整个身躯失去了平衡。

“小雪，别让它缓过来，继续攻击。”

“呲。”

寒焰妖蛇凶猛地吼叫，它的头部往后仰去，裹着白鳞的尾巴却扫中郭临。

地魂高阶妖魔的攻击，哪里是地魂二重的人能够受得了的。郭临如遭雷击，仿佛五脏六腑都在这一刻炸开，刹那间就吐出一口血，身体如炮弹一般往后飞去。

"公子！"

柏月惊叫，使出风系法术，就要来接住郭临。

"别过来，我没事。"

吐出一口血，丹田之中不死神石快速旋转，光辉荡漾，受创的五脏六腑迅速被治愈。他稳住身体，快速飞向与小雪搏斗的寒焰妖蛇。

雷鸣电闪，惊涛拍岸，地魂巅峰之间的战斗叫周围弱小的海妖海兽惊慌逃窜。

面对实力不分上下的二者，郭临果断抬手，掐动指诀，召回射出去的灼热之箭，再一次使出九箭齐发。

"嗡。"

音波荡开，清脆的弦音如同催命的咒符。

"轰！"

同等的威力，可是注意力完全在小雪身上的寒焰妖蛇，明显是措手不及。这一箭轰开了寒焰妖蛇钢铁一般的蛇鳞。

"咝！"

寒焰妖蛇发出一阵尖锐的惨叫，刺耳的声音化作音波攻击，直入脑海。紧接着，周围的景象变换起来。

湛蓝的海水变成了黑色，在海中，出现茫茫一片寒焰妖蛇。

昏昏欲睡之感席卷而来，郭临脸色一变，他知道这是寒焰妖蛇的妖术，让自己产生了幻觉，只要自己被妖术催眠，等待自己的将是残忍的杀戮。

他咬破舌尖，让大脑保持清醒，又将小雪召唤到了身边。

只见他将手搭在小雪的肩膀上，体内的真气立即以特殊的轨迹流转起来，灌入到龙卫的身体之中，但见他高声喝道："雷霆咆哮。"

张牙舞爪的能量巨兽，咆哮而出。

"嗷！"

声音振聋发聩，那堪堪制造出来的梦境，顿时支离破碎。

梦境被破，寒焰妖蛇猩红的眼眸中闪出一抹异色，它想要毫不犹豫地转身潜入海底，却发现身体无法动弹了。

"小雪，击杀它。"

雷霆咆哮下，寒焰妖蛇短暂地失去了行动能力，这么好的机会，郭临绝不会放过。九箭齐发瞄准寒焰妖蛇受伤的部位，再次射出。

"轰轰轰。"

"嗷。"

伴随着一道道龙啸，小雪的紫色雷霆如同双螺旋一般，旋转而下。

火色长虹与紫色龙雷同时落在寒焰妖蛇的头顶。

"轰。"

那硕大的头颅炸开一团血花，脑壳都被炸上了天空。

魔躯上森然的火焰熄灭，数百米长的身躯轰然倒下。

见到郭临和龙卫以雷霆之势，斩杀强大的寒焰妖蛇，哪怕是蛟魔王的黑麟，此刻眼中都泛出了崇拜的涟漪。她清楚地知道这头寒焰妖蛇有多厉害。

地魂九重的寒焰妖蛇对黑麟来说，那是只能仰望的存在。

"主人，太厉害了。"

黑麟脸上浮出了笑容，见到郭临冷酷地悬在空中，便要拉着柏月过去。

"别过来，快走，到前面去。"

郭临头也不回地望着波浪起伏得越来越厉害的海面。神识扫过，他感应到数目不少，气息不在寒焰妖蛇之下的存在，速度飞快，笔直地冲向了这边。

见到郭临如临大敌的模样，柏月一愣。和郭临相处了数月，她对他也了解不少，便立即带着黑麟飞向东方。

黑影从南面、西面、北面三个方向而来，只有东面才是安全的。只是以柏月不到地魂境界的速度，根本无法和那水中的黑影相比。

郭临当机立断道："小雪，一人带一个。能跑多远就多远。"郭临知道寒焰妖蛇是群居妖魔，这里击杀了一头，肯定会有更多的寒焰妖蛇出现。

鲲鹏之翅展开，郭临瞬息之间就追上了柏月，一把拉住她的手；同一时间，小雪出现在了黑麟的身边。对小雪下达了一个命令，郭临更加快速地飞向前方。

如果只有一头寒焰妖蛇，以郭临和小雪的实力，合力之下能够顺利斩杀。如果有两三头，二人勉勉强强也能与之周旋。但当这个数目成倍地增加时，留下来，就是死路一条。

郭临后方不远处，十余条蓝色身躯的寒焰妖蛇汇聚在一起，水浪翻滚，森然的火焰在海水中诡异非常。

魔焰之中，十几道魔影幻化而出。

他们身上覆盖着一层又一层触目惊心的鳞片，手和双脚都是正常的人类模样，可是脖颈上的头颅，却依旧是蛇的模样，嘴巴张开，吐出猩红的信子，异常恐怖。

更让人惊奇的是，这些妖魔背后长有一对古怪的肉翅。随着肉翅扇动，他们的身体稳稳地凭空站立。

为首的寒焰妖蛇，个头比其他妖魔高。与其他妖蛇苍白的蛇鳞不同，他的蛇鳞颜色呈现红与黑相间的二色，像燃烧着的诡异的妖火。

他的目光冰冷而怨毒：“杀我寒焰妖蛇族之人想跑？异想天开。”说话间，手中长矛对着远方飞驰的郭临一行人轻轻一点，顿时那涌动的波浪中炸开一团团能量。轰隆隆的声音，如打雷一般，震耳欲聋。

“追！”

身后寒焰妖蛇脸上清一色的阴戾，听到首领的话，毫不犹豫地展开了背后的肉翅，对着郭临等人的方向急速飞去。

郭临的神识在这些妖蛇幻化成人形的时候，就准确地看出了他们的气息。追在后面的白色妖蛇，实力都与自己和小雪合力斩杀的相当，达到了地魂九重的境界。

而追在最前面的那一头，实力更是远超于其他。虽然还没有达到天魄层次，但也只差一步之遥。论战力，它至少两倍于被自己斩杀的那头。如果被这么多寒焰妖蛇围住，定然凶险万分。

“轰！”

一声巨响，水面炸起了数百米高的海浪。

水浪过后，一道道能量气罡打在急速飞驰的郭临身上。

郭临身体摇晃，速度受到影响，慢了不少。

“轰隆隆！”

接二连三的妖法追上郭临，在他身边炸开。凌厉的能量波动，叫郭临不得不为了躲避，而用“S”形路线飞行。

眼看后方的妖魔越来越近，柏月心头焦急起来。她虽然不能准确地感受到这些妖魔的实力，可是也能从郭临严肃的神情中推断一二。

她知道，一旦这些妖魔追上自己四人，最好的情况都是九死一生。

被小雪拽着飞行的黑麟脸色煞白，她再次感受到自己成了累赘。她对寒焰妖蛇这种种族并不陌生。事实上，从种族的等级上来讲，魔蛟要比寒焰妖蛇高级。

如果同样是在蛟龙湾共同生存，黑麟自信，这些妖蛇绝不可能在实力上超越她。可惜的是，这里是二重天中，最神秘却又最凶险的苦海海域。

物竞天择，在这里生存下来的妖魔实力绝不会弱。

“人类，不要做无用的挣扎了。停下来，你跑不了的。让我吞了你。”

寒焰妖蛇首领发出一阵嘲笑的声音，声音清晰地传进了郭临的耳朵里。此时，寒焰妖蛇首领距离郭临已不足百米，这点距离，对地魂境界的妖魔来说差不多是一步。

“公子。”柏月咬了咬红唇，欲言又止。她不想拖累郭临，可是几个月来的生死与共也使她明白，郭临宁死也不会丢下她的。

郭临看出了她的心思，投以安慰的眼神，说道：“什么都不要说，放心。区区小妖，我不放在眼里的。”

他看了看后面越来越近的妖蛇，这点距离，哪怕不用神识，他也能看清楚妖蛇头部蛇鳞与蛇鳞之间的一条条纹路。那黑与红的组合，仿佛冰与火一般的矛盾。

只见他双拳猛地一握，身体爆发出一股绝强的气势，法力喷涌，炼魔神诀在这一刻催发到了极致，刹那间，他的鲲鹏羽翼再次展开，弥漫出无尽的黑暗之力。下一秒钟，他的身体以比之前快数倍的速度，如同流星一般地射了出去。

炼魔神诀是神级功法，靠着它，郭临不但战力比同级别的人高，当神诀催发到极致，他的速度以及持久力，更不是同级别的人能够相比的。

郭临速度加快后，又命令还未尽全力的小雪不要落下。原本只有百米的距离，在刹那间又扩大到了数百米。

寒焰妖蛇首领微微一愣，显然没想到，在这样的情况下郭临还有所保留。

怨毒的蛇眼中闪出几分意外的神色，旋即嘴角的笑更加冰冷，甚至还有着一丝玩味和奸诈。

“人类，止步吧。前方就是我族之王，寒焰蕲蛇的领地。乖乖地叫我吞了吧，等寒焰蕲蛇出手，你想死都死不了了。”

寒焰蕲蛇是天魄级别的妖魔，妖法无边，可以轻易秒杀地魂境界的妖魔。

听到寒焰妖蛇的话，郭临微微一愣。

如果有选择，他绝不会去惹这样级别的妖魔，可是现在，他别无他法。

只能硬着头皮向前冲。

寒焰蕲蛇又怎样？哪怕是更高级别的妖魔，也无法抵挡自己前进的步伐。更何况，他绝不会相信妖魔的话。

双方你追我赶，紧追不舍。

郭临抬头看去，天边的金光此时近了不少。天空中的地涌金莲也凝实了许多。以这种速度下去，最多半日，就能达到目的地。

“头儿，他进入黑死域了，我们还追不追？”

首领寒焰妖蛇率先停了下来。

他说前方有他们的王寒焰蕲蛇，是骗郭临的，目的就是叫郭临停下来就范，这样自己就可以追上他，并且将这几个擅自闯入苦海海域的人类抓起来，敬献给苦海唯一的皇——苦海之主。如果受到苦海之主的恩赐，自己在这片海域中的地位，又将提高。

可是，叫他没想到的是，这个人类似乎不惧寒焰蕲蛇，因为他连犹豫都没有犹豫过，反而在听到寒焰蕲蛇四个字后，速度更加快了。

现在他倒有些后悔了。

后悔的不是郭临能活下去，因为在他眼里这些人类最后肯定是死路一条。

前方这片海域的首领，不是寒焰蕲蛇，而是实力足以秒杀寒焰蕲蛇的九尾鲎。而鲎魔也是寒焰妖蛇的天敌。作为寒焰蕲蛇的属下，寒焰妖蛇自然不敢冒着生命危险，进入天敌的领地内找死。

寒焰妖蛇首领神色复杂，最后终于理智战胜了贪婪，但望着郭临渐远的身影，眼睛之中还是有极大的不甘。

鲎魔是与龙族一个时代的种族，拥有剧毒蝎妖与恶魔蜘蛛的血脉。化魔之后，更加凶狠残暴。而九尾鲎，寿命接近无限，是这片海域中最危险的恶魔，实力更是强大到令人发指，与传说中的苦海之主在同一个级别。

此时郭临还不知道，自己已经飞入了怎样的海域。但从背后狂追了数百海里，最后却以急停的方式结束的寒焰妖蛇的行为来看，他知道这片海域，恐怕有叫这些海妖极为忌惮的存在。

“公子，终于摆脱了。”

柏月说道，眉宇间却没有一丝放松的样子，相反，她的胸口堵得难受。

她非常不喜欢这样的感觉，因为每次有这种感觉后不久，都会发生极为可怕的事情。

海中波光浮动，似乎一切都恢复了平静。

郭临目光警惕地从湛蓝的海面上扫过，又将神识散发出去，牢牢监控方圆数十里的海域。他将神识没入海水，可是只深入海面数十米，便怎么也无法继续往下了。

郭临皱眉，他很不喜欢这种无法用神识感知的地方，这意味着自己无法提前预见危险。

“注意四周。我继续加快速度。”

晴空万里，残阳偏西。火红的光芒将两道急速飞行的影子投射到了海面之中。

柏月目光望着下方，与郭临一样，她也无法用神识感应到海面之下的景象。

不过叫她略微安心的是，至少到目前为止是安全的。就算无法深入海面数十米之下，但在数十米之上的海域，没有出现危险的海兽和海妖。

可是，不知从何时起，一道如梭的黑影出现在了海水下方，形如蒲扇，背脊上长着两对眼睛，它尾巴很长，摆动之间，速度丝毫不比郭临差。

柏月瞧见了这一幕。看到渐渐浮出水面的那怪物的背上那锁定着自己的四只眼睛，她顿时惊叫起来。

听到柏月的惊叫声，郭临心中一紧，低头看去，同样瞧见了下方百米之长的海妖，顿时脸色一变，赶紧催动炼魔神诀，将速度提高到极致。

可是，那怪物仿佛早早锁定了郭临一般，鱼跃而起，一飞冲天。

满身乌色的甲壳飞腾到空中，刹那间，跃到了郭临所飞行的高度，暴涨的体表遮天蔽日，代表着死亡的阴影在瞬息之间就遮住了四人。

第37章
九尾鲎魔

遮天蔽日的阴影，以快得叫人绝望的速度追上了郭临，拦在了急速飞驰的郭临以及小雪的面前。

它拥有蝎子一般发亮的甲壳，却有比蜘蛛还要多的足，每一条足都包裹着厚而坚硬的壳，两对牢牢锁定着郭临等人的魔眼，一对长在背上，面朝天空，另一对长在两侧，长长的尾巴在空中摆动。

见到这头怪物，郭临微微一愣，以他的见识，却认不得它。

他想问黑麟，转过头却看到黑麟惨白的脸。

黑麟面色惨白如纸，仿佛见到了极为可怕的存在："鲎魔，主人，是鲎魔。我们跑不掉了。"

"冷静。鲎魔，那是什么？"

"这是和巨龙一个时代的种族，但巨龙灭亡了，它们却传承了下来。它们拥有比同级巨龙还要强大的防御力。它们的尾巴更加可怕，足以粉碎同级别的任何防御。"

也就是说，这头鲎魔拥有同阶无敌的实力。而且，从气息上判断，这是一头天魄级的鲎魔。

"嗯。知道了。"

郭临淡淡地点了点头，神色却凝重了几分。地涌金莲就在眼前，现在只有拼命了。

"主人。据我所知，这头鲎魔只是这片海域中的小魔，真正的威胁是九尾鲎。"

黑麟心有不安，可还是将知晓的说了出来，她之所以认为自己三人在劫难逃，也是因为这片海域中，有完全超越这头鲎魔的存在。

"怎么说？"

郭临放开了柏月，让她远远退开。超越地魂级别的战斗，很容易造成误伤。

“这里有它们的王者，远古九尾蛩，是一个与龙族同时代的妖魔，实力深不可测。千万不能惊动它。”

郭临再次点头，冷冷地望着那锁定自己的蛩魔，说道：“柏月，你带着黑麟飞到高空去。一旦战斗开始立即向前飞。我会以最快的速度摆脱它，与你们会合。”

“嗯。公子，你小心。”

柏月知道现在绝不是优柔寡断的时候，虽然担心郭临，但这是最好的办法。拖拖拉拉，只能把大家都害了。

两道人影飞上了高空，而蛩魔却眼睛一眨不眨地依旧盯着郭临。

天魄境界的实力有多强，郭临心中清楚，因为他曾经也达到过这个境界。以他区区地魂二重的实力，如果没有神器护体，必死无疑。

而现在拥有春回浩渺神石，也只是增加了几分存活的几率。

生死关头，郭临出奇地冷静，并未立即出手。如果进攻，首先要找出这头怪物的破绽，如果将其引开，选择跑，那么要万分肯定，在自己转身之后，这头蛩魔来追杀自己，而不是掉头飞向天上的柏月二人。两个不到地魂级别的人在天魄境界的妖魔面前，绝无半点抵抗之力。

恐怖的魔眼凝视了许久，蛩魔终于动了。只见它马蹄形的身体一摆，背后，比精钢还要坚硬的“蝎尾”化作一道索命的鞭子，抽打在空中。

“啪。”

那听似简单的一击，却蕴含着磅礴的能量，尾巴击出，气流顿时涌动起来。在蝎尾拍打空气，发出一阵爆破音的刹那，空间竟然诡异地扭曲，如同湖面的波纹一般，好似再用力一些，就要将此处的空间拍碎。

天魄级别妖魔的一击，不论是速度还是破坏力，对郭临来说都是惊人的。

肉眼只捕捉到它的身躯微微一摇，一根漆黑裹着魔甲的无敌蝎尾就扫到了面前。蝎尾还未扫到身上，那迎面而来的气流，像千万利剑刺在身上，浑身皮肤血管似要破裂。

面对超越自己一大境界的强敌一击，郭临根本没有反击的机会。不过，自知不如蛩魔的他，早在暗中积蓄力量。蛩魔身体一摇，凭借着战斗经验，他知道它肯定发动了攻击。法力喷涌，郭临几乎以瞬移的速度，躲开了这万分凶险的一击。

见到蛩魔的注意力果然在自己身上，郭临心中有喜，也有忧。喜的是，自己可以施展调虎离山计，保证柏月二人的安全，忧虑的是，不知道自己还能不能这么好运，躲开蛩魔的下一次攻击。

不过，既然早有了决定，郭临绝不会在这样的关头犹豫不决。

他果断地抬起手，掐动法术，掌心之中，浮出了两团黑色的雷芒。旋即，手一招，身躯庞大的鲎魔完全不需要郭临特意去瞄准，用力一丢，暗紫魔雷砸在了鲎魔的背上。

“呲呲呲……”

电流在坚硬无比的甲壳上流转，玄品六阶的雷系法术，对水系的妖魔伤害很大的。可是鲎魔连身躯都没有晃动，而它那一对深红的魔眼，却发出一种别样的光泽，仿佛在嘲笑眼前的人类：多么弱小的攻击，连自己体表的防御都破不了。

“一个不行，再来几个。”郭临手中的指诀不断变化，指尖上的雷芒跳起了舞蹈，连续召唤出五团雷芒，暗紫魔雷连成一线。

当五团雷芒接二连三地打在了鲎魔身上，它终于发出了一阵诡异而刺耳的叫声。

腹下的一对如同蜘蛛腿一样的足，发射出一道如同剑光一样锐利的能量。

“嘶……”

空中，郭临头一矮。几根断发从空中飘落。

躲开一击，郭临立即快速腾挪，从原地消失。因为，这一爪只是鲎魔展开攻击的开始。

果然，也就是郭临刚刚躲开，两道交叉行进的能量在郭临所在的位置炸开。

“轰。”

能量殛爆声中，那一片空间，竟然如碎镜一般，裂开一条条触目惊心的空间裂缝。

见一击未果，鲎魔长在侧面的眼睛，迅速锁定了撑起了圣王盾，又不停地变换着位置的郭临。地魂级别的速度，哪怕在炼魔神诀的全力加持之下，在它眼中，也实属一般。

锁定住郭临后，鲎魔的蝎尾毫不犹豫地甩了过来。那是快得无法躲避的速度。

“啪。”

鲎魔的蝎尾，准确地打在了只移动了一半的郭临的背上，拥有极强防御力的圣王盾，在与蝎尾接触的刹那间变得粉碎。

虽然大部分能量被圣王盾抵挡，但郭临还是感受到了一股仿佛山岳压下般的能量，身体如炮弹一般飞射而出。受到天魄实力的妖魔的重击，郭临几乎要吐出血，但是却用强大的意志，压制了回去。

他甚至没有时间去催动不死神石，因为鲎魔的下一记攻击，已经到来。

这一次，失去圣王盾保护的郭临如果被击中，定然要粉身碎骨，郭临以心念交流，果断地在心中下令道：“小雪，攻击它，用你的龙啸雷。”

心念交流的速度堪比光速，郭临一个意念，小雪就立即抬起了手。她甚至都不用催动法力。

“嗷……”

龙吟响彻天空，紫光接天。一道相互盘旋的龙啸雷，落在了鲨魔的背上。

“呃……”

鲨魔发出一阵怪异的叫声，它的动作，在被龙啸雷击中的瞬间，微微一顿。虽然是很短暂的一顿，不到十分之一秒的时间。可是，这十分之一秒的时间，却叫郭临躲开了鲨魔的这一击。

郭临飞到远处，惊出一身冷汗，这头鲨魔，不论是速度还是力量，都强得变态。要不是小雪，他完全没有招架的余地。乘着鲨魔攻击的间隙，郭临立即驱动不死神石，治愈受伤的身体。

余光瞥到快速向前方逃离的柏月二人，郭临飞快地结着手印，手心中一个个暗紫魔雷不断地飞出，连成一线，一股脑地砸向了鲨魔。

一道道紫色的光芒，不住地在鲨魔身上炸开，如同绚丽的烟花，散落在海洋之中。在鲨魔未反应过来之际，郭临飞快地转身，朝着相反的方向飞去。

只要将鲨魔引向远方，然后靠小雪拖延一阵，他有信心摆脱它。可是，他刚转身跑出没多久，后面的鲨魔发出一阵奇怪的声音，紧接着下方的海面忽然响起了“哗啦啦”的声响。低头望去，只见一头体形更庞大的鲨魔，从水面上快速飞了起来，拦住了郭临的去路。

郭临一惊，怎么会又出现一头鲨魔。而从体形上来判断，这头鲨魔的实力，明显比刚才的那一头强大。同时，他发现前后这两头鲨魔有些不同。

如果黑麟在此，一定会告诉他，鲨魔本来就是成双成对，形影不离的。所以普通的鲨，也称鸳鸯鱼。这里出现一头鲨魔，那么在附近肯定还有一头鲨魔存在。

郭临并不知晓这些，被两头鲨魔前后夹击，性命受到了极大的威胁。两头天魄级别的鲨魔，已经超过了他所能够承受的极限。毕竟现在他的实力，只有地魂二重而已。

郭临目光落在了小雪身上，示意她靠近自己，然后立即转移方向，向北方疾飞而去。两头鲨魔一刻都不停留，如同黑色闪电一般，追了上去。

天魄级别的它们对付地魂级别的人，占尽优势。

“雷霆咆哮。”

忽然间，郭临转身，将手搭在了小雪的肩膀上，能量巨兽，张牙舞爪咆哮而出，那硕大的爪子，落在两头鲨魔的身躯上。庞大的身躯，在这一刻，微微一震，目光茫然地呆滞了半秒之久。

半秒的时间很短，可是以郭临的速度，却可以飞出数百米。

他果断转身，能量羽翼鲲鹏之翅展开，瞬息之间，就拉开了与两头鲨魔的距离。

只是，这点距离，对鲨魔来说，等同于无。不到半分钟，郭临再次被它们前后堵截了。

郭临眉头紧皱，这样的时刻，叫他怀念初雪和灭神破天斧。当日在菩提峰，以他真灵境的实力，使用灭神破天斧的神技“诛天之怒”，都重创了地魂级别的强者，现在自身达到了地魂级别，在灭神破天斧的威力水涨船高的情况下，要击杀这两头鲨魔，不难。

可是现在他却无法做到。

郭临搜索脑海中的武技和法术，却没有一样能够扭转目前的危局。唯一能够解决这两头鲨魔的办法可能只有用灵魂空间内的魔神甲了。

“虽然不得已，但也只好如此了。”

郭临心道。他张开一缕神念，飘向灵魂空间内时刻都散发着黑暗之力的魔神甲上。那诡异的端坐着的魔神甲，存在了许久，但每一次看到，郭临心中都会情难自禁地闪出一抹惧意。

阴冷的气息再次弥漫全身，随之而来的是一阵蛊惑的声音，魔甲还未附体，郭临就感到了一个忽然出现的意念，它一边蛊惑着郭临不要抵挡，一边抢夺对身体的控制权。

吃过这股意念的苦头，郭临咬紧牙关，不让这股意念控制自己，可是那邪恶的意念，却如同如剧毒一般，瞬间，就要侵占郭临的大脑。

上一次，郭临在魔甲附体之后，才逐渐地丧失意志。可是现在，这种情况，却提前出现了。邪恶的意念，无法抵挡，哪怕郭临再怎么挣扎，都难以阻止它吞噬自己的灵魂。

郭临心如深渊，他知晓魔神甲的可怕，但却不知道可怕到这种地步。

就在这时候，一阵似龙非龙的吟叫声从远处传来，声音震动天地。

“呜呜！”

龙啸之声，响彻九天。郭临满头大汗地从蛊惑的声音中挣脱出来，魔甲附身被打断，郭临却汗流涔涔。

“呜呜！”

当声音再次响起来后，郭临仿若觉得那发出咆哮的存在就在身边。

声音中带着强烈的警告的味道，好似一头猛虎，站在自己的领地中，宣布着主权。

听到这个声音，两头鲨魔都战栗起来，它们扭头，去看声音的来源。下一秒钟，一道山岳般的影子，如同空间跳跃一般，出现在了郭临的身旁。

郭临惊讶，它怎么会来这里。

“呜呜呜……”

这个声音很柔，似乎在安慰郭临，有它在，叫他不要怕。

“小家伙，你是要帮我吗？”

郭临在鲲龙耳边说道。

“呜呜。”

鲲龙的声音很坚定，肯定了郭临的话。龙都是高傲的物种，从来都不会平白欠人恩情。受了郭临救命之恩的它，不会看着郭临陷入险地而不顾。

郭临笑了笑，却心有余悸。幸亏鲲龙及时赶到，用咆哮将自己惊醒。

灵魂空间内的魔神甲等同一尊魔鬼，郭临原以为可以短暂地控制它，可是没想到会发生如此危险的情况。也许魔甲附体后，能够打杀四方，但在这之后，自己还存不存在都是问题。

郭临带着小雪飞到了鲲龙的头部，又摸了摸它坚硬的皮肤。

鲲龙很享受地发出呢喃之声，旋即一对瞪着鲎魔的眼睛，目露凶光。

“呜呜呜……”

鲲龙咆哮，声音所过之处，海域中的海兽海妖都战栗起来。这种远古级别的生物拥有高贵的命格与灵魂，所有海妖在面对它后，心中都不能自已地产生卑微和敬畏之感。

两头鲎魔也退缩了，背脊上的眼睛，闪出畏惧的光芒。面对地魂级别的人类，它们可以戏耍一般追逐他这么久，可是面对恐怖的鲲龙，它们只有逃，不逃就是死。

忽然之间，海面翻滚起来。一股莫名的威压，刹那间笼罩了郭临的心头，那宛如千钧巨石一般的压力，叫郭临都喘不过气来，就连呼吸都变得十分困难。

郭临惊诧，这样的压迫之力，他从未见过。看着那剧烈翻滚，连绵数里的海域，他心中生出一个不妙的念头。到底是怎样强大的妖魔？

“呃……”

随着海浪翻滚，那原本要退却的两头鲎魔变得兴奋，斗志昂扬起来。

仿佛是对即将出现的惊世恶魔邀功，表达不怕死的忠心，两侧眼睛闪出通红的光线，如同激光一样射向了鲲龙。

“呜呜……”

只是，带着死亡的光线，射在鲲龙的身上，后者连一点伤势都没有。看似恐怖的光线根本无法击穿鲲龙恐怖之极的防御。

面对挑衅自己龙威的鲎魔，鲲龙再次咆哮：“呜呜。”

它张开口，一道火焰卷出，铺天盖地地吞没了无处可逃的妖魔。两头天魄级别的鲎魔，刹那间，就变成了灰烬。

秒杀。天魄级别的妖魔，竟然在鲲龙的吐息之下，抵不过一招。

“呃，呃……”

随着两头鲎魔死去，海浪翻滚得更加猛烈。来自海水中沉闷的鸣叫，表明它的主人在发怒。

“呃，呃。”

忽然间，一道魔影破水而出，魔影通体黝黑，包裹着坚硬的甲壳。阳光下，从甲壳上滑落的水珠，泛出粼粼的光泽。魔影一现，郭临瞳孔忍不住一缩。

不只是因为它恐怖的九条如同锁链一般的蝎尾，还有那连绵数十里的魔躯。

“这就是远古九尾鲎吗？”

郭临皱起了眉头，以天魄级别的神识，无法准确地看出九尾鲎的实力，可是从它展现而出的气势，保守地来判断，这头九尾鲎，它的实力，恐怕不在鲲龙之下。

沉睡了无数年的鲲龙还处于幼年期，而据说不知存在了多少岁月的远古九尾鲎，却早已是成年期了。

九尾鲎怒吼一声，九条尾巴同时舞动起来。那连绵数十里的蝎尾，每一条都如同横跨大海的铁桥，挥舞间，形成一张密不透风的网，给人带来了极大的压力。

九尾齐摆，通红的蝎尾，如同燃烧着的火焰、跳跃的舞蹈。摆动之间，周围的空间竟然轰然崩碎。

“呜呜呜！”

感受到了危险，鲲龙怒吼起来，摆出一副要战斗的姿势。

背上，郭临看着这惊世恶魔，心中也久久不能平静。迷失域的世界，果然非比寻常。不管是鲲龙还是眼前的九尾鲎，都不可能出现在天武大陆上。他拍了拍鲲龙的背，提醒道：“小心点，它很强。”

忽然间，鲲龙先动了。它张开口，身体瞬移，胸前的龙爪，划过恐怖的空间裂缝，狠狠地拍向九尾鲎的头颅。

“轰。”

利爪拍下，可是没有拍到头颅，那九条蝎尾，组合成一张网，承受了鲲龙的这一击。虽然没有对它造成多大的伤害，可是鲲龙的力量，还是叫空中的它身躯向下降了几分。

见一击不果，鲲龙又抬起它的另一只利爪。

可是九尾鲎速度更快，九条蝎尾分出一条，以极快的速度，缠绕住了鲲龙要抬起的龙爪。

“嘶……”

尖锐的尾部，从鲲龙的腿部划过去。鲲龙那防御力无敌的鳞甲，竟然产生了一道清晰的裂缝。

鲲龙再次抬起龙爪。九尾鲎的尾巴，同时舞动，将其缠住。尖锐的尾尖，刺破鲲龙的鳞甲，使得后者大声怒吼。

“轰。”

鲲龙的双爪挣脱开来，力量上，它占了优势。可是，身上，却流淌着红色的液体。

看着肆意挥舞着九条蝎尾，仿佛看猎物一般盯着自己的九尾鲨，鲲龙再次发出示威的咆哮，“呜呜呜……”

吐出的气流冲破云层，它张开的口中吐出一道更加猛烈的火焰。

“嗷！”

那焚烧一切的龙之怒焰，叫九尾鲨都不敢硬撼其锋芒。它不断地闪避，躲开鲲龙的火焰。锁链一般的蝎尾，此时化作了千年寒冰，躲避之时，不断有森然的寒气冒出来，抵挡龙焰。

一下子，战斗又变得势均力敌起来。

双方你来我往，激烈地搏斗在苦海海域，制造出一波波宛如末日一般的景象。

忽然间，“啪”的一声，九条蝎尾同时落在了鲲龙的背上。超越了圣级实力的力量，让鲲龙都吃了大亏。

后者发出一阵痛苦而沉闷的惨叫，比九尾鲨庞大十几倍的身躯，竟然跌落下去。

九尾鲨的尾巴是它最大的利器，每一次攻击都会给鲲龙造成创伤，而这一次，更加严重。鲲龙的背上，许多鳞片都已经脱落，伤痕累累。殷红的血，不断地从伤口中冒了出来。

而反观九尾鲨，它的情况明显好了很多。九条蝎尾，可攻可守。身躯上的伤并不明显。二者对峙着，忽然间，站在鲲龙背上的郭临又感到了一股强大的气息，一股不亚于九尾鲨的气息。

“呜呜呜……”

鲲龙发出一阵低沉的声音，它也感受到了海中这道气息，非常恐怖，叫它都感到了危险。

庞大的身躯退后几步，警戒的眼睛望向四周。

它要出现了。

“呜呜呜……”

这一次它在对郭临说话。

“让我先走？”

“呜呜呜。”

鲲龙肯定地点头，表示郭临没有会错意。

看着鲲龙伤痕累累的背部，郭临皱眉，这种时候，他怎么能够抛下它。

“呜呜呜……”

鲲龙的叫声更加焦急起来。

就在这时，郭临感到灵魂空间轻轻一颤，在灵魂空间的中央，神辉包裹，静静旋转着的灭神破天斧中，初雪虚幻的脸上，一对美眸缓缓睁了开来。

“郭临，走。你留下来，只能拖累它。即将出现的家伙很强，它保不了你。”

郭临心中一愣，旋即面露喜色："初雪，你醒了？"

"嗯。你先走，帮我塑造了真身，就可以回来帮它。"

灵魂空间内，灭神破天斧静静旋转，漫天金色的神辉，守护着它的一亩三分地。神斧之中，初雪完美虚幻的容颜，若隐若现。

凶恶的气息越来越浓，湛蓝的海水开始沸腾，海浪翻滚，从中弥漫出无尽的血煞之气。明明是蓝色的海水，顷刻间，染上了猩红。

明亮的蓝天，不知什么时候，笼罩了一层黑压压的浓云，也许是感受到即将出现的妖魔的可怕，偏西的残阳也有灵性地躲到了云层后面。

狂风呼啸，渐渐演变成龙卷风暴，接天连地，肆虐着这处变得猩红的海域。

那是一股更加可怕的禁锢之力，在这股绝对的压力下，郭临的心脏几乎都要破碎。

"再不走。都要死在这里。"初雪没有多少废话，危机时刻，说什么都是多余的。"知道了。"郭临目光扫过受伤的鲲龙，运起法力，将春回浩渺治愈法术，打进它的身体之中，希望它能够坚持到自己回来。做完这一切，他果断地展开鲲鹏之翅，从鲲龙的头部高高跳起，飞向东方。

"呜呜呜……"

惊世妖魔还未现身，鲲龙便如临大敌地怒吼，用声音示威。

沸腾的海水从中间自动分开。海面之中，出现了一道连绵百里的沟壑，无尽的海水翻滚着落入沟壑之中，如同两道面对面的瀑布。隆隆的声音，如同千军万马在沙场奔腾。

在鲲龙的怒吼之中，一个丑陋的妖魔从沟壑中缓慢地腾起。

首先映入眼帘的是一个青色的头颅，它长着三张首尾相连的面孔，没有耳朵。每一张脸占据着头颅三分之一的位置，就像一个三面人。

妖魔身上，沟回交错，像极了人类的大脑，又如心脏一般，规律地跳动。恐怖的面孔，邪气冲天。

它的眼睛是闭着的，可即使如此，当它从前面数百里的海水瀑布中出现，看清它庐山真面目的郭临，心神却在颤动。

"公子。"虽然相隔数百里，柏月和黑麟全部被突然出现的惊世妖魔吓呆了，"是苦海之主，主人。我们快跑。"

黑麟神色惊慌，没想到真遇上了这等传说中的存在。这样的存在，在苦海中代表着神灵，代表千千万万妖魔中，至高无上的存在。

"呜呜呜……"远方传来凄厉的惨叫，是鲲龙的声音。

苦海之主的一对眼睛缓缓睁开，露出蓝而妖邪的眸子。眼眸中射出的死光，瞬间就洞穿了鲲龙坚硬的躯体。

若不是鲲龙身体庞大，生命力顽强，恐怕在这一击中就被秒杀了。

郭临快速飞向金莲所在的海域，鲲龙关键时刻来救自己，他绝不会叫它平白无故地丧命。但是正如初雪所言，现在就算回去帮助它，也无济于事，反而白白送死。只有初雪重塑真身后，靠着灭神破天斧中的神技诸天之怒以及春回浩渺石的不死神术，才有可能帮它反败为胜。

“呜呜呜……”鲲龙又发出一阵令人揪心的惨叫。郭临咬了咬牙，运起炼魔神诀，速度在这一刻催发到了极致。

代表着神灵的苦海之主现身，所有妖魔退避三舍，但是妖魔们退得都不远，潜入海中，观望着这一切。在妖魔们眼中，苦海之主很少亲自出手，它一旦出手，哪怕最强大的妖魔，也要被撕得粉碎。

郭临周身散发着耀眼的光芒，如同流星一般划破天际。苦海中，所有妖魔的注意力都被惊天大战吸引，没有妖魔去关注这个看似对大局没有丝毫影响的人。

“唰。”

鲲鹏之翅暴涨，郭临速度再次加快了几分。他已经看到了漂浮在蓝色的海洋中那一片金黄。

金莲海域如同静谧的池水，莲花飘香。一朵朵金色的莲花立在海面，随着波浪轻轻荡漾。

在金莲海域的上空，正是那指引着郭临的金莲，向下笼罩一片光幕。

与郭临的灵魂空间内，杀气浓重带着侵略性神辉的灭神破天斧的光芒完全不同。空中洒落的金色的光芒，充满了柔和而圣洁的气息。它如同这片金莲的守护者，保护着它们在这一处危机四伏的苦海中生存。

海面上荡漾着的莲花，个头大得惊人，最大的莲花花瓣有三米之高，最小的也达到一米，郭临落在荷叶上面，在心里说道：“初雪，哪个是地涌金莲？上面还是下面的这些莲花？”

“呜呜呜……”远方依旧能够听到鲲龙愤怒的吼声，还有重物落入水中的声音。

初雪道：“把补天玉髓取出来，然后把眼睛闭上。”

“好的。”

柏月和黑麟好奇地看着郭临拿出补天玉髓，不知道他要做什么。而需要摘取地涌金莲的柏月则望着那一朵朵金色的莲花，不知道该如何下手。远处传来的鲲龙凄惨的叫声，让她心神不宁。让那么可怜的家伙独自面对两头惊世妖魔，她怎么放得下心。

忽然之间，郭临身上浮现出一股圣洁的气息。

柏月吃惊地望了过去，便看到一个虚幻的窈窕身影凭空出现在郭临的面前。

身体虽然虚幻，却依稀可见宛如天宫中的神女一般，完美无瑕，拥有一副神圣不可侵犯的容颜。虚幻的身体，无限美好，呈现在空气之中。不只是容颜，那亭亭玉立的身姿，凹凸有致的身材，宛如造物主精雕细琢而成。

如此完美的女人，本该只存在于仙境之中，可是她却活生生地站在眼前。

柏月一愣，大脑有些呆滞而失神，她从来没有见过如此美丽的女人，哪怕是自己的师父，都无法与之相比。

而黑麟则是在见到初雪的刹那，顿时自惭形秽。这种感觉，在见到柏月之后就有过，可是现在更加强烈，强烈得想要自杀，回炉重造。

对于在场各人的反应，初雪却无暇理会。此时，平静得如同澄澈湖水的心，激起了波澜。当年，她是天界高高在上的九天神女，只差一步就能成就神位。握掌乾坤，位高权重，一言便可决定数万天人的命运，却意外陨落凡间，差点形神俱灭。

误打误撞，变成了郭临的龙卫后，属于她的意志一直处于沉睡之中。而好不容易恢复意识，厄运再临，伴随着郭临的陨落，穿越到了五千年前的这个时代。

过往的经历，浮光掠影一般地从脑海中飞过，从辉煌到低谷，重塑辉煌会从这一刻开始。

初雪轻轻一叹，虚幻的身体缓缓走向了盛开的莲花。在那里，花蕊的中央，正是通透得如同初生婴孩肌肤一般的补天玉髓。

随着虚幻的人影走进金莲，花瓣收拢，将她完完全全地包裹在花朵之中。

外面巨浪滔天，血煞之气弥漫天地。而地涌金莲所在的海域却仿佛天堂一般，飘荡着淡淡的清香。美丽的景象令人着迷。

在初雪进入金莲之后，郭临睁开了眼睛，前方的金莲，花瓣上面，绽放着一道道七彩缤纷的光辉，艳丽多姿。

不用猜也知道，此刻，初雪正在借助金莲，塑造真身。

柏月神色怪异，现在她终于知道了郭临来苦海的目的，不知为何心头却泛起了一丝酸楚。

“原来他不顾一切地来这里，是为了这个女人。”

此时，郭临那热切而期盼的目光，让她感到十分难受，心有幽怨。

莲花海域，飘荡着沁人心脾的清香。过了许久，合拢的莲花依旧没有重新绽开的迹象。而远处鲲龙的惨叫之声，变得声嘶力竭起来，它快到极限了。

虽然告诉自己急不得，只有等初雪出现才有可能帮它逆转战局。可是，郭临的心却着急起来。他不知道初雪塑造真身还要多久，但他知道，只要自己再不前去救鲲龙，它就会死的。

目光之中，受到两头惊世妖魔围攻的鲲龙遍体鳞伤，不断有鲜血喷泉一般从它身上涌出来。

终于，郭临再也看不下去，道：“你们在这里等着，我过去帮它。”

"唰。"

还未等二人答话，他就展开了鲲鹏之翅，一飞冲天。

莲花海域里面和外面就是天堂和地狱。大战之中，空间都破裂不堪。郭临一飞出莲花海域，顿时感到一阵猛烈的罡风，以及弥漫天地的浓重的血煞之气。

圣级之间的战斗，哪怕只是小小的余威散出来，也足够秒杀只有地魂境界的郭临了。

可是，他却不得不这么冒险，不单单是为了救鲲龙，也是自救。

若是鲲龙死了，自己一行人也休想在这等惊世妖魔的眼皮底下，活着离开苦海。

"小雪。撑起圣王盾，注意保护我。"

郭临说道。

龙卫小雪拥有地魂九重的力量，她的防御力数倍于自己。而且她如果受了重伤，只要没有立即被秒杀，就能够变成龙元珠自救。但自己就不行了。

一道道冲击波由远而至，如同金色的刀片，席卷之间，就割裂了一道道空间。这等强大的威势，不要说地魂境界，哪怕是天魄级别的强者，都不敢靠近。

此刻，郭临的生命如同风中的烛火，随时都有可能被强风吹灭。

丹田之中的碧绿神石，已经被他召唤出来，变成三尺长的模样，握在手心。

圣王盾之中，生机盎然。

只要不是被秒杀，凭借着这股神辉，郭临能够在极短的时间内恢复到最佳状态。

郭临竭尽全力飞行，除非迎面而来的冲击波足以秒杀自己，否则他根本都不改变方向躲闪。

"嗡嗡嗡。"一波波能量打在郭临身上，郭临气血翻滚，神辉自动激发，帮他快速治愈瞬间受创的身体。

此刻的鲲龙已是强弩之末，只凭一口气在支撑，只要这口气散去，就会陨落。"呃，呃。"在鲲龙失去了大部分战力之后，两尊惊世恶魔，由单纯的打斗，变成了撕咬。这么庞大的躯体，圣级的躯体，对它们来说，是一顿美餐。

此刻它们注意到了飞速靠近的郭临，可是却懒得去理他。

两头圣级之上的妖魔，根本没有将一个弱小的人类放在眼里，传承于龙族与鲲族的美味，万年难求。

当郭临飞落在鲲龙背上时，后者已是奄奄一息。远远地，郭临看到两头惊世恶魔贪婪地撕咬着鲲龙的身体，将它身上的肉啃噬下来，大口大口地吞进了肚子里。

"呜呜呜……"

鲲龙虚弱不堪，却强睁着眼睛，它注意到了去而复返的郭临。呜呜的叫声，好像在埋怨他为何还要回来。

“你若是这么死了，我又怎么过意得去？”

郭临轻轻拍了拍它的背部，然后将春回浩渺神石蓄积的一股庞大生机，强行打入了鲲龙的身体之中。

“嗡。”

似乎感受到眼前的鲲龙需要一股极为庞大的生机才有可能治愈，受到郭临指令的不死神石以前所未有的速度旋转起来，每旋转一圈，就散发出一股磅礴的生机，注入到鲲龙的身体之中。

“呜呜呜……”感受到身体熟悉的变化，鲲龙的叫声有力了许多。

只见那被啃食得面目全非的身体以肉眼可见的速度，自动生长出新生的血肉。被啃断的血管也重新愈合。组织细胞疯长，断裂的筋腱快速重组。

“呃，呃。”

两头妖魔惊奇不已，不过对它们来说，鲲龙自动长出血肉来，这是好事。因为这样，它们能够吃到更多的美味。

“嗡嗡嗡……”

神辉一圈一圈荡漾，明明只剩下一口气的鲲龙力量在飞速地攀升。一刻钟后，鲲龙爆发出一阵嘹亮的嘶吼。

“呜！”它破水而出，风卷云涌，张开巨口，吐出一道令天地都为之变色的龙焰。

“呃。呃。”突如其来的攻击，叫苦海之主和九尾鲎都吃了大亏，身上都有不同程度的灼伤，旋即，两者变得更加愤怒起来。

它们奋力地发动攻击，鲲龙虽然有攻也有守，可是还是在两头强大的妖魔面前再次败下阵来。

日月无光，藏入浓云中的夕阳，早已失去了色彩，偶尔从略薄的阴云中穿过，可以见到一道惨白的轮廓。

鲲龙发出一阵悲鸣，再次一头栽在了海水之中。

“小家伙，一个个来。我们先解决那头九尾鲎。有我在，你不会轻易死的。”

郭临拍了拍鲲龙的背，神辉荡漾，没过多久，它再次精神饱满地腾飞起来。

“呜呜！”

接受了郭临的指示，鲲龙带着愤怒的目光锁定了那头身上也有不少伤痕的九尾鲎。

它的实力本来就只是略低于九尾鲎，若不是惊世妖魔苦海之主的出现，凭借着郭临离开前打入它身上的治愈神术，早够它打败这头也受了伤的九尾鲎了。

苦海之主发出一道死亡之光，直击鲲龙的背部。

九尾鲎也甩出了它那威力恐怖的九尾。可是鲲龙却不躲不闪，怒啸一声，张开血盆大口。

“呜呜……”

九尾鲎的身躯有数十里之长。但鲲龙体积暴涨到巅峰，却有千里之长。它一口将九尾鲎咬进嘴里，只留下九条尾巴在外面拼命地摇摆，捶打着它的脸。

鲲龙完全不顾九尾抽打在头上头骨几乎被九尾穿透的疼痛，用力咀嚼起来。

九尾鲎的力量虽然无法和鲲龙相比，但是九条蝎尾的杀伤力却是惊人的。而且，九尾鲎的甲壳，也不是鲲龙短时间内能够咬破的。如果两者相较，用这种不是你死就是我亡的方式拼命，最后活下来的一定是防御力超强的九尾鲎，而不是鲲龙。

但是，现在却不一样，因为鲲龙的身上，有郭临的不死神石。鲲龙伤了，不死神石能够帮它治愈。而九尾鲎一旦被咬破背上的甲壳，必死无疑。

“呃，呃。”

九尾鲎嘲笑着，挥舞着九条横江大桥一样的蝎尾，蝎尾不断地刺入鲲龙的脸，想要刺穿它的头颅。

“呜呜呜……”

鲲龙忍受着极大痛苦。

背后的苦海之主还在不断地用它的三对眼睛，发射着带着死亡气息的光芒，每道光芒必然洞穿鲲龙的身躯。

场面惨烈，血腥。

“飞起来，别再让苦海之主攻击到你。”郭临喝道。

苦海之主的攻击太过强大，而九尾鲎又在全力挣扎，双面夹击之下，哪怕是他的不死神石的治愈神术，也难以跟上鲲龙受伤的速度。

“呜呜！”

鲲龙扶摇而上。背后碧绿的神辉不断地恢复着它受创的身体。九尾鲎的尾巴依旧在挥舞，力道丝毫不减。而鲲龙更是不顾一切地大力咀嚼。

九尾鲎的甲壳坚硬无比，但鲲龙的牙齿，却锋利得能够咬断神铁铸造的星云缚！

“咔！”

不知过了多久，鲲龙嘴里发出一阵脆响，那是九尾鲎甲壳破裂的声音。

“呃，呃。”感受到性命受到威胁，九尾鲎蛟龙一般的尾巴更加猛力地拍打起来。

鲲龙那治愈的头颅，在刹那间，就面目全非，鲜血淋漓。

郭临一边将生命能量打入它的身躯，一边喝道：“小家伙，它快不行了。咬碎它。”

顽强的鲲龙也发现了嘴里的九尾鲨是在垂死挣扎，坚硬的甲壳一旦裂开了缝隙，那么它的防御力将大打折扣。鲲龙如打了兴奋剂一般，大嚼特嚼。

一蓬蓬蓝色的血不断地从鲲龙的嘴巴里飙射而出。而九尾鲨的尾巴挥动得越来越缓慢了。

“呃，呃……”

许久之后，鲲龙嘴巴里的九尾鲨终于不再动弹。

存活了不知道多少岁月的堂堂九尾鲨，它怎么也没有想过，有一天会被活生生地咬死。

“干得好。”

郭临喝道：“接下来，换它了，叫它知道你的厉害。”

只是话音刚落，一道蓝色的能量落在了郭临所在的位置，轰隆一声巨响，鲲龙的背脊被洞穿，而郭临整个人也飞了出去。

圣级的妖魔又岂是凡类，它们拥有不亚于人类的智商。见到明明要死的鲲龙忽然活灵活现，苦海之主就开始怀疑了。而现在，以这种玉石俱焚的方式，活生生地咬死了九尾鲨，更叫它笃定，是这个卑微的人类，左右了战局。

如果这时候它再看不出来，也白费了它苦海之主的威名。

郭临被击飞，气血翻滚。

即使是余威，若不是之前一直保持着用不死神石治愈的状态，恐怕这一击下，也足以将他秒杀了！

他胸口发闷，嘴角挂着一丝血迹，抬起头，却看到苦海之主那厉鬼一般邪恶的眼眸，穿透鲲龙，死死地盯着自己。仿佛它要跨越鲲龙，首先要将自己杀掉。

“可恶，被发现了。”

圣级强者的凝视下，郭临如坠冰窖。

强大的气势，叫他身体都不听使唤，就这么面对苦海之主。

前所未有的危机感笼罩心头。

他清楚地知道，比鲲龙强出很多的苦海之主如果要杀自己，鲲龙很难阻挡它。

干掉一头九尾鲨后，不但没有解除危机，相反因为苦海之主的及时醒悟，使得郭临陷入了更加危险的境地。

苦海之主转动着脖子，将另外未发射妖芒的眼睛对准了郭临。三面妖魔，每一张脸上的眼睛，都是极为恐怖的杀戮利器。

“咝咝咝……”

恐怖的能量在刹那间酝酿完毕。死亡之光，跨越空间，呼吸间就到了跟前。就在它击中郭临之前，一道庞大的身躯，拦在了郭临的面前。

“呜呜……”

死亡之光洞穿鲲龙，发出一阵凄惨的叫声。

“呦呦呦……”

连续又有两道光芒洞穿身体，鲲龙再次遍体鳞伤。

郭临立即按住鲲龙的背脊，帮他治愈。

可就在这时，苦海之主的身躯如同跨越空间一般，直接出现在了郭临的身后。那凝视着郭临的邪眸近在咫尺，郭临能够清晰地感到，邪眸之中，倒映着自己的身影。

第38章 重生女神

鲲龙也意识到了郭临的重要性，在苦海之主的邪眸凝视郭临之际，庞大的难以想象的身躯以迅雷不及掩耳之势，拦在了郭临的身前，并且对着苦海之主，发出一阵挑衅的咆哮。

“呜呜呜！”

苦海之主三张脸同时变化，表示对这头鲲龙的死缠烂打很恼火。只见，那如同人类大脑的身躯，闪出一道道诡异的光芒，光芒过后，苦海之主的身边，多了两头迷你型的三面海妖。

迷你型是相对于苦海之主这等庞然大物的存在来说的，实际上，它们有着三米之高。

两头迷你型的三面海妖，在鲲龙的眼皮底下闪烁而过，刹那间，前后包围住了郭临。旋即，苦海之主再不去管郭临，对着鲲龙发出挑衅而邪恶的笑，那恶魔一般的脸，异常狰狞。

这一次，它打算不与鲲龙玩了，它要全力以赴干掉这早该灭绝的种族，挑衅自己的威严，哪怕是巨龙都要死。

“嗷！”

鲲龙与苦海之主再次战斗在了一起，磅礴的气势，撕天裂地。

两头迷你型的三面海妖，也满脸邪意地锁定了郭临。

这两头妖魔都是苦海之主的分身，实力虽然比苦海之主弱了很多，但也稳稳到达了天魄境界。

郭临如临大敌，此刻的危险程度丝毫不亚于被两头鲎魔包围。上一次有鲲龙解围，但这一次却需要独自面对。

邪眸凝视，两头迷你苦海之主瞳孔中同时发射出破坏死光！

“咝咝咝。”

一直戒备着的郭临险之又险地躲开了这一击。破坏死光相互撞击在一起，空间剧烈震荡。

郭临瞧了瞧被苦海之主稳稳压制，节节败退的鲲龙，脸上露出了凝重的神色。若这样下去，只要这两头迷你型三面海妖压制住自己，不让自己有给鲲龙治愈的机会，己方肯定要被活活压制致死。

郭临对一直守在身边的龙卫下令道：“小雪，拦住一个，争取时间。”

全面被压制状态，别无办法，只能拖延时间，希望初雪快速凝练真身。

“嗽。”

小雪抬手，引龙剑的剑尖，一道雷芒射向天空。紧接着紫色的双螺旋龙啸雷落在迷你的苦海之主的身上。

尽管是天魄级别的海妖，可是在小雪的龙啸雷之下，身躯也剧烈一颤。同时，它锁定郭临的目光，也转移到了一袭白衣的小雪的身上。

迷你型三面海妖伸出一条条触须，触须化作藤鞭，抽向小雪。而小雪却轻盈转身，引龙剑撕裂空气，划过一道道璀璨的剑罡。那触碰到引龙剑剑刃的触须，纷纷断裂。

触须断裂后，迷你型三面海妖停止了攻击，就在郭临以为，小雪不可思议地压制住它们的时候，没过多久，那断裂的触须，又重新长了出来。

小雪与迷你型三面海妖又战到了一处。每一道龙啸雷都能够给迷你型三面海妖带来一定的伤害。可是迷你型三面海妖速度却丝毫不减，与小雪你来我往，僵持不下。

在郭临认为小雪能够稳稳拖住迷你的苦海之主时，一道邪眸凝视带来的死光，将小雪击飞了出去。

郭临心中一紧，但现在他却自顾不暇。地魂境界九重的小雪，能够与天魄级别的妖魔有攻有守，可是他却不行。实力相差太大，除了防御，别无他法。所幸有不死神石护体，不至于轻易被击杀。

三方面被全线压制，随着时间的推移，劣势越来越明显。

郭临心头也越发焦急。

“叮。”

空中传出一阵清脆的声响，郭临一惊，抬头望去，发现小雪受到重创，变成了龙元珠模样。与鲲龙战斗的苦海之主，脸上露出一抹邪魅的笑，这一招，是它暗中做的手脚。它本想趁机击杀这个人类的龙卫，可是没想到这尊龙卫如此坚强。

不过虽然没有击杀龙卫，但效果达到了。失去了小雪作为目标的迷你型三面海妖，很快地锁定了郭临。

而与苦海之主缠斗许久的鲲龙，也岌岌可危，支撑到现在，也是咬牙坚持，分身乏术。

郭临也没想到圣级的妖魔还有这等智商，竟然玩阴的。本来就靠着春回浩渺石苦苦支撑的他，哪里还有余力去面对另外增加的妖魔。

而小雪已经受了重创，如果强行让她变回龙卫的模样战斗，一旦短时间内再受到同样的伤害，她根本无法再用变成龙元珠的样子来自保。那样一来，等待她的就是死亡。

两头迷你型三面海妖同时锁定郭临，一对对邪眸泛出妖异的光芒。

只要邪眸凝视的死光一出，郭临没有躲开，强大的力量，就能够在瞬间秒杀郭临，纵有不死神石也无济于事。

金莲海域。

空气中飘荡着淡淡的清香。在湛蓝的海水中，漂浮着层层叠叠的莲叶，莲花袅娜地盛开，多姿多彩。

海域的中心，一朵金莲绽放而开，霞光万丈。

在金莲之中，一位盘坐着的绝美女子，缓缓睁开了眼睛。她不着寸缕，晶莹的肌肤堆雪积玉，傲人的娇躯，曲线婀娜。哪怕世间最美丽的女人，看了她都要生起嫉妒之心。

如墨的齐腰黑丝，随着走动，轻轻飘舞。在柏月惊愕，以及黑麟呆滞的目光中，她自如地走了出来。

"有衣服吗？借我一件。"

初雪翘了翘嘴唇，对柏月说道。不只是她的容颜与身材，就连声音，也宛如天籁。

"有。"柏月不知道是怎么从星空戒指中取出纱衣的，等她回过神，绝美的女子已换好衣服，直冲云霄。

郭临如临大敌地站在两头迷你型三面海妖的中央，神识一分为二，同时监控着两头海妖。任何一头海妖的攻击，只要没躲开，它相信另外一头会毫不犹豫地给自己补上一刀，送自己上西天。

郭临不怕死，但也决不允许自己毫无意义的死。此时此刻，鲲龙也已经达到了极限，随时都会在苦海之主密集的攻击下陨落。

就在这时，郭临的灵魂空间发出一阵熟悉的颤音。

这种熟悉的感觉来自初雪。

郭临一喜，猛然转头，果然看到一袭红霞裹身的曼妙身影，如神女天降，轻盈地落在了自己身前。她背对着郭临，可是郭临却一眼就认出了这熟悉的背影。

来人正是初雪。

玉手轻抬，郭临感受到灵魂空间内的静静盘旋的一尺金芒颤抖了。旋即它脱离自己的束缚，凭空消失。还未等郭临露出惊讶的神情，神斧已然出现在了初雪白皙的手掌之中。

"看好了，郭临。教你两招。"

初雪浅浅一笑，如冰雪消融，天地间的美好事物都在这一刻黯然失色。玉手中的一尺金芒轻轻一转，顿时爆发出一道强光，神斧变长，连模样也起了变化。

光芒消失，初雪手中多了一把金色而华丽的武器。它不再是斧的模样，却更像双剑的剑柄组合在一起。

玉手轻抬，一道带着毁灭气息的神光，自破天斧中辐射而出。

神光射向天际，天空震动。

浓云自动分开，伴随着一阵隆隆的奔雷，紧接着一道耀眼的红光从天而降，不偏不倚落在了迷你型三面海妖的头顶。

迷你型三面海妖张开口，想发出痛苦的呻吟，却没有发出半点声音。然后，它那丑陋的身躯在红光中扭曲，迅速消融。迷你型三面海妖拥有天魄级别的实力，可是在这道红光之中，却没有半点抵抗之力，郭临心中升起了轩然大波。而初雪手中变化了形状的武器，还是破天斧吗？

杀了一头海妖，初雪神色没有半点变化，似乎只是做了一件微不足道的事情。

“第一招，日冕。”

她轻盈地转身，目光落在了另一头迷你型三面海妖身上。

见识到了初雪的手段，迷你型三面海妖哪敢站着等她攻击，邪眸一凝，抢先射出破坏死光。

初雪摇了摇头，手中华丽的武器，对着破坏死光而来的方向轻轻劈出。死光与破天斧接触的刹那，竟然被劈碎了，化作星星点点飘散在了空气之中。旋即，她飘逸的身影从原地消失了，再次出现，却已经在迷你型三面海妖的身后。

而从迷你型三面海妖的头到脚，一道光滑的细线落下，细线扩散，化作左右两半的海妖，“啪”的一声，炸成了粉末。因为速度过快，才造成了跨越空间般的错觉。

“第二招，泯心。”

郭临吃了一惊，两头叫自己束手无策的天魄级海妖，竟然如此轻松地就死在了初雪的手中。

这只有一个可能，要么就是初雪使出的武技和法术无比强大；要么，就是她的实力远远超过了这两头海妖。

“不要惊讶。现在我们先帮助小家伙，击退这头梦魇妖灵吧。”

苦海之主是苦海中的妖魔，是对这位主宰者的敬称。实际上，它叫梦魇妖灵。这是一种极为凶残且嗜杀、潜力无限的神秘种族。这个种族诞生于后远古时期，在强大的龙族消失之后，梦魇妖灵一族，凭借着强大而诡异的力量，毫无争议地成为了迷失域的主宰。

这苦海海域，便是梦魇妖灵的乐土。

而作为梦魇妖灵种族中实力最强的皇者，理所当然地被封为苦海之主。

苦海之主的实力超越鲲龙数倍。按理说，它可以轻松击败这头刚刚跨入圣级门槛的鲲龙。可是鲲龙的意志却无比顽强。无论苦海之主使出怎样的妖法蹂躏它，它都不放弃，用燃烧生命的方式战斗，不停地战斗。

亲人们都死了，鲲龙要为亲人们报仇，它要找到屠杀亲人们的神灵，并且杀死。它绝不允许自己死在这小小的海域之中，被一头丑陋的妖魔击杀。

正因为这股不服输的信念，叫它在一次次致命的伤害中支撑下来，一直支撑到初雪出现，解决郭临的危机。

郭临与初雪飞上鲲龙的背部。鲲龙伤痕累累，浑身上下没有一寸完整的肌肤。触目惊心的伤口，皮肉外翻，鲜血如泉水一般地喷涌。不用仔细去看，就能看到伤口处那森森的白骨。鲲龙早已经神志不清，但它的眼眸却异常凌厉地盯着那丑陋的苦海之主。鲲龙咆哮，用力张开口咬向苦海之主。

它是远古最高贵伟大的两个种族的后裔，传承了龙族的力量、鲲族的速度，它的灵魂就根深蒂固着不屈。

可以击倒我，但无法击倒我求胜的心，这是一股强者的信念。

见到这一幕，郭临感同身受，不禁动容。他果断地召唤出不死神石，帮助治愈鲲龙。

神石旋转，无尽的包含着生命能量的神辉帮助迅速治愈着鲲龙的伤口。随着伤口治愈，鲲龙那几乎失去的神志也开始渐渐清醒。

鲲龙发出咆哮。

"嗷。"

它用震动天地的声音对苦海之主宣战。它鲲龙，才是这个天地的主宰，而不是眼前这头丑陋的家伙。

随着身体治愈，郭临惊讶地发现，鲲龙的气息也不可思议地攀登起来。

郭临拥有天魄级别的神识，无法窥视出鲲龙的实力，可是他能够清晰地感受到它的气息在攀登。

"圣级二重了。"

初雪望着前方那邪恶而丑陋的梦魇妖灵，淡淡地说道，脸上丝毫没有惊讶的表情。

"它晋级了？"

郭临惊讶地说道。

"不是晋级，这是一种天赋。这种天赋，一旦激发，只要不断战斗，它的实力就能一直提升。"

郭临讶异，世上还有这样的天赋："它叫什么？"

"龙蛰之心，只有龙族一脉才有极小概率拥有的天赋。"

本来她还想立即出手帮助鲲龙，现在却不着急了，她想看看，这头鲲龙的极限到底在哪里。

郭临和初雪的想法差不多，鲲龙既然有这样的能力，那么在它达到极限之前，他不会贸然出手。他能够体会到鲲龙的心境，他知道如果自己是这头鲲龙，在有了亲手打败敌人的可能后，也绝不希望有人来插手。

"嗷！"

鲲龙咆哮，口中吐出一道更加明亮的火焰，实力只提升了一重境界，可是它的战力却是成倍地增长。原先通红的火焰，在这一刻，变成了金黄。

金黄色的火焰所过之处，空气立马发出哔哔剥剥的声响。空间也承受不住这股能量，扭曲褶皱起来。

面对鲲龙突然爆发的一击，苦海之主微微惊讶。它第一时间想到的是，那个卑微的人类又对这头鲲龙做了什么。

目光搜寻，它再次找到了站在鲲龙背上的郭临的身影，它想去击杀他，可是现在鲲龙忽然强化了双倍的攻击，却叫它不得不认真对待。

苦海之主头颅旋转，每旋转一百二十度，便有一道破坏死光从它的眼睛中发射出来。本尊的邪眸凝视，威力不知道比迷你型三面海妖厉害了多少万倍。

哪怕是实力大涨后的鲲龙的金色的龙焰，也难以抵挡住苦海之主的邪眸凝视。

"轰。"

毫无悬念，鲲龙再次被破坏死光击成了重伤。

受伤后的鲲龙并未发出惨叫，也并未因依旧无法抵挡苦海之主而气馁。它战意盎然，哪怕拦在前面的是一尊屠杀自己亲人的神灵，它也要将它撕碎，又何况是在它看来，低等，奇怪，又丑陋的种族。

"嗷！"

鲲龙再次发出一阵咆哮，苦海之主的破坏死光早已重伤了它，鲜血不断地从愈合又破裂的额头上流出来。鲜血浸染眼睛，通红的双眸饱含无限战意。

或许一天前，它还是一头什么都不懂的，需要母亲呵护的小家伙。可是在埋骨之滨，见识了亲人的惨状，见识到了星云缚主人的强大，以及残忍的杀戮，它的心智在一瞬间升华，蜕变。

"呲呲呲。"

苦海之主的破坏死光再次凝聚。这一次鲲龙昂起头颅，眉心之处，隐约间长出了一个稚嫩的小角。

面对破坏死光，它迎难而上。威严的龙啸，从鲲龙的口中咆哮而出。

"嗷……"

头颅与破坏死光撞击在一起。

"轰！"

下一秒钟，鲲龙又血肉模糊地飞出去。身躯飞跃数千里，砸在了埋骨之滨的海岸。重伤的一击，叫鲲龙整个躯体都在颤抖，淋漓的鲜血，不断地涌出身体。它狂啸一声，再一次地站了起来。

"嗷。"

一声怒啸，鲲龙身上再次卷起一道光芒，随着战意的飙升，它的气势再次增强。

“圣级三重了。”

背上，初雪按住了郭临握着神石的手，阻止了他用不死神石立即治愈鲲龙的举动。

“痛楚更能够激发它的潜力。”

变强后，鲲龙速度再涨，又一道破坏死光射来，鲲龙却以流星般的速度从埋骨之滨冲天而起。

“轰隆！”

死光之中，千万枯骨化作了飞灰。

感受到自己强大的力量，鲲龙战斗的意志越发旺盛。

它再一次地张开口，口中吐出一股绿色的火焰。

“嗷！”

与金色的火焰相比，这股绿色的火焰显然更有杀伤力，原本只叫空间扭曲，而这一口绿焰吐出，所过之处尽数坍塌。

郭临吃惊，他都不知道，鲲龙为何会突然变得这般威猛。

苦海之主也显然不明白，为何明明要死的鲲龙会越挫越勇。只是，在它眼中，鲲龙依旧弱小，最多从一个小孩长成了少年，对于一个强健的成年者还太弱了。

邪眸凝视，破坏死光。迎头痛击。

“轰。”

死光击中鲲龙，后者的身体剧烈摇摆，却没有像往常那样坠落。那碧绿的龙焰蔓延到了苦海之主身上。它第一次用后退的方式，来躲开鲲龙的攻击。

这对苦海之主来说，是奇耻大辱。

它眼睛一眨，邪恶的头颅旋转，又射出一道死光。哪知这一次，鲲龙却神奇地躲了开去，并且一口咬向了苦海之主，似乎想要将它与九尾蛍一般，用玉石俱焚的方式吞食掉。

可是这一招对苦海之主还差一点。邪恶的三面脸再转，第三道死光狠狠地击中了鲲龙的眼眶。

“扑哧。”

“轰隆。”

鲲龙飞过之处，洒落漫天的血雨。而苦海之主邪恶的脸却露出狞笑。

死光入眼，没有头骨保护，这一道死光将直接通过眼眶进入大脑，摧毁鲲龙的灵魂，这是必死的一击。

只是下一秒钟，苦海之主那丑陋的笑却凝固住了。它忽略了一点，那就是鲲龙背上的郭临。

“嗡嗡嗡……”

倒飞之中，鲲龙整个身体包裹着碧绿的神辉。这道神辉，在苦海之主发射出第三道破坏死光的时候就出现了。它及时地包裹住鲲龙，在破坏死光摧残鲲龙大脑的同时，不死神石却用无尽的生之力治愈着它。

鲲龙的身躯，再一次地砸在了埋骨之滨。

“嗷！”

刺入大脑的攻击，彻底激怒了鲲龙，它怒吼一声，龙蛰之心的天赋使得它的实力再次增长！跨越式的增长。

“圣级四重。”

鲲龙再次站起了身，伴随着一阵美妙而意外的天籁之音：“四重的圣级，这是成年龙的力量了。不过应该还不是这头梦魇妖灵的对手。”

郭临原以为自己的天赋够妖孽了，重生之后，短短两年时间，晋级至地魂境界。没想到这头鲲龙的天赋比妖孽还要妖孽。在一场战斗中连续提升三阶。而似乎，这一切还只是刚刚开始。

鲲龙缓缓腾飞起来，圣级四重后的它，浑身上下流露出一股君临天下的龙威，叫妖魔都战栗的龙威。

鲲龙悬浮空中，眼眸凝视着苦海之主。

见到这一刻，苦海之主那丑陋而狰狞的三张脸终于扭曲，变得恼怒。

实力达到了这一步，拥有比人更加丰富的情绪。换成其他的妖魔，被自己蹂躏了这么久，早已死上千万遍了。可是眼前的鲲龙不但没有死，反而实力一次次暴涨，还散发出一股叫自己都忌惮的威势。

圣级四重的实力，加上种族上的优势，虽然无法给苦海之主带来性命上的威胁，却足够能与之周旋一二，而不是单方面地被虐了。同时，这股磅礴的威势，叫苦海之主感到厌恶。

龙族，这种高贵凌驾于一切妖魔之上的物种，拥有对所有妖魔的威慑，灵魂层面上的威慑。

苦海之主更加明白，这是头能够不断提升实力的怪胎，如果再给它一些时间，自己很有可能阴沟里翻船。

所以，在鲲龙再次腾飞起来后，苦海之主终于起了不死不休的杀意。

苦海中有无数妖魔都在关注着这场战斗，如果再被鲲龙拖入苦战，这对自傲的苦海之主来说，尊严受到了大大的挑衅。

苦海之主的身躯散发出诡异的光芒，挺立在空中的邪恶的身躯虚幻起来。接着，如同镜像复制一般，变成两个，四个，三道光芒之后，变出了八道魔影。

八道魔影在出现的刹那间，瞬间凝实就将鲲龙围在中央。

郭临一怔，这八道魔影看上去每一个都是真实的。当下，他将这个疑惑说了出来。

初雪也注意这八道魔影，见到郭临疑惑的眼神，道：“没有错，这是梦魇妖灵的种族妖法。凝出八道分身后，每一道分身都有本体一半的力量，一起攻击，战斗力将提升四倍。这小家伙危险了。”

八头苦海之主嘿嘿阴笑。即使是分身了，但是每一头分身的实力依旧与鲲龙相当，八尊分身一起上，虐杀这头怪胎，跟玩一样。

“呲呲呲……”

八道分身，总共二十四张脸，它们的眼睛中同时散发出诡异的光芒。

邪眸凝视，破坏死光，正在酝酿。

“郭临，快指挥这小家伙脱身。决不能被八头梦魇妖灵同时击中。”

郭临虽然奇怪初雪不直接指挥鲲龙，但在这样的关头，却没有时间再去细问。目光锁定左前方略大的缺口，拍了拍鲲龙的背道：“小家伙，从那个方向冲出去。”

“呜呜呜！”

鲲龙一直保持着警戒，当苦海之主变化出八道分身，它也感受到一股死亡的威胁。

听到郭临的话，它微微犹豫片刻，咆哮一声，吐出一口炙热的龙焰，转身就跑。也就在这时候，八道破坏死光，同时凝聚。

鲲龙的速度虽然飞快，但连绵千里的身躯又怎么能完全躲得开。空间被洞穿，亮得让人都不敢逼视的诡异的乌光，吞噬一切，直接将鲲龙来不及躲闪的尾部泯灭。

“嗷！”

鲲龙发出一阵痛吟，天空中下起了血雨。这一击之下，双腿以后的身躯，竟然全部没了。恐怖的死光，竟一举毁去了鲲龙三分之一长的身躯。鲲龙虽然愤怒，却也变得无比虚弱。

“嘿嘿……”

苦海之主八道分身同时发出一阵奸邪的笑声，它们嘲弄地看着这头垂死的鲲龙，和自己作对，那就是找死。

这么大的伤害，哪怕鲲龙身上卑微的人类拥有再神奇的法术，也不可能在短时间内将它治愈，而这些时间里，足够它将这头死缠烂打的恶心的家伙变成粉末。

“郭临，我们出手了。”

初雪站起身，脸上一点也没有陷入绝境的慌乱。

“等很久了。”

郭临嘴角微微一翘，已经将不死神石按在了鲲龙的身上，鲲龙的创口处，肌肉在疯长。可是相对于鲲龙失去的数百里的身躯，这种治愈速度却显得不足。

初雪重生后，郭临看不出她的实力。从她轻松击杀迷你型的苦海之主来看，她至少拥有天魄级别的实力。

但天魄级别的实力根本无法帮助鲲龙扭转战局，初雪虽然没有直说，但她的意思很明显了。

鲲龙背上，郭临站起了身，嘴角蠕动，随着一阵久违的口诀在心头流淌而过，他的头发无风自动地飘舞起来。

“诛天之怒。”

郭临一喝，舌尖爆发出惊雷一般的声响，他神色冷酷，伸手一张，握在初雪手中变成了华丽武器的灭神破天斧轻轻震荡，旋即快速旋转起来，恢复到了原本的一尺大小，回到了郭临手心。

一尺金斧凭空而立，强大的电流龙盘蛟扎，呲呲作响。

雷鸣电闪，天地间肆虐起一股狂风，随之而来的是一股磅礴的威压。

浓云四面八方地汇聚，笼罩着天空。云层中密布着一张电网。滚滚奔雷从天而降，天边变成了万马奔腾的战场。

声如怒涛拍岸，石破天惊！惊世浩劫，就要降临世间。

“初雪，哪一个？”

以郭临地魂境界的实力施展出的诛天之怒，足以秒杀天魄以下的存在。但单凭这些威力，根本无法给圣级的苦海之主带来伤害，甚至无法撼动其分毫。

但作为九大天神器排行第一的灭神破天斧的专属神技，诛天之怒，其本身就附带着极为恐怖的特殊属性。

第一，无视级别地腰斩生命力。无论怎样级别的强者，一旦被诛天之怒击中，在这种恐怖的效果散去前，不论用什么神丹妙药恢复，还是本体拥有强大的恢复能力，它的生命力，最多只能够恢复到在被击中之前一半的状态。

第二，破除一切，摧毁所有法术凝聚的幻象。

八道之中有七道分身一定是假的。因此只要击中真身，凭借诛天之怒的特殊属性，不但能够给苦海之主带来重创，也会使得其他七道分身消失。

初雪并未答话，锐利的美眸从八道分身上划过，接着，她的身躯消失了。再次出现的时候，已经在万丈云巅之上。

苦海中海啸滔天，末日来临。那是一股前所未有的压力，来自灵魂深处的威压，仿佛天神降临，神威压得人喘不过气。

隐蔽在浅海中的妖魔在感受到这等威势后，纷纷惊恐地潜入深海，四处逃窜。谁也不知道，这个弱小的人类能招来什么灾难。

苦海之主震惊了，发生了什么事？为何这弱小的人类展现的法术，叫自己都感到了惊慌。

它惊疑地抬头，去寻找这股威压的来源，跨越千里，它感受到一种惊世浩劫正在空中酝酿而成。在那里，它还看到了一位红霞裹身的女子。

雷云之上，随着灭神破天斧凭空而现的初雪浑身萦绕着神圣的气息，长发飘飘，衣袂飞舞，如玉的手掌握住金斧，轻轻一挥，手中的金斧变成了三尺之长。

酝酿至极点的惊世浩劫，一股脑地汇聚到金斧的顶点。

奔雷之声从天而降。以金斧为中心，一道撕扯着空间，亮得让人不敢逼视的擎天光柱贯穿天地，将八个惊恐的苦海之主全部吞没。

“轰”的一声巨响，如同神罚一击，天宇破碎。

苦海，仿佛从中央被直接洞穿。

强光散去，苦海之主的七道分身消失了，而仅存的那一道分身，也全身焦黑，仿佛刚刚被烧烤过一样，而它的气息，只有不到原先的三成。

“小家伙，给它致命一击。”

诛天之怒能够无视等级地重创敌人，但绝不可能秒杀等级超越了施法者太多的存在。

真正的决战，需要看鲲龙本身。

“嗷。”鲲龙怒吼，积压的满腔怨念再一次爆发，断尾之仇，极大地刺激了鲲龙骄傲的尊严，龙蛰之心再次激活。

龙吟震天，怒吼之中，鲲龙的实力再次跨越式地增加，达到圣级五重。

龙口大开，吐出一口紫得发亮的龙焰。

伴随着紫色龙焰的，是一片片恐怖至极的坍塌的空间。

“轰。”

紫色龙焰毫无阻拦地吞没了受到重创还未回过神来的苦海之主。

梦魇妖灵发不出声音，可是它夸张地挣扎的模样，表明这口紫色的龙焰，对它的身体造成的伤害是毁灭性的。

但是，仅仅一口龙焰，又怎能叫鲲龙解恨。再次吐出一口紫色的龙焰，它张开鲲鹏羽翼，一个俯冲之间，就将苦海之主咬进了嘴里。

任何妖魔，就算体形再夸张，也根本无法与鲲龙相比。

锋利的牙齿一口咬下去，伤上加伤的苦海之主气息顿时虚弱许多，可是它还是不顾一切地挣扎着。鲲龙的口中爆发出一道接一道的强光。

垂死挣扎的攻击，或许对实力提升前的鲲龙是致命的。可是现在，在多次龙蛰之心的作用下，鲲龙的实力短暂地达到了叫虚弱至极的苦海之主无法抗衡的地步。

蓝色的鲜血肆意溅射，龙啸之声，震动苦海。

此时，潜伏在苦海海域，瞩目着这场惊天搏斗的妖魔们，眼睛里都浮出了恐惧之色。苦海之主，苦海中唯一的主宰，此刻，却被鲲龙咬在嘴里，像一道食物一样用力地咀嚼。

前来助战的妖魔们退去了，想来分一杯羹的妖魔们飞也似的逃了。而那些来观战的妖魔们，早已吓得肝胆俱裂。

谁也不知道，最后苦海之主会败，败得如此惨烈，连身体也被鲲龙咬成了肉泥。

“噗……”

鲲龙将没有动静的苦海之主吐了出来。对它来说，苦海之主的身体可一点都不美味。

“嗷！”

鲲龙仰天咆哮，带着王者的威势。战胜了如此强大的敌人，它的血在沸腾。

梦魇妖灵算什么，它才是真正的主宰！

“走吧。”

鲲龙的气势，彻底震慑住了这片海域中的海妖，郭临可以很安心地再去长满金莲的海域，将柏月和黑麟接回来。

只是，二人刚刚飞离鲲龙，后面便响起了“呜呜呜”的声音。

然后，一道黑影拦住了他们。

鲲龙看着郭临，目光中有热切的期盼。

郭临顿时哭笑不得，鲲龙虽然不会说话，可是它的神情却非常拟人化，因此郭临能非常轻松地读懂它的表情。它这是想让自己治愈好它的尾巴。

郭临苦笑道：“小家伙，不是我不想帮你重新长出尾巴，实在是你的尾巴太长了。”

鲲龙失去的尾巴长达数百里，虽然不死神石可以治愈，让它重新长出来，但催动不死神石也是需要能量的。郭临估计，鲲龙的尾巴还没长出多少，自己就力竭而亡了。

对鲲龙来说，尾巴是身体的一部分，失去尾巴，身体就不完整了。不过听了郭临的话，它不但没有露出失望之色，反而眼睛里兴奋之色更加浓了。

“呜呜呜……”它兴奋地叫唤着，身体上闪烁出一股淡淡的柔和的光芒，它的身体再次缩小。

数百里长的躯体，几息之间就变成了几里之长。光芒未散去，它的身体还在缩小，一分钟后，身躯竟然变得不到十米。

郭临惊讶，他知道鲲龙可以缩小躯体，因为前两日，在埋骨之滨中央的那座骨山上，他就亲眼看到过它变小。可是他没想到，鲲龙一下子能变得这么小。

十米长的龙躯，对一个人来说，其实也是庞然大物。可是见多了鲲龙那般长达千里的身躯，现在却感到十分的怪异。

“呜呜呜……”鲲龙张开翅膀，欢快地绕着郭临飞行了两圈，仿佛在告诉郭临，自己已经变小了，不需要花那么多能量了。

对于脸皮厚到无以复加，赖着寻求保护的鲲龙，郭临无言以对。

不过，靠着春回浩渺神石，让十米长的家伙重新长出尾巴来，他还是做得到的。

郭临召唤出不死神石，然后跳上鲲龙的背，默默念出咒语。

“嗡嗡嗡……”神辉荡漾，盎然的生机，如同湖水泛起的涟漪扩散而开。

那结痂了的鲲龙尾巴开始破裂，新生的组织细胞如同雨后春笋一般疯长，又重组着变成了鲲龙的血肉。失去的尾巴，正一点点重塑……

“呜呜！”一刻钟后，鲲龙发出一阵舒爽的叫唤声。如同淘气的孩子，将新生的尾巴在空中摆来摆去。然后，它张开翅膀，如同吃了兴奋剂一般，在空中飞了起来。

如此童心未泯的模样，让人很难将它和不久前与苦海之主惨烈大战的威猛鲲龙联系在一起。

鲲龙又飞到了郭临面前，拼命地点头，表示感谢，有趣的模样，叫不苟言笑的初雪嘴角都微微扬了起来。

郭临伸出手，摸了摸鲲龙的脑袋，道：“好了。小家伙，现在可以让我们走了吧？”

“呜呜呜……”

但是鲲龙依旧没有让开。

“怎么了？”

这一次郭临没有读懂鲲龙的意思。

初雪的美眸中闪出一缕讶异，非常惊奇地望着郭临，然后道：“它想和你一起走。”显然，初雪也没想到，郭临有这么好运。

“呜呜呜……”

听到初雪翻译了自己的话，鲲龙立即点头，一对漆黑的羽翼，拍打着，像个快乐的孩子。

“是真的吗？”听得郭临的疑问，鲲龙再次点头。

郭临非常意外。不论是龙，还是鲲，都是非常自傲的种族，视其他种族为蝼蚁，又怎么肯与人类为伍？

他道：“你为什么要和我走？”

“呜呜呜！”这个声音不再玩闹，它的眼睛非常锐利。

初雪再次露出了意外的神色，翻译道：“它说，它想变得更强。它还要为它的亲人报仇，它认为跟着你，就能够实现这个理想。你的法术给了它希望。”

这一次轮到郭临意外了，自己能从鲲龙的表情中，读出一些简单的信息。可是初雪，却仿佛会读心术一般，他道：“初雪，你能听懂它的话？”

初雪点了点头，轻描淡写地道：“曾经与龙族打过一些交道，所以懂一些。郭临，你想清楚了，带上它，就等于给自己树立了一个强大的敌人。”

郭临也曾起过收服鲲龙的念头。不过，当时的他觉得这是天方夜谭，是不可能的事。现在鲲龙主动请求跟着自己，这可是圣级的怪物，这种突如其来的好运，叫他感到有些不真实。

迷失域的世界，很大，也很危险。要是多了这么一个小家伙做保镖，接下来的一路势必会顺利很多。至少，以鲲龙的速度，能给自己节省很多很多的时间。

不过，初雪的话却提醒了他。

这头鲲龙想要报仇，只要不死，总有一天会寻到那屠杀了巨龙一族的“天神”。到时候，作为同伴的自己，自然不会袖手旁观。也就是说，在这里接受了鲲龙，就等于给自己树立了一个无比强大的敌人。在遥远的时空，这尊“神灵”就能够屠尽巨龙一族。无尽的岁月过去了，如果他还活着，不知道达到了怎样恐怖的境界。恐怕，现在的他动动手指头，都不是郭临能够抗衡的。

“但那又如何？”

郭临心中傲然，重生之后的他，走的本来就是一条逆天之路。他的眼界比这片大陆的所有人都要高。等凑齐九把神器，再将炼魔创世灭神诀修炼至大成，神灵又如何？

不论是神还是魔，只要成为了自己前进道路上的绊脚石，郭临会想尽一切办法，将其抹去。“初雪，你怎么看？”

初雪说道：“你心中早有了答案，不是吗？”

“嗯，还是你了解我。”郭临笑着，摸了摸鲲龙的脑袋：“这般大小正合适，不会吓着人，又正好用来乘坐。跟了我以后你就保持这样吧。”

“呜呜呜……”鲲龙咧开嘴，露出一个开心的表情。

金莲海域，一道黑影划过天空。一袭黑袍的郭临轻轻飞落，落在了碧绿的莲叶上。

黑麟和柏月早就在这里等了许久，苦海中的大战她们看在眼里，现在胜利了，二人也如释重负。郭临展现的神威更是叫她们瞠目结舌，特别是柏月，她没有想过，郭临竟然还有这样的底牌。

见到郭临座下，很听话，很像鲲龙的小家伙，二女又露出了讶异的表情。

郭临笑了笑解释了一番。二女惊讶的脸色难以形容。

“柏月，地涌金莲收好了吗？”郭临问道。

柏月望着鲲龙背上美得不食人间烟火的女子，心中好奇，却没有问。“嗯，公子。我们现在回去了吗？”

“再等等。我找一些东西。”说着郭临跳下了水。

“你对我很好奇？”站在鲲龙背上，初雪俯视着柏月道。

“嗯，你是他的什么人？”柏月问道。眼前的女子，不论是美貌还是气势，都给了她极大的压力。

初雪道：“你不问我是谁，却问我是他什么人。你很在意他？”

被说中心事，柏月脸一红，她没有否认，却咬着红唇，等待着初雪回答。

初雪淡淡一笑：“你容貌像一位故人，若不是性格与她相差很大，就连我也会误以为你是她。至于我，你可以把我当成你情郎的师父。”

“啊，原来是师父。”

听到眼前的女子说是郭临的师父，柏月顿时不知所措，方才她还将她当成是一个强大情敌，这完全出乎她的意料。想到自己竟然对郭临的师父吃醋，柏月满脸通红，羞得无地自容。

第39章
孕魂莲子

万妖岛山顶，张灯结彩。过两天就是二妖王蚩煞纳妾的大喜日子。这几天万妖岛圣山山顶，妖来妖往，喜气洋洋。

蚩煞人如其名，满身煞气。经过数百年的修行，实力达到了地魂级，成为了仅次于第一女妖王蚩研的存在。作为男性中实力最高的妖王，他手握重权，性格残暴。而今天，他要纳的女妖是他的第九十九房妾，女方是一位还未成年的兔妖。

对于这楚楚可怜的小兔妖，蚩煞相当满意。为了获取她的芳心，他甚至一改往昔的淫邪，到目前为止，都未碰过她。

大殿上，众妖王一一道喜，还有两天，就是新婚典礼了。

香闺中，兔小舞坐在镜子前，眼睛通红地任由姐姐们将精美的饰品一样一样地挂在了自己的身上。镜子里的小兔妖楚楚可怜，一副刚哭过的模样。

“小舞，哭什么呢。嫁给蚩煞大人那是你几辈子修来的福分。”兔二姐笑盈盈地说道。一人得道鸡犬升天，自家的五妹就要成为妖王夫人了，她们这些姐妹，也跟着沾光。

“是啊，是啊。小舞，成了妖王夫人以后，你要努力往上爬，争取做蚩煞大人的第一夫人。以后姐姐们的好日子，就靠你啦。”

兔大姐兔魅，摇头叹了口气，怜惜道：“小舞，蚩煞大人性格残暴。你要小心伺候，知道吗？不要惹恼他。他的数十位妻妾，有一半都是因惹恼了他，被他杀死的。”

“大姐，不要这么悲观。小舞聪明乖巧，怎么会呢。”

兔小舞当然知道二妖王性格残暴，如果能选择，她宁愿嫁给猪妖，也不要成为二妖王的夫人。只是，作为一个弱小的兔妖，她根本没有选择的权利。

望着镜子中精心打扮后的自己，兔小舞又哭了起来：“姐姐，我不想，我还小。”哭着哭着，那施了粉黛的脸又花了。

这几日几位兔妖姐姐变着花样给兔小舞打扮，几人打定主意，一定要塑造出一个最完美的新娘来。见到兔小舞这样，脾气有些不太好的兔二姐顿时有些气恼：“哭给谁看呢，这么好的事。姐姐们挤破头都轮不到。乖乖听话，要是二妖王发起怒来，你倒暂时没事，姐姐们吃不了兜着走。你想害死姐姐们吗？”

听到兔二姐的话，兔小舞哭得更伤心了：“呜呜……二姐。我不是故意的。我真的不想。”对她来说，两天后的婚礼，就跟末日一样。

兔大姐兔魅心疼地搂住了她的头，神情哀伤，她叹气道：“五妹。咱兔妖一族，都是命苦的妖。听大姐的话，你认命吧。能被妖王看中，已经是最好的福气了。”

兔二姐皮笑肉不笑地道：“真不知足。莫非你的心被那人类勾去了？年纪小，就是容易幻想，你跟他是不可能的。说不定他早就忘记你了。”

“呜呜……”兔小舞泪流满面，有些事情，她是无法和姐姐们说的，稚嫩的声音在心底呐喊，“主人啊。你快来救救小舞吧。”

……

鲲龙展翅，周围的景象飞速往后倒退。

鲲龙背上，郭临舒服地躺着，心情非常不错。苦海之行，终于有惊无险地度过了，而且还收了鲲龙做小弟。

在得知初雪摇身一变，变成了自己师父后，郭临非常意外。这个先斩后奏太突然了。她当初还说只要自己帮她重塑真身就会爱上自己，怎么现在变成了师父？

不过他也没打算跟柏月解释，九天神女陨落凡间，最后被自己炼成龙卫，这样的事还是当成秘密的好。

不过平白无故成了初雪的弟子，郭临表示相当无语。此时，他看到初雪站在鲲龙的头部，迎风而立，并未去打扰她。

身姿窈窕的初雪，白衣飘飘，翩然出尘。她的脸上蒙着白色的轻纱，将完美的容颜隐藏在白纱之下。美眸目视前方，思绪却不知道飘向何方。

这是一位经历了太多磨难的女人，她一直以重塑真身为目标，而现在这个目标已经实现，可能她一下子不知道要做些什么了。

良久，郭临说道：“初雪，你使的那两招是什么？和我说说破天斧的事情吧。你怎么可以让它改变形状？”

初雪回过神，目光落在郭临身上，轻描淡写地道：“日冕是法术，泯心是武技，都是我常用的攻击手段，很适合现阶段的你。练熟了这两招，虽说不能助你直接杀死天魄级强者，但至少在面对他们时不用那么狼狈了。有空好好练练。这是口诀。”

说着她将刚刻完口诀的玉简丢给了郭临。

郭临接住玉简，嘴角浮出满意的笑。他正缺威力强大的法术和武技，以当日初雪靠着这两招轻易秒杀天魄级别的海妖来看，它们的等级绝对不低。

“谢了，初雪。你还会什么，作为‘师父’，你干脆都教给我算了。”

郭临特地把“师父”二字读了重音，师父教导徒弟，那是天经地义的。谁叫她不征得自己同意就做了师父。

初雪很鄙视地瞥了一眼这个贪得无厌的家伙。

郭临又想到了什么，道：“对了，你叫我找的莲子有什么用？”

初雪道：“地涌金莲的莲子，也叫孕魂莲子，暂且能够修补你受创的神魂。你找到了几枚？”

“有三枚。”

“嗯，暂且够用。你的实力也该提升提升了。”

“这些莲藕呢？”

郭临从星空戒指中取出一截长长的如玉一般的莲藕，问道。在灭了苦海之主后，初雪便告诉他，在金莲海域中有些非常珍贵的宝物。于是郭临下了水，找到了两件东西，一件是三枚莲子，另一件便是莲藕，长长的莲藕总共九节。

“地涌金莲的神力来自金莲海域，帮我塑造真身的是金莲，而提供能量的却是这片海域。你手中的莲藕深藏海底，其中蕴含了庞大的能量。你若吃了它，炼化其中的能量，对你的实力有很大的提升。如果入药，还有断筋续骨之效。”

郭临眼睛一亮，果然是宝物，不过一想到自己需要时刻压制实力，顿时郁闷了。自己现在神魂受创，提升实力不是找死？看来，这莲藕要等以后才能用。

“对了，初雪。你的神魂怎么样了？我看你一直很虚弱，怎么重塑了真身，就跟完全好了一样？”

初雪道：“是金莲的力量，在重塑真身时，帮我修补了部分神魂。不过我没有完全好，情况比你稍微好一些。”

“怪不得你变强了。现在，你到什么层次了？”

“比你略强一些。”

郭临知道初雪谦虚，她说略强，但毫无疑问，肯定达到了天魄层次，要不然她不可能那么轻松就击杀了两头苦海之主的分身。

初雪又道：“所以现阶段，你要提升实力就需要这些莲子。虽然孕养神魂的效果比不上冰魂锁魄神琴，但对这个世界来说，也是不多的宝物。在找到冰魂锁魄神琴之前你可以吃下这些莲子，在实力提升时它们能够暂且护住你的神魂。”

听初雪这么一说，郭临也发现这些都是好东西。

地魂级别二重的实力虽然强大，可是相对于危机重重的迷失域来说，显得仍有些弱，就好比在苦海，那里的虾兵蟹将都有玄王巅峰的实力，稍微厉害一些的小队长都有地魂实力。

最后遇到了天魄级的鲎魔，如果不是鲲龙及时出现，就算小雪的实力提升到了地魂九重，也凶多吉少。

更何况，在鲎魔之后还有九尾鲎，以及鲲龙与苦海之主大战时，那些围观的其他实力强大的海妖。

郭临迫切需要提升实力，但受创的神魂却使他不得不自我压制。就如从地魂一重提升到地魂二重，那可差点就要了郭临的命，一旦灵魂承受不住而撕裂就完了。这一直如同一块巨石一般压在郭临的心头，沉甸甸的，使得他感到十分压抑。

而现在初雪说，这些莲子能够孕养神魂，叫自己在找到冰魂锁魄神琴之前提升实力变得可能。他又怎能不兴奋。

“对了，初雪。当日你昏迷前对我说的那段话什么意思？”

初雪道：“你不是已经猜出来了吗？”

“冰魂锁魄琴真的是在地狱门吗？”

初雪点了点头道：“当初我虚弱到了极点，怕再也醒不过来，就用了为数不多的能量使用了秘法。我看到了我重塑真身的地方就是这里。也看到冰魂锁魄神琴，但我实在没有力气说太多的话，所以用最简洁的字告诉了你。你很聪明。”

郭临其实也是一知半解的。找到苦海，也是误打误撞，运气占了很大的成分。王云提供了重要消息，鲲龙又立了大功。如果不是他们两个，可能要晚很久，才走到这一步。而现在提前助初雪塑造了真身，接下来就是寻找冰魂锁魄神琴了，也只有它才能解决自己身体的隐患。

“初雪，说说你看到的地狱门的样子吧。”

“我看到了茫茫一片冰山，在群山之中，还有一道连接地狱的黑洞。冰魂锁魄神琴就在黑洞的中央。虽然看不到更广阔的地域，但我有五分把握，这片群山就在迷失域中。至于具体在迷失域的哪个角落，我就不知道了。”

“说不定真的在三重天。”当下，郭临把王云给的信息说了一遍。

初雪美眸一亮，露出希冀的笑容：“也许，我们得去看看。”

隔断了神念交流，郭临开始闭目养神。

拥有了孕养神魂的莲子，他迫不及待地想要提升实力。灵魂空间内，那浓郁而纯净的黑暗之力差不多该解决一下了。

虽然不知道这些黑暗之力长久地存在于灵魂空间，对自己的精神会不会有影响，但郭临更希望那里纤尘不染，纯净得如同仙界。谁也不希望自己的灵魂中有无法揣测的东西。

将一枚金色的莲子含入口中，咀嚼开来，郭临立即感受到自己裂纹密布的灵魂包裹上了一层光辉。

灵魂仿佛受到了纯净的洗礼，那一条条裂纹，在莲子能量的治愈下缓慢地愈合。

通过内视，发现了这一点的郭临更加肯定了，这些来自金莲海域中的莲子能够守护自己的灵魂，只是不知道它能够帮自己压制住几次灵魂撕裂的危机。

黑气腾腾的灵魂空间内，郭临用一缕神识化作自己的模样。在灵魂空间内盘膝坐下，然后操控着这缕神识，运起了炼魔神诀。炼魔神诀是一切妖邪之物的克星，不论是魔气、妖气还是妖魂等，只要是这些不干净的东西，都可以靠着它炼化，并且化成最纯净的能量吸收，增强实力。

但，灵魂空间中的黑气，却似乎不是妖邪之气，更像最纯净的黑暗之气。

灵魂空间内，黑暗的气息弥漫天地。几个月时间，原本稀薄的黑暗的雾气，变得十分浓郁，使得灵魂空间内的能见度极低。

在灵魂空间的中央，灭神破天斧散发着金色的神辉，将这些黑暗之力阻挡在光辉之外。

遥遥望去，在偏僻的角落里，一尊魔神甲诡异地保持着坐姿，其上蒸腾而起的黑气正是灵魂空间内黑暗之力的来源。

距魔神甲出现的时间已有数月了，郭临还没有研究出其中到底有什么。明明是在自己的灵魂空间内，神识却无法穿透魔神甲进入其中，这叫郭临十分无力和不安。

但郭临却暂时拿它没有办法。许多时候，他甚至不想再去管它。因为，只要不召唤它，就对自己没有什么影响。

对于这件魔神甲，郭临打算找个时间和初雪一起研究它。毕竟初雪在自己的灵魂空间内待了不少时间，而记载着炼魔创世灭神诀的金色布帛就在她的手中。有事没事就看看神诀的她，说不定比自己了解这尊魔神甲的来历。

口中的莲子化开，吞入腹中。郭临感受到自己的灵魂得到了治愈，比原先坚韧了许多。微微一笑，他开始开口大口地吞噬吸收灵魂空间内的黑暗之力。

看到郭临专心致志地闭目打坐，面纱笼罩下，朦胧的脸庞浮出一抹浅浅的笑。初雪的目光落在柏月身上，她道：“柏月，你过来。本宫有事要问你。”

“嗯，雪师父。”

柏月站起身，走近初雪，礼貌地躬身行礼，眼前的女子既然是郭临的师父，那就是自己的长辈。

只是，她出现得太突然了，叫还没处理好与郭临关系的柏月有些不知所措。

霓霞门是圣域的一流门派，作为掌门弟子的她，有许多机会见到一些德高望重的人物。可是，对眼前的女人却没有半点印象。

柏月心中暗自猜测初雪的身份，从她举手投足之间展示出的久居高位的气质来看，她定然是一位了不起的人物。

可是，她又是怎么陨落，最后需要郭临来迷失域为她重塑真身的呢？柏月越想越觉得这个拥有绝美容颜的女人非常神秘。同时，她对郭临更加好奇了。

他比自己对他估计的还要深藏不露。

初雪认真地打量着眼前妩媚与清纯并存，两种截然不同的气质融为一体的矛盾女子。她的美眸不易察觉地恍惚，情难自禁地要将她当成白冰。

初雪肯定，眼前的女子绝不是她。如果是白冰，她一定会很顽皮地挂住自己的手臂，然后又偷偷瞟自己的胸口，用期盼的语气说："初雪姐姐，可以让我摸一下你的胸吗？"

通常这个时候，初雪会冷冷地望着白冰，直到后者调皮地吐了吐舌头，故意装出怕怕的样子，摇着自己的手臂说："初雪姐姐不要生气，人家开玩笑的嘛。"

不过过几天，她又会忘了初雪的冷漠，再次缠住自己，满脸天真地提同样的要求。

想到白冰，初雪眼神柔和了许多。对容貌与她神似的柏月，也有莫名的亲近之感。

但是有一件事情，她很想搞清楚，那就是这女子的身份。如此相似的容貌，如果不是同一个人，很有可能，她们有血缘关系。

这一点，初雪想得比郭临远。

郭临在得知柏月并不是白冰后变得无比失落，而初雪想到的却是，她会不会和白冰有什么关系，或者和白冰的祖先有什么关系。要知道，五千年后的顽皮又黏人的白冰，她的身份，可是叫心如止水的初雪——这位来自天界的九天神女都吓了一大跳。

初雪淡淡地说道："柏月，你的祖籍在哪里？"

一听这话，柏月脸上一热，浮上了红润，她没想到这位师父这么直接。雪师父的模样，分明是要给自己的弟子把关了。轻轻抬头，触及到初雪含笑着的仿佛看徒弟媳妇一样的目光。柏月顿时扭捏起来。

柏月明显是会错意了。只是，一想到自己的身世，她神色又黯然了不少。

柏月幽幽叹息："雪师父，小月也不知道自己的祖籍在哪里。小月是孤儿。"

初雪神色意外，她真没想过是这么一个情况。她心有歉意，只是向来高高在上的她很少向人道歉，也很不习惯这么做。

"这么说，你并不知道你父母是谁。"

柏月点了点头，说道："嗯。小月从懂事起就在霓霞门了。是师父抚养我长大成人，带我走入武道之路。师父是霓霞门的掌门，我是她唯一的嫡传弟子。"

说到霓霞门，柏月心中骄傲。对她来说，那就是自己的家，师父就是自己的母亲，那里还有尊敬自己的师妹们。对霓霞门，她有很强烈的归属感。

而她也相信，如果雪师父想要寻求门当户对的徒弟媳妇，霓霞门掌门弟子这个身份，定不会给心上人丢脸。霓霞门在圣域虽然不是泰山北斗，但绝对够分量。可是不知为何，面对这位谜一样的女人，柏月还是感受到了庞大的压力。

"霓霞门，是在圣域吧。听郭临说了，你是为了给你师父重新凝练龙卫，才闯入迷失域。"

"嗯，是的。要不是郭临，我就困死在幻魔城了。"

初雪语气更加柔和："真是一个孝顺弟子。"

……

两天之后，郭临身上卷起了一道紫色的光芒。他睁开眼睛，射出星辰一般璀璨的光芒。

郭临嘴角微微上扬，浮起一抹自信的笑，终于到地魂三重了。

果然如初雪所言，这些莲子能够孕养神魂。上一次突破到地魂二重，他痛不欲生。而这一次，却只是脑袋轻微地胀痛。

一枚莲子能够助自己提升一重实力。那么还有两枚，就是能够安全地提升到地魂五重了。

这个结果郭临十分满意。此刻他有些后悔了。如果在金莲海域多待些日子，再挖一些莲子出来那就好了。

"不要贪得无厌。金莲莲子对你的神魂是有帮助。但是吃多了，效果就会打折扣。尽快找到冰魂锁魄神琴才是正道。"

脑海中响起了初雪的声音。

郭临讶异地抬起头，用神识交流道："嗯。初雪？你怎么还能知道我在想什么？"

"这个问题我也不太清楚。按理说，我已不是你的龙卫，无法感应到你的心声才对。"

"那不是很吃亏。我有什么想法你都知道了。"

"我才懒得感应你那点龌龊想法。"初雪露出一副嫌弃的表情，对窥测男人的心思一点兴趣也没有。

郭临的尊严被挑战，他很生气，后果很严重。

"话说我已经为你塑造了真身，你是不是忘了曾经答应过我的话？"郭临笑眯眯地道，像是抓到了初雪的把柄。

初雪柳眉一挑，淡定地道："有什么诺言？"

"当初你说，如果我为你塑造了真身，你就会爱上我的。"

面纱下，初雪翘了翘性感的嘴唇，她早就想好怎么回答郭临，道："你少说了两个字。可能。"

"你这是耍赖。"

初雪转了转眼珠，立即道："郭临，现在你太弱了。等哪天你超越我了再说吧。"

感情这东西不能勉强，郭临提起这个事情，也是为了报复初雪对自己流露的鄙夷之色。见她打起了马虎眼，他也不计较。

"公子，你醒啦。"

柏月笑容满面，这几天获得了"雪师父"的认可，她心情不错。

郭临点了点头，站起身，打坐了两天，他一点也没有不适之感，目光扫过不断向后掠去的海景，问道："我们到哪里了？"

地涌金莲已经到手，接下来就是去找王云会合，但是首先，郭临会兑现自己的承诺，让黑麟回到蛟龙湾。这些日子原路返回时，在郭临的建议下，鲲龙绕开了抉择煌窟，一路向东。

强大的龙威下，海域中没有一头海妖敢打这些人的主意。而事实上，以它们的速度也跟不上一跃千里的鲲龙。

“刚过了碎龙峡。再过一会儿，就能到万妖岛。”黑麟说道。

马上要到蛟龙湾了，对她来说，这本来是好事。可是现在她却不希望这么快到那里了。与郭临相处的这些日子，她见到了更加精彩的世界。

忽然，她有些厌倦了安逸的蛟龙湾。堂堂蛟魔王，在蛟龙湾生存了近千年，实力却只有玄王巅峰，这叫她脸热。

“万妖岛？”

郭临微愣，脑海中情不自禁地浮现出那个可爱的兔耳朵少女的模样。

“好热闹。主人，不晓得今天是什么日子。”

望着张灯结彩的山顶，黑麟一脸好奇，对她来说，万妖岛是禁地，她从未看到过万妖岛山顶的景象。

郭临耸了耸肩，笑道：“上一次来万妖岛救柏月就很热闹了，没想到今天更加热闹。也许是哪位妖王要成亲吧。正好被我们遇上。”

山顶聚集的人绝对没有当日复活妖皇的祭典多。那一天，几乎所有妖魔都到了山腰上。因为整齐看上去人显得没那么多，实际上却有数万妖魔。

而今天因为气氛欢愉，妖魔们三三两两地扎着堆，使得妖魔的数量显得更加多了一些。

鲲龙从万妖岛的上空飞过，阳光将它的影子投射到了山顶广场。

妖魔们抬起了头，心里都在想，哪头不知死活的妖怪，竟然敢在圣山的上空飞来飞去。谁都知道，除了妖王以外，不论哪只妖怪都没有资格飞的。

“还不给本王下来？”

二妖王蚩煞以为是万妖岛上某只不懂事的妖魔，声音如雷一般地吼道。如此不礼貌的行为叫他恼怒，感到威严受到了挑衅。

郭临脚尖在鲲龙背上轻轻一点，纵身一跳，数百米的高度落下来，稳稳地立在了广场的中央。

“啊……”

看到飞落下来的是一个没有妖气的人类，广场上上万头妖魔发出惊呼，接着一股脑地拥了过来，将郭临围在了中间。

那十一位妖王只觉得这来的人身影有些眼熟，相互对望一眼，立即跑了过来。

“你们就是这样对待远道而来的贵客吗？”郭临笑眯眯地说道。说实在的，他真有些不好意思打扰这些妖怪。自己既然来了，恐怕这场晚会也进行不下去了。

“都让开。”

听到这个声音，妖王们心中情不自禁地想起了半月之前用“诡计”杀死了妖皇的男子。

群妖退开，露出众妖王的身影。

首领女妖王蚩研率先看到郭临，额头上长着角的脸微微一僵，显然没想到，来人真的是他。

其他妖王们也认出了郭临，眼睛里露出愤怒的凶光。

“来得正好。卑鄙的人类，害死我妖皇，今天就让你偿命！”

郭临充耳不闻，事隔半月，如今的他，早不可同日而语。就算初雪不出手，单凭突破到了地魂九重的龙卫小雪，他都有信心击败这十一位妖王。只不过今天郭临心情不错，并不想大开杀戒。当然如果这些妖王主动找死，那就不要怪他心狠手辣了。

郭临的目光扫过气氛骤变的广场，然后落在了一个精心打扮，穿着新娘装的兔妖少女的身上。那娇小的身体，只有蚩煞的胳膊那么大，让人很难想象，这个二妖王居然会看上她。

与身边的意气风发，满脸神光的二妖王不同，此时兔耳朵少女眼眸含泪，强忍住不让眼泪流下来的模样惹人心怜，仿佛受了极大的委屈。

看清楚来人的模样，兔小舞的眼泪终于无法抑制如断线的珍珠一般掉落下来。她差点以为，他要抛弃自己。

当日郭临混入万妖岛，为了不暴露自身，不得已在兔小舞身上打下了魔之契约，如同烙印一般，印在了兔小舞的心口。这是由郭临完全主导的奴仆契约，签订了这种契约后，兔小舞毫无保留地对郭临产生信任和依赖。郭临也因此得以瞒天过海。

当日不过是不得已为之，后来因为妖皇的事情，郭临便忘记了，若不是今日途经万妖岛，郭临差点都记不得自己还有一只兔妖的妖奴。

签订魔之契约后，如果妖宠死亡，对主人的灵魂会造成一定伤害。所以，为了以绝后患，郭临上万妖岛来寻小兔妖，就是为了来解除与她签订的契约。

不过，在他看到可怜的小兔妖被强迫与妖王成亲，感受到小兔妖无助，万念俱灰的心境时，改变了主意。

“小妖精，过来吧。我来带你走。”

郭临无视了那众多要喷出火来的妖魔，含笑着对远处的兔小舞说道。

“嗯？”

听了郭临的话，众妖魔齐齐扭过头，他们看到兔小舞娇柔的身躯在颤抖，眼眸中含着泪水。

“混账，太放肆了。想抢我的女人，看本大王不把你的脸扇肿。小的们，上！把这个人类给我抓起来。”

今天是二妖王纳妾的大好日子，这个人类居然来抢人，众妖魔义愤填膺。距离郭临近的妖魔，直接举起手中的武器砍向了郭临。

只是，他们刚跑到一半，身体却像中了妖术一般，都被定在了原地，无法动弹。

龙卫小雪目光犀利地盯着那站成一排的妖王。强大的气势叫妖王们都不敢轻举妄动。

妖王们心底骇然，他们都认出了此刻正散发着强大气势的女人，正是半个月前差点被自己击杀的人。半个月不见，气势竟然增强了这么多。这是开玩笑吗？

郭临面不改色地淡淡说道：“你有问过她愿不愿意嫁给你吗？”

见到郭临不知道用什么方法将他身边的妖魔定在原地，二妖王蚩煞神色一恼，再听了他的话后，顿时哈哈大笑起来：“笑话。我堂堂万妖岛二妖王，一人之下，万人之上。我要纳一只卑贱的兔妖为妾，是她几辈子修来的福分。她当然愿意做我的侍妾，还用你来多管闲事？今天是本王的大好日子，就不动手杀你了，你自我了断吧。”

天武大陆强者为尊，男尊女卑，有实力的人拥有支配周围一切资源的权利，也包括女人。妖魔们也是如此。

郭临摇摇头，对蚩煞的自作多情感到好笑，如果是和自己不相关的人，郭临也懒得去管。但是，现在这小兔妖可是和自己签订了契约的。自己既然是她的主人，又怎么能看着她受人欺负，她的事情，郭临当然要管。

当然如果小兔妖自愿做这二妖王的妖妾，那就是另外一种情况了，他会在解除了契约之后，毫不犹豫地转身就走。

“小舞，你愿意做他的侍妾吗？说出来。只要你不愿意，我立即就带你走。”

“五妹。”

其他兔妖听了郭临的话，顿时露出了恍然大悟的神色。

“怪不得最近小舞魂不守舍，原来她的心早就被这人类勾走了。”

“怎么会，小舞不可能喜欢这个莫名其妙的人类的。她只是还没有适应即将到来的身份，看着好了，她一定会拒绝的。”

其他妖精也窃窃私语。千万道目光汇聚在一起，如同探照灯一般打在兔小舞身上。

兔小舞只觉得此刻身子都要烧了起来。这么多人注视下，幼小的心很慌张。有生以来，她第一次成为众人的焦点。

“我……”

小兔妖吞吞吐吐，竟然说不上话。

“哈哈哈，看到了没有，要嫁给本大王，她都高兴得说不出话来了。”

对于孤身一人闯入万妖岛的人，妖王们要做的第一件事情本来就是将他抓起来，然后煮了。可是，在此之前，二妖王不介意先羞辱这个人类一番。

自己这么英明神武的妖王，小兔子怎么可能不愿意。

郭临对这个自我感觉良好的妖王非常无语：“小舞，说出来吧。你若不想嫁给他，我可以保证，你姐姐们也不会有事。”

郭临知道兔小舞心地善良，刚刚犹豫的时候，还偷偷地去看自己的几位兔妖姐姐。

“嗯，带小舞走吧。”

听了郭临的话，兔小舞咬了咬嘴唇，鼓足了勇气说道。

本来还意气风发的二妖王听了这句话，只觉得面子受了极大的损伤，头顶上多了一圈绿油油的光环。他凶狠地转过头，一对熊眼狠狠地瞪着不识抬举的兔小舞，额头上青筋暴露。

“贱人，想走？本王现在就宰了你。”

二妖王大吼一声，声音如雷，他脚步一踏，顿时广场的石板龟裂起来。

硕大的身体如同炮弹一般，瞬间就到了兔小舞的面前，那如同虎钳一般的手掌，拍向兔小舞的头顶。

堂堂万妖岛的二妖王尊严受到了极大的挑衅，一只小兔子居然也敢忤逆自己，找死！

兔小舞脸色煞白。面对二妖王的必杀一击，她根本无法反应，哭得通红的眼眸充斥着恐惧，柔弱的娇躯在风中战栗。

几位兔妖姐妹脸色大变。可是她们也无法阻止，也没有实力和勇气去阻止妖王。而其他妖魔则是兴奋地大笑着。胆敢激怒二妖王，这无疑是找死。这身在福中不知福的兔妖要死，而莫名来捣乱的人类也要死。

一掌落下。

“轰。”

没有想象中的鲜血飞溅，小兔妖的身体也没化作肉泥。相反，她好好地待在原地。

而二妖王，则满脸不信地看着眼前挂着淡淡笑意的男子，在动手前，他明明还在远处，怎么能够及时出现挡住自己？他是怎么做到的？

不只是二妖王有疑惑，在场的妖怪都懵了。他们只觉得眼前划过一道黑色闪电，当视线的焦点汇聚时，便看到那人类拦在了二妖王面前，单手捏住了二妖王的拳头。

一个人类，竟然可以用单手接住力大无穷的二妖王的拳头！

众妖震惊。

郭临一手捏着二妖王的手腕，脸上淡淡的笑容渐渐消失了，手掌用力，接着二妖王的表情由惊愕变得痛苦起来。

“找死。”

郭临眼神一厉，抬起一脚，顿时二妖王身体如同沙袋一般飞出去，轰隆一声，砸在了中央的祭坛上。

做完这一切，郭临眼睛一扫那蠢蠢欲动的妖怪们。

被郭临目光扫到的妖怪皆吓得缩脖子，这个人类连万妖岛实力排行第二的妖王都能轻松击败，而另外十位妖王就站在旁边看，自己这些小妖对他露出敌意不是找死吗？

十位妖王是目露凶光，愤怒地瞪着郭临，一副要鱼死网破的模样。奈何，在这个人类男子面前，拦着一位气势强大得叫他们十分忌惮的女人。

郭临嘴角浮起一抹笑，让对自己恨之入骨的妖魔们敢怒而不敢言令他心有快意。大半个月前，这些妖王可差点杀了自己。

他对女妖王道："今天我来带兔妖走。想拦我的话尽管出手吧。不过我话说在前头，一旦谁出手，我绝不会留情的。"

"太猖狂了。大姐，我们拼了吧。我们这么多人要杀他，跟玩似的。"

"是啊，大姐。杀了这个人类，然后把他的皮给扒下来。"

听着这些话，郭临冷笑。今天他不想大开杀戒，要不然给鲲龙下一个命令，万妖岛就没了。他淡淡地看着眼前神色不断变化着的女妖王，他知道，这女妖王正是万妖岛的首领。

女妖王满脸敌意地望着郭临，可是她却真不敢轻举妄动。眼前的男子给她一种高深莫测的感觉，叫她感到他绝非表面上那么简单。毕竟当日，连妖皇都死在了他的手中。

想起陨落的妖皇，女妖王脸上情不自禁地浮出愤怒的神色，若不是这个该死的人，妖皇复活后，万妖岛将迎来前所未有的辉煌。可是这一切，都被这个男子给毁掉了。

"你想怎么样？"女妖王压制住心中的愤怒，淡淡地说道。她恨不得将眼前的男子碎尸万段，但不得不顾全大局。

郭临道："没想怎样，我说得很清楚，只想带几只兔妖离开万妖岛。你舍不得吗？"

"就这么简单？"

女妖王一阵惊愕，时隔半个月，她以为这个人类是来报仇的。毕竟半月前，妖皇降临后，可是差点杀了他。

"当然如果你想让我杀几头妖王，我也很乐意为之的。"郭临轻描淡写地说道。

"大姐，不能放他走。他就一个人，我们一起上，杀了他。"

"是啊。大姐。一个人类来我万妖岛抢人，这种事情，传出去，我万妖岛哪里还有脸在这片海域立足。"

"今天我蚩煞死也不让你活着离开万妖岛。"蚩煞爆吼一声，伸出力大无穷的拳头，就要朝郭临砸去。

"住手。"女妖王喝道，心中将这些看不清局势的家伙骂了千万遍。她知道，一旦自己激怒了他，万妖岛就会引来灭顶之灾。

可是，叫她难以理解的是，这个人类去而复返，就是为了带走几只兔妖？女妖王心中奇怪，说实话，像兔妖这种低等的妖精，她从来没把她们放在眼里过。多一个少一个，对万妖岛一点影响都没有。

女妖王斩钉截铁地喝道："谁都不许动，违者格杀勿论。全部退下，让他们走。"

这个女妖王还算有眼力，郭临心道。

"走吧，小舞。把你的姐姐们也一起叫过来。我们离开这里。"

兔魅四人恍若梦醒，她们哪里想过，事情会变成这个样子。

“姐姐，我不想走。”

兔魅身边，兔四妹说道。

兔魅摇了摇头道：“五妹已经触怒了妖王，你若留下来，他一定会杀你泄愤，我们走吧。但愿跟着他走是正确的。万妖岛，姐姐也不想待下去。”

天空传来鲲龙的鸣叫声，它双翼一展，俯冲下来，顿时广场上刮起了狂风。

有力的双腿落在地面，那石板顿时四分五裂，圣级鲲龙的强大气势，虽然很收敛了，但还是将周围的妖怪全部震飞出去。妖魔们东倒西歪，惨叫连连。

“这头妖魔是？”

女妖王艰难地稳住身子，顿时露出惊骇之色，刚刚鲲龙落地的时候，意外泄露的气势，叫她有一种心脏即将爆裂的感觉。这仅仅是气势而已。女妖王背脊顿时被冷汗打湿了一片，她这才知道，刚刚自己是从鬼门关里走了一圈。

毫无疑问，一旦自己拒绝放这个人类离开，那么这个强大的似乎是这个人类同伴的生物，会毫不犹豫地将万妖岛的所有妖魔屠杀干净。想到这里，女妖王情不自禁地后退几步，保持与这头怪物的距离。

看着万妖岛上的妖魔们惊恐的表情，鲲龙背上的初雪说道：“小家伙，没你的事，别太嚣张。”

“呜呜呜……”

小鲲龙委屈地叫唤几声，表示它不是故意的。

鲲龙展翅，直到郭临带着兔妖们离开，山顶上的众妖王全部瘫软在了地上。小鲲龙强大的气势，连妖王们都承受不了，更何况是那些实力更低的妖魔。

“那家伙竟然抢了我的女人，大姐让我带人去拦住他们。”

二妖王怒发冲冠，一对眼眸瞪得又大又圆，异常恐怖。

只是话音刚落，“啪”的一声脆响，他的脸上多了一个鲜红的巴掌印。

蚩研冷冷地盯着他道：“蠢货，你知不知道，刚才我万妖岛就差点毁在你的手中。来人，将这头蠢货拿下。”

“郭临，你真的要带着她们？”

高空中，鲲龙展翅滑翔着，过了幕三角就是蛟龙湾了，它用不着再花力气飞行了。因为，它要是再动几下翅膀，以它的速度恐怕一下子就飞过头了。

“我打算将她们放在蛟龙湾。黑麟，麻烦你以后就照顾她们了。”

黑麟咬了咬嘴唇，道：“主人，我不想在蛟龙湾待下去了，让我跟着你一起修行吧。”

郭临惊讶，没想到黑麟会说出这样的话，他也根本没有想过过了蛟龙湾后继续带着黑麟。

多带一个人其实没有什么，只不过郭临接下来要去的地方非常危险。

见郭临面露难色，黑麟又道："主人，黑麟不会给你添麻烦，黑麟在蛟龙湾住了一辈子，只想出去历练。跟着您能放心一些。"

郭临犹豫之际，后面响起了兔小舞怯懦的声音："我……我也可以跟你走吗？"

"嗯？"

郭临本打算和兔小舞解除契约。他因为看到她受了委屈，才将她从万妖岛带出来，这是举手之劳。

可是要带着她，就有些麻烦了。

黑麟还好，毕竟有玄王巅峰的实力，只要稍稍培养一下就能跨入地魂。一个地魂境界的妖魔对自己帮助不小，而小兔妖的话，如果待在身边，遇到危险还要分心保护它。

看着楚楚可怜的小兔妖，郭临实在不忍心直接拒绝她，遂问道："你会什么？"

"啊……我会……姐姐们只教会我跳舞。"

小兔妖心一慌，感觉到自己的确帮不上郭临什么忙，脸上火辣辣的。

初雪说道："带着她，这只小妖精根骨不错，好好培养一下，不会弱。至于她的天赋，等她成年了，也该显现出来了。"

"嗯？"

郭临惊讶，在他的印象中，初雪从来都没有这样夸过一个人。此时他才想起这小妖精似乎还没有成年的样子。

第40章 魔神甲的来历

初雪又用神念对郭临淡淡地说道："她们都和你签订了奴仆契约，太危险的地方，你可以将她们都收入魔奴空间的。"

"魔奴空间，那是什么？"

郭临一头雾水，表示没听说过。

见到郭临这副奇怪的反应，初雪微愣，但还是解释道："魔奴空间，是在你炼成了神诀的炼魔篇章，拥有魔之契约的能力后，就会自动开辟出的一处独立的空间。类似于你的灵魂空间。"

初雪虽然没有修炼过炼魔神诀，但她对炼魔神诀的研究可要比郭临透彻，至今那块印着神诀的金色布帛还在她身上。有事没事，她就拿出来看看。

初雪有自己的修炼功法，虽然，炼魔神诀的功法更加高深，但研究过后，初雪发现并不适合自己修炼。她最多从炼魔神诀上借鉴一些独到的奥妙之处，完善自己的功法。

可即使如此，她也受益匪浅。

而神诀之中海量的炼器、炼丹、阵法的知识，对见多识广的她来说，也是一块巨大的宝库。

听着初雪说起炼成了炼魔篇章就怎么怎么样，郭临的笑容越发苦了。

"怎么了？"初雪问道。

"说来话长，我们先出发去蛟龙湾。路上我和你慢慢讲。"

既然兔小舞和黑麟都想跟着自己走，如果再拒绝的话，实在太伤人心。一个妖女，一个魔女，在人类世界中，这样两个身份很敏感的。但郭临无所谓。如果能够开辟出初雪说的魔奴空间，事情就简单多了。

"你们呢？"

大姐兔魅知道，这些强大的人类是要自己表态，可是，她在万妖岛，在妖魔群体中生活惯了，很难再接受外面的新事物。听到郭临问话，她都没想好怎么办。

黑麟道："主人，我将她们安排到我的赤尾岛去吧。到时候我会吩咐我的属下安顿她们。"

"那太感谢了。"

兔妖们都如释重负地露出了笑容。

郭临点了点头，便走到鲲龙的头部位置，在初雪身边坐下，和她探讨炼魔神诀的事。

几分钟后……

"原来你灵魂空间中的那尊魔神甲就是这么来的。"

初雪若有所思，她并未对郭临阴差阳错地短时间内炼完神诀做什么评论。那样危险的时刻，再迟一步，就要被幻魔炼成无上魔躯，如果按部就班地来修炼，郭临早就死了。

"嗯。这个东西很危险。我还感受到了魔甲中有邪恶的意念。你想到了什么？"

初雪长长的睫毛下，宛如清泉一般的眼眸，轻轻一眨道："的确很危险，在没有足够的把握前，不要去触碰它，要不然你真会被吞了，不过对你来说，只要好好把握，也许是个机遇。"

"什么机遇，你了解它？"郭临惊讶。

初雪看了他一眼，又将目光掠向下方的云海，娓娓说道："我能看到灭神篇章部分，所以对炼魔篇章的部分了解得更透彻一些。那尊魔神甲，不单单是一件魔甲这么简单，其中封印着一尊魔。"

初雪说得平静，郭临心头却是一震。不单单是初雪能够看到灭神篇章部分，他没想到的是，灭神篇章之中还有关于这尊魔甲的信息。更叫他吃惊的是，初雪说里面封印着一尊魔。他似乎明白了一些，为何当自己召唤魔神甲时，魔甲中会有一阵蛊惑的声音，还有那无法抗拒的邪恶的意念。

"那是什么魔？"郭临说道。

炼魔创世灭神诀，是连神灵都要嫉妒的逆天神诀，而其中竟然还封印着一尊魔，郭临无法想象这是怎样一尊魔。

初雪望着郭临，深深吸了口气："我只知道那曾是一尊无比强大的魔，最后被封印了，你可以称呼它为真魔。这尊魔实力无限，没有人能够真正消灭它，所以才有人将其封印，并且创造了炼魔篇章将它封印其中。只有真正将炼魔篇章修炼至大成，才有可能消灭或者彻底地驯服它。"

"可是，现在作为封印之器的这尊魔神甲被你提前召唤出来了。如果封印中的魔破封，而你还没有拥有掌控它的实力，你的下场可想而知。"

郭临皱眉，今天如果不是意外提起，他不知道什么时候才会了解到这些，他道："初雪，这尊魔与巅峰时候的你相比如何？”

“蝼蚁。”

郭临一愣，微微放心下来。

哪知初雪语出惊人道：“郭临，你会错意了。蝼蚁指的是我。”再看看初雪那遮了面纱的容颜，朦胧之中，郭临捕捉到几分凝重。

“你要清楚，炼魔创世灭神诀本身就来自神界。也许神界的那些存在都无法消灭这尊魔，才使用这样的方法将它封印。当然这些都是我猜测的。想要了解封印的这尊魔有多强，首先要了解这部神诀的来历，不过很可惜。我只能看到灭神篇章，里面并没有关于它的记载。”

总之，这是一尊强大的魔，但幸好它被封印了。

一想到这个郭临就有些纠结。他可是一直将灵魂空间内的魔神甲当成底牌留着的。没想到会是这么一个情况。

一想到可能再也无法使用这张底牌，郭临就十分不舒服，他道：“初雪，有没有办法，在确保不被那尊魔控制的前提下，使用魔甲。”

“这个不可能。”初雪沉默片刻，“除非……”

“除非什么？”

郭临本只是随便问问，没抱多少希望，可是初雪的话叫他情不自禁扬起了几分希冀。

“对魔的最好克星，便是神力。如今你拥有两枚天神器，对其有几分克制。要是能够找齐更多的天神器，并且将它们炼化，对其的限制效果应该会明显一些。压制住了它，你还是能够使用这件魔甲。不过即使如此，你最好也不要轻易召唤它来战斗，一来你不了解这尊魔。二来，每一次召唤，都会对封印中的魔有所刺激。”

“按照你说的，第一次你能召唤它战斗，还能勉强不受其影响，第二次就差点被控制来看，它的力量在增强。所以，你想再次召唤它，最好先找到第三枚天神器。”

郭临点了点头，思路清楚了许多。那种无敌的力量很叫人怀念，他可不想轻易放弃。既然天神器能够压制住封印中的魔，那么自己就去寻找更多的天神器。

而寻找九大神器本来就是自己的目标，二者之间不但不矛盾，而且还相辅相成。按照初雪的意思是，等自己寻到冰魂锁魄琴，并且炼化它，那么自己就可以继续使用这尊魔甲了。

初雪看了他一眼，迎面吹来的风将她白色的面纱吹起，露出性感的红唇。

“忘了告诉你，你灵魂空间内的那些魔力，都来自于这尊魔。你最好想办法将这些魔力吸收。因为，魔力的纯度达到一定限度，会加速它的封印破开。”

“什么？”

郭临吃惊，他一直以为这灵魂空间中的纯净的黑暗之力，是炼魔神诀专门提供给自己修炼的能量。没想到它们来自魔甲中的魔。

见郭临凝起了眉头，初雪又道：“不过这一点你不要担心，因为炼魔神诀的关系，你正好可以吸收这些纯净的魔力为己用。”

郭临也是这样想的。可是转念一想，自己不可能时时刻刻吸收这些能量，就如现在，在灵魂还未治愈之前，吸收这些黑暗之力就是找死。

“不吸收这些能量，等魔破封，自己要死。吸收了这些能量，实力提升得太快，也会因为灵魂破碎而死。”

想到这里，郭临笑容有些苦：“这么说来，我横竖都是死。”

“别那么悲观。至少只要找到了冰魂锁魄琴，你就可以继续修炼。现在你手上还有两枚地涌金莲的莲子，吃了它们，尽可能多地把灵魂空间内的黑暗魔力炼化掉。实在不行，你可以让小兔妖和魔蛟来炼化这些黑暗之力，她们本质就是妖魔，这些黑暗魔力对她们来说是大补药。不过我劝你最好不要这么做，你既然修炼了炼魔神诀，这都是属于你的机缘。或许今天你将黑暗魔力分给她们，以后，你会因为缺少纯净的能量而后悔。”初雪淡淡地说。

说完她目视前方，不再看郭临，似乎是看到了什么，眉宇间微微变化起来。

郭临也望了过去，他看到前方有一座小岛，从小岛的形状来看，就是蛟龙湾的本岛，赤尾岛了。

从万妖岛到蛟龙湾，并不近。可是对鲲龙来说，却很短。

郭临嘴角浮起了笑容，到了这里基本上就没什么危险了。接下来要做的就是把史船长他们接过来，一起回东硫岛。船到桥头自然直，魔甲的事情，既然了解了真相，他相信自己一定能够很好地解决。

只是，郭临的笑容来得快，去得更快。一眼望去，他看到岛边停靠着一排船舶，扬着风帆，一副要起航的模样，他还看到扬起的风帆上绘着“摩西冒险团”几个大字。

“快点，跟上。准备回家。”

海岸边，摩西冒险团的团员兴奋地吆喝着。

在蛟龙湾的这一个月时间，这支冒险团的每一个人都赚得盆满钵溢。

当初在打劫了赤尾岛后，团长刘庆在岛上等了多日，却依旧没有等到郭临，为了不浪费时间，他开始将爪牙伸向附近的岛屿。

蛟龙湾虽然有数目众多的妖魔，实力达到了玄王级别的也不在少数。可是，魔西冒险团这边有两个魂级的强者。

魂级与王级，虽然只是一字之差，但实力上的差别，却宛如沟壑，根本无法跨越。何太飞、何太刚两个魂级强者一起出手，蛟龙湾的近百个岛屿的妖魔势力，一个接一个瓦解。

这片黑麟统治的海域，遭受了千年难得一遇的重创。

贪得无厌的摩西冒险团，在掠夺了大批资源后，更是打起了岛上妖魔的主意。实力达到了王级的妖魔，它们的皮革、骨骼、内脏，都是金灿灿的黄金。

整整持续了半个月的屠杀，使得这片海域元气大伤，就连海水都隐隐闪烁着红光。

吆喝声中，一个个负载着重物的大汉，步伐沉重地沿着桥梯走向巨轮，不过脸上都是兴奋的神色。

终于可以回人类的世界了，大汉们个个提起了精神，因为他们知道这一个月掠夺的财富足够让他们过上奢华至极的生活。

团长刘庆一扫一月前的阴霾，如此的大丰收，足以使他的摩西冒险团级别更上一层楼。如今，丑陋的刀疤脸意气风发，迎风站在岸边，一副指点江山的模样。

他已经从丧子之痛中恢复过来。一艘艘吃水极深的巨轮堆得满满的，装货量达到了极限。但这些能看到的资源只是一部分，更多的资源都装进了拥有储物功能的宝物之中，可谓是硕果累累。

今天刘庆准备返航。

一个月时间过去了，如果当初他觉得郭临还有百分之几的希望从万妖岛活着回来，那么现在，刘庆认为，郭临百分之一万地死了。

就算侥幸过了万妖岛，那也肯定死在了更深的海域里。

那样危险的地方，在刘庆眼里就是禁区。

既然肯定郭临已经死了，而蛟龙湾的资源也被自己一网打尽，再待下去毫无意义。

“大人，让你们久等了，现在我们启程吧。”刘庆毕恭毕敬地对身前的两位男子说道。二人容貌相像，浓眉，尖鼻，正是何太飞、何太刚两兄弟。

何太飞淡淡地点了点头，一副智珠在握的模样道：“虽然白等了一个月的时间，但收获还不错。刘庆，我早就说过，那个杀了你儿子的人肯定有去无回。现在信了吧。”

刘庆立即奉承道：“大人料事如神。我不如也。”

何太飞潇洒一笑，道：“弟弟，我们走。这一次收获如此之多的资源，一定能叫我们的实力再提升一个层次。”

弟弟何太刚满脸笑意，点点头说道：“哥哥说的对，过不了多久，这片东海域，再没有人敢和咱们为敌了。”

见资源都装上了船，三人也准备带着冒险团的人上船去。就在这时候，一阵狂风卷过海岸，那撑起的桅杆竟然“啪啪啪”地断裂。

风沙迷人眼，摩西冒险团的人都伸手挡在面前，更多的人是把眼睛闭了起来。谁也不知道，好好的天气，为何会出现一股这么强大的风。

“呜呜呜……”

风沙之中，响起了一阵古怪的声音。良久之后，狂风散去。

“怎么回事，莫名其妙刮起一阵风。”

“沙子都进嘴巴里了，呸呸。”

大汉们骂骂咧咧，刘庆也不例外，明明是万里晴空，海风和煦，怎么会刮起一股这么诡异的风？听那声音，好像好多桅杆都断了。

这样一来，等修复好这些桅杆，又要耽误不少时间。

刘庆心情不好地睁开了眼睛，旋即脸上浮起了惊愕的表情。

通往巨轮的桥梯上，不知什么时候多了一位年轻的黑袍男子，男子身材修长，容貌清秀，漆黑的眼眸深邃得宛如宇宙一般，气质非凡。

在男子身后，还有数位绝色女子。其中一位穿着暴露的黑色皮甲的女子，容貌虽美，可是脸色却异常阴沉，眼眸之中闪烁着滔天怒意。

“你们是什么人？报上名来。”何太飞喝道。他是魂级强者，定力最好，首先回过神，知道莫名其妙地拦住自己去路的，定不是善类。

如雷的声音惊醒了还处于失神状态的人。直到这时，刘庆也清醒了过来。

“史船长人呢？”

黑袍男子淡淡的目光直视何太飞，不答反问。

“史船长？谁是史船长？”

何太飞一时没反应过来，疑惑地望向刘庆。

刘庆顿时睁大了眼睛，他道：“你就是杀了我儿子的凶手！郭临！”说完这句，他立马感到自己忽略了何太飞，顿时有些歉意，用神识和他交流，解释史船长就是一个月前，被他处死的人。

郭临目光落在了刀疤脸上，脸色沉了几分，道：“不错。是我。你是何人？”

刘庆眼神阴戾，狞笑道：“真没想到你没有死。我还以为你早下地狱去陪姓史的老头儿了。本团长行不更名，坐不改姓，摩西冒险团团长，刘庆！你说的那姓史的老头儿，早在一个月前，就被我丢到海里喂鱼了。天堂有路你不走，地狱无门闯进来，竟然主动送上门。”

说完，他哈哈大笑起来。

一个月时间，不但将蛟龙湾打劫一空，最后要离开的时候，还等到了目标。这一趟出海，太完美了。

刘庆发现那容貌清秀的男子神色在变，变得阴沉至极。可越是这样，刘庆心中越是兴奋。

先激怒对方，再狠狠地将其踩在脚下，叫他绝望，然后再慢慢杀死。对这个灭了自己半个团，又杀了自己儿子的人，刘庆必定要用最狠的方式回报回去。

何太飞、何太刚也笑了。

何太飞道：“原来灭了半个摩西冒险团的就是你。可惜啊。年纪轻轻，没想到就要英年早逝。我兄弟二人在这里等得无聊，今天正好活动活动筋骨。放心吧，我不会一下子就杀死你的。因为那样一来，就失去了很多乐趣。”

刘庆缓缓收起脸上的阴戾，目光再次注意到了郭临身后的众女身上，旋即那丑陋的刀疤脸上，浮现出一种不怀好意的诡笑。

“消失了这么久，原来给我们寻找女人去了，你身后的都是妖女吧。眼光不错。你放心，从此以后，我会代替你好好‘照顾’她们的。你杀了我儿子，我就让这些女人给我生一打儿子。”

“是吗？”郭临充耳不闻，缓缓地走向了刘庆。

史船长以及他的船员们都是自己的伙伴，当初担心他们继续深入远海会有生命危险，郭临才将他们放在了蛟龙湾。

原以为，有蛟龙湾众妖魔的保护，他们定然能够平安无事地等自己回来。郭临甚至想好了，回东硫岛后，好好嘉奖这些勇敢的人。没想到回来后，得到的却是他们已死的噩耗。

而这些杀了史船长他们的人，不但没有觉悟，还在这里调戏女人。郭临神色阴沉地想着，当初自己只灭了摩西半个团，太过仁慈了。

“公子。”

相识以来，柏月第一次看到郭临露出这么可怕的表情。

而黑麟也是义愤填膺，她的眼眸中喷射着怒焰。她从十艘巨轮上闻到了浓重的妖魔之气，妖魔的死气。

一眼望去，她更是看到了赤尾岛上一处处触目惊心的血迹，妖魔尸横遍野。

这是赤尾岛，她的领地，却成了这些人类的屠宰厂。

见郭临上前送死，刘庆脸上的笑更加嚣张。

相隔百米距离，刘庆喝道：“小弟们，上，抓住他。他杀了我儿子，我要让他给我儿子陪葬！”

在他眼中，有两位魂者大人坐镇，这个男子就是瓮中之鳖。

只是，众大汉刚要扑上去，眼前脸色阴沉的男子忽然原地消失了。何太飞、何太刚眼眸同时一缩，因为以他们的眼力，竟然也只捕捉到一道残影。

郭临的身影在刘庆身边凝聚。

“啪。”

一声清脆的巴掌声，刘庆脸一歪，牙齿和鲜血一起喷出，整个人飞出去。

周围的笑声戛然而止。突如其来的变化，叫摩西冒险团的大汉们反应不过来。自己崇拜的武力超群的团长，竟然被人一巴掌拍飞了。大汉们揉了揉眼睛，都不敢相信这一幕。

一巴掌制止聒噪的声音，郭临再次缓步走向了摔在地上的刘庆。

郭临走得很慢，每一步都带着强大的气势。原先还嘲笑着他的大汉们，只觉得那踩在沙子上的脚步，仿佛都重重地落在了他们的心脏上面，叫他们呼吸都感到极为困难。

谁都能看出，这个陌生的男子，心中定然是怒意滔天。

刘庆眼冒金星，他都不知道郭临是怎么出现在自己面前，又用一巴掌将自己拍飞出去的。与心中的不解相比，恐惧完完全全地占据了上风。

他没想到这个年轻男子的实力达到了这么恐怖的地步。刘庆自身拥有玄王八重的实力，可是当这个年轻人从眼前消失，他根本捕捉不到一丝他的踪迹。

从年轻男子脸上那阴沉的模样来看，刘庆丝毫不怀疑，他肯定会杀了自己，想到刚刚自己说的那番嚣张至极的话，刘庆懊悔万分。

郭临已经缓步走来，而两位自己找来的帮手，仿佛还在看戏一般站在远处，是要自己死吗？

“魂者大人，救……啊……”

刘庆恐惧地叫道，只是声音发出一半，喉咙间便发出杀猪一般的号叫声，与此同时，刘庆额头冒汗，手心传来钻心一般的疼痛。

是郭临一脚踩断了他的手指。

郭临拔出引龙剑，连续点出数剑，挑断了刘庆的手筋和脚筋。引龙剑扑哧一剑，削断刘庆的五指，然后穿透他的手心，将他断了五指的手掌钉在了地上。

“啊……”

十指连心，刘庆浑身抽搐，脸色苍白，疼得差点昏厥过去。他惊恐地抬头望去，只见郭临脸上的阴沉消失了，取而代之的是一抹令人不寒而栗的笑。

那含笑的清秀面庞，此时却宛如地狱中爬出的恶魔的面孔一般，不但是刘庆本人，就连周围摩西冒险团的其他人都心生寒意，浑身哆嗦。

谁也没有想到，这个年轻人竟然如此狠辣，瞬息之间就废了刘庆，并展现出如此可怕的一面。

就在众人猜测郭临要做什么时，他却缓缓开口了。

“好久都没有过这样的心情了啊。很荣幸，你们将在死之前，认识真正的我。”

郭临嘴角噙着残忍至极的笑，声音仿佛魔鬼拉开腐朽的地狱之门发出的声响。

“魂者救我。”

刘庆气若游丝地说道，极端的痛苦和恐惧摧残着他的身心。许多次他都差点昏死过去。郭临那恶魔一般的笑容，以及残忍的手段，深深烙在他的心里。

控制了东硫岛附近方圆千里海域的摩西冒险团的首领，是帝皇一般的存在，现在却被人踩在脚底下，废去双手和筋脉，沦为废人，而且从目前的情势来看，有可能性命不保。

何太飞、何太刚终于从震惊中回过神来，二人蓄起魂级的能量，正要动手阻止郭临。一阵冰冷的声音从郭临的口中传了出来。

“过来就死。”

冷漠的声音仿佛来自地狱，不带一丝感情，明明同样是魂级强者，何太飞与何太刚情不自禁地打了个寒战。

“叮。”

一声脆响，他们看到那年轻的黑袍男子身边幻化出一尊手持银白长剑的女子。女子一现身，她身上翻涌出来一股强悍无匹的气势。

“魂级巅峰！”

何太飞兄弟二人顿时变色，异口同声地惊叫道，冲出去的身体，如触电一般又弹了回来。

兄弟二人都是魂级强者，对比他们强的同级别强者的气势有敏锐的感应。同样是地魂级，眼前出现的女子，她的气势比自己二人强大数倍！

旋即他们发现这女子散发出来的强大的气息有些异样。这绝不是属于人的气息。

这样的气息，叫兄弟二人想起了以前遇到过的天外天来的强者。他们身边，经常会跟着一位容貌与本尊酷似，实力又强大的存在，叫龙卫。

何太刚心情沉重，望着满脸寒霜的女人，心中情不自禁地闪出了惧意，道：“大哥，是龙卫。他是天外天的人！”

何太飞也发现了这一点，却没有叫出来。目光在郭临周围的地面上搜索，果然看到了一道清晰的影子。

在二重天的世界，时常流传着有关于天外天的传说。传说那个世界，拥有许许多多毁天灭地之能的强者。

有一部分天外天的人，会“下凡”历练。这些人中，除了少数部分人实力较弱外，大部分都异常的强悍，完虐二重天的魂级强者轻而易举。

这些强者的共同特点，不但能够召唤出强大的体外化身——龙卫，而且还有代表着天外天身份的影子。

何太飞兄弟遭遇过这样的强者，因为本性轻浮，得罪了这些人，最后差点被活活打死。一朝被蛇咬十年怕井绳，在之后的日子里，兄弟二人都小心翼翼，每一次偶遇来自天外天的人，都绕着走。而今天，他们怎么也没想过，刘庆要杀的人，来自天外天！

兄弟二人心中懊恼，暗自责怪刘庆有眼无珠，竟然惹到这么有来头的人。要是早知道要杀的人是来自天外天的强者，刘庆给再多的钱，他们都不会蹚这浑水。

想明白了这一点，他们哪里还有心思去管刘庆的死活。这个天外天的人，光是龙卫都达到了地魂巅峰，那他又是怎样的强者？要是动起手来，能活命吗？

见到刘庆将那被小雪轻易震慑住的二人当成救命稻草的模样，郭临冷笑，他一脚踩住刘庆的胸膛，不屑道：“这就是你的倚仗吗？”

刘庆差点昏死过去。但是，他知道，这么一来他必死无疑。杀人如麻的刘庆比大多数人更加怕死。他声音颤抖，用虚弱的声音求饶道：“动手杀史船长的人是我的手下，但下命令杀的人不是我。放过我吧，你灭了我摩西半个团的事情，我不追究了……”

郭临冷眼扫过摩西冒险团唯唯诺诺的大汉们，这近千人看着他们的老大被踩在脚底下，竟然没有人上来救他。看来，这刘庆平日里对这些人并不怎么样。

此时，郭临又哪里知道，他所展现出来的狠辣，仿佛恶魔一般的气势，差点吓得这些人肝胆俱裂。

郭临冷漠地道："你认为你还有资格和我谈条件？谁下的命令杀死史船长他们，说出来，我就叫你死得干脆一些。"

刘庆浑身打了个寒战，然后努力抬头，用怨毒的目光瞪着郭临，旋即目光游移，在人群中寻找，最后落到了何家两兄弟身上。

看到自己重金请来的两位魂级强者此时一副事不关己高高挂起，恨不得和自己划清界限的模样，刘庆怨恨不已。想当初他们信誓旦旦说能够帮自己摆平，现在却唯恐引火烧身，明哲保身。

兄弟二人也看到了刘庆那如同毒蛇一般怨恨的目光，不过二人心中却并没有半分的愧疚。眼前的人很强大，他们又怎么会蠢到自己送死的地步。

"大哥，我记起来了。"

弟弟何太刚心中升起了不妙的感觉，他压低声音说道："当初刘庆好像问过你怎么处置姓史的那帮家伙。"

"哦？"

何太飞记忆似乎不太好，或者说从未将实力卑微的人和生命放在眼里过。不过现在听到弟弟提起，他也想起来了，似乎的确有这么一回事。

何太飞眉毛一挑，说道："嗯，我怎么回答的？"

"你说一刀杀了。"

何太飞一怔，再看看刘庆那怨毒的目光，以及他用力张开口要揭发自己的模样，脸色大变。

"我们快走。不行，抓住她们。"

说完，二人急速转身朝着桥梯上奔去，那里有几位女子。但危机时刻兄弟二人反应极快，他们几乎是心有灵犀地想到，要抓住那些女人做人质。只有抓住她们，才能够掌控主动权。到时候，是进是退，由他们说了算。

他们不敢对来自天外天身份的郭临出手，可是对这些女人，却毫无压力。

可是，郭临仿佛知道他们会在这一刻逃走一般。他的人影一闪，残影消失，再次出现的时候，已经到了两兄弟的面前。

在刘庆说到下命令的不是他的时候，郭临就想到了这两个人，以他超越地魂级的神识，能够轻松地感应出这两人的实力。任何地方，实力为尊。既然这二人拥有冠绝摩西冒险团所有人的实力，那么刘庆所说的下令之人，很有可能就是他们。

在这样的情况下，郭临怎么能不留心他们？

果然，在刘庆即将开口的时候，这二人不打自招了。

“两位，这是要往哪里去？”

郭临脸上带着淡淡的笑意，只是，那仿佛恶魔一般的笑，却叫人不寒而栗。二人是魂级强者，他们的速度也很快，此时，郭临正好将二人与身后的女人隔离开来。

想到二人不纯的动机，郭临脸上的笑更加冰冷了，心中涌现杀机。

“不要误会，我们不是摩西冒险团的人。”

何太飞暗骂郭临速度真快，就差一步，他们就逃出生天了……可还是被拦了下来。

身后奄奄一息的刘庆，明显是鱼死网破的态度，这两位魂者不仁义，关键时刻做了缩头乌龟，被折磨得不成样子的刘庆真想亲手宰了他们：“是……是何太飞下的命令。我……本不想杀史船长的……”刘庆添油加醋地说道。

当日他请示何太飞，不过是因为何太飞实力最强，征询他的意见再动手，表示尊敬而已。若没有何太飞两兄弟，他照样会将史船长处死。可是这种时候，反正难逃一死，能够拉一个魂级的垫背，就赚了。甚至，刘庆心里还有幻想，幻想着自己供出了何太飞两兄弟后，郭临会放了自己。

“原来是你们！杀了人就想走，天底下有这么便宜的事吗？”

“他挑拨离间，不要听他乱说。他是恨我们没有出手帮他杀你。可是我兄弟二人向来明辨是非，怎么会不分青红皂白地对你动手。我以全家性命发誓，今天的事情，和我们兄弟俩没有关系。现在我们就离开，希望兄弟你能行个方便。”

身边的何太刚也一副讨好的神色，哥哥已经将他想说的话都说了。

如此恶心的话也亏他编得出来。在他说这番话之前，那些摩西冒险团的团员们还对这两位绝世强者心怀敬意。可是现在脸上全部换上了鄙夷的神情。

堂堂魂级强者，一点也没有强者的气势，趋炎附势，欺软怕硬，还以全家性命发誓，这全家的性命在他眼里，可真不值钱。

“主人，别放过他们。他们身上沾满了蛟龙湾妖魔的血。”郭临背后，黑麟咬牙切齿地说道。望着近在咫尺的敌人，她一对锐利的眼眸喷射着火一般的怒焰，她恨不得亲手杀了这两个刽子手。

在郭临眼中，杀了自己同伴的人，罪无可赦。而在黑麟眼里，屠杀了整片蛟龙湾的入侵者的所作所为，又何尝不是妖神共愤！

“美人，我们和你没有仇吧。不就是一些妖魔吗？”

黑麟冷笑：“那你们知道我是谁吗？”

何太飞两兄弟面面相觑，接着抬头看着这位比自己二人还要高几分的女子。感受到来自黑麟身上纯正的魔气，二人吃了一惊，异口同声地道：“你是蛟龙湾的蛟魔王？”

“不错，正是我。”

“我若不是出海，不在蛟龙湾，也被你们杀了吧？”黑麟冷笑道，“他是我的主人，现在你们还幻想他能放过你们吗？”

“该死的魔女。”

何太飞破口大骂，兄弟二人对视一眼，皆从对方眼中看到了狠辣。二人都是狠角色，事情到了这种地步，既然无法妥协，他们也不会任人鱼肉，放弃抵抗。

何太飞兄弟二人脸上的讨好和谄媚消失了，取而代之的是阴狠与毒辣，眼中射出森然的杀机。

二人毫无征兆地抬起手臂，手掌上不知什么时候多了一把淬毒的匕首。翠绿色的毒，在空中划过一道诡异的弧线，直刺郭临的咽喉。

他们很少在如此近的距离下进行偷袭，因为他们碰到的人绝大多数都比他们弱。

但他们的偷袭也从未失败过。哪怕是比他们高出几重的强者，也难逃一死。

绿芒划过一道半月的弧形，二人的脸上露出了胜利的笑。天外天的人又如何，照样被自己二人阴死。而且他们也知道，天外天人的战斗分身——龙卫，是随着主人的消亡而消亡的。

这个狂妄的男子死了，那么叫他们忌惮的实力强悍的龙卫也将不复存在了！

想到这里，二人狠狠地将压抑在胸口的浊气吐了出来。

只是，郭临的身体并没有倒下。何太飞伸出手去推郭临，手却从郭临的身体中穿了过去。他骇然地发现，这竟是一道残影。残影消失，地上连一滴血迹都没有。

“很意外的偷袭，可惜速度太慢了。小雪，杀了他们。”

身后传来杀气凛然的声音，叫兄弟二人灵魂都战栗起来。他们明明看到郭临被自己的毒剑割破喉咙的。

为什么会这样？二人汗毛倒竖。

但何家兄弟明显是刀剑上舔血的恶徒，在这样的时候，也不放弃一线生机。郭临只有一个人，他要第一时间杀死二人绝无可能。

电光石火之间，二人飞快地对视了一眼。

没有言语，何太刚飞快地转身，一把淬毒的短剑划向郭临，同时身形快速一矮，想要躲开随时到来的攻击。而何太飞却是以最快的速度扑向了几个女人。

他们想得很清楚，只有制住了这些女人，今天才有可能活。

出生入死的两兄弟配合得异常默契，许多危机时刻，正是因为兄弟二人的果断才化险为夷。

何太刚脸上挂着得逞而阴狠的笑，获得最终胜利的还是自己。他的余光瞥向郭临，想要在这一瞬间，看到郭临那种惊愕和后悔的神情。

可是他并未在郭临脸上看到这样的表情，入眼的是毫不掩饰的讥讽的笑。

“扑哧。”

引龙剑划过空气，小雪以迅雷不及掩耳之势拦在了郭临面前，剑光化作逼人的剑罡。

“轰！”

何太刚受到重创，萎靡地倒了下去。但是他脸上的笑容还没有消失，经过自己的阻挠，他相信自己的哥哥已经制住了那些关键的女人们了。

他听到身后一阵巨响，快速扭头，想要去看哥哥制住那些女人的模样。可是却看到一道人影如炮弹般飞出去，正是自己的哥哥！

何太刚脸上的笑容凝固，面如死灰。

任谁在以为要胜利的时候却被莫名翻盘，都会痛苦得要吐血。他怎么也想不明白，在自己已将强敌拦住的情况下，哥哥怎么还会失败。

趴在地上的哥哥何太飞艰难地抬起头，满脸颓废地望向了一掌击飞了自己的白衣飘飘的蒙面女子，然后又低头看到了自己深深凹陷下去的胸口，睁得极大的眼睛中，写满了不信。

震惊之后，他的眼里布满了灰败，那是死亡来临的颜色。心脉破碎，胸口凹陷，胸骨与肋骨全部断裂，这样的伤势，哪怕是魂级强者也要死。

大口大口的血吐了出来，到现在何太飞还无法接受这个事实，那个身材完美，蒙着面纱的女人竟然拥有一招击溃自己的恐怖实力。

忽然他发现，自己是多么可笑，以为这些女人是突破口。自己全力以赴地冲到她们面前，以为抓住她们就能扭转乾坤，可是降临的却是无法闪躲的致命一掌。

他就这样地瞪着初雪，死不瞑目。

“忘记告诉你们，她才是最强的。”郭临不失时机地说出一句。

看着哥哥死去，还未见初雪怎么动手，受不了打击跪坐在地上的披头散发的何太刚“扑哧”吐出一口殷红的血，昏了过去。

和他哥哥一样，他也以为这些女人就是自己的生机。而事实上，当他们踏出第一步时，就注定了死亡。

“主人，你怎么处置他？”黑麟问道。她的眼眸中还闪烁着怨恨，这个仇，千刀万剐，都不足以平息她心中的恨。

“你觉得呢？”

“我要将他凌迟处死，丢到海里喂鱼，祭奠我死去的千万属下。”黑鳞咬牙切齿地说道。

郭临点头道：“就这么办，你做去吧。”

“谢主人。”黑麟感激地说道，然后快步走过去，将昏过去的何太刚拎了起来。

那摩西冒险团的其他团员见到这副情景，全部害怕地跪了下来，连连磕头喊饶命。

他们恨死了郭临，恨不得将其凌迟至死。但是连魂级的强者都这么轻易地被制服去喂鱼，他们这些虾兵蟹将又哪里生得起反抗之心。

柏月看到郭临冷淡的眼眸，上前一步说道：“公子，你打算怎么处置他们？”

以海盗起家的摩西冒险团作恶多端，不知道杀过多少人。对这样的恶徒，郭临绝不会有半点怜悯。

目光冷漠地飘向远方，他轻描淡写地宣判了他们的死刑。

“处死，一个不留。”

……

两个月后，迷失域二重天，西鹭岛上空。

“就是这里了，小云他一定等久了。”柏月望着郭临说道。

她心里还想着郭临轻描淡写地宣判摩西冒险团结局的场景，虽然那些恶人的确该死，可是能够面不改色地说出这样的话，柏月心头还是有一些震撼。

她是霓霞门的掌门弟子，在门派派下来的历练任务中，也追杀过穷凶极恶的人。但也从来没有杀死过那么多人，特别是在这些人主动求饶的情况下。更叫她不解的是，郭临在面对万妖岛的妖魔们时，却选择放过它们。那些万妖岛的妖魔，可是差点将郭临永远地留在了万妖岛上。

一个明明脾气很好的人，怎么一下子变成了杀人不眨眼的魔王呢。想到这里，她便将心中的想法说了出来。

郭临微微一笑，看着这个心肠有些软的女子说道：“还记得在东硫岛的海边，我和你说过的话吗？”

“嗯。”柏月点头，她记得当初郭临曾经说过，有些人心比妖魔更加丑陋。

郭临微笑道：“在我眼里，那些摩西冒险团的人和杀人的妖魔们没什么两样，甚至比杀人如麻的妖魔们更加可恶。”

“妖魔们虽然也杀人，吃人。但对它们来说，人是异类。就像妖魔对我们来说是异类一样，许多人理所当然地通过猎杀妖魔获取资源，妖魔们也理所当然地去杀人。但即使是妖魔，也不会无故残害它们的同类，但是摩西冒险团的人做了，所以他们比妖魔更可恨。”

郭临看了眼仔细听着自己说话的柏月，即使是专注的时候，骨子里由内而外散发的妩媚气质，也如同迷药一样，深深地吸引着她身边的每一个异性。看了一会儿，郭临收回了目光，他对柏月的魅力有很强大的抵抗性，因为看着她，郭临就会想到前世那个美丽单纯，为自己付出一切的女子。

他接着说道：“至于我不在万妖岛上大开杀戒，是因为我的实力远远超过它们，它们对我失去了威胁。杀了它们，除了让我满身的污血之外，我得不到一点好处。因为失去了兴趣，我甚至连一点斩妖除魔的快感都没有。你理解成我懒得动手也可以。”

柏月咂舌，她还是第一次听到这种理论，感到很新鲜。

可以放过妖魔，却不肯宽恕做了恶的人类。可是仔细想想，却觉得郭临话中有不一样的道理，就好像他心中有自己的一杆秤，不受世俗的条条框框束缚，他认为对的就做，认为错的就不做，哪怕大部分人都反对他。

柏月心中存在的那一丝不自然的芥蒂，消散了不少，妩媚的脸上，又露出了笑容。然后接着问道："公子，这些天，你带着鲲龙东闯西荡，在找寻什么东西吗？"

郭临轻咳嗽一声，道："我在找一个人。她和我一起来到了迷失域，不过却不小心失散了。我在一重天的迷云国找了许多日子没有找到，就以为她很有可能在二重天。不过没想到，还是没有找到。也许她在三重天也不一定。"

他说的是圣门的皇甫婉。

鲲龙展翅，一跃数千里。当它全力飞行的时候，二重天的世界并不大。

这两个月时间，鲲龙载着郭临等人，几乎跑遍了二重天的大部分角落。可是依旧没有找到皇甫婉的影子。虽然对这个女人没有一丝好感，但郭临说过，会带她活着走出迷失域，就不会食言。

"哦。原来是这样。怪不得你东奔西走的。可是没找到，真可惜。"

郭临摸了摸鼻子，并不觉得可惜，两个月时间下来，虽然没有找到皇甫婉，不过却收集到了一些宝贵的材料。最叫他满意的是一种叫雷玄金的矿石。

这是锻造一种叫雷裂刀的地品宝刀的主材料。接下来到三重天后，郭临第一件要做的事情，就是炼制宝刀。

雷裂刀是一种地品三阶的宝刀，前世的郭临就得到过这种宝刀，他还记得其中有宝刀的专属武技——雷裂九天，威力强大，也达到了地品三阶。可是像这类宝刀附带的武技，雷裂九天，只有拥有雷裂刀的人才能够爆发出其百分百的威力。

雷裂九天，是郭临在一重天见到了柏月不久后想起来的。当时，郭临心中一直记挂着怎么快速地找到地涌金莲，帮初雪塑造真身，无暇顾及其他事。纵使炼魔神诀的炼器篇章中有关于雷裂刀的炼制方法，他也没有动过这个心思。因为它的主材料雷玄金很稀有，郭临根本不可能特意花大量时间去找这么一种材料。

而现在初雪已经恢复了真身，他紧绷的神经也放松了一些。

在寻找皇甫婉的过程中，误打误撞寻到雷玄金，这也算是好人有好报。材料既然找齐，接下来要做的就是找个地方锻造宝刀。

现在郭临能够使用的武器少得可怜。灼热之弓是其一，引龙剑是其二，灭神破天斧是第三。而引龙剑归小雪所有了，灭神破天斧又太过张扬，所以他能够用的也只有灼热之弓。

灼热之弓使出的灼热之牙，与朱雀羽翼都是火系法术。对于一个地魂级的强者来说，攻击手段太单一。而暗紫魔雷是玄品法术，威力虽然不俗，而且雷系法术对妖魔还有伤害加成的作用，但离强大还有些远，在遇到真正的强敌的时候，很容易吃亏。

所以，郭临就有了将脑海里存在的武技挖掘出来的心思。

所幸除了诛天之怒以外，郭临又从初雪那里学了两招威力不俗的杀招，一招泯心，一招日冕。这两招初雪没有说它们的等级，但在郭临渐渐熟练后发现，这两招的威力在朱雀碧炎之上，也就是说，至少达到了地品。

收回思绪，郭临看到了西鹭岛的一座依山而建的城池，岛上有通往三重天的阵法，只是一想到用自杀的方式才能触发阵法，进入到三重天，就叫郭临抵触。

他轻轻拍了拍鲲龙的背，道："着陆吧，小家伙。"

第41章
初到三重天

飘香楼是西鹭城内最大的风月场所。在这里，时常会有衣着暴露的风尘女子登台表演，用她们撩人的舞姿，挑逗着前来寻欢的宾客。

“别打搅我。”

王云头也不回，嫌弃地将一只放在自己肩膀上的手挪开，然后猥琐地竖起中指推了推架在鼻梁上的金丝框眼镜，让自己能够更加清晰地看清楚台上的表演。

自从某一天领悟了前辈留下来的用汉字撰写的奇书，逐渐拥有了实力后，王云的腰板也比以前挺直多了。

换成以前，他肯定要看看对方是什么模样，再决定说什么话，而现在，至少在这个二重天，不需要太缩手缩脚了。

王云根本没想过去看身后不知道是故意，还是无意碰到自己的人，依旧津津有味地对着台上频频抛媚眼的女子流口水。

半个月前王云就到了这座城市。无所事事的他就在这里寻找乐趣。

以前经过二重天的时候，王云也知道飘香楼的。可那时候的他不但和普通人一样，没有实力，而且又一心放在如何离开迷失域上面，所以对这种地方也没什么兴趣。

这半个月时间叫王云大饱眼福，不过他也只有胆子看看，没有做别的事情。

打掉一只妨碍自己的手，王云听到一阵女人好听的声音：“好看吗？”

“好看。”王云不假思索地道。

“那是她们好看，还是我们好看呢？”

好听的女声嬉笑道。王云一愣，这个女声好熟悉，旋即他反应过来，这不是被自己当成女神的柏月的声音吗？王云的眼眸中闪出惊喜之色，不过想到自己在这种地方被抓个现行，顿时脖子都红了，恨不得立即找个洞钻下去。

“啊，哈哈……柏月姐，真巧。你也来了，我也刚到。”王云虚伪地说道，旋即他不好意思地扭过头，果然看到一张妩媚得令人窒息的脸，意味深长地望着自己。

“这位哥哥真奇怪，他不是在这里看了好久了吗？我们都在这里看他好久了。”

兔耳朵少女满脸天真地说道。

郭临、初雪、黑麟也深有同感地点了点头。这太假了。

王云一窘，竟然拆穿自己。他有些恼火地看向声音的来源，好不容易找了个借口，这人太不给面子了。不过当他看到天真无邪的兔小舞，特别是她头顶上一对粉红的兔耳朵时，眼睛顿时就直了。

十五六岁少女模样的兔小舞，身材娇小，上身穿着诱人的豹纹衣，露出莲藕一般的双臂，娇楚动人。

“这么可爱的兔儿妹妹，我不是在做梦吧？”这一刻王云差点都以为自己在做梦了。

郭临笑眯眯地看着震惊中的王云，又拍了拍他的肩膀道：“好了，王云，正常点，别一看到美女就发呆。”

王云将郭临身后的美女一个个看了个遍，对气质高贵的面纱女子多看了几眼，然后才将目光落在了郭临身上。感觉到自己把郭临放在了最后，有些不好意思。不过，他还是补偿性地对他露出一个惊喜的笑容：“三哥，好久不见。见到你真是太高兴了。你们一点都没变。对了，三哥，这几位美女是？”

说话时，王云更多地把目光放在了可爱动人的兔耳朵少女身上。这种打扮，这种气质，是王云的最爱啊。心中的女神似乎没能逃脱郭临的魔爪，王云虽然心在滴血，但是自诩是郭临好兄弟的他，不会横刀夺爱的。

现在有这么可爱的少女摆在眼前，王云毫无愧疚地移情别恋了。

在兔耳朵少女身边，王云还看到了一位身材妖娆，着装略显暴露，大概有一百八十厘米的美丽女子。柏月轻轻笑着，调戏道：“小云，你也一点没变，还是这么不靠谱。”

“柏月姐，有新伙伴了，怎么不给我介绍一下？”

王云害羞地推了推眼镜，又擦了擦自己的手，死皮赖脸地把手伸向兔小舞，很正经地自我介绍道：“你好，我叫王云，是三哥最好的兄弟。很高兴认识你。”

兔小舞轻轻一笑，觉得这个人好有趣。不过既然是主人的朋友，她礼貌地笑笑，露出可爱的小酒窝，不过却很矜持地没有将小手伸出去和王云握在一起。

“你好，王云，我叫兔小舞，是主人的魔奴。”

“哦，哦。”王云一点也不介意兔小舞没有和自己握手，倒是如果真握了，会叫他觉得亵渎了这位纯洁的少女。

王云想着自己的事情，一下子没意识到兔小舞说的话，自言自语地说道：“原来是三哥的魔奴，幸会幸会。”

只是说到这里，他整个人顿时如同被雷劈了一般，立在了原地。

魔奴？这是什么东西？

“就是被公子收服的魔物啊。”柏月好笑地看着颇受打击的王云。

王云心中最后一丝希望也破灭了。唉，他虽然喜欢美女，但是魔女跟美女还是有差别的好不好。一字之差，就是种族的差距啊。他还以为兔小舞头上的耳朵是装饰品呢，原来她真的是兔子啊！

“那这位姐姐呢？”

王云又对黑麟说道。他心中还有一丝希望，这位美女姐姐也不错啊，说不定可以培养培养感情。

黑麟可不像兔小舞那么单纯，从王云的目光中，她看到了几分期盼。作为生存了近千年的蛟魔王，如果看不懂这种眼神，她也白活了。

不过，眼前的少年是主人的朋友，她也露出了很有礼貌的笑：“你好，王云。我听主人说起过你。我叫黑麟，也是主人的魔奴。”

说起魔奴二字，她一点都没有不适，相反心有骄傲。她可是知道郭临的强大，连鲲龙都能够收服。

“哗啦。”

看着笑容满面的皮甲女郎，王云仿佛听到自己的心碎掉了。他已经不敢去问那蒙着面纱的女子了。虽然看不到她的容貌，也不知道她和郭临的关系，可是王云有一种直觉，这个女人的身份更加可怕。

王云心里发誓，在走出迷失域后，一定和郭临离远一点。有他在，所有可能成为女朋友的对象都会出状况。

看到王云垂头丧气的模样，郭临摇了摇头，只好安慰般地转移话题：“走吧，王云，我们该去三重天了。”

“哦，哦。对，去三重天。我在这里等了你们好久了。”

王云眼睛又亮了起来，想着不用多久，就能离开这该死的迷失域，他的心里又充满了希望。

……

一行人穿过王云挖好的地道，来到一个缤纷的山谷。山谷中香气扑鼻，流水潺潺。在山谷的中央有一棵枝繁叶茂的参天大树。树冠上隐隐浮动着深奥的符文，淡蓝色的能量结界隐现其中。

这个山谷与一重天的那个很相似。看到这里，郭临心有感慨。

黑麟和兔小舞都表示很意外，没想到在西鹭城里的地道能通向这么一个地方。

“呜呜呜……”变成了迷你大小，如同一团圆乎乎的肉球的小鲲龙也从地道里爬了出来。

“好了，三哥，就是这里了。我们自刎吧。”

王云迫不及待地取出了一把短剑，然后热心地对几位女人讲解起这个阵法的作用。

郭临皱眉，他还是有些抗拒这种方式，那种死亡来临，明明催动不死神石就能治愈，却要强迫自己不那么做的感觉，他一辈子都无法忘记。

抬头仰望，天空蔚蓝，在望不到的尽头，郭临感受到了一阵隐隐的浮光。隐隐约约，有一种莫名的波动，与这个山谷相连着。

“呜呜呜……”

小鲲龙叫唤起来，它缩小的身躯缓缓变大，变回了十几米长。

“怎么了？小家伙。”

王云吃惊地叫道：“哇，这东西还会变大。”

“呜呜呜……”小鲲龙又用它的语言叫唤道。

郭临可听不懂，但是他会猜：“你说你能带我们飞上去？”

“呜呜呜。”

小鲲龙拼命点头，表示有它在，想要去三重天，不用那么麻烦的。

郭临可是知道小鲲龙的能耐的，也许它真能够带自己上去。他一直觉得去三重天还有其他的方法。现在小鲲龙说能够带自己上去，他自然愿意试一试。

郭临说道：“大家上来吧，它能够带我们去三重天。”

“啥？三哥，我没听错吧？这个家伙虽然看上去很有力的样子，但是要飞上三重天，开玩笑的吧？我绝对不相信。”

柏月说道：“小云，上来试试。我也不想用自杀的方式来开启这个阵法。”

“哦，好吧，柏月姐，我听你的。不过我和你讲，这样做肯定是行不通的。”

王云很没原则地道。相比郭临，他还是比较听柏月的话，虽然对此表示相当怀疑，但他还是爬上了鲲龙的背部。

郭临微微一笑道：“都抓好了，万一掉下来，我可不负责。”

王云不以为然，心想：你以为是火箭啊。只是刚刚闪出这个念头，一股突然来临的加速度将他整个人抛了出去。

鲲龙展翅，扶摇而上三千里，破开云霄，直冲天际，天空中回荡着王云凄惨至极的尖叫。

轰隆！

在二重天的人望不到的天际，奇异的能量结界处，鲲龙野蛮地一头撞进结界，带着六人消失在了天际。

……

半个月后，王云脸色苍白地落在了地上，终于触碰到坚实的土地，这一刻他差点泪流满面。

一行人突破天空中的阵法后就来到了新的空间。但王云不相信鲲龙真的带自己飞上来了，直到半个月后高耸入云的悬崖出现在他面前，他才相信这的确是真的。

他对眼前的悬崖非常熟悉，因为这就是断天涯。当初他好不容易地攀爬了好几年，却被郭临一头撞下来，这么深刻的记忆，他永远不会忘记。

断天涯直插天空，仿佛将大地天空连接在一起。所以迷失域的土著都认为断天涯之上就是天外天。在那里，有无数毁天灭地的大能者。

“终于到了。三哥，接下来我自己走吧，不坐你的宠物了。”

王云一直以为自己只是晕机而已，没想到坐在会飞的动物身上也会晕。当然，身为伟大的穿越者，晕机这么丢脸的事情，他是不会和他人讲的。而且，王云觉得，要和他们解释清楚什么叫晕机，也非常困难。

“呜呜呜……”

缩成宠物模样的小鲲龙表示抗议，它才不是什么宠物。

“王云，你真的没事吗？”

郭临倒有些担心这位少年外表实际却是大叔年龄的家伙了。其他人都没有事，而他就差点口吐白沫了。

“我没事，三哥，走走就好了。前面就是断天涯了。你们不用送了，我自己走过去好了。我在前面的镇子等你们，等你找到了东西，再来镇子里接我就好。”

“嗯，也好。我让黑麟留下来保护你。”郭临点了点头，他要去三重天的极北之地，王云提供的线索是，那里可能就是地狱门。不管准确性多高，他肯定是要去闯一闯的，不过考虑到那里的危险，所以他首先将王云带到了断天涯附近。

在天武大陆的历史中，几乎没有人在进入迷失域后还能活着出去。断天涯肯定没有表面看起来那么简单。他是自己等几人走出迷失域的关键。所以，王云可是关键人物，决不能出事。

郭临目光落在可爱的兔小舞身上，道：“小舞，你也留在这里。”

“嗯。”兔小舞乖巧地答道。

她知道主人要去危险的地方。在天赋觉醒之前，她是一只弱小的妖精，无法给主人提供帮助，她也不想拖他后腿。她摸了摸胸口的漂亮的月牙形水晶挂坠，这是大姐兔魅留给自己的，说是兔妖一家的传承宝物。

听到郭临的话，王云眼眸一下子亮了起来。

本来他还以为又要孤独地等上几个月，没想到还有两位美人留下来陪自己。不过一想到这一大一小的美人都不是人类，顿时有些失落。

“总比一个人的好。”

王云嘿嘿一笑，自我安慰道，晃悠悠地上路了。

“柏月，你呢？要不你也留下来吧。等我回来。”

郭临用商量的语气说道。兔小舞和黑麟都是自己的契约之奴，自己可以不征询她们的意见。但柏月不同。他想让她留下来，因为这一次要去的地方，说不定比苦海更加危险。

柏月努了努嘴，道："我不放心你一个人去。就算只是累赘，你也还是带着我吧。"

郭临早知道柏月会这么说："那好吧。"

"我们也走吧。"

"不急，我得炼一把宝刀出来。柏月，这个东西你拿着。"

"什么？"

柏月还未问完，就看到一道金光飞了过来，她本能地伸手一接，将它抓在手中。等看清它的模样，柏月怔住了。

这是地涌金莲的藕！

她抬头，美眸复杂地望着郭临，这等贵重的东西，他给自己是要做什么？

"公子，这？"

郭临笑了笑道："你也知道我现在的情况，压制境界都来不及。用不了多久，我就会晋级到地魂五重，还好身上还有一枚莲子。金莲之藕拥有强大的能量，可是我不知道什么时候才能用它们来提升实力。与其毫无价值地放在星空戒指里，还不如给你。按我的估计，你将它们中的能量都炼化，就该到了地魂境界了。此去地狱门，你的实力越强，对我的帮助也越大。"

地涌金莲的藕，这么贵重的东西，恐怕天底下就这么多，但他却毫不犹豫地都给了柏月，这让她动容。

她想推辞的，但也知道郭临说得有道理，只有自己实力变强了才能帮到他，心中甜蜜，却口是心非地道："这么重要的东西，你也舍得送人，败家子。"

瞧见柏月那美眸含嗔的模样，郭临的心弦被拨动了一下，他挠了挠鼻子，突然就鬼使神差地道："收好了，这可是定情信物。我一般不轻易送人的。"

柏月脸一红，狠狠地白了郭临一眼，这个没正经的家伙，不知道他师父还在旁边吗？不过心头却有些欢喜。

"别打情骂俏了。我们走。"

身后传来初雪冷淡的声音。

一个要闭关炼化藕中的能量，一个要炼制出一柄宝刀，自然不可能在这丛林之中。三人一路向东，找了个隐蔽的山谷，郭临召唤出龙卫小雪，让她和初雪二人为自己护法，然后将需要炼制雷裂刀的材料以及紫陨鼎取了出来。

除了主材料雷玄金以外，其他珍贵的材料，如汨罗银、彤云钢、精金、紫云铁，其中除了小部分是郭临在二重天寻到的，大部分都是从幻魔城仓库里搜刮的。

郭临好久都没有炼制武器了，而这次一出手就要炼制地品三阶的宝刀，他的把握也不是很大，他让初雪把记载着炼魔神诀的金色布帛给自己，然后从其炼器篇章中找到了雷裂刀的锻造方法。

从头到尾，仔仔细细地看了不下十遍。胸有成竹之后，他才将金色布帛收了起来。

地品三阶的宝刀的锻造方法，比玄品级别的风暴之锤复杂太多了。首先第一点便是要考虑火焰的品质。

玄品级别的朱雀赤炎，用来锻造风暴之锤绰绰有余，可是如果锻造雷裂刀，失败率将会非常高。

不过还好，郭临掌握了更加高级的火系法术。

“唳！”

随着一阵尖锐的凤鸣，碧绿的火苗弹出了郭临的手心，然后扭曲幻化，变成了一只碧绿色的火鸟。展翅之间，山谷中顿时升起了一股炙热的高温。

还未静坐的柏月，眨着美眸，好奇地侧目相望。

郭临和她说过要炼制一把地品级别的宝刀，可是地品级别的宝刀哪有那么容易炼制的。在器道公会中，那些能够炼制玄品高阶武器的炼器师，大部分是五品炼器师。如果能够自创玄品高阶的宝物，就有资格被器道公会封为六品炼器师。

至于能够创造地品级别的宝物的，无一不是德高望重的器道宗师。器道宗师，超越了九品，地位超然，往往都是圣域一流势力追逐拉拢的对象。

柏月不太认为郭临能够炼制出所谓的雷裂刀，因为她从未听说过地品级别中有这样的宝刀。

创造出一把大陆从未有过的地品武器，这是器道宗师才有的造诣。

而现在郭临的年龄也就不超二十……二十岁的器道宗师？这简直旷古烁今，难以想象。

可是看见郭临认真地将材料一一分类，然后控制着火焰将材料提纯，柏月心中又不确定起来。

他真的能够成功吗？